Maravilloso error

Maravilloso error

Jamie McGuire

Maravilloso error
Título original: *Beautiful Oblivion*

Primera edición: febrero de 2016

D. R. © 2014, Jamie McGuire

D. R. © 2016, derechos de edición mundiales en lengua castellana:
Penguin Random House Grupo Editorial, S. A. de C.V.
Blvd. Miguel de Cervantes Saavedra núm. 301, 1er piso,
colonia Granada, delegación Miguel Hidalgo, C. P. 11520,
México, D. F.

www.megustaleer.com.mx

D. R. © Inés Belaustegui, por la traducción
D. R. © Amy Murtola, por la fotografía de la autora

ISBN: 978-607-31-4030-0

Impreso en México – *Printed in Mexico*

El papel utilizado para la impresión de este libro ha sido fabricado a partir de madera procedente
de bosques y plantaciones gestionadas con los más altos estándares ambientales, garantizando
una explotación de los recursos sostenible con el medio ambiente y beneficiosa para las personas.

Penguin
Random House
Grupo Editorial

Para Kim Easton y Liis McKinstry.
Gracias por todo lo que hacen y por todo lo que son.

Y para Jessica Landers.
Eres una razón para sonreír y un ser generoso.

«I won't break his heart to fix you»*.
Emily Kinney, Times Square

---

* «No pienso romperle el corazón para darte gusto a ti». *[N. de la T.]*

Capítulo 1

Sus palabras quedaron suspendidas en la oscuridad entre su voz y la mía. Alguna vez en ese espacio yo había encontrado consuelo, pero desde hacía tres meses solo encontraba malestar. Había pasado a ser más bien un espacio muy cómodo para esconderse. No yo, sino él. Me dolían los dedos, así que dejé que se distendieran; no me había dado cuenta de la fuerza con que había estado sujetando el celular.

Mi compañera de departamento, Raegan, estaba sentada en mi cama con las piernas cruzadas, al lado de mi maleta abierta. No sé qué cara pondría yo, pero al verme me cogió la mano. «¿T. J.?», me preguntó solo moviendo los labios.

Asentí.

—¿Puedes decir algo, por favor? —preguntó T. J.

—¿Qué quieres que diga? Tengo la maleta hecha. Ya he pedido estos días de vacaciones. Hank le ha pasado a Jorie mis turnos.

—Me siento como un completo idiota. Ojalá no tuviera que irme. Pero ya te lo advertí, cuando tengo entre manos un proyecto me pueden pedir que vaya en cualquier momento. Si necesitas que te eche una mano con el alquiler o lo que sea…

—No quiero tu dinero —repuse, frotándome los ojos.

—Creí que sería un buen fin de semana. Te lo juro.

—Y yo creía que estaría subiéndome a un avión mañana por la mañana y, en vez de eso, me llamas para decirme que no puedo ir. Otra vez.

—Sé que esto parece una jugarreta. Te prometo que les dije que tenía planes importantes. Pero cuando surgen temas, Cami... Tengo que hacer mi trabajo.

Me enjugué una lágrima de la mejilla, pero no quise que me oyera llorar. Me controlé para que no se me notara la voz temblorosa.

—¿Vendrás a casa por Acción de Gracias, entonces?

Suspiró.

—Quiero ir. Pero no sé si podré. Dependerá de si dejamos esto bien atado. Te echo de menos. Mucho. A mí tampoco me gusta esto.

—¿Alguna vez tu agenda cambiará para mejor? —pregunté.

Tardó en contestar más de lo que hubiera debido.

—¿Y si te digo que probablemente no?

Levanté las cejas. Esperaba esa respuesta, pero no me esperaba que él fuese a ser así de... sincero.

—Lo siento —dijo. Me lo imaginé haciendo una mueca de sufrimiento—. Acabo de llegar al aeropuerto. Tengo que colgar.

—Ya. Hablamos luego. —Obligué a mi voz a permanecer neutra. No quería que me oyese disgustada. No quería que pensase que era débil o que me podían las emociones. Él era fuerte, independiente y hacía lo que le tocaba hacer sin quejarse. Yo intentaba ser así para él. Ponerme a gimotear por algo que no dependía de él no habría sido de ninguna ayuda.

Volvió a suspirar.

—Sé que no me crees, pero te amo.

—Te creo —dije yo, y lo decía en serio.

Pulsé el botón rojo de la pantalla y dejé que el teléfono cayese encima de la cama.

Raegan se había puesto ya en modo control de daños.

—¿Le han llamado de su trabajo?

Asentí.

—Bueno, tal vez deberían ser un poco más espontáneos. Tal vez deberías simplemente presentarte allí y, si le llaman mientras estás con él, pues esperar a que vuelva. Y a su vuelta, retomarlo donde lo hayan dejado.

—Tal vez sí.

Me apretó la mano.

—¿O a lo mejor es un imbécil que debería dejar de poner su trabajo por delante ti?

Negué con la cabeza.

—Se ha dejado la piel para conseguir el puesto que tiene.

—Si ni siquiera sabes qué puesto es.

—Ya te lo dije. Trabaja de lo que ha estudiado. Se ha especializado en análisis y reconfiguración de datos, sea lo que sea eso.

Me lanzó una mirada recelosa.

—Sí, claro, también me dijiste que lo mantuviera en secreto. Lo cual me hace pensar que no te está contando toda la verdad.

Me levanté y, volcando la maleta, derramé en mi colcha todo lo que contenía. Normalmente solo hacía la cama cuando preparaba la maleta, por lo que ahora podía ver la tela azul claro de la colcha, con el dibujo de unos tentáculos de pulpo de color azul marino cruzándola de un lado a otro. T. J. la aborrecía, pero a mí me hacía sentir como si estuvieran abrazándome mientras dormía. Mi habitación estaba compuesta por cosas dispares y raras. Pero, en fin, así era yo.

Raegan rebuscó entre la ropa revuelta y cogió en alto un top negro con los hombros y la parte delantera estratégicamente rasgados.

—Las dos tenemos la noche libre. Deberíamos salir. Que nos sirvan unas copas a nosotras, para variar.

Le arrebaté la camiseta y la inspeccioné mientras meditaba sobre la sugerencia de Raegan.

—Pues tienes razón. Deberíamos salir. ¿Cogemos tu coche, o el Pitufo?

Raegan se encogió de hombros.

—Estoy casi sin gasolina y hasta mañana no nos pagan.

—Entonces va a ser el Pitufo, parece.

Tras una visita fugaz al cuarto de baño, Raegan y yo nos montamos en mi Jeep CJ tuneado de color azul claro. No estaba en óptimas condiciones pero en algún momento alguien había tenido la suficiente visión y el suficiente amor por él para transformarlo en un híbrido de Jeep y camioneta. No le había tenido el mismo cariño el muchacho malcriado que había sido su propietario entre aquel dueño y yo, un universitario que había dejado los estudios a medias. El relleno de los asientos asomaba aquí y allá donde el cuero negro de la tapicería se había roto, la alfombra tenía agujeros de cigarrillos y manchas, y el techo duro pedía a gritos que lo cambiaran. Pero esa falta de cuidados se tradujo en que pude comprarlo al contado, y un coche ya pagado era el mejor tipo de coche que se podía tener.

Me abroché el cinturón de seguridad y metí la llave en el contacto.

—¿Debería ponerme a rezar? —preguntó Raegan.

Giré la llave y el Pitufo hizo un ruido ahogado que daba pena. Primero torpedeó, pero a continuación ronroneó y las dos aplaudimos. Mis padres habían sacado adelante a sus cuatro hijos con el sueldo de un peón de fábrica. Jamás les pedí que me ayudasen a comprarme un coche. Al contrario, con quince años conseguí trabajo en la heladería del barrio y ahorré 557,11 dólares. El Pitufo no era el coche con el que soñaba de pequeña, pero con 550 dólares compré mi independencia y eso no tenía precio.

Veinte minutos más tarde Raegan y yo estábamos en la otra punta de la ciudad y cruzábamos muy ufanas la explanada de gravilla del Red Door, con andares lentos, acompasados, como si nos estuviesen grabando mientras sonaba de fondo una música superchula.

Kody estaba plantado en la entrada. Sus brazos hercúleos debían de ser tan anchos como mi cabeza. Nos miró atentamente mientras nos acercábamos.

—Identificaciones.

—¡Vete al cuerno! —le soltó Raegan—. Si trabajamos aquí. Tú sabes la edad que tenemos.

Él se encogió de hombros.

—Aun así tengo que ver sus identificaciones.

Miré a Raegan con el ceño fruncido y ella puso los ojos en blanco y se metió la mano en el bolsillo trasero.

—Si a estas alturas no sabes cuántos años tengo, vamos mal.

—Ya, Raegan. Deja de joderme y enséñame el maldito documento.

—La última vez que te enseñé algo dejaste de llamarme en tres días.

Él hizo una mueca de dolor.

—¿Es que no lo vas a superar nunca?

Ella le lanzó la identificación a Kody y él lo atrapó contra los pectorales. Lo miró y se lo devolvió, y entonces me miró a mí con cara expectante. Le pasé mi licencia de conducir.

—Creí que te ibas unos días —dijo en tono de pregunta mientras le echaba un vistazo a mi identificación de plástico, tras lo cual me lo devolvió.

—Es una larga historia —respondí guardándomelo en el bolsillo trasero. Los jeans eran tan ajustados que me alucinó poder meter algo ahí detrás, aparte de mi trasero.

Kody abrió la enorme puerta roja y Raegan sonrió con dulzura.

—Gracias, encanto.

—Te quiero. Sé buena.

—Yo siempre soy buena —replicó ella, guiñándole un ojo.

—¿Nos vemos cuando salga de trabajar?

—Mmm, sí. —Me empujó para que entrase.

—Qué pareja más rara son —comenté, hablando a gritos por encima de los graves. La música me retumbaba en el pecho y estaba casi segura de que cada golpe me sacudía los huesos.

—Mmm, sí —repitió Raegan.

La pista de baile estaba ya a rebosar de jóvenes universitarios sudorosos y con alguna copa de más. El semestre de otoño estaba en su apogeo. Raegan se acercó a la barra y se quedó en el extremo. Jorie le guiñó un ojo.

—¿Quieren que les despeje unos taburetes? —preguntó.

Raegan respondió que no con la cabeza.

—¡Me lo dices solo porque quieres mis propinas de anoche!

Jorie rio. Su larga melena rubia platino le caía en ondas sueltas por encima de los hombros, con algún mechón de color negro entremezclado. Llevaba un minivestido negro y botas militares, y mientras charlaba con nosotras iba tecleando en la caja registradora la cuenta de algún cliente. Todas habíamos aprendido a ser chicas multitarea y a movernos como si cada propina fuese un billete de cien. Si sabías atender el bar con suficiente agilidad, tenías opciones de que te mandasen a la barra este, donde conseguías unas propinas tan suculentas que podías sacarte en un fin de semana el equivalente a todas las facturas del mes.

Era la barra en la que yo llevaba trabajando un año, donde me habían puesto a los tres meses exactos de que me contratasen en el Red Door. Raegan trabajaba justo a mi lado y entre las dos manteníamos la máquina tan engrasada como una estríper en una piscina portátil llena de aceite corporal de bebés. Jorie y Blia, la otra camarera, trabajaban en la barra sur, junto a la entrada. Era básicamente un quiosco. Por eso se volvían locas cuando Raegan o yo estábamos fuera de la ciudad.

—¿Bueno? ¿Qué van a tomar? —preguntó Jorie.

Raegan me miró y a continuación miró a Jorie.

—Dos *whisky sours*.

Yo puse cara de asco.

—Pero sin el *sour*, por favor.

En cuanto Jorie nos pasó los cócteles, Raegan y yo encontramos una mesa libre y nos sentamos, atónitas ante nuestra buena fortuna. Los fines de semana el local estaba siempre hasta arriba y encontrar mesa libre a las diez y media no era normal.

Cogí entre los dedos una cajetilla nueva y le di unos toques contra la palma de la otra mano para apretar bien el tabaco. Acto seguido, le quité el precinto de plástico y levanté la tapa. Aunque el Red Door estaba tan cargado de humo que solo de estar allí sentada tenía la sensación de estar fumándome un paquete entero de cigarrillos, era un gusto sentarse en aquella mesa y relajarse. Cuando tenía que trabajar, normalmente me daba tiempo a dar una calada y el resto del cigarro se consumía sin que pudiera fumármelo.

Raegan me miró mientras lo encendía.

—Yo quiero uno.

—De eso nada.

—¡Te digo que quiero uno!

—Llevas dos meses sin fumar, Raegan. Mañana me echarás a mí la culpa por fastidiarte la racha.

Ella señaló el local.

—¡Pero si ya estoy fumando!

La miré entornando los ojos. Raegan tenía una belleza exótica: larga melena castaña, tez morena, ojos de color miel. Su nariz pequeña tenía el tamaño perfecto, no era ni demasiado redondeada ni demasiado puntiaguda, y tenía un cutis que la hacía parecer recién sacada de un anuncio de Neutrogena. Nos habíamos conocido en el colegio y a mí enseguida me atrajo su sinceridad brutal. Raegan podía ser increíblemente enojona y acobardar a cualquiera, incluso a alguien como Kody, que con su metro noventa y cinco le sacaba más de treinta centímetros de altura. Para las personas a las que quería, su personalidad era encantadora y para las que detestaba, repugnante.

Yo era todo lo contrario de exótica. Es verdad que mi melena corta de alborotados cabellos marrones y gruesos bucles resultaba fácil de cuidar, pero no a muchos hombres les parecía sexi. No muchos hombres me encontraban sexi en general. Yo era como si dijéramos la vecina bonita, la mejor amiga de tu hermano. Habiéndome criado junto a tres hermanos varones más nuestro primo Colin, habría podido acabar hecha una marimacho de no haber sido porque mis discretas aunque existentes curvas femeninas me habían valido la expulsión del club de chicos a los catorce años.

—No hagas berrinche —repuse—. Si quieres un cigarro, cómprate tu propio tabaco.

Ella se cruzó de brazos e hizo un mohín.

—Por eso lo dejé. Es demasiado caro.

Fijé la mirada en el tubito de papel y tabaco que se iba quemando, cogido entre mis dedos.

—Ese es un hecho del que mi bolsillo vacío sigue tomando buena nota.

La música pasó de una canción que todo el mundo quería bailar a otra en la que nadie tenía ningún interés, y un montón de gente empezó a abandonar la pista. Dos chicas llegaron hasta nuestra mesa y cruzamos varias miradas.

—Esta mesa es nuestra —dijo la rubia.

Raegan hizo como si no las hubiese visto.

—Perdona, zorra, pero te está hablando —agregó la morena, y dejó su cerveza en la mesa.

—Raegan —la advertí.

Raegan me miró como si no entendiese nada y a continuación alzó la vista hacia la chica, mirándola con esa misma expresión.

—Era de ustedes. Ahora es nuestra.

—Nosotras estábamos antes —dijo la rubia, entre dientes.

—Y ya no están —replicó Raegan. Cogió con los dedos el indeseado envase de cerveza y lo arrojó al suelo. La bebida se derramó por la alfombra oscura de prietos hilos—. Recógelo.

La morena se quedó mirando el reguero que había formado su cerveza en el suelo. Entonces, dio un paso hacia Raegan. Pero su amiga la agarró por los brazos. Raegan respondió riéndose con indiferencia y dirigió la mirada hacia la pista de baile. La morena acabó yéndose detrás de su amiga en dirección a la barra.

Di una calada a mi cigarrillo.

—Creí que la idea era pasarlo bien esta noche.

—Y eso ha tenido gracia, ¿no?

Sacudí la cabeza conteniendo una sonrisa. Raegan era una gran amiga, pero no se me ocurriría contrariarla. Después de haberme criado rodeada de tal cantidad de chicos en mi casa, había tenido suficientes broncas para el resto de mi vida. No me habían mimado nunca. Y si no me defendía, se ensañaban aún más hasta que se la devolvía. Y yo siempre se la devolvía.

Raegan no tenía disculpa. Simplemente era una zorra enojona.

—Anda, mira. Aquí está Megan —dijo, señalando a la belleza de ojos azules y melena negra como ala de cuervo que estaba en la pista de baile. Yo meneé la cabeza. Estaba con Travis Maddox, básicamente dejándose coger delante de todo el mundo.

—Ay, esos Maddox —comentó Raegan.

—Ya te digo —repuse yo, apurando mi whisky—. Ha sido mala idea venir. Esta noche no estoy muy de humor.

—Anda, para con eso. —Raegan se tomó de un trago su *whisky sour* y se puso de pie—. Las quejicas esas siguen vigilando esta mesa. Voy a pedir otra ronda. Ya sabes que la noche arranca despacio.

Cogió mi vaso y el suyo y se fue a la barra.

Me giré y vi que las chicas no me quitaban el ojo de encima, obviamente con la esperanza de que me marchase de la mesa. Pero no pensaba levantarme. Si intentaban quitárnosla, Raegan haría lo que fuera por recuperarla y eso solo causaría problemas.

Cuando me di la vuelta, me encontré con que en el sitio de Raegan se había sentado un chico. Primero pensé que sería Travis, que habría llegado hasta allí de alguna manera. Pero cuando caí en mi error, sonreí. Trenton Maddox se inclinaba hacia delante, justo enfrente de mí, con sus tatuados brazos cruzados y los codos apoyados en la mesa. Se frotó con los dedos la barba incipiente que le salpicaba la cuadrada mandíbula. Los músculos de los hombros se le marcaron a través de la camiseta. Tenía en la cara la misma cantidad de pelo que en la coronilla, salvo por la ausencia absoluta de vello en las proximidades de su sien izquierda, donde tenía una pequeña cicatriz.

—Me suena tu cara.

Levanté una ceja.

—¿En serio? Te cruzas el local desde la otra punta para sentarte aquí ¿y eso es todo lo que se te ocurre?

Se puso a mirar todas las partes de mi cuerpo descaradamente.

—No tienes ningún tatuaje, que yo pueda ver. Me parece que no nos hemos conocido en el taller.

—¿En el taller?

—El taller de tatuajes en el que trabajo.

—¿Ahora te dedicas a hacer tatuajes?

Sonrió y se le formó un profundo hoyuelo en el centro de la mejilla izquierda.

—Sé que nos hemos visto antes.

—Para nada. —Me volví para observar a las chicas de la pista de baile, que se reían y sonreían y observaban a Travis y Megan simulando follar en la vertical. Pero en cuanto terminó la canción, él la dejó y se fue derecho hacia la rubia que había reclamado la propiedad de mi mesa. Aunque ella había visto a Travis sobando toda la piel sudorosa de Megan dos segundos antes, le sonrió como una boba, esperando ser la siguiente.

Trenton soltó una risa corta.

—Ese es mi hermanito.

—Yo no iría por ahí reconociéndolo —repliqué, moviendo la cabeza en gesto de negación.

—¿Fuimos al mismo colegio? —me preguntó.

—No lo recuerdo.

—¿Recuerdas si en algún momento entre preescolar y el último curso de Secundaria fuiste al Eakins?

—Sí.

El hoyuelo izquierdo de Trenton se hundió cuando sonrió.

—Entonces sí que nos conocemos.

—No necesariamente.

Trenton volvió a reírse.

—¿Quieres tomar algo?

—Está en camino.

—¿Te apetece bailar?

—Pues no.

Pasó por delante un grupo de chicas y Trenton enfocó la mirada en una.

—¿Esa es Shannon, la de la clase de economía doméstica? Mierda —dijo, girándose ciento ochenta grados en el asiento.

—Efectivamente. Deberías acercarte a compartir recuerdos.

Trenton negó con la cabeza.

—Ya compartimos recuerdos en el insti.

—Me acuerdo. Seguramente sigue odiándote.

Trenton meneó la cabeza, sonrió y, antes de dar otro trago, dijo:

—Siempre me odian.

—Esto es un pueblo. No deberías haber quemado a todas tus novias.

Él bajó el mentón. Su célebre poder de seducción subió un punto.

—Quedan unas pocas a las que aún no he encendido. Aún.

Puse los ojos en blanco y él rio entre dientes.

Raegan regresó con sus largos dedos curvados alrededor de cuatro vasos bajos y dos de chupitos.

—Mis *whisky sours,* tus whiskis a palo seco y un pezón de mantequilla para cada una.

—¿Pero qué te pasa esta noche que te ha dado por lo dulce, Ray? —dije yo, arrugando la nariz.

Trenton cogió uno de los tragos y, acercándoselo a los labios, echó la cabeza hacia atrás. Luego, lo dejó de un golpe encima de la mesa y me guiñó un ojo.

—No sufras, nena. Yo me ocupo. —Se levantó y se marchó.

No me di cuenta de que tenía la boca abierta de par en par hasta que mi mirada se cruzó con la de Raegan y se me cerró de repente.

—¿Acaba de beberse tu trago? ¿Realmente acaba de pasar eso?

—¿A quién se le ocurre? —repuse yo, volviéndome para ver adónde se había ido. Ya había desaparecido entre la gente.

—Pues a un Maddox.

Di un trago largo a mi whisky doble y otra calada a mi cigarrillo. Todo el mundo sabía que Trenton Maddox no traía más que problemas, pero al parecer eso no impedía que las mujeres se empeñasen en intentar domarle. Como le venía viendo desde el colegio, me juré no ser nunca una muesca en el cabecero de su cama (si es que los rumores eran ciertos y hacía muescas, pero no tenía planeado averiguarlo).

—¿Y le vas a dejar que se vaya como si nada? —preguntó Raegan.

Solté el humo por un lado de la boca, molesta. No estaba de humor ni para divertirme ni para enfrentarme a insufribles tácticas de coqueteo ni para protestar porque Trenton Maddox acabase de beberse el trago cargado de azúcar en el que yo no tenía el menor interés. Pero antes de que pudiese contestar a mi amiga, tuve que escupir el whisky que acababa de beberme.

—Oh, no.

—¿Qué? —dijo Raegan, y se volvió en su silla. Inmediatamente, se enderezó mirando hacia mí con una mueca de dolor en la cara.

Mis tres hermanos y nuestro primo Colin venían andando hacia nuestra mesa.

Colin, el mayor de los cuatro y el único con una identificación legal, fue el primero en hablar.

—¿Pero qué demonios, Camille? Creí que esta noche estabas fuera.

—Mis planes cambiaron —le solté.

Chase fue el segundo en hablar, como ya imaginaba. Era el mayor de mis hermanos y le gustaba fingir que era mayor que yo también.

—Pues a papá no le va a hacer gracia que no vayas a comer con la familia si estás en la ciudad.

—No puede no hacerle gracia si no se entera —dije yo, entrecerrando los ojos.

Él retrocedió.

—¿Por qué estás tan enojada? ¿Tienes la regla o qué?

—¿En serio? —intervino Raegan bajando el mentón y subiendo las cejas—. Estamos en público. Madura un poco.

—O sea, que te ha plantado, ¿no? —preguntó Clark. A diferencia de los demás, Clark pareció preocupado de verdad.

Antes de que me diera tiempo a contestar, el más pequeño de los tres intervino.

—Un momento, ¿esa mierda despreciable te ha dejado plantada? —dijo Coby. Los chicos solamente se llevaban once meses, de modo que Coby acababa de cumplir dieciocho años. Mis com-

pañeros de trabajo sabían que mis tres hermanos presentaban identificaciones falsas y creían que me hacían un favor haciendo la
vista gorda, pero la mayoría de las veces hubiese preferido que no
les dejasen entrar. Coby en especial seguía comportándose como
un mocoso de doce años que no estaba muy seguro de qué hacer
con su testosterona. Estaba detrás de los otros sacando pecho y
se dejó sujetar por ellos para impedirle que se enzarzara en una
pelea inexistente.

—¿Qué estás haciendo, Coby? —pregunté—. ¡Si no está
aquí!

—Pues es verdad que no está, qué idiota —replicó Coby. Se
relajó y chasqueó las vértebras del cuello—. Dejar plantada a mi
hermana mayor. Le voy a reventar la puta cara. —Me imaginé a
Coby y a T. J. peleándose y el corazón se me puso a mil. Cuando
T. J. era más joven ya daba miedo, y ahora era directamente letal.
A nadie se le ocurriría molestarlo, y Coby lo sabía.

De mi garganta salió un sonido de indignación y miré hacia
arriba con gesto desesperado.

—Búsquense otra mesa, anda.

Los cuatro arrimaron las sillas para sentarse alrededor de
Raegan y de mí. Colin tenía el pelo de color castaño claro, pero
mis tres hermanos eran pelirrojos. Colin y Chase tenían los ojos
azules. Clark y Coby, verdes. No todos los pelirrojos son lo que
se dice guapos, pero mis tres hermanos eran tres hombres altos,
musculados y extrovertidos. Clark era el único pecoso y de alguna manera las pecas le quedaban bien. Yo era la rara, la única
de los hermanos con una mata de bucles morenos y los ojos grandes, redondos y azules claros. Más de una vez los chicos habían
tratado de convencerme de que era adoptada. Si no hubiese sido
porque era el vivo retrato de mi padre, en chica, tal vez les habría
creído.

Toqué la mesa con la frente y gruñí.

—Aunque me cuesta creerlo, el día acaba de empeorar.

—Vamos, Camille. Tú sabes que nos quieres —dijo Clark, dándome un empujoncito con el hombro. Al ver que no respondía, se inclinó para susurrarme al oído—: ¿Seguro que estás bien?

Con la cabeza agachada aún, asentí. Clark me dio unas palmaditas en la espalda. Todos se quedaron callados.

Levanté la cabeza. Estaban mirando fijamente a algo que había detrás de mí. Me di la vuelta y vi a Trenton Maddox con dos tragos y otra copa con un brebaje que sin duda parecía menos dulzón.

—Esta mesa se ha transformado en una fiesta muy rápido —comentó Trenton con una sonrisa de sorpresa, aunque no por ello menos encantadora.

Chase entornó los ojos, sin dejar de mirarle.

—¿Es ese? —preguntó, indicándole con la cabeza.

—¿Qué? —dijo Trenton.

La rodilla de Coby empezó a rebotar, y se inclinó hacia delante en su silla.

—Es él. Primero la deja plantada y luego se presenta aquí.

—Espera. Coby, no —dije yo, levantando las manos.

Coby se levantó.

—¿Tú eres el que se burla de mi hermana?

—¿Hermana? —replicó Trenton, y casi se le salen los ojos de las órbitas mirándome primero a mí y luego a los iracundos pelirrojos que tenía sentados a un lado y a otro.

—Ay, Dios —dije yo, cerrando los ojos—. Colin, dile a Coby que ya le pare. No es él.

—¿Quién no soy? —preguntó Trenton—. ¿Es que tenemos algún problema aquí?

Travis apareció junto a su hermano. Lucía el mismo gesto divertido que Trenton: los dos con sus deslumbrantes hoyuelos en la mejilla izquierda. Habrían podido ser el segundo par de gemelos de su madre. Solo se diferenciaban en pequeños detalles, entre otros que Travis era dos o tres dedos más alto que Trenton.

Travis cruzó los brazos delante del pecho, lo que hizo que sus bíceps, ya de por sí enormes, aumentasen de volumen. Lo único que evitó que estallase en mi silla fue ver que se le relajaban los hombros. No estaba listo para pelear. De momento.

—Buenas noches —saludó Travis.

Los Maddox sabían detectar los problemas. O por lo menos eso parecía, porque cada vez que había una bronca, o bien la empezaban ellos o bien la acababan. Y generalmente las dos cosas a la vez.

—Coby, siéntate en tu silla —le ordené, entre dientes.

—No, no pienso sentarme. Este idiota ha insultado a mi hermana y no pienso sentarme en la puta silla.

Raegan se giró hacia Chase.

—Estos son Trent y Travis Maddox.

—¿Maddox? —preguntó Clark.

—Sí, ¿qué pasa? ¿Todavía tienes algo que decir? —replicó Travis.

Coby meneó lentamente la cabeza, sonriendo.

—Puedo pasarme la noche entera hablando, hijo de…

Me levanté.

—¡Coby! ¡Que te sientes, carajo! —dije yo, señalando su silla. Él tomó asiento—. ¡He dicho que no era él y lo decía en serio! ¡Y ahora que todo el mundo se calme, mierda! He tenido un día horroroso y he venido aquí a tomar algo, a relajarme y a pasar un rato agradable, ¡maldita sea! Y si para ustedes eso es un problema, pues largo de mi mesa. —Cerré los ojos y solté el resto de la perorata a gritos, como si estuviera loca de remate. Alrededor de nosotros la gente nos miraba.

Jadeando, lancé una mirada a Trenton. Él me ofreció una copa.

Una de las comisuras de sus labios se curvó hacia arriba.

—Creo que voy a quedarme.

Capítulo 2

Mi celular sonó por tercera vez. Lo cogí de la mesilla de noche para echarle un vistazo. Era un mensaje de texto de Trenton.

Arriba, perezosa. Sí, es a ti.

—¡Apaga el celular, cabrona! ¡Que algunas tenemos resaca! —gritó Raegan desde su cuarto.

Lo puse en silencio y lo dejé en la mesilla otra vez para que siguiera cargándose. Mierda. ¿Pero cómo se me había ocurrido darle mi número?

Kody vino dando tumbos por el pasillo y asomó la cabeza por mi puerta, con los ojos aún medio cerrados.

—¿Qué hora es?

—No son ni las ocho.

—¿Quién está mandando mensajitos a tu celular sin parar?

—A ti qué te importa —respondí girándome sobre un costado. Kody rio para sí y a continuación se puso a aporrear cacharros en la cocina, probablemente disponiéndose a dar de comer a su cuerpo ultramegainmenso.

—¡Odio a todo el mundo! —chilló Raegan de nuevo.

Me senté con las piernas colgando por un lado de la cama. Tenía libre el fin de semana entero, algo que no me había pasado desde el último fin de semana que me había cogido libre para ver a T. J., y él había cancelado los planes. Aquella vez me había dedicado a fregotear el piso al completo hasta dejarme los dedos en carne viva, y a continuación había echado a lavar toda la ropa sucia, la había puesto a secar y había doblado hasta la última prenda. Mía y de Raegan.

Pero en esta ocasión no pensaba dedicarme a pasar la jerga por el piso. Miré las fotos que tenía puestas en las paredes, de mis hermanos y mías, al lado de una de mis padres y de algunos de los dibujos que había intentado hacer en el instituto. Los marcos negros contrastaban mucho con el fondo blanco de todas las paredes del apartamento. Había ido arreglándolo para darle un aire más hogareño, comprando un juego de cortinas con cada paga, por ejemplo. Y gracias a la tarjeta regalo de Pottery Barn que los padres de Raegan le habían dado por Navidad, ahora teníamos una vajilla preciosa y una mesita de centro de estilo rústico, con acabado de color caoba. Pero en gran parte el piso estaba como si nos hubiésemos mudado hacía poco, y eso que yo llevaba viviendo en él tres años y Raegan más de uno. No era la casa más bonita de la ciudad, pero por lo menos era un barrio en el que había más familias jóvenes y profesionales liberales solteros que jóvenes universitarios ruidosos y molestos. Además, estaba bastante lejos del campus, lo suficiente para no tener que vérnoslas con los embotellamientos típicos de los días en que había eventos deportivos.

No era gran cosa, pero era nuestro hogar.

Mi celular emitió un zumbido. Puse los ojos en blanco, pensando que sería Trenton, y me recliné para ver la pantalla. Era T. J.

Te echo de menos. Deberíamos estar haciéndonos mimos en mi cama, y no lo que estoy haciendo ahora.

Cami no puede responderte ahora. Tiene resaca. Deja tu mensaje después de la señal. PIII

¿Saliste anoche?

¿Pensabas que iba a meterme en casa, a llorar hasta quedarme dormida?

Genial. Ahora ya no me siento tan mal.

No, sigue sintiéndote mal. En realidad está bien.

Quiero escuchar tu voz, pero no te puedo llamar en este momento. Intentaré llamarte esta noche.

Ok.

¿Ok? Vaya desperdicio de mensaje.

Trabajar sí que es un desperdicio de fin de semana.

Touché.

Bueno, luego hablamos, supongo.

No te preocupes, me postraré a tus pies lo necesario en busca de perdón.

Eso espero.

Era difícil estar mucho rato enfadada con T. J., pero a la vez era imposible acercarse a él. Llevábamos saliendo seis meses nada más. Los tres primeros habían sido increíbles, y entonces le mandaron a dirigir ese encargo tan importante. Cuando decidimos darle una oportunidad a la relación a distancia, él me advirtió de cómo podrían ponerse las cosas. Era la primera vez que le encargaban ocuparse de un proyecto entero, y él era un perfeccionista, acostumbrado a dar más de lo que le pedían. Como era el encargo más grande en el que había trabajado en su vida, T. J. quería estar seguro de que no se le pasara nada por alto. Era importante, fuese lo que fuese. En el sentido de que, si todo salía bien, conseguiría un ascenso alucinante. Una noche, muy tarde, me había dicho que tal vez podría permitirse vivir en una casa más grande y que podríamos hablar de la posibilidad de que yo me mudase allí el año próximo.

Yo preferiría estar en cualquier sitio que no fuese aquí. Vivir en una ciudad universitaria tirando a pequeña cuando tú no estás precisamente estudiando en la universidad no es lo más padre del mundo. La universidad en sí, la Eastern State University, no tenía nada de malo: era pintoresca y bonita. Me había pasado la vida entera, desde que tenía uso de razón, deseando estudiar allí, pero después de exactamente un año en la residencia de estudiantes tuve que mudarme a un apartamento yo sola. Y por mucho que un departamento para mí representara un refugio a salvo de las tonterías de la vida estudiantil, la independencia acarreó sus dificultades. Solo podía asistir a unas cuantas clases al semestre, y en vez de terminar este año la carrera, aún iba por segundo.

Los numerosos sacrificios que había hecho para mantener la independencia que necesitaba eran precisamente la razón por la que no podía recriminarle a T. J. que hiciese sacrificios por la suya. Aun cuando la sacrificada fuese yo.

La cama se hundió ligeramente a mi espalda y las sábanas se levantaron. Una manita helada tocó mi piel y di un brinco.

—¡Mierda, Ray! Quita de encima tus sucias manos, que estás helada.

Ella se rio y me abrazó aún más fuerte.

—¡Ya empieza a refrescar por las mañanas! Kody está preparando su docena de huevos revueltos o más, y la cama se me ha quedado congelada.

—¡Por favor, come como un caballo!

—Es que es del tamaño de un caballo. En todas sus partes.

—Puaj. Puaj, puaj, puaj —repuse yo, tapándome las orejas—. No necesito esa imagen a estas horas de la mañana. Ni nunca.

—Bueno, ¿quién es el que no para de mandarte mensajitos? ¿Trent?

Me volví para ver su expresión.

—¿Trent?

—¡Ah, no te hagas la modosita conmigo, Camille Renee! Vi la cara que pusiste cuando te ofreció aquella copa.

—No puse ninguna cara.

—¡Pues claro que sí!

Me lancé hacia el borde de la cama para empujar a Raegan, hasta que se dio cuenta de mis intenciones, momento en que soltó un grito y cayó al suelo con un golpe sordo.

—¡Pero qué ser más malvado y horrible eres!

—¿Yo soy malvada? —repliqué, asomándome por el filo de la cama—. Pues yo no le tiré la cerveza a una chica solo porque quería recuperar su mesa.

Raegan se sentó con las piernas cruzadas y suspiró.

—Tienes razón. Me porté como una grandísima zorra. La próxima vez prometo ponerle la corcholata antes de tirarla.

Me tumbé boca arriba con la cabeza en la almohada y clavé la vista en el techo.

—No tienes remedio.

—¡A desayunar! —exclamó Kody desde la cocina.

Las dos salimos disparadas de mi cuarto, muertas de risa, a ver quién cruzaba antes la puerta.

Raegan llevaba medio segundo sentada en el taburete de la barra del desayuno cuando llegué y lo derribé de una patada. Aunque aterrizó de pie, se quedó boquiabierta.

—¡Te la estás buscando hoy!

Di un primer mordisco al bagel de canela y pasas con crema de manzana y gemí al sentir aquella maravilla cargada de calorías derritiéndose en mi boca. Kody había pasado suficientes noches en nuestro departamento para saber que no soportaba los huevos. Pero desde que me había preparado un desayuno alternativo, perdoné el olor asqueroso a huevos que inundaba la casa cada vez que se quedaba a dormir.

—Bueno —dijo Kody con la boca llena—, Trent Maddox.

Yo sacudí la cabeza.

—No. Ni empieces.

—Pues parece que ya has empezado tú —dijo Kody con sonrisa pícara.

—Se ponen como si me hubiese enrollado con él. Estuvimos charlando.

—Te trajo cuatro copas. Y tú le dejaste —intervino Raegan.

—Y te acompañó al coche —agregó Kody.

—Y se dieron los teléfonos —remató Raegan.

—Tengo novio —dije yo, un tanto altiva y tal vez un poquito ñoña. Cuando me atosigaban me daba por hacer cosas así de raras.

—Al que no has visto desde hace casi tres meses y que en dos ocasiones te ha obligado a cancelar planes para una escapada —dijo Raegan.

—O sea, que es un egoísta por estar entregado a su trabajo y por querer mejorar en su profesión, ¿no? —pregunté, aunque en el fondo no quería oír la respuesta—. Todos sabíamos que esto iba a pasar. T. J. fue sincero desde el primer momento sobre lo exigente que podría ser su trabajo. ¿Por qué soy la única que no se sorprende ahora?

Kody y Raegan se cruzaron una mirada y continuaron comiendo sus asquerosos fetos de pollito.

—¿Qué planes tienen para hoy? —pregunté.

—Yo voy a comer a casa de mis padres —dijo Raegan—. Y Kody también.

Me detuve a medio bocado y me quité el bagel de la boca.

—¿En serio? Eso es un paso importante, ¿no? —dije sonriendo.

Kody sonrió también.

—Ya me ha advertido sobre su padre. No estoy nervioso.

—¿No? —pregunté, incrédula.

Él negó con la cabeza, pero le vi menos seguro.

—¿Por?

—Es militar retirado de la Armada y Raegan no es solo su hija. Es su única hija. Es un hombre que se ha pasado la vida luchando por la perfección y tratando de superar siempre sus propios límites. ¿Crees que vas a entrar por la puerta de su casa, amenazando con robarle más tiempo y atención de Raegan, y que él simplemente te va a dar la bienvenida a su familia?

Kody se había quedado mudo. Raegan me miró entornando los ojos.

—Gracias, amiga. —Le dio unas palmaditas a Kody en la mano—. A mi padre al principio nadie le cae bien.

—Salvo yo —dije, levantando una mano.

—Salvo Cami. Pero ella no cuenta. No representa ninguna amenaza para la virginidad de su hija.

Kody hizo una mueca.

—¿Eso no fue con Jason Brazil, hace como cuatro años?

—Sí. Pero mi padre no lo sabe —respondió Raegan, un tanto molesta por que Kody hubiese mencionado El Nombre Que No Hemos de Pronunciar.

Jason Brazil no era mal chico, solo hacíamos como si lo fuese. Habíamos ido al mismo colegio los tres, pero Jason era un año más pequeño. Ellos habían decidido «sellar el trato» antes de que Raegan fuese a la universidad, con la esperanza de que aquello afianzase su relación. Yo pensé que se cansaría de tener un novio que aún iba al instituto, pero ella era una novia entregada y pasaban la mayor parte del tiempo juntos. No mucho tiempo después de que Jason empezase el primer año de su carrera universitaria, en la ESU, las maravillas de la vida estudiantil, ingresar en una fraternidad y ser el mejor jugador novato del equipo de fútbol americano de la Eastern State le tenían ocupado, y el cambio generó discusiones nocturnas. Él rompió la relación respetuosamente y jamás dijo una sola palabra negativa de ella. Pero a Raegan la desfloró y después no cumplió con su parte del trato: pasar el resto de su vida con ella. Y por esa razón se convirtió por siempre jamás en el enemigo de esta casa.

Kody terminó su plato de huevos y a continuación se puso a recoger.

—Tú has preparado el desayuno. Yo me ocuparé de eso —dije, apartándole del lavaplatos.

—¿Y qué vas a hacer tú hoy? —me preguntó Raegan.

—Estudiar. Redactar ese trabajo que tengo que entregar el lunes. Igual me ducho, igual no. Y lo que seguro que no pienso hacer es pasar a ver a mis padres para explicarles por qué no me he ido de viaje como estaba previsto.

—Comprensible —dijo Raegan. Ella sabía la verdadera razón. Ya les había dicho a mis padres que me marchaba a ver a T. J. y ellos querrían saber por qué otra vez él me había dejado tirada. No les caía bien, ya de antes, y yo no tenía el menor interés en perpetuar el disfuncional ciclo de hostilidad que se creaba cuando más de uno de la familia se encontraba en la misma habitación. Mi padre se pondría de malas, aunque siempre estaba así, y alguien hablaría más de la cuenta, como nos pasaba siempre, y mi padre se pondría a dar voces. Mi madre le suplicaría que dejase de gritar. Y no sé cómo, de alguna manera, al final siempre sería culpa mía.

«Eres idiota por fiarte de él, Camille. Es demasiado reservado», diría mi padre. «No me fío un pelo. Tiene una manera de mirar que parece que lo está juzgando todo…».

Pero esa era una de las razones por las que me había enamorado de él. T. J. me hacía sentir supersegura. Como si, fuera adonde fuera o pasase lo que pasase, me protegiese.

—¿Sabe T. J. que anoche saliste?

—Sí.

—¿Sabe lo de Trent?

—No me preguntó.

—Él nunca pregunta lo que haces cuando sales. Si Trent fuese un asunto sin importancia, seguramente se lo habrías mencionado —razonó Raegan con una sonrisilla.

—Cállate. Váyanse a casa de tus padres y que tu padre torture a Kody.

Kody frunció las cejas y Raegan, sacudiendo la cabeza y dándole unas palmaditas en su gigantesco hombro, se fue con él a su cuarto.

—Lo dice en broma.

Cuando un par de horas más tarde Raegan y Kody se marcharon, abrí mis libros y mi laptop y comencé a redactar mi trabajo sobre la influencia de los ordenadores personales en la educación.

—¿Pero a quién se le ocurre esta mierda de temas? —protesté.

Una vez que el trabajo estuvo redactado e impreso, me puse a estudiar para el examen de Psicología que tenía el viernes. Quedaba casi una semana pero la experiencia me había enseñado que si esperaba hasta el último momento surgiría cualquier asunto imposible de eludir. En el trabajo no podía estudiar, precisamente, y ese examen era especialmente difícil.

Sonó un pitido de mi celular. Otra vez era Trenton.

Esto es nuevo. Nunca me había pasado que una chica me diese su número y luego se olvidara de mí.

Me reí. Cogí el celular con las dos manos y pulsé en las letras.

No estoy cortándote. Estoy estudiando.

Un descansito?

No hasta que haya acabado.

Va, y luego comemos juntos? Me muero de hambre.

¿Habíamos hecho planes para comer?

Tú no comes?

… sí. ¿Y?

Va. Tú planeas comer. Yo planeo comer. Comamos.

Tengo que estudiar.

Va... Comemos DESPUÉS?

No hace falta que me esperes. Adelante.

Ya sé que no hace falta. Pero quiero.

Pero yo no. Así que adelante.

Va

Puse el celular en silencio y lo metí debajo de la almohada. Su insistencia resultaba tan admirable como molesta. Sabía bien quién era Trenton, por supuesto. En Eakins High habíamos ido a la misma clase. Le había visto transformarse de crío sucio y mocoso que mordisqueaba los lápices rojos y se comía el pegamento en el hombre alto lleno de tatuajes y exageradamente encantador que era ahora. Desde el momento en que se sacó la licencia de conducir, había ido ligándose una por una a todas mis compañeras de clase del instituto y a todas las chicas de la facultad en la Eastern State, y juré que jamás sería yo una de ellas. Y él tampoco lo había intentado. Hasta ahora. No quería sentirme halagada, pero costaba no sentirse así después de ser una de las pocas hembras con las que ni Trenton ni Travis Maddox habían intentado acostarse. Supongo que era la prueba de que no podía ser totalmente horrenda. T. J. era guapo de revista, y ahora Trenton me mandaba mensajes. No estaba segura de qué había cambiado en mí entre el colegio y la uni que hubiese atraído la atención de Trenton, pero yo sí sabía lo que había cambiado para él.

Hacía menos de dos años la vida de Trenton había dado un giro. Iba en el asiento del acompañante del Jeep Liberty de Mackenzie Davis, de camino a una fiesta con hoguera por las minivacaciones de primavera. El Jeep quedó casi irreconocible cuando lo trajeron al día siguiente encima de un camión grúa, igual que Trenton cuando volvió a Eastern. El cargo de conciencia por la muerte de Mackenzie lo tenía consumido, no conseguía concentrarse en clase y a mediados de abril decidió mudarse a casa de su padre y dejar colgados los estudios. En noches con poco movimiento en el Red Door, Travis había mencionado cosas sueltas sobre su hermano, pero no sabía mucho más de él.

Después de otra media hora estudiando y mordiéndome las uñas casi inexistentes, empezaron a rugirme las tripas. Fui hasta la cocina andando parsimoniosamente y abrí la nevera. *Aliño* ranchero. *Cilantro. ¿Qué coño hace la pimienta negra en la neve-ra? Huevos, puaj. Yogur desnatado. Aún peor.* Abrí el congelador. *Bingo. Burritos congelados.*

Estaba a punto de pulsar los botones del microondas cuando alguien llamó a la puerta con los nudillos.

—¡Raegan! ¡Deja de olvidarte las dichosas llaves!

Descalza como estaba, rodeé la barra del desayuno y recorrí la alfombra beis. Giré el cerrojo y tiré de la pesada puerta metálica, e inmediatamente crucé los brazos para taparme los pechos. Solo llevaba una camiseta blanca ajustada, sin sujetador, y los pantalones cortos. Trenton Maddox estaba en el umbral de la puerta, con dos bolsas blancas de papel.

—La comida —anunció sonriendo.

Mi boca imitó su sonrisa, medio segundo, y entonces el gesto se me borró rápidamente.

—¿Cómo sabías que vivía aquí?

—He preguntado —respondió él, y entró directamente. Dejó las bolsas en la barra y empezó a sacar envases de comida—. Del Golden Chick. El puré de patatas que hacen y la salsa me recuerdan a los de mi madre. En realidad, no estoy seguro de por qué. No recuerdo sus platos.

El fallecimiento de Dianne Maddox había conmocionado a la ciudad. Estaba metida en la Asociación de Padres y Profesores y en la organización de la Liga Juvenil Solidaria, y había sido entrenadora del equipo de fútbol de Taylor y Tyler durante tres años antes de que le diagnosticaran un cáncer. Que él la mencionase de una manera tan natural me cogió desprevenida, aunque supongo que no debería haberme chocado.

—¿Siempre te presentas por sorpresa en el departamento de una chica con un cargamento de comida?

—No, pero ya tocaba.

—¿Ya tocaba el qué?

Me miró con cara de no entender.

—Comer.

Se metió en la cocina y se puso a abrir armarios.

—¿Y ahora qué estás haciendo?

—¿Platos? —preguntó.

Señalé el armario correspondiente y él sacó un par de platos, los dejó en la barra y a continuación comenzó a servir puré de patatas, salsa y maíz, y a repartir el pollo equitativamente. Hecho todo esto, se marchó.

Me quedé al lado de la barra, en mi tranquilo apartamentito, con los aromas a pollo y salsa impregnando el aire. Esto no me había pasado en la vida y no estaba segura de cómo debía tomármelo.

De repente, la puerta se abrió y allá que entró de nuevo Trenton, ayudándose con un pie para cerrarla al pasar. Llevaba en las manos dos vasos grandes de poliexpan con sendas pajitas asomando por arriba.

—Espero que te guste la Coca-Cola de cereza, muñeca, porque, si no, no vamos a entendernos. —Depositó las bebidas junto a cada plato y, levantando la vista hacia mí, tomó asiento—. ¿Y? ¿No piensas sentarte o qué?

Me senté.

Trenton se metió en la boca una primera carga de tenedor y, tras dudar unos instantes, le imité. Era como tener en la lengua un pedazo de paraíso; una vez que hube empezado, la comida simplemente fue desapareciendo de mi plato.

Trenton levantó en alto el DVD de *La loca historia de las galaxias*.

—Ya sé que dijiste que estabas estudiando, así que si no puedes, pues nada, pero se la cogí prestada a Thomas la última vez que vino por aquí y aún no la he visto.

—¿*La loca historia de las galaxias*? —pregunté yo, levantando una ceja. La había visto millones de veces con T. J. Era un poco como si fuese nuestra peli. No pensaba verla con Trenton.

—¿Eso es un sí?

—No. Ha sido todo un detallazo que me trajeras la comida, pero tengo que estudiar.

Se encogió de hombros.

—Puedo ayudarte.

—Tengo novio.

A Trenton eso le dio igual.

—Pues no ejerce mucho. Nunca le he visto el pelo.

—No vive aquí. Está… Está estudiando en California.

—¿Y no viene nunca a casa a ver a su gente?

—Todavía no. Está muy ocupado.

—¿Es de aquí?

—Eso no es asunto tuyo.

—¿Quién es?

—Tampoco es asunto tuyo.

—Estupendo —dijo, y se puso a recoger los envases vacíos y a tirarlos al cubo de la basura. Cogió mi plato, luego el suyo y les dio un agua en el fregadero—. Tienes un novio imaginario. Entendido.

Abrí la boca para rebatírselo, pero él se fue hacia el lavaplatos.

—¿Estos están sucios?

Asentí.

—¿Trabajas esta noche? —me preguntó mientras iba metiendo los platos en la máquina. Luego se puso a buscar el detergente. Cuando lo encontró, vertió un poco en el pequeño depósito al efecto y cerró la puerta del aparato, tras lo cual pulsó la tecla de encendido. La cocina se llenó del ronroneo sedante de la máquina.

—No, tengo el fin de semana libre.

—Increíble, yo también. Luego me paso a recogerte.

—¿Qué? No, yo…

—¡Hasta las siete! —La puerta se cerró y de nuevo el apartamento quedó en silencio.

¿Qué es lo que acaba de pasar? Me fui corriendo a mi cuarto y cogí el celular.

Yo no voy a ninguna parte contigo. Ya t lo he dicho: tengo novio.

Mmm, ok.

Se me descolgó la mandíbula. El hombre no pensaba aceptar un no por respuesta. ¿Qué podía hacer? ¿Dejar que se pusiera a aporrear mi puerta hasta que se hartara? Sería pasarme mucho. ¡Pero es que él se estaba pasando un montón! ¡Y le había dicho que no!

No había motivos para sulfurarse. Raegan volvería a casa, probablemente con Kody, y ella podría decirle que me había ido. Con otra persona. Eso explicaría por qué mi coche seguía aparcado en su sitio.

Pero qué lista era. Lo bastante lista para haber sabido guardar las distancias con Trenton todos estos años. Yo le había visto ligar, seducir y esquivar a chicas desde que éramos unos críos. No había absolutamente ningún truco al que Trenton Maddox pudiese recurrir para el cual no estuviese yo preparada de antemano.

Capítulo 3

A las siete en punto estaba doblada por la cintura, secándome el pelo con el secador, con la cabeza hacia abajo. El vaho que había llenado nuestro minúsculo cuarto de baño compartido empañaba el espejo, por lo que no tenía sentido intentar verme en él. La finústica toalla raída que me había puesto alrededor del pecho apenas me tapaba. Necesitábamos toallas nuevas. Necesitábamos de todo.

Raegan no volvió a casa hasta pasadas las seis, de modo que tuve que explicarle muy rápido mi plan para que supiese exactamente cómo librarse de Trenton. A las siete y cinco me puse mi sudadera favorita con capucha y con el logo de la Eastern State, y los pantalones grises a juego. A las siete y diez Raegan se tumbó en el sofá con su cuenco de palomitas, hundiéndose entre los cojines azules, con las mallas de deporte de color azul marino y la camiseta ajustada con estampado de florecitas.

—Me parece que le convenciste tú misma.

—Genial —dije, sentándome en el reposabrazos casi sin relleno del sofá.

—Tú dirás que genial, pero en la cara se te nota una leve pizca de decepción.

—Cochina mentirosa —repliqué, y cogí un puñado de palomitas que me metí entero en la boca.

Estaba empezando a relajarme, mientras peroraba la molesta voz de *Padre de familia*, cuando sonó el timbre de casa. Raegan fue a abrir, dando traspiés y tirando palomitas por todas partes, y yo me escabullí a mi cuarto. Raegan giró el cerrojo y el pomo y entonces oí su voz amortiguada. Tras un breve silencio, otra voz, mucho más grave, resonó en el apartamento. Era Trenton.

Hablaron un poco y Raegan me llamó. Me tensé, no sabía bien qué hacer. ¿Intentaba demostrarle que no me encontraba en casa? La puerta de mi cuarto se abrió de repente. Instintivamente, retrocedí de un salto antes de que me diese en las narices.

Raegan estaba ante mí y me miraba con ceño fruncido.

—Juega sucio.

Sacudí la cabeza. No estaba segura de si debía hablar en voz alta o no.

Ella señaló con la suya hacia un lado, para indicar la puerta de casa.

—Sal a verlo tú misma.

La rodeé y salí al pasillo, desde donde vi a Trenton en el salón, de pie, sosteniendo en una mano un miniabriguito que parecía una bola de pelo rosa. A su lado había una niña pequeña. Era impactante. Sus ojos verdes, enormes, eran como dos telescopios y cada vez que pestañeaba desaparecían tras sus largas pestañas negras. Sus cabellos rubios platino descendían como una cascada por encima de sus hombros y de su espalda. Retorcía con sus deditos algunas hebras de su jersey de color verde menta, sin dejar de mirarme con curiosidad.

Trenton indicó con el mentón hacia la personita diminuta y perfecta que tenía al lado.

—Te presento a Olive. Sus padres compraron la casa contigua a la de mis padres hace dos años. Somos amigos.

Olive se volvió y se abrazó tranquilamente a la pierna de Trenton. No porque estuviese asustada o se sintiese intimidada; simplemente tenía confianza suficiente con él para aferrársele de esa manera.

—Hola, Olive —dije—. ¿Cuántos años tienes? —¿No era lo que se suele preguntar a los niños? No estaba segura.

—Tengo cinco *añoz* —respondió con confianza. Su voz dulce y a la vez enérgica era probablemente el sonido más adorable que había oído en mi vida. Levantó una mano separando todo lo que pudo sus deditos regordetes, con la palma hacia mí. Cuando tuvo la certeza de que yo había entendido el gesto, la manita regresó a los jeans de Trenton—. *Tuent* me dijo que iba a llevarme al Chicken Joe's, pero que no podemos ir *hazta* que tú *estez* lista. —Pestañeó, pero no sonrió. Lo decía en serio, y me estaba haciendo absolutamente responsable de todos los segundos de más que tuviese que esperar.

Le taladré con la mirada.

—Conque eso te dijo, ¿eh?

Trenton se limitó a encogerse de hombros y sonreír.

—¿Estás lista?

Me miré los pantalones deportivos.

—Es obvio que no, pero deduzco que no debería hacer esperar a Olive.

—No. No deberías hacerla esperar —respondió Trenton. Ni siquiera fingió vergüenza. Cabrón.

Conteniéndome para no gruñir ni soltar groserías ni hacer cualquier otra cosa que pudiese asustar a Olive, me retiré a mi habitación. Sustituí mi sudadera con capucha por una camiseta Henley térmica de color ladrillo, y los pantalones deportivos por unos jeans gastados. Cuando estaba poniéndome las botas, Raegan abrió la puerta, entró y cerró.

—Olive quiere que te diga que por favor te des prisa —dijo, haciendo esfuerzos por aguantar la risa.

—Cierra la boca —repuse, levantándome. Me eché rápidamente unos polvos de maquillaje, me peiné las pestañas con el aplicador del rímel, me puse a toquecitos un brillo natural en los labios y salí al salón, donde seguían esperándome de pie Trenton y Olive.

—Lista —anuncié, sonriendo. A Olive. A Trenton no pensaba sonreírle ni una vez.

Olive alzó la vista hacia él.

—¿Ahora podemos irnos al Chicken Joe's?

—Antes, a ponerse el abrigo.

Olive accedió y a continuación, limpiándose la nariz con el dorso de la mano, volvió a preguntar:

—¿Ya?

—Sí, señorita —respondió él, y abrió la puerta.

Olive sonrió de oreja a oreja cuando se abrió la puerta y a Trenton se le alegró la cara, pues era evidente que estaba contento de haberla hecho feliz.

Yo salí por delante de él sin mediar palabra. Mientras andaba en dirección al estacionamiento, los deditos de Olive se cogieron de mi mano. Su piel era exactamente tan cálida y suave como parecía.

Trenton abrió la puerta del acompañante de su maltrecho Dodge Intrepid, que en algunas partes tenía la pintura descolorida y en otras directamente se le había caído.

Echó hacia delante el asiento y ayudó a Olive a subir al asiento trasero. Luego, ató el cinturón de su silla infantil, de color rosa.

Yo me asomé a olisquear.

—¿No fumas dentro del coche?

—Sí, pero limpio bien la noche antes de quedarme con Olive y no vuelvo a fumar en él hasta que la dejo en su casa. No huele. —Volvió a poner el asiento del acompañante en su posición original y, tendiéndome la mano, me invitó a subir.

—No sabes cómo te lo voy a hacer pagar —susurré al pasar por su lado para sentarme.

Él sonrió.

—Ardo en deseos.

Trenton cerró la puerta y rodeó la parte delantera del coche a la carrerilla para meterse de un salto en el asiento del conductor. Pasó el cinturón de seguridad por delante de su torso y lo enganchó en el cierre, tras lo cual me miró con cara de esperar algo.

—Abróchate o multa —dijo Olive desde el asiento de atrás.

—Oh —dije yo, y me volví para coger el cinturón de seguridad y realizar la operación que Trenton acababa de ejecutar. En cuanto el enganche hizo clic en su soporte, Trenton encendió el motor.

Cruzamos la ciudad camino del Chicken Joe's casi en silencio absoluto, salvo por las preguntas que de tanto en tanto hacía Olive para mantenerse informada. Casi en cada semáforo quería que le dijésemos cuántas calles quedaban para llegar a nuestro destino. Trenton contestaba pacientemente. Y cuando nos encontrábamos a una manzana del restaurante, los dos hicieron una especie de pequeño ritual de celebración, moviendo las manos.

Trenton estacionó el coche delante del Chicken Joe's, apagó el motor, salió y vino a paso ligero hasta mi lado para abrir la puerta. Me ayudó a salir con una mano y a continuación empujó hacia delante el asiento, soltó el cinturón de Olive y la dejó en el suelo.

—¿Has *trajido* monedas? —preguntó con su lengua de trapo.

—¡Ja! —exclamó Trenton, haciéndose el ofendido—. ¿Pero tú crees que te dejan entrar en el Chicken Joe's sin llevar monedas encima?

—Yo creo que no —respondió Olive, negando con la cabeza.

Trenton le tendió la mano y Olive le dio la suya, y entonces me tendió a mí la otra mano. Yo la envolví con la mía y nos fuimos los tres al restaurante.

Chicken Joe's había formado parte del paisaje urbano de Eakins desde antes de que yo naciera. Mis padres nos habían llevado de pequeños una o dos veces, pero yo no había vuelto desde los años noventa. Seguía oliendo un montón a grasa y especias, que además lo empapaban todo absolutamente, hasta el suelo de baldosas verdes, cubiertas de una fina película.

Olive y yo seguimos a Trenton hasta un reservado, al otro lado del restaurante. Había niños corriendo por todo el local y prácticamente subiéndose por las paredes. Las luces multicolores de la gramola gigante y de las máquinas de juegos daban la sensación de intensificar los gritos y las risas.

Trenton rebuscó en los bolsillos de los jeans y sacó las manos llenas a rebosar de monedas de 25 centavos. Olive contuvo la respiración, extasiada, cogió todas las que pudo en su mano regordeta y salió corriendo.

—Tú ni siquiera te sientes mal por aprovecharte de esa pobre niñita, ¿verdad? —le pregunté, cruzando los brazos por encima de la mesa.

Trenton se encogió de hombros.

—Así yo ceno contigo. Ella puede jugar. Y sus padres pueden pasar la velada a solas. Todos salimos ganando.

—Negativo. Yo no entro en la categoría ganadora, obviamente, dado que he venido aquí bajo coacción.

—Qué culpa tengo yo de haber ido un paso por delante.

—Aprovecharse de una niña no es una buena táctica para una primera cita. No es precisamente un recuerdo que después querrás compartir con alguien.

—¿Y quién ha dicho que esto fuese una cita? Es decir…, si te apetece llamarlo una cita, genial, pero creía que tenías novio.

Casi me atraganté con mi propia saliva. Pero prefería eso a ponerme como un tomate.

—Perdona por haber pensado que no coaccionas a cualquiera.

—Y es verdad. Este es un caso especial, no te quepa duda.

—Tú sí que eres un caso especial —refunfuñé, mientras trataba de encontrar a Olive entre la miríada de rostros infantiles. Estaba intentando llegar con sus bracitos a los lados de la máquina de pinball, y entonces optó por inclinarse a un lado y luego al otro.

—Deduzco que sigues teniendo a ese novio —dijo Trenton.

—No es asunto tuyo, pero sí.

—Pues entonces no hay duda de que esto no es una cita. Porque si lo fuera, estarías… Bueno, no lo voy a decir.

Le miré entornando los ojos.

—Mira que saco la mano y te pego una cachetada.

Él rio entre dientes.

—No, no vas a hacer nada de eso. ¿Quieres que la siguiente generación de Eakins, Illinois, al completo crea que eres un ogro?

—Me importa un comino.

—Pues no debería.

La camarera vino hasta nosotros andando como un pato, con la espalda hacia atrás, lejos de su panza oronda. Parecía embarazada de siete meses. Su camiseta tipo polo, de color verde, a duras penas le tapaba la barriga. Depositó en nuestra mesa una pequeña bebida con tapa y popote y una copa roja, más grande, llena de una sustancia marrón con burbujas.

—Hola, Trent.

—Qué tal, Cindy. Deberías estar en casa con los pies en alto.

Ella sonrió.

—Siempre me dices lo mismo. ¿Qué va a querer tu amiga?

Levanté la vista hacia Cindy.

—Solo agua, por favor.

—Ahí la tienes. —Miró a Trenton—. ¿A Olive le traigo lo de siempre?

Él asintió.

—Pero creo que Cami va a necesitar una carta.

—Ahora vuelvo —dijo ella.

Trenton se inclinó hacia mí.

—Deberías probar el plato de tres raciones con patatas fritas dulces y ensalada de col. Porque… Mierda.

A mi espalda, un tipo gritó:

—¡Christopher! ¡He dicho que muevas tu culo hasta aquí y te sientes!

Trenton se inclinó para echar un vistazo detrás de mí y arrugó la frente. Un niño de unos ocho años llegó corriendo y se detuvo más cerca de mí que de su padre, esperando algo.

—¡Siéntate! —bramó el padre. El niño obedeció y volvió la cara para ver jugar a los otros niños.

Trenton trató de ignorar la escena que tenía lugar detrás de mí y se inclinó sobre la mesa.

—¿Sigue gustándote tu trabajo en el Red Door?

Yo respondí que sí con la cabeza.

—Como trabajo no está mal. Y Hank es buena onda.

—¿Por qué no has trabajado este fin de semana?

—He pedido un par de días.

—¡Que te estés quieto! —vociferó el padre que tenía detrás de mí.

Tras un breve silencio, Trenton prosiguió:

—Pues quería decirte que, si no estás contenta en el bar, están buscando recepcionista en el estudio.

—¿Qué estudio?

—Mi estudio. O sea, el estudio donde trabajo.

—¿Quieren contratar a alguien en Skin Deep? Pensaba que Cal hacía atender las llamadas al primero que no tuviera nada mejor que hacer.

—Pues dice que en Thirty-Fourth Street Ink tienen a una chica buenota en el mostrador y piensa que él también necesita una.

—Una chica buenota —repetí yo, impávida.

—Esas fueron sus palabras, no lo he dicho yo —repuso Trenton, buscando a Olive entre la gente. No le hizo falta buscar mucho. Sabía dónde estaría.

—Le gusta el pinball, ¿eh?

—Le encanta —dijo él, sonriendo hacia Olive como una padre orgulloso.

—¡Mierda, Chris! ¿Pero qué carajo te pasa? —gritó el padre que tenía detrás de mí, levantándose de su silla al mismo tiempo. Me volví y vi un vaso volcado y a un niño pequeño mirando muy agobiado el regazo mojado de su padre—. ¿Por qué me molestaré siquiera en traerte a sitios así? —gritó.

—Eso mismo me preguntaba yo —intervino Trenton.

El padre se volvió. Dos hondas arrugas horizontales le surcaban el centro de la frente.

—Vamos, que realmente no parece que quiera que su hijo corra, juegue o lo pase bien en general. ¿Por qué le trae aquí si solamente quiere que se esté sentado y quieto?

—A ti nadie te ha preguntado, estúpido —replicó el hombre, y nos dio la espalda.

—No, pero si sigue hablándole así a su hijo, voy a pedirle que salga del local.

El hombre volvió a mirarnos y empezó a hablar, pero algo en la mirada de Trenton le hizo pensárselo mejor.

—Es hiperactivo.

Trenton se encogió de hombros.

—Ah, ya lo entiendo. Está aquí por usted. Seguramente habrá tenido un día muy largo.

Las arrugas de encima de los ojos del hombre se atenuaron.

—Pues sí.

—Entonces déjele que se desfogue un poco. Estará agotado cuando llegue a casa. Es un poco absurdo traerle a un local con maquinitas y que se sulfure usted cuando el chico quiere jugar.

Al hombre se le ensombreció el semblante de vergüenza. Movió la cabeza afirmativamente varias veces y, volviéndose, bajó el mentón mirando a su hijo.

—Perdona, nene. Ve a jugar.

Al crío se le iluminaron los ojos y salió de un salto del asiento del reservado para ir a mezclarse con la tropa de felices niños que no paraba de moverse. Tras unos instantes de incómodo silencio, Trenton entabló conversación con el hombre y se pusieron a hablar de dónde trabajaban, de Christopher y de Olive. Al final nos enteramos de que el hombre se llamaba Randall y que se había separado hacía poco. La madre de Chris era adicta y vivía con su novio en la ciudad más próxima. A Chris le estaba costando acostumbrarse a su nueva vida. Randall reconoció que a él también. Cuando llegó la hora de marcharse, Randall le tendió la mano a Trenton y este se la estrechó. Christopher observó a los dos hombres, sonrió y le dio la mano a su padre. Se marcharon los dos con una sonrisa en la cara.

Cuando a Olive se le acabaron las monedas, vino a sentarse a la mesa, frente a su plato de doradas tiras de carne de pollo. Trenton le puso en las manos un chorrito de un producto desinfectante y ella se las frotó y a continuación devoró todo lo que tenía en el plato. Trenton y yo pedimos la versión adulta del mismo menú y los tres terminamos prácticamente a la vez.

—¿Tarta? —preguntó Olive limpiándose la boca con el dorso de la mano.

—No sé —respondió Trenton—. La última vez tu madre se puso como una fiera conmigo.

Me gustaba cómo le hablaba. Nada condescendiente. Le hablaba igual que me hablaba a mí, y parecía que ella lo valoraba.

—¿Qué opinas, Cami? ¿Te gustan las pacanas?

Olive me observó con mirada suplicante.

—Sí.

Los ojos entre verde y azul zafiro de Olive se iluminaron.

—¿Podemos *compatila*?

Me encogí de hombros.

—Yo podría con la tercera parte de una tarta. Trent, ¿quieres compartir tú también?

Cindy miró hacia Trenton y él aprovechó para hacerle una señal levantando el dedo índice. Ella entendió lo que quería decir y movió la cabeza en gesto afirmativo. Cuando volvió hasta nosotros con el plato en una mano y tres tenedores en la otra, Olive aplaudió. La porción del postre venía a ser un tercio de la tarta entera, con un montículo encima de nata montada.

—Que la disfruten —dijo Cindy, con voz cansada pero amable.

Nos lanzamos al ataque los tres a la vez, y emitimos sonidos de placer cuando el primer bocado de aquella delicia azucarada entró en nuestras respectivas bocas. A los pocos minutos el postre había volado. Cindy nos trajo la cuenta y yo intenté pagar la mitad, pero Trenton no quiso ni oír hablar de eso.

—Pues si pagas tú, es una cita —dije.

—¿Alguna vez has invitado a Raegan a comer?

—Sí, pero…

—¿Y eso es una cita?

—No, pero…

—Shh —respondió él, al tiempo que cogía a Olive en brazos—. Ahora es cuando viene lo de dar las gracias. —Dejó dos billetes encima de la mesa y se metió la cartera en el bolsillo trasero.

—Gracias —dijo Olive, apoyando la cabeza en el hombro de Trenton.

—De nada, Ew —Se inclinó un poco para coger las llaves de la mesa.

—¿Ew? —pregunté yo.

Olive me miró con ojillos somnolientos. No quise insistir.

En el coche de vuelta a mi apartamento íbamos callados, pero más que nada porque Olive se había quedado dormida en su silla, con un lado de su carita espachurrada contra el mullido lateral. Daba paz ver su gesto de felicidad, allí donde la hubiesen llevado los sueños.

—¿Y sus padres dejan que el vecino cubierto de tatuajes haga de niñera de su niña de cinco años?

—No. Esto es nuevo. Lo de traerla al Chicken Joe's he empezado a hacerlo este año, los días que descanso. Les había hecho el favor a Shane y Liza de vigilar a Olive un par de veces, media hora nada más, y de alguna manera acabamos viniendo a Chicken Joe's.

—Curioso.

—Llevo ya tiempo siendo su *Tuent*.

—¿Y ella es tu *Ew?*

—Eso es.

—¿Qué significa?

—Son sus iniciales. Olive Ollivier. O.O. Cuando las juntas, suenan como *ew*.

Asentí.

—Tiene lógica. Y te va a odiar por eso dentro de seis años*.

Trenton miró por el espejo retrovisor y luego volvió a mirar a la carretera.

—Qué va.

Las luces delanteras del coche iluminaron el portal de mi casa y Trenton finalmente puso cara de sentirse algo avergonzado.

—Te acompañaría hasta la puerta, pero no quiero dejar a Olive sola en el coche.

Le resté importancia con la mano.

—Sé llegar sola hasta la puerta.

—A lo mejor podemos volver a secuestrarte.

—Los sábados trabajo. Esto ha sido pura chiripa.

—Podríamos pasar el Chicken Joe's a los domingos.

—Los domingos trabajo.

---

* *Ew* en inglés es una palabra onomatopéyica para expresar repulsa o desagrado, equivalente a nuestro «puaj». *[N. de la T.]*

—Yo también. Pero entro a la una, y tú entras más tarde también, ¿verdad? Podríamos almorzar juntos. Almuerzo mañanero.

Arrugué la boca hacia un lado.

—No es buena idea, Trent. Pero te lo agradezco.

—El Chicken Joe's siempre es buena idea.

Reí entre dientes y bajé la vista.

—Gracias por la cena.

—Me lo debes —dijo Trenton, siguiéndome con la mirada mientras yo salía del coche.

Me incliné.

—Fue un secuestro, ¿recuerdas?

—Y volvería a hacerlo —respondió al tiempo que yo cerraba la puerta.

Fui hasta el edificio y Trenton aguardó a que entrase en el portal antes de retroceder con el coche.

Raegan, sentada de rodillas en el sofá, agarró con ambas manos el respaldo.

—¿Qué tal?

Yo miré primero alrededor y a continuación lancé el bolso sobre nuestro sofá de dos plazas.

—Pues… creo que ha sido la mejor no-cita de mi vida.

—¿En serio? ¿Mejor aún que cuando conociste a T. J.?

Arrugué la frente.

—No sé. Aquella noche fue preciosa. Pero esta noche ha sido… diferente.

—¿Diferente para bien?

—Pues ha sido digamos que perfecta.

Raegan levantó una ceja y bajó la barbilla.

—Esto podría complicarse de lo lindo. Deberías contárselo.

—No seas tonta. Sabes que no puedo —repuse, yéndome a mi cuarto.

Mi celular vibró una vez y a continuación una segunda. Me dejé caer en la cama y miré la pantalla. Era T. J.

—¿Hola? —dije llevándome el teléfono a la oreja.

—Perdona que haya tardado tanto en llamar... Acabamos de volver... ¿Todo bien? —preguntó T. J.

—Sí, ¿por?

—Es que me ha parecido notar algo en tu voz cuando has contestado.

—Oyes cosas —dije yo, tratando de no pensar en lo adorable que estaba Trenton con Olive dormida recostada en su hombro.

Capítulo 4

Me tiré casi toda la mañana del domingo en la cama. A eso de las diez y media mi madre me mensajeó para preguntarme si iba a ir a la comida de los domingos. Yo le informé de que, a causa de la cancelación del viaje, Hank había aprovechado para convocar una reunión con los empleados. En gran parte era verdad. Los domingos por la tarde los empleados del Red Door nos acercábamos un rato y luego nos marchábamos a casa para descansar un poco antes del turno de noche.

Mi madre no vaciló en responderme con un mensaje pensado para provocarme remordimientos.

—¡Me lleva Kody! —gritó Raegan desde su habitación.

—¡Va! —grité yo desde la cama. La llamada de T. J. había durado hasta bien entrada la madrugada. Charlamos sobre aspectos no muy concretos relacionados con su proyecto, los que tenía autorización para contar, y luego hablamos sobre Trenton y Olive. T. J. no se mostró en absoluto celoso, cosa que de alguna manera me molestó. Luego me entró sentimiento de culpa al darme cuenta de que justamente pretendía darle celos, y me pasé el resto de la conversación en plan superamoroso.

Tras una larga charla conmigo misma para levantarme los ánimos, salí de la cama y me fui hasta el baño arrastrando los pies. Raegan ya había pasado por él. El espejo seguía empañado y las paredes cubiertas de vaho.

Abrí el grifo de la ducha, cogí dos toallas mientras el agua se iba calentando y por último me quité la gastada camiseta de los Bulldog C. F. y la tiré al suelo. La tela estaba tan raída que en algunas zonas se transparentaba. Era una camiseta de T. J., gris jaspeada y con las letras en azulón. Me la había puesto la noche antes de que T. J. se marchase a California, la primera noche que habíamos dormido juntos, y cuando se fue no me la pidió. Aquella prenda era un símbolo de los tiempos en que todo era perfecto entre él y yo, y por eso tenía una importancia especial para mí.

A las doce ya estaba vestida y, montada en mi Pitufo con un mínimo de maquillaje y el pelo húmedo, me había plantado en el restaurante de comida rápida más cercano para agarrar un par de artículos de la selección de productos más baratos, y había juntado 2,70 dólares en monedas para pagarme la comida, hecho lo cual había puesto rumbo al Red Door. La zona de la entrada estaba desierta, pero sonaba música por los altavoces. Rock clásico. Eso quería decir que Hank había llegado.

Cuando me senté junto a la barra este, Hank apareció por el otro lado y sonrió. Llevaba una camisa negra abotonada hasta arriba, pantalones holgados negros y un cinturón negro. Era su atuendo habitual durante la jornada laboral, pero normalmente los domingos no se arreglaba tanto.

Me senté a horcajadas en un taburete y apoyé el mentón en el puño.

—Hey, Hank. Qué guapo.

—Hola, hola, preciosa —respondió Hank guiñándome un ojo—. Hoy no me voy a casa hasta que abramos esta noche. Tengo un montón de papeleo y tonterías. ¿Has disfrutado de tu fin libre?

—Dadas las circunstancias, sí.

—Jorie me ha dicho que el viernes por la noche Trenton Maddox estuvo pululando por tu mesa. Debí de perdérmelo.

—Pues me sorprende, normalmente a los Maddox los vigilas como un halcón.

Hank hizo una mueca.

—Es mi obligación. O empiezan una bronca o la acaban.

—Sí, por poco no terminaron una con el tonto de Coby. Y luego, cuando le expliqué quiénes eran, tampoco se echó atrás.

—Pues me parece fenomenal.

—¡Necesito una copa ya! —exclamó Jorie desde la otra punta del salón. Venía con Blia. Las dos ocuparon sendos taburetes a ambos lados de mí y depositaron sus bolsos encima de la barra.

—¿Una noche dura? —preguntó Hank, divertido.

Jorie levantó una ceja. Si era posible coquetear mientras se masca un chicle, lo estaba consiguiendo.

—Dímelo tú.

—Pues yo diría que has pasado una noche bastante buena —respondió él sonriendo.

—Ay —intervine yo, contrayendo hasta el último músculo de mi cara. Los rizos negros de Hank, sus ojos de color azul claro, su barba de un día y su tez morena lo convertían en un tipo atractivo para prácticamente cualquier fémina de entre quince y ochenta años. Pero tenía doce años más que nosotras y para colmo yo había sido testigo de un montón de sus líos. Así pues, para mí Hank era más bien una especie de pariente, un tío mío, un tío mono pero regañón. Y no me apetecía nada imaginármelo haciendo otra cosa que no fuese ocuparse de los papeles del local y hacer caja al final de la noche—. No hace falta que nos lo cuentes.

Hank había sido el responsable de la ruptura de al menos una docena de matrimonios de nuestra pequeña ciudad, y era conocido por enredarse con chicas casi menores de edad hasta que conseguía lo que quería de ellas y luego adiós. Pero cuando Jorie empezó a trabajar en el Red Door el año anterior, se obsesionó con ella. Como hija de militar, Jorie había vivido ya en nueve ciudades diferentes y prácticamente nada la impresionaba, y desde luego no iba a caer rendida a los pies de Hank. Ella no le daba ni la hora, hasta que él cambió radicalmente su comportamiento y mejoró su fama. Y aunque después habían pasado por un par de baches en la relación, se hacían bien el uno a la otra.

Jorie me dio un codazo y dedicó en broma una mirada fulminante a Hank.

Llegó Tuffy, con cara de cansado y deprimido como de costumbre. Había trabajado de gorila en el Red Door hasta que Hank lo había echado. Pero le tenía cariño y seis meses después había vuelto a contratarle de DJ. Tras su tercer divorcio y su tercer brote depresivo, había faltado demasiadas veces y acabó despedido nuevamente. Ahora, con su cuarta mujer y su cuarta oportunidad en el Red Door, se limitaba a vigilar quién entraba y a comprobar los carnés, por la mitad del sueldo.

Solo unos segundos después de Tuffy apareció Rafe Montez. Él había sustituido a Tuffy como DJ y era francamente mucho mejor. Era un tipo reservado y, aunque llevaba casi un año trabajando en el Red Door, yo casi no sabía nada de él salvo que jamás se saltaba una noche de trabajo.

—¡Qué trabajo loco, Cami! ¡Debra Tillman le contó a mi madre que estuviste en el Chicken Joe's con Trenton Maddox! —exclamó Blia.

Los bucles oxigenados de Jorie saltaron de un hombro al otro cuando volvió la cabeza para mirarme.

—¿En serio?

—Bajo coacción. Se presentó en mi departamento con una niña pequeña. Le había dicho que podía ir al Chicken Joe's en cuanto yo estuviese lista.

—Pero qué mono, ¿no? —Blia se apartó la melena negra del hombro y sonrió transformando en dos finas rendijas sus preciosos ojos rasgados. Medía apenas 1,58 metros y llevaba siempre unos tacones de vértigo para compensar su corta estatura. Hoy se había puesto unas sandalias altas de plataforma, jeans blancos y un top de flores ceñido a la altura del estómago y con un hombro caído. Yo siempre había pensado que con su sonrisa de concurso de belleza y su cutis azafranado carente de la más mínima imperfección su sino sería ser famosa, en vez de desperdiciar la vida detrás del quiosco de la entrada sirviendo cervezas. Pero al parecer a ella eso no le interesaba.

Jorie arrugó la frente.

—¿Y T. J. lo sabe?

—Sí.

—¿Eso no es… incómodo? —preguntó Jorie.

Me encogí de hombros.

—Pues a T. J. no pareció importarle.

Hank dirigió la mirada hacia algún punto detrás de mí y sonrió. Al darme la vuelta vi que llegaban Raegan y Kody. Raegan andaba deprisa mientras buscaba algo dentro del bolso y Kody venía unos pasos por detrás de ella, tratando de alcanzarla.

Raegan tomó asiento en otro taburete y Kody se quedó de pie a su lado.

—No encuentro mis dichosas llaves. ¡Las he buscado por todas partes!

Me incliné hacia delante.

—¿Lo dices en serio?

Las llaves de nuestro departamento estaban en ese llavero.

—Las encontraré —aseveró Raegan para tranquilizarme. Perdía las llaves dos veces al mes como poco, así que no pensaba angustiarme más de la cuenta. Pero siempre me preguntaba si la siguiente sería la vez en que nos tocaría soltar dinero para cambiar las cerraduras.

—Voy a pegarte las malditas llaves a la mano con pegamento, Ray —dije.

Kody dio un suave apretón a Raegan en el hombro para tranquilizarla.

—Anoche las tenía. Estarán o en mi furgoneta o dentro del departamento. Luego miramos otra vez.

La puerta lateral se cerró de golpe y todos miramos hacia la entrada al fondo de la sala, la puerta de acceso de los empleados, por la que apareció el último del grupo, Chase Gruber, estudiante universitario, con sus dos metros de altura y su vestimenta habitual de todo el año: pantalones cortos. En invierno se ponía una sudadera con capucha de los ESU Bulldogs encima de cualquier camiseta de manga corta. Sus rizos iban siempre tapados o bien con un casco o bien con su gorra roja de béisbol, su favorita. Venía con las agujetas sin atar y tenía pinta de haberse caído de la cama hacía un momento.

A Blia se le iluminó el semblante.

—¡Qué padre! ¡Pero si es Gruber!

Gruber ni sonrió ni se quitó las gafas de sol.

—¿Un mal día, Booby? —dijo Kody con una sonrisilla de complicidad.

Todos los que jugaban en el equipo de fútbol se llamaban unos a otros por sus apellidos. A decir verdad, no estoy muy segura de que supieran sus nombres de pila. A Gruber enseguida le apodaron Gruby en los entrenamientos y poco después de que empezase a trabajar en el Red Door a Kody le dio por llamarle Booby*. El año pasado había tenido su gracia, pero el apodo había perdido brillo. Para Gruber y para todos los demás, menos para Kody.

Gruber se sentó en el taburete libre que había al lado de Blia y se acodó en la barra entrelazando los dedos.

—Vete al diablo, Kody. El míster nos ha hecho sudar la gota gorda porque anoche perdimos el partido.

---

* *Gruby*, alteración de *grubby*: «mugriento». *Booby*: «bobo». *[N. de la T.]*

—Pues no pierdan —dijo Tuffy.

Kody rio para sí.

—Chúpame la verga, cobarde.

Kody soltó un «¡Ja!» y meneó la cabeza. Era verdad. Kody se había dado de baja del equipo de fútbol antes de que comenzase la temporada, pero había sido porque al final del último partido de su segundo año de carrera se había destrozado la rodilla. Sufrió múltiples desgarros de ligamentos, uno de los cuales había quedado hecho puré, y se había dislocado la rótula. Y ni siquiera sabía que la rótula pudiese dislocarse. El médico ortopeda le dijo que nunca más volvería a jugar. Aunque Raegan decía que jamás hablaba de ello, parecía que lo llevaba bien. Cuando entró en el equipo en primero, como novato, Kody había ayudado a nuestra pequeña universidad a ganar el campeonato nacional. Sin él el equipo iba tirando a duras penas.

Volvimos a oír un portazo en la entrada y nos quedamos todos petrificados. Era demasiado pronto para que llegasen clientes y, a no ser que alguien hubiese seguido a Gruber, solo los empleados sabíamos que se podía entrar por la puerta lateral. De pronto apareció T. J. y contuvimos la respiración todos a la vez. En una mano sostenía un juego de llaves relucientes.

—Pasé por el apartamento. Me las encontré tiradas en la escalera.

Me levanté de mi taburete dando un salto y me acerqué rápidamente hasta él. T. J. me tomó entre sus brazos y me estrechó con fuerza.

—¿Qué estás haciendo aquí? —susurré.

—Me sentía fatal.

—Qué mono… Pero, en serio, ¿qué estás haciendo aquí?

T. J. suspiró.

—El trabajo.

—¿Aquí? —repuse yo, apartándome para verle la cara. Había sido sincero, pero comprendí que no podía contarme nada más.

T. J. sonrió y entonces me besó en la comisura de los labios. Lanzó las llaves a Kody, quien las agarró sin el menor esfuerzo.

—¡Ja! —soltó Raegan—. ¿En las escaleras? ¿Se me cayeron de la mano o algo así? —preguntó, sin poder dar crédito.

Kody se encogió de hombros.

—Vete a saber, chica.

T. J. se inclinó para susurrarme algo al oído:

—No puedo quedarme. Mi vuelo es dentro de una hora.

No fui capaz de disimular la decepción, pero moví afirmativamente la cabeza. Quejarme no habría servido de nada.

—¿Y has terminado lo que tenías que hacer?

—Creo que sí. —T. J. me cogió de la mano y, con un movimiento de la cabeza para saludar al resto de la tropa, dijo—: Se la devuelvo en un momento.

Todos dijeron adiós con la mano y T. J. me llevó por la puerta lateral al estacionamiento al aire libre. Al otro lado de la puerta había estacionado un flamante Audi negro de alquiler. Lo había dejado con el motor encendido.

—Carajo, no lo decías de broma, realmente te marchas ahora mismo.

Él suspiró.

—Tenía el dilema de si sería peor verte solamente un segundo o no verte en absoluto.

—Me alegro de que hayas venido.

T. J. posó una mano entre mis cabellos y mi nuca y me acercó hacia sí para besarme con esos labios que habían hecho que me enamorara de él. Su lengua se abrió paso hasta mi boca. Era cálida, suave e insistente a la vez. Los muslos se me tensaron involuntariamente. T. J. bajó la mano por mi brazo y a continuación la apoyó en mi cadera y luego en mi muslo, donde apretó mi carne justo lo bastante para darme una muestra de su desesperación.

—Yo también —dijo cuando apartó su boca, jadeando ligeramente—. No sabes cómo desearía poder quedarme.

Yo ansiaba que se quedase pero no iba a pedírselo. Solo habría conseguido hacerlo más difícil para los dos, y además habría resultado patética.

T. J. se montó en su coche y se marchó, y yo entré de nuevo en el local sintiéndome emocionalmente extenuada. El labio inferior de Raegan estaba un poco hacia fuera y Hank arrugaba tanto el ceño que se le había formado un pliegue profundo entre las dos cejas.

—Si quieres saber mi opinión —dijo Hank, cruzando los brazos sobre el pecho—, ese cabrón se ha dado prisa en volver a casa corre que te corre para mearte encima.

Mi rostro se crispó de repugnancia.

—Qué asco.

Gruber asintió.

—Si Trent ha aparecido en escena, entonces eso es exactamente lo que ha hecho.

Negando con la cabeza, me senté en el taburete.

—T. J. no se siente amenazado por Trent. Prácticamente no le ha mencionado.

—O sea, que lo sabe —apuntó Gruber.

—Bueno, no. Yo no estoy tratando de ocultarlo.

—¿Crees que ha venido para hablar con Trent? —preguntó Kody.

Yo volví a negar con la cabeza, y me retorcí un padrastro.

—No. Si ya le cuesta decir que estamos saliendo, desde luego no iba a encararse con Trent por mí.

Hank refunfuñó algo y se alejó, pero inmediatamente volvió al grupo.

—Pues eso tampoco me gusta. Debería estar pregonando a los cuatro vientos que te ama, no escondiendo lo de ustedes como si fuese un sucio secreto.

—Es difícil de explicar, Hank. T. J. es una persona muy… reservada. Es un hombre complicado —dije yo.

Blia apoyó una mejilla en la mano.

—Mierda, Cami. Toda tu situación es complicada.

—Dímelo a mí —repliqué, al tiempo que levantaba mi teléfono móvil, que había emitido un zumbido. Era T. J., diciendo que ya me echaba de menos. Le respondí igual, y dejé el teléfono encima de la barra.

Por primera vez en meses no tuve que volver al local después de la reunión de la plantilla de ese domingo, lo cual no era del todo horrible, dado que fuera estaba tronando y que la lluvia caía con furia contra las ventanas. Ya estaba al día con mis estudios, había terminado todas las tareas y había doblado y guardado la ropa. Se me hacía raro no tener nada que hacer.

Raegan estaba encargándose de la barra este junto con Jorie y Kody se ocupaba de la entrada, así que me encontraba en casa sola y aburrida a más no poder. Vi en la tele un capítulo de una serie sobre zombis bastante alucinante y, tras pulsar el botón de apagar en el control a distancia, me quedé en el sofá en absoluto silencio.

Empezaron a cruzarse por mi mente pensamientos relacionados con T. J. Me pregunté si continuar con una historia que parecía tan fútil merecía que arrastrase mi corazón por el fango, y qué quería decir que hubiese hecho un viaje desde tan lejos solo para verme tres minutos.

Sonó un zumbido en mi celular. Era Trenton.

Hey.

Hey.

Ábreme, cabrita. Está lloviendo.

Qué?

Llamó a la puerta con los nudillos y yo di un brinco y me di la vuelta en el sofá. Fui hasta la puerta dando trompicones y me arrimé a ella.

—¿Quién es?

—Ya te lo he dicho. ¡Abre la dichosa puerta!

Quité la cadena y abrí el cerrojo, y me encontré con Trenton en el umbral con la chaqueta calada y la lluvia cayéndole a cántaros por la cabeza y por toda la cara.

—¿Puedo entrar? —dijo, tiritando.

—¡Ostras, Trent! —exclamé, y le metí en casa de un tirón.

Fui corriendo al cuarto de baño para coger una de las toallas limpias que acababa de guardar y volví a la entrada en un abrir y cerrar de ojos. Le lancé la toalla y él se quitó la chaqueta empapada y a continuación la camiseta de manga corta, y se secó la cara y la cabeza.

Trenton se miró los jeans. Estaban totalmente mojados también.

—Es posible que Kody tenga un pantalón deportivo en la habitación de Ray, espera —dije, y me fui andando a toda prisa por el pasillo en dirección al dormitorio de mi compañera de departamento.

Regresé con una camiseta de manga corta y unos pantalones de deporte.

—El cuarto de baño está ahí mismo —dije, señalando con la cabeza el fondo del pasillo.

—No hace falta —dijo él, desabrochándose el cinturón para desabotonar los jeans, bajarse la bragueta y, tras quitarse las botas con los pies, dejar caer los pantalones al suelo. Entonces, salió de ellos y me miró con su sonrisa más encantadora—. ¿Crees que a Kody le molestará si me pongo sus pantalones deportivos en bolas?

—Sí, y a mí también —contesté.

Trenton fingió llevarse un chasco. Luego, se enfundó los pantalones secos. Bajo la piel, se le tensaron y se le movieron los pectorales y los abdominales y yo traté de no mirar mientras se metía la camiseta por la cabeza.

—Gracias —dijo—. Pasé por el Red Door a tomarme unas copas al salir de trabajar. Raegan me dijo que estarías aquí sola, muerta de aburrimiento, y se me ocurrió hacerte una visita.

—¿Y no ha sido que la lluvia te la puso fácil para desnudarte?

—No. ¿Decepcionada?

—Para nada.

Trenton no se arredró. Al contrario, saltó por encima del respaldo del sofá y cayó encima de los cojines.

—¡Veamos una peli! —Estiró el brazo para coger el mando.

—Pues yo estaba bastante a gusto pasando mi primera noche sola.

Trenton se volvió hacia mí.

—¿Quieres que me vaya?

Me lo pensé un minuto. Debería haber dicho que sí, pero habría sido mentira. Rodeé el sofá y me senté, lo más cerca posible del reposabrazos.

—¿Y Olive?

—Con sus padres, seguramente.

—Me gusta. Es una monada.

—Es jodidamente adorable. Uno de estos días tendré que matar a un quinceañero como mínimo.

—Ah, pues va a lamentar haberse hecho amiga de un Maddox —dije yo, riéndome entre dientes.

Trenton encendió la tele con el control y pulsó tres números. El canal cambió y apareció un partido de fútbol de la NFL.

—¿Te parece bien?

Me encogí de hombros.

—Me encantan los Forty-Niners, pero este año van muy mal. —Cuando volví la cara para mirar a Trenton me di cuenta de que me estaba mirando sin pestañear—. ¿Qué?

—Estaba justamente pensando que este era un momento tan bueno como cualquier otro para decirte que eres perfecta y que no me importaría nada si te enamoraras perdidamente de mí en un futuro no lejano.

—Tengo novio —le recordé.

Él agitó la mano para restarle importancia.

—Un novio para cubrir el expediente.

—Pues no sé qué decirte —repuse yo—. Para ser para cubrir el expediente, está bastante bueno.

Trent se mofó.

—Nena, acabas de verme casi en pelotas. Tu chico a distancia no se parece ni remotamente a esto.

Le observé mientras él flexionaba un brazo. No era tan enorme como el brazo de Kody pero resultaba igualmente impresionante.

—Tienes razón. No tiene tantos tatuajes. No tiene ninguno, vaya.

Trenton puso los ojos en blanco.

—¿Tienes por novio a un niñito? ¡Qué decepción!

—No es ningún niñito. Es un hombre duro. Solo que en sentido diferente a como lo eres tú.

Una amplia sonrisa se dibujó en los labios de Trenton.

—¿Crees que soy un hombre duro?

Contuve una sonrisa, a propósito, pero me costó lo mío. Su gesto era contagioso.

—Todo el mundo conoce a los hermanos Maddox.

—¡Especialmente a este hermano Maddox! —replicó Trenton, levantándose encima de los cojines y plantando un pie a uno de mis lados y el otro encajado en el espacio que quedaba entre mi cuerpo y el brazo del sofá. Y se puso a dar saltos y a hacer posturitas para lucir musculatura a la vez.

Yo le di unas palmadas en las pantorrillas, divertida, muerta de risa.

—¡Para ya! —le ordené, rebotando por su culpa.

Trenton se inclinó sobre mí y, cogiéndome de las manos, me hizo abofetearme a mí misma varias veces. No me hacía daño, pero siendo como soy la hermana mayor de tres varones, eso significaba la guerra, por supuesto.

Contraataqué y entonces Trenton me agarró por la camiseta y se tiró al suelo, rodando, para llevarme con él. Y empezó a hacerme cosquillas.

—¡No! ¡Para! —chillé, riéndome. Coloqué los pulgares debajo de sus axilas y empujé con todas mis fuerzas. Inmediatamente Trenton se apartó de un brinco. Esa maniobra surtía el mismo efecto con T. J.

T. J. Dios mío. Yo estaba rodando por el suelo con Trenton. Esto no estaba bien… No estaba ni medio bien.

—¡Va! —exclamé, levantando las manos—. Tú ganas.

Trenton se quedó inmóvil. Yo estaba tumbada boca abajo, y él se había sentado encima de mí con las rodillas apoyadas en el suelo.

—¿Yo gano?

—Sí. Y tienes que quitarte de encima de mí. Esto no es apropiado.

Trenton se rio, se puso de pie y me levantó tirando de mi mano.

—No estamos haciendo nada malo.

—Ya, pero está mal igualmente. Si yo fuese tu novia, ¿te parecería bien?

—Carajo, pues sí. Para mí sería el preámbulo de una noche de desenfreno.

—No, hombre. Me refiero a con otra persona.

Trenton se puso serio de repente.

—Pues no, de ninguna manera.

—Entonces, va. Vamos a ver cómo les dan una paliza a los Forty-Niners y así luego le puedes contar a Raegan que cumpliste con tu obligación.

—¿Mi obligación? Raegan no me dijo que viniese. Ella solamente dijo que estarías sola y aburrida.

—¿Y no es lo mismo?

—Para nada, Cami. El mérito de esto es mío y solo mío. No necesito que nadie me convenza para pasar un rato contigo.

Sonreí y subí el volumen del televisor.

—Bueno, y Cal dijo de verdad que va a necesitar a alguien para atender en el mostrador.

—Ah, ¿sí? —dije yo, sin apartar la vista de la tele—. ¿Te vas a presentar?

—¡Ja! —respondió Trenton—. Dijo, y cito textualmente: «Una chica buenota, Trent. Con las tetas bonitas».

—El empleo ideal para cualquier chica. Coger el teléfono y repartir impresos de descargo de responsabilidades mientras un idiota machista le va dando órdenes.

—No es ningún idiota. Machista, sí, pero no idiota.

—Pues no, gracias.

Justo en ese momento zumbó mi celular. Metí la mano en el hueco entre el reposabrazos y el cojín del sofá para rescatarlo. Era Coby.

Tengo malas noticias...

Qué?

He recibido el último aviso para el vencimiento del coche.

Pues paga la cuota, tonto.

Voy un poco justo. Me preguntaba si podrías pasarme algo de dinero.

La sangre se me heló. La última vez que Coby había ido un poco justo para pagar sus facturas había sido porque se estaba dejando el sueldo entero en esteroides. Coby era el más bajo de mis hermanos, pero era el más denso, tanto de masa corporal como de sesera. Aunque era de los que explotaba con facilidad, su forma de comportarse en el Red Door la noche del viernes debería haber sido una señal de alarma.

Estás consumiendo otra vez?

En serio, Cami? Mierda...

En serio. ¿Estás consumiendo?

No.

Vuelve a mentirme y podrás explicarle a papá adónde ha ido tu coche cuando llegue el acuerdo de recompra.

Tardó unos minutos en responder.

Sí.

A pesar de que empezaron a temblarme las manos, conseguí teclear:

Te vas a inscribir en un programa, y me vas a enseñar la prueba. Yo te pagaré el plazo. Hecho?

Podría ser la próxima semana.

O lo tomas o lo dejas.

Vete al diablo, Cami. A veces puedes ser una zorra estirada.

Tal vez, pero no soy la que se quedará sin coche dentro de unas semanas.

Está bien. Hecho.

Respiré hondo y dejé que el teléfono cayera sobre mi regazo. Si iba a hacerle un préstamo a Coby, necesitaría un segundo empleo.

Trenton me miraba con preocupación.

—¿Todo bien?

Me quedé callada un buen rato y entonces, poco a poco, fui alzando la vista para mirar a Trenton a los ojos.

—¿Cal en serio está buscando recepcionista?

—Sí.

—Pues le llamaré mañana.

Capítulo 5

Qué maravilla, Calvin —dijo Trenton. Estaba contemplando el inmenso mural chino de la pared, haciendo lo posible por evitar fijarse en que Calvin era incapaz de apartar la mirada de mis pechos. Trenton llevaba la gorra roja de béisbol puesta hacia atrás y las botas sin atar. A cualquier otro sujeto le habría dado pinta de desaliñado e inmundo, pero no sé cómo a Trenton le hacía parecer aún más atractivo. Me sentía mal por reparar en cualquier detalle sobre su persona, pero es que no podía evitarlo.

A pesar de que mi busto no era precisamente el más voluptuoso del mundo, al tener el contorno tan pequeño mi copa D parecía más grande de lo que realmente era. Me daba una rabia espantosa reconocerlo, pero mis pechos me procuraban propinas extras en el Red Door y ahora iban a ayudarme a conseguir un segundo empleo. Era el círculo vicioso de no querer que me cosificaran y a la vez aprovechar a mi favor los dones que me había concedido el Señor.

—¿Y cuándo dijiste que podrías empezar? —preguntó Calvin distraídamente mientras enderezaba la foto enmarcada de una belleza morena que decoraba la pared de detrás del mostrador.

Los tatuajes de la chica le cubrían el cuerpo casi por completo. Estaba tumbada encima de un montón de mujeres desnudas aparentemente dormidas, y lo único que llevaba puesto era tinta y una sonrisa. Casi todas las paredes del local estaban llenas de pinturas o fotografías de modelos tatuadas reclinadas sobre autos clásicos despampanantes o despatarradas en las posturas que mejor dejasen ver la obra de arte sobre su piel. Y aunque el mostrador era un desbarajuste de papeles, plumas, recibos y recortes varios, el resto del local parecía limpio aun a pesar de que cualquiera habría pensado que Calvin había adquirido los elementos decorativos en una subasta de objetos de un restaurante chino que hubiese tenido que echar el cierre.

—Pues ya mismo. Puedo trabajar los lunes y los martes desde el mediodía hasta la hora de cerrar, pero de miércoles a viernes solo puedo trabajar hasta las siete. Los sábados tengo que salir a las cinco, y los domingos no puedo trabajar.

—¿Por qué no? —preguntó Calvin.

—En algún momento tengo que estudiar y hacer tarea, y además tenemos reunión del personal en el Red Door antes de atender la barra.

Calvin miró a Trenton en busca de su aprobación, y este movió afirmativamente la cabeza una vez.

—Está bien, pondré a Trent y a Hazel contigo para que te enseñen a usar el teléfono y la computadora y a ocuparte de la parte administrativa. Es bastante sencillo. Casi todo es atención al cliente y recoger —explicó mientras salía de detrás del mostrador—. ¿Tienes algún tatuaje?

—No —respondí—. ¿Es obligatorio?

—No, pero estoy seguro de que de aquí a un mes tendrás ya uno —respondió, yéndose ya por el pasillo.

—Lo dudo —dije yo, cruzándome con él para meterme tras el mostrador.

Trenton se acercó a mí y apoyó los codos en el tablero.

—Bienvenida a Skin Deep.

—Esa frase es mía —bromeé. El teléfono sonó y atendí la llamada—. Skin Deep Tattoo —dije.

—Sí…, esto…, ¿a qué hora cierran esta noche? —No sabía quién era pero parecía muy borracho y solo eran las tres de la tarde.

Miré hacia la puerta.

—Cerramos a las once, pero será mejor que antes se te pase la borrachera. Si tienes alcohol en sangre no te pueden tatuar.

Trenton hizo una mueca. No estaba segura de si se aplicaba semejante norma, pero debería. Estaba acostumbrada a tratar con gente bebida y seguramente aquí también vería una buena cantidad. Extrañamente, me sentía más a gusto con gente borracha. Todas las mañanas de mi vida desde que nací mi padre abría una lata de cerveza Busch para desayunar. Estaba hecha a esa forma de hablar pastosa, a los andares dando tumbos, a los comentarios fuera de lugar, a la risa floja e incluso a la ira. Me habría resultado más desconcertante trabajar dentro de un espacio reducido con un puñado de jóvenes asustadizos comparando informes que escuchar a un tipo hecho y derecho echando la lagrimita por su exnovia con una cerveza en la mano.

—Bueno, si te entra una llamada personal y es para alguno de nosotros, puedes transferirla de esta manera —me explicó Trenton y pulsó el botón de retención de llamada, luego el de transferencia y finalmente una de las cinco teclas numeradas de la parte de arriba—. El cien es el despacho de Cal. El uno cero uno es mi taller. El uno cero dos la cabina de Hazel. Uno cero tres la de Bishop… Luego le conocerás… Y si cuelgas tampoco pasa nada porque volverán a llamar. La lista está en un papelito pegado con celo debajo de la base —dijo, y sacó hacia un lado la base de la centralita.

—Fantástico —respondí.

—Yo soy Hazel —dijo una mujer diminuta desde el otro lado de la sala, quien a continuación avanzó hasta mí y me tendió la mano. El moreno oscuro de la piel de sus brazos estaba cubierto desde la muñeca hasta el hombro con un sinfín de artísticos tatuajes de colores. Sus orejas brillaban llenas de metal, que le tapaba todo el filo del cartílago. Y donde tenía un lunar grande se había puesto una piedra de estrás que lanzaba destellos. Sus cabellos eran moreno oscuro, pero llevaba una cresta teñida de rubio chillón—. Yo hago los piercings —añadió. Sus labios carnosos formaban con elegancia las palabras, pronunciadas con un acento apenas perceptible. Me estrechó la mano con una fuerza insospechada para ser tan menuda. Sus uñas, pintadas de un brillante azul turquesa, era tan largas que me pregunté cómo podría manejarse para realizar cualquier tarea, en especial la complicada labor de perforar partes pequeñas de un cuerpo humano.

—Cami —me presenté—. La recepcionista desde hace dos minutos.

—Qué bien —dijo sonriendo—. Si llama alguien preguntando por mí, pregunta siempre por el nombre y que te dejen el recado. Y si es una tal Alisha, dile que se atragante con una verga.

Se marchó y yo miré a Trenton con las cejas alzadas al máximo.

—Pues estupendo.

—Rompieron hace unos meses. Ella sigue enojada.

—Eso lo he entendido.

—Bueno, aquí tienes los impresos —continuó Trenton, y abrió el largo cajón inferior de un archivador metálico. Fue enseñándomelos entre llamadas y clientes, y cuando Trenton tuvo que atender a alguien, Hazel salió para ayudarme. Calvin permaneció prácticamente todo el tiempo metido en su oficina y ni se me pasó por la mente ponerle atención, en absoluto.

Trenton terminó con una cliente y la acompañó a la puerta. Entonces, asomó la cabeza por una de las dobles puertas de vidrio.

—Estarás empezando a tener hambre. ¿Quieres que te traiga algo de aquí al lado?

El local contiguo se llamaba Pei Wei's y, cada vez que alguien abría las puertas, entraban vaharadas de aromas de suculentos guisos. Pero si yo tenía dos empleos era para ayudar a Coby a ponerse al día con sus pagos, y comer fuera de casa era un lujo que no podía permitirme.

—No, gracias —respondí, notando que me rugían las tripas—. Ya casi es hora de cerrar. Me haré un sándwich al llegar a casa.

—¿No te mueres de hambre? —preguntó Trenton.

—No —respondí.

Él asintió.

—Bueno, yo sí voy. Dile a Cal que vuelvo enseguida.

—Descuida —dije. Cuando la puerta se cerró, noté que se me hundían un poco los hombros.

Hazel estaba en su cabina con un cliente. Decidí acercarme a mirar y estuve viendo cómo le empalaba el tabique nasal a un individuo. El tío ni pestañeó.

Retrocedí.

Hazel vio la cara que ponía y sonrió.

—A estos aros los llamo El Toro. Tienen bastante buena acogida porque se puede subir el aro tranquilamente por las aletas de la nariz para ocultarlo por completo, así.

Me estremecí.

—Pues qué... chulo. Trent ha ido al lado a por algo para cenar. Enseguida vuelve.

—Más le vale traerme algo —dijo ella—. Tengo mucha hambre.

—¿Pero dónde metes tú la comida? —preguntó el cliente—. Si yo como arroz, engordo cuatro kilos y medio, mientras que ustedes los chinos están todos flacos. No lo entiendo.

—Soy filipina, idiota —replicó ella, y le dio con fuerza en la oreja. Él contuvo un grito de dolor.

Apretando los labios, regresé al vestíbulo. Unos minutos más tarde entró Trenton con un par de bolsas grandes de plástico en las manos. Las dejó encima del mostrador y empezó a sacar diferentes platos.

Hazel salió acompañada de su cliente.

—Ya le he dado las indicaciones sobre los cuidados, así que ya puede irse —nos anunció. Entonces, echó un vistazo a las cajas de fino cartón que había colocadas encima del mostrador y se le alegraron los ojos—. Te adoro, Trent. Te lo digo en serio, mierda, te adoro.

—Me vas a poner rojo —respondió él sonriendo. Yo había presenciado la faceta más terrorífica de Trenton en más de una ocasión, en el colegio, en el instituto y más recientemente en el Red Door. Ahora lucía una expresión de absoluta felicidad, contento a más no poder por haber hecho feliz a Hazel—. Y esto es para ti —añadió, sacando otra caja.

—Pero...

—Ya lo sé. Dijiste que no tenías hambre. Tú cómetelo para no herir mis sentimientos.

No discutí con él. Saqué del envoltorio de celofán el juego de cubiertos de plástico y me lancé a la carga. Poco me importaba parecer una fiera salvaje.

Calvin salió tranquilamente de su despacho, al fondo del pasillo, claramente guiado por su olfato.

—¿La cena?

—Para nosotros. Tú vete a por lo tuyo —respondió Trenton, despachando a Calvin con su tenedor de plástico.

—Me lleva el diablo —repuso Calvin—. Casi desearía tener vagina, para tener yo también derecho a comer algo. —Trenton hizo oídos sordos—. ¿Se ha presentado Bishop, por cierto?

—No —respondió Hazel con la boca llena.

Calvin negó con la cabeza y empujó las dobles puertas hacia fuera, probablemente para dirigirse al Pei Wei's.

El teléfono sonó y atendí la llamada, masticando aún.

—Skin Deep Tattoo...

—¿Está...? ¿Está ocupada Hazel? —inquirió una voz, grave pero de mujer, como la mía.

—Está con un cliente. ¿Quiere darme su nombre, por favor?

—No. O sea…, esto… Sí. Dile que ha llamado Alisha.

—¿Alisha? —repetí, mirando a Hazel, que se puso a soltar en silencio todas las palabrotas imaginables y a hacer señas groseras, de todas las maneras posibles y con ambas manos, en dirección al teléfono.

—¿Sí? —dijo ella con tono esperanzado.

—¿Alisha Alisha?

Ella rio en voz baja.

—Sí, supongo. ¿Puede contestar?

—No, pero me ha dejado un mensaje para ti de su parte. Cómete una verga, Alisha.

Trenton y Hazel se quedaron de piedra, y durante unos segundos el otro lado del teléfono se quedó en silencio.

—¿Perdona?

—Cómete. Una. Verga —repetí yo, y colgué.

Tras unos instantes en los que me miraron impactados, Hazel y Trenton estallaron en carcajadas. Estuvieron un minuto entero tratando de parar de reír, emitiendo ese sonido de suspiro agotado entre risa y risa, hasta que finalmente empezaron a secarse los ojos. A ella se le habían corrido por toda la cara las varias capas de rímel que llevaba en las pestañas.

Hazel estiró el brazo para coger un pañuelo de papel de la caja que había encima del mostrador, al lado de la computadora. Se enjugó las lágrimas y me dio unas palmaditas en el hombro.

—Tú y yo nos vamos a llevar bien. —Y mientras se dirigía a su estudio, señaló hacia atrás con el dedo pulgar—. Péscala, Trent. Es tu tipo totalmente.

—Tiene novio —respondió Trenton, que me miró a los ojos y sonrió.

Nos quedamos los dos allí unos segundos más, cruzando tímidas sonrisas. Entonces, me enderecé y busqué un reloj.

—Tengo que irme. Antes de dormir he de leer un capítulo entero.

—Te ofrecería mi ayuda, pero los estudios no eran realmente lo mío.

Me colgué del hombro mi bolso Hobo de color rojo.

—Eso es solo porque en aquel entonces lo único que hacías era ir a fiestas y ligar. A lo mejor ahora sería diferente. Deberías plantearte estudiar algo.

—Bah —respondió él quitándose la gorra de la cabeza para ponérsela hacia delante. Mientras reflexionaba sobre mi sugerencia se dedicó a moverla y a girarla para colocársela bien, como si hasta ese momento nunca se hubiese parado a pensarlo.

En ese preciso instante entraron tres estudiantes dando voces, riéndose, incordiando. Aunque no estuviesen bebidos, los lugareños detectábamos fácilmente a los forasteros. Dos chicos, probablemente de primero de carrera, se acercaron hasta el mostrador y la chica, que llevaba un vestido rosa de verano y botas hasta los muslos, les siguió. Enseguida puso los ojos en Trenton y empezó a alisarse un mechón de pelo.

—Jeremy ha perdido una apuesta —dijo uno de los jóvenens—. Tiene que hacerse un tatuaje de Justin Bieber.

Jeremy bajó la cabeza hasta apoyar la frente en el mostrador.

—No me puedo creer que me estén obligando a hacer esto.

—Pues hemos cerrado ya.

—Tenemos el dinero —dijo el chico, abriendo su billetera—. Estoy preparado para repartir una propina a todos los del estudio que les va a hacer llorar.

—Hemos cerrado —repetí—. Lo siento.

—No quiere tu dinero, Clay —intervino la chica, con una sonrisa de suficiencia.

—Sí que quiere mi dinero —repuso Clay, inclinándose hacia mí—. Tú trabajas en el Red Door, ¿verdad?

Me limité a mirarle.

—Tienes dos empleos… —añadió Clay, meditabundo.

Jeremy hizo una mueca de dolor.

—Vamos, Clay. Larguémonos.

—Tengo una proposición que hacerte, para que te ganes un poco de dinero extra. Ganarías en una noche lo que seguramente ganes aquí en un mes.

—Tentador…, pero no —respondí. Pero antes de que me diera tiempo a terminar la frase, Trenton agarró con ambos puños el cuello de la camisa de Clay.

—¿Es que a ti te parece que tiene pinta de prostituta? —le preguntó entre dientes. Yo había visto antes esa mirada suya. Justo antes de partirle la cara a alguien.

—¡Alto ahí! —dije yo, saliendo de detrás del mostrador a toda prisa.

Clay tenía los ojos como platos. Jeremy echó un brazo por encima de Trenton y este bajó la mirada para observar su mano.

—¿Es que quieres morir esta noche?

Jeremy movió rápidamente la cabeza a ambos lados.

—Pues entonces no me pongas ni un puto dedo encima, compañero.

Hazel salió con paso ligero al vestíbulo. Pero no estaba asustada; simplemente no quería perderse el espectáculo.

Trenton abrió la puerta de una patada y lanzó a Clay fuera, de espaldas. El chico aterrizó de culo y se puso de pie como pudo. La chica que iba con ellos salió del local lentamente sin dejar de mirar a Trenton, enroscándose un mechón fino de sus largos bucles dorados.

—Tampoco te claves, Kylie. Es el psicópata que tuvo la culpa de que muriese aquella chica hace un par de años.

Trenton se abalanzó hacia la salida. Pero me interpuse entre él y la puerta de cristal, e inmediatamente se detuvo, jadeando fuerte. Clay se largó a toda prisa a su reluciente camioneta negra.

Mientras los muchachos salían del estacionamiento, no bajé la mano del pecho de Trenton. Seguía jadeando intensamente, y temblaba de rabia. Habría podido hacer un boquete en la camioneta con la mirada, que no apartó del vehículo hasta que se perdió de vista.

Hazel dio media vuelta y regresó a su habitación sin decir ni una palabra.

—Yo no la maté —dijo Trenton en voz baja.

—Lo sé —dije yo. Le di unas palmaditas y busqué las llaves dentro de mi bolso—. ¿Estás bien?

—Sí —respondió. Desenfocó la mirada, y vi claramente que estaba en otra parte. Yo sabía muy bien lo que era extraviarse en un mal recuerdo, y todavía más de un año después Trenton había perdido el control solo con una mención del accidente.

—Tengo en mi departamento una botella de Crown y sobras de la carne del almuerzo. Bebamos hasta vomitar bocadillos de jamón.

Una de las comisuras de los labios de Trenton se curvó hacia arriba.

—Eso suena bastante bien.

—¿A que sí? Vamos. ¡Hazel, hasta mañana! —exclamé.

Trenton vino conmigo hasta mi apartamento y nada más entrar fui derecha al armarito donde guardábamos el alcohol.

—¿Crown y Coca-Cola o solo Crown? —le pregunté desde la cocina.

—Solo Crown —respondió él a mi espalda. Di un respingo y me eché a reír.

—Mierda, qué susto me has dado.

Trenton esbozó una sonrisa.

—Perdona.

Yo lancé la botella hacia arriba con la mano izquierda para que diese una vuelta en el aire y la cogí con la derecha, hecho lo cual serví dos dobles en sendos vasos anchos.

La sonrisa de Trenton se ensanchó un poco más.

—Me gusta mucho tener a mi propia camarera profesional.

—Me sorprende que siga saliéndome después de tantos días libres. Cuando vuelva a trabajar el miércoles, seguramente se me habrá olvidado todo. —Le tendí su vaso e hice chocar el mío con el suyo—. Por el Crown.

—Por joderla —dijo él, borrándosele la sonrisa.

—Por sobrevivir —dije yo, y pegué el filo del vaso a los labios y eché la cabeza hacia atrás.

Trenton imitó mi gesto. Cogí su vaso vacío y serví whisky de nuevo para los dos.

—¿Qué grado de borrachera nos ponemos: grado atontolinado perdido o grado plegaria de rodillas ante la taza de porcelana?

—Te lo diré cuando llegue.

Le tendí su vaso, cogí la botella y llevé a Trenton al pequeño sofá. Levanté mi copa y brindé:

—Por el pluriempleo.

—Por pasar más horas con personas alucinantes.

—Por los hermanos que nos hacen la vida imposible.

—Voy a beber por esa mierda —anunció Trenton, echándose adentro su whisky—. Yo adoro a mis hermanos. Haría lo que fuera por ellos pero hay veces en que siento que soy el único que se preocupa por nuestro padre, ¿sabes?

—A veces yo siento que soy la única a la que el nuestro le importa una mierda.

Trenton levantó la vista desde su vaso vacío.

—Está chapado a la antigua. No acepta ni una réplica. Nada de tener opiniones propias, solo la suya. Y nada de llorar cuando le zurra a nuestra madre.

Trenton abrió mucho los ojos.

—Ya no le pega. Pero antes sí. Y a nosotros intentaba confundirnos, ¿sabes? Diciendo que al fin y al cabo ella seguía viviendo con nosotros. Que todavía podía quererle.

—Mierda. Qué horror.

—¿Tus padres se querían? —le pregunté.

Un pequeñísimo amago de sonrisa afloró a los labios de Trenton.

—Con locura.

Mis facciones imitaron su gesto.

—Eso es precioso.

—¿Y… ahora?

—Pues todos se comportan como si no hubiese pasado nada. Ahora está mejor, así que si a alguno de nosotros se le ocurre no fingir que mi madre nunca ha tenido que pasarse un buen rato cada mañana maquillándose los cardenales, se le toma por el malo de la película. Y yo… pues soy la mala.

—De eso nada. Si alguien hiciera daño a mi madre…, aunque fuese mi padre…, jamás se lo perdonaría. ¿Se ha disculpado?

—Ni una sola vez —respondí sin vacilar—. Pero debería. Disculparse con ella. Con nosotros. Con todos.

Esta vez él mismo levantó su vaso vacío. Le serví una medida de whisky y volvimos a brindar.

—Por la lealtad —dijo él.

—Por salir corriendo —dije yo.

—Beberé por esa mierda —sentenció, y los dos apuramos el whisky de un trago.

Doblé las piernas subiendo las rodillas hasta el pecho y apoyé la cara de lado en una de ellas. Miré a Trenton. Sus ojos quedaban bajo la sombra de la visera de su gorra roja. Aunque tenía hermanos que eran gemelos idénticos, los cuatro más pequeños habrían podido pasar perfectamente por cuatrillizos.

Trenton me cogió de la camiseta y tiró de mí para pegarme a su pecho. Me estrechó con fuerza entre sus brazos. En la cara interna de su antebrazo izquierdo me fijé en un nombre tatuado: DIANNE, y unos centímetros por debajo, en letra cursiva y mucho más pequeña: MACKENZIE.

—¿Ese es…?

Trenton giró el brazo para mirarlo mejor.

—Sí. —Permanecimos un instante en silencio y él prosiguió—: No es verdad lo que se rumorea, ¿sabes?

Me enderecé y resté importancia a la cosa con un ademán.

—No, lo sé.

—Pero yo me sentía incapaz de volver, con todo el mundo mirándome como si la hubiese matado.

Negué con la cabeza.

—Nadie cree eso.

—Los padres de Mackenzie sí.

—Tienen que echarle la culpa a alguien, Trent. Para no culparse ellos.

El celular de Trenton vibró. Lo levantó, echó una ojeada a la pantalla y sonrió.

—¿Una cita picante?

—Es Shepley. Travis tiene pelea esta noche. En Jefferson.

—Genial —dije—. Cada vez que programan pelea las noches en que abre el Red Door, no viene ni Dios.

—¿En serio?

—Supongo que no lo sabías, ya que vas a todas.

—A todas no. Esta noche no iré.

Levanté una ceja.

—Tengo cosas mejores que hacer que ver a Travis partiéndole la cara a alguien. Por enésima vez. Además, ya me sé todos sus movimientos.

—Claro. Porque tú le enseñaste todo lo que sabe, estoy segura.

—Una tercera parte de todo lo que sabe. Mocoso de mierda. Cuando éramos pequeños le zurramos tantas veces que el cabrón aprendió todos los trucos para que no le machacásemos. No me extraña que ahora nadie pueda con él.

—Yo los he visto pelear juntos. Ganaste tú.

—¿Cuándo?

—Hace más de un año. Justo después del... Él te dijo que dejases la bebida antes de que el alcohol acabase contigo y tú le diste una buena.

—Ya, sí —dijo él, frotándose la nuca—. No me siento orgulloso. Mi padre todavía me lo recuerda, y eso que Travis me perdonó al segundo después. Cómo quiero a ese cabrón.

—¿Seguro que no quieres ir a Jefferson?

Él negó con la cabeza y sonrió.

—Oye..., aún tengo *La loca historia de las galaxias*.

Me reí.

—¿De qué va esta obsesión tuya con esa peli?

Él se encogió de hombros.

—Pues no lo sé. De pequeños la veíamos un montón. Era como un rollo de hermanos. Y ahora simplemente me hace sentir bien, ¿sabes?

—¿Y la llevas en el coche? —le pregunté, escéptica.

—No, la tengo en casa. Igual un día te puedes venir a verla conmigo, ¿eh?

Me erguí para aumentar un poco la distancia entre los dos.

—Pues me parece una idea horrible.

—¿Por qué? —me preguntó con su sonrisa cautivadora—. ¿No te fías de tu reacción si estás a solas conmigo?

—Ahora mismo estoy a solas contigo. Y no me preocupa lo más mínimo.

Trenton se inclinó hacia mí hasta detener su cara a pocos centímetros de la mía.

—¿Por eso te has apartado? ¿Porque no te preocupa lo más mínimo estar cerca de mí?

Sus ojos castaños y cálidos bajaron para mirar mis labios. Su respiración fue lo único que pude oír hasta que de pronto se abrió la puerta de la entrada.

—Te dije que no mencionaras a los Dallas Cowboys. Mi padre los odia con toda su alma.

—Pero si son el equipo de fútbol de América. Es antiamericano odiar a los Cowboys.

Raegan giró sobre sus talones y Kody se echó hacia atrás.

—¡Pero no tenías por qué decírselo! ¡Por favor! —Raegan se volvió y nos vio a Trenton y a mí en el sofá. Yo estaba echándome hacia atrás y Trenton arrimándose a mí.

—Oh —dijo ella con una sonrisa—. ¿Interrumpimos?

—No, no —dije yo, y empujé a Trenton para que se apartara—. Para nada.

—Pues están como si... —empezó a decir Kody, pero Raegan volvió a dirigir su furia contra él.

—¡Pero te quieres callar! —le espetó. Entonces, se refugió en su habitación y Kody salió rápidamente tras ella.

—Qué padre. Seguramente se pasarán la noche peleándose —dije.

—¡Que te vayas a tu casa! —exclamó Raegan, dando un portazo. Kody apareció por la esquina con cara de angustia.

—Míralo por el lado positivo —dije—. Si no le gustaras, no estaría tan afectada.

—Su padre juega sucio —aclaró Kody—. Yo no abrí la boca durante toda la hora en que estuvo hablando de Brazil. Entonces, se me ocurrió que ya tocaba cambiar de tema y no pude resistirme.

Trenton se rio y miró a Kody.

—¿Me acercas a casa? Hemos bebido un poco.

Kody agitó las llaves en su llavero.

—Claro, hombre. Vendré mañana por la mañana a arrastrarme, por si quieres recoger tu coche.

—Genial —respondió Trenton. Se levantó del sofá, me revolvió el pelo con los dedos y cogió sus llaves—. Hasta mañana en el trabajo.

—Buenas noches —dije yo, alisándome los cabellos.

—¿Has hecho avances con ella? —le preguntó Kody en voz intencionadamente alta.

Trenton rio para sí.

—Hasta la tercera base.

—¿Sabes lo que no soporto? —pregunté—. A ti.

Trenton se abalanzó sobre mí y, arrastrándome en el giro, acabó tumbado encima de mí con todo el peso de su cuerpo, inmovilizándome en el suelo.

—De eso nada. ¿Con quién más puedes beber Crown de la botella?

—Conmigo misma —repliqué, gruñendo por el peso que me oprimía. Le hinqué un codo entre las costillas y él se apartó y se quedó con la espalda apoyada en la parte trasera del sofá, en una postura torcida, melodramática.

—Exacto. Hasta mañana, Cami.

Cuando salieron, intenté contener una sonrisa. Pero no pude.

Capítulo 6

La botella se hizo añicos en el suelo y Hank y Raegan se quedaron mirando los trocitos de vidrio y la bebida derramada.

—¡Una Coors Light!

—¡Un Vegas Bomb!

—¡Mierda! —exclamé yo y me agaché para recoger.

—Ya lo hago yo —se ofreció Gruber, corriendo a meterse tras la barra para recoger el estropicio que había causado yo.

Iba por mi segunda semana en el nuevo trabajo y la situación estaba empezando a pesarme. Acudir directamente de clase al Skin Deep no era un problema los lunes y los martes, pero de miércoles a domingo era un suplicio. Tratar de llevar al día los estudios y los trabajos que nos mandaban, después de un turno que duraba hasta las dos de la madrugada, y despertarme al día siguiente para estar en clase a las nueve era demoledor.

—¿Estás bien? —me susurró Hank al oído—. Es la primera vez que se te cae una botella desde que aprendiste a voltearlas en el aire.

—Sí, estoy bien —respondí mientras me secaba las manos con el trapo que llevaba en el bolsillo trasero.

—¡He pedido una Coors Light!

—¡Que esperes un minuto, carajo! —exclamó Raegan al cretino impaciente que aguardaba entre otros cuarenta cretinos impacientes delante de mi zona de la barra—. Sigo sin entender por qué haces esto por Coby —me dijo, con el ceño ligeramente fruncido.

—Simplemente, así es más fácil.

—Pues estoy casi segura de que se llama permitir que el otro se valga por sí mismo. ¿Por qué iba él a enmendarse, Cami, si ya estás tú para pagarle los platos rotos dos minutos después de que él haya empezado a sentir remordimientos?

—Es tonto, Ray. Tiene permiso para cagarla —respondí, pasando una pierna por encima de Gruber para llegar al Blue Curaçao.

—Es tu hermano pequeño. No tendría por qué ser más negado que tú.

—Las cosas no siempre son como uno esperaría.

—¡Un Blue Moon!

—¡Una Blind Pig!

—¿Tienen Zombie Dust de barril?

Negué con la cabeza.

—Solo en octubre.

—¿Qué clase de bar es este? ¡Es una de las diez mejores cervezas de la historia! ¡Deberían tenerla todo el año!

Puse los ojos en blanco. Los martes hacíamos la noche de la cerveza a un dólar y el local se ponía siempre a reventar. La pista de baile estaba hasta arriba y en la barra la gente se agolpaba hasta en triple fila para pedir a gritos las copas. Para Hank era el punto estratégico de lo que cariñosamente llamaba el Mercado de la Carne. No eran ni las once de la noche y el asalto ya había comenzado.

—¡Rincón oeste! —nos avisó Hank a voces.

—¡Oído! —respondió Kody, abriéndose paso entre la gente para llegar hasta un grupo compacto donde había pelea.

Después de un combate los clientes siempre estaban más violentos durante dos o tres días. Habían visto a Travis Maddox vapulear sin clemencia a algún pobre diablo y todos los que habían presenciado la pelea se marchaban convencidos de ser igual de invencibles que él.

Raegan sonrió mientras hacía un alto para ver a Kody manos a la obra.

—Carajo, qué bueno está.

—A trabajar, perra —le ordené yo, mientras le daba duro a la coctelera para preparar un New Orleans Fizz. ¡Me ardían los brazos!

Raegan gruñó. Alineó cinco vasos tequileros, bajó el montón de servilletas al anaquel inferior y puso boca abajo una botella de Chartreuse. Dejó que los tequileros rebosaran y trazó una raya fina en una parte limpia de la barra. Entonces, le acercó un mechero encendido y la línea se prendió.

El grupo más próximo a la barra reculó para alejarse de las llamas que reptaban por el mostrador de madera, delante de sus narices, y lanzaron vítores.

—¡Que se echen para atrás, mierda! —exclamó Raegan cuando el fuego se consumía ya, treinta segundos después.

—¡Increíble! —dijo Trenton, plantado delante de mí con los brazos cruzados.

—Mantente alejado del rincón oeste —le advertí, señalando con el mentón en dirección al grupo de idiotas peleones que Kody y Gruber habían logrado separar cual aguas del mar Rojo.

Trenton se volvió y meneó la cabeza.

—A mí tú no me dices lo que tengo que hacer.

—Pues ya te puedes marchar de mi barra —repliqué yo con sonrisa pícara.

—Enojona —me espetó Trenton, y se encogió de hombros unas cuantas veces.

—¡Una Bud Light!

—¡Una Margarita, por favor!

—Hey, chica sexi —dijo una voz que me sonó.

—Hey, Barker —respondí sonriendo. Barker llevaba más de un año echándome monedas de veinte centavos en el bote de las propinas.

Trenton arrugó las cejas.

—Se te ha olvidado la camiseta —me avisó.

Miré mi chaleco de cuero. Sí, se me habían salido las tetas. Pero bueno, trabajaba en un bar, no en un centro de día.

—¿Me estás diciendo que no te gusta mi look? —Trenton se disponía a contestarme pero le puse un dedo en los labios—. Ay, qué mono, de verdad creíste que era una pregunta.

Trenton me besó el dedo y yo retiré la mano.

Raegan deslizó una copa hacia Trenton, guiñándole un ojo. Él le devolvió el guiño, levantó la copa hacia ella y se marchó por la pista de baile en dirección a las mesas de billar, que no estaban ni a tres metros de distancia de la trifulca que Kody y Gruber seguían tratando de controlar. Trenton contempló la escena durante unos segundos más, apuró el whisky de cortesía que le había puesto Raegan y avanzó hasta el centro del lío. El grupo retrocedió como el agua de un cuenco en el que hubiese caído una gota de aceite.

Trenton dijo apenas unas palabras y Kody y Gruber escoltaron a dos de los tipos hasta la salida.

—Debería ofrecerle un puesto —comentó Hank, que presenciaba la escena detrás de mí.

—No lo aceptaría —le dije mientras mezclaba ya otra bebida. A diferencia de su hermano menor, me daba cuenta de que Trenton era de los que prefería no pegarse. Lo que pasaba era que no se asustaba. Y, al igual que los otros hermanos Maddox, llevaba la violencia integrada en sus circuitos como la opción por defecto para resolver un problema.

Me pasé casi una hora revisando cada dos por tres el local entero con la mirada para tener localizadas aquella cabellera morena cortada a máquina y aquella camiseta blanca. Las mangas cortas le marcaban los bíceps y el ancho torso, y dentro de mí me moría por divisarle. Aunque Trenton siempre me había llamado la atención, nunca me había planteado conocerlo un poco para averiguar los motivos. Era evidente que le pasaba lo mismo a un montón de mujeres y la idea de hacer cola no me resultaba nada atrayente. A pesar de todo, me fijaba en él. Era difícil no fijarse.

Trenton se inclinó sobre una de las mesas de billar y coló la bola que le dio la victoria. Se había echado hacia atrás la gorra blanca, que sin duda era una de sus favoritas. Su tonalidad gastada conseguía que pareciese aún más oscuro el resto de bronceado que todavía le quedaba del verano.

—¡No me lo vas a creer! ¡En la entrada ha habido ya dos peleas! —exclamó Blia con los ojos como platos—. ¿Un relevo?

Asentí, mientras cobraba el último cóctel que había despachado.

—No tardes. Esto está a cinco segundos de saltar por los aires.

Le guiñé un ojo.

—Solo voy a hacer pis y fumar y vuelvo.

—No nos dejes nunca —añadió Blia, tomando nota ya de un pedido—. He decidido que no estoy preparada para la barra este. De momento.

—No sufras. Antes tendría que despedirme Hank.

Hank me lanzó a la cara una servilleta hecha una pelota.

—Por eso no tienes que preocuparte, bicho.

Le propiné, en broma, un puñetazo en el brazo y me fui derecha a los baños reservados para los empleados. Me metí en uno de los retretes, me bajé los calzones hasta las rodillas y me senté. Los graves de la música del local resonaban amortiguados dentro del cuarto de baño, rítmicamente. Los delgados tabiques vibraban. Imaginé que mi propio esqueleto también lo hacía.

Eché un vistazo a mi celular y lo dejé encima del soporte de plástico gris del papel higiénico. Seguía sin tener noticias de T. J. Pero, de los dos, yo había sido la que había mandado el último mensaje de texto, y no era de las que imploran que les hagan caso.

—¿Te falta mucho? —preguntó Trenton al otro lado de la puerta del retrete.

El cuerpo entero se me tensó.

—¿Qué carajo estás haciendo aquí? Este es el baño de chicas, Ranger Mirón de Texas.

—¿Acabas de insinuar que me puedo comparar con Chuck Norris? Porque me encantaría.

—¡Largo!

—Calma, nena. Que no te veo.

Tiré de la cadena. Entonces, empujé con todas mis fuerzas la puerta del retrete, tanto que golpeó con el mueble del lavabo. Me lavé las manos y, tras sacar un par de pañuelos de papel para secármelas, me aseguré de fulminar a Trenton con la mirada.

—Me alegra comprobar que los empleados hacen realmente lo que dice el letrero. Siempre había tenido curiosidad.

Le dejé a solas en el cuarto de baño y me dirigí a la entrada de uso exclusivo para el personal del local.

Nada más salir fuera, el aire frío de la noche refrescó las zonas de mi piel que no estaban tapadas. Seguían llegando coches, que se estacionaban de cualquier manera en la explanada de hierba de la otra punta del estacionamiento. Se oían portazos de coches y se veía a grupos de amigos o parejas andar en dirección a la entrada, que debían ralentizar un poco el paso a causa de una larga fila de estudiantes que esperaban a que otros salieran para poder entrar.

Trenton apareció a mi lado, sacó un cigarrillo y lo encendió, y a continuación me dio fuego.

—La verdad es que deberías dejarlo —dijo—. Es un vicio asqueroso. Nada atractivo en una niña.

Le miré estirando mucho el cuello.

—¿Cómo dices? Yo no pretendo hacerme la niña mona ni soy ninguna niña.

—No me gustas.

—Claro que sí.

—Yo tampoco pretendo hacerme el niño mono.

—Pues no te sale.

Le miré con disimulo, haciendo todo lo posible por no sentirme halagada. Sentí en el pecho una suave sensación de calor que empezó a extenderse desde allí hasta la punta de mis manos y de mis pies. Trenton me provocaba el mejor peor efecto. Como si todo lo que yo era (y todo lo que no era) fuese deseable para alguien. Ni siquiera tenía que esforzarme. La inquebrantable admiración que manifestaba hacia todo lo que sabía de mí estaba resultando adictiva, y me di cuenta de que quería más. Pero no estaba segura de si lo que me gustaba tanto era cómo me hacía sentir él, o la conocida sensación. Aquello era como mis tres primeros meses con T. J. Pero el suave calor que acababa de notar se disipó de pronto y empecé a tiritar.

—Te ofrecería mi chaqueta, pero no he traído —dijo Trenton—. Tengo esto, eso sí. —Separó un poco los brazos del cuerpo con las palmas vueltas hacia mí.

Me encogí de hombros.

—Estoy bien. ¿Qué tal las últimas horas de trabajo esta noche?

Él cruzó los brazos.

—Lo estás haciendo de maravilla. Hazel no paraba de quejarse porque no estabas tú, y luego Calvin empezó también a lloriquear.

—¿Al menos saliste en mi defensa?

—¿Qué querías que dijera? «¡Mierda, Hazel, cierra la boca! ¡Trabaja de pena y no la quiero por aquí!».

—Pues un verdadero amigo lo habría hecho.

Trenton negó con la cabeza.

—Estás como una puta cabra. Pero me gusta.

—Gracias. Creo. —Corté con los dedos la parte del cigarrillo que no me había terminado y pisé el resto—. A trabajar.

—Siempre —dijo Trenton, siguiéndome adentro.

Blia regresó al quiosco de la entrada y entonces llegó Jorie para que Raegan pudiese tomarse un respiro. Cuando volvió, Trenton iba por su cuarta botella de cerveza. A cada bebida que yo preparaba, más irritado le veía.

—¿Estás bien? —le pregunté a voces por encima de la música.

Él asintió sin decir nada, pero no apartó la vista de sus dedos entrelazados, apoyados en la barra. Reparé por primera vez en que su camiseta tenía dibujados unos pájaros: dos golondrinas de color pálido. Debajo decía: «DO YOU SWALLOW?»*. Sus múltiples tatuajes se complementaban bien con la camiseta y con los jeans gastados, pero la pulserita de plástico rosa, blanca y morada no.

Toqué con el índice la pulsera de plástico y le pregunté simplemente:

—¿Olive?

Él giró ligeramente la muñeca.

—Sí. —Ni siquiera mencionar a su mejor amiga sirvió para animarle.

—¿Qué pasa, Trenton? Estás raro.

—Está aquí.

—¿Quién está aquí? —le pregunté, entornando mucho los ojos mientras agitaba de nuevo la coctelera.

—El tipo de mierda al que eché de Skin Deep de una patada en el culo.

Miré a mi alrededor y allí estaba, a poca distancia hacia la izquierda de Trenton, flanqueado por Jeremy y Kylie. La chica

---

* Literalmente, «¿Tragas?». Juego de palabras intraducible. *Swallow* tiene el doble significado de «tragar» y «golondrina». *[N. de la T.]*

iba con otro vestidito corto, solo que este era dorado y mucho más ajustado.

—Pues olvídalo. Esta noche lo estamos pasando bien.

—¿Tú crees? Porque estoy sentado aquí yo solo —repuso.

Clay me sonrió pero yo miré hacia abajo, esperando no animarle a hacer comentarios soeces que harían saltar a Trenton. No hubo suerte.

—¡Mira, Jeremy! ¡La secre putita! —exclamó Clay. Estaba más borracho que en la tienda de tatuajes.

Eché un vistazo a ver si veía a Kody, pero no lo localicé. Seguramente estaría en la entrada, donde habían estallado varias broncas. Gruber se encontraba en la pared oeste, donde también solía armarse lío. Tuffy tenía la noche libre, así que probablemente Hank se había puesto en la entrada a comprobar identificaciones y cobrar.

Clay todavía no había visto a Trenton. Pero Kylie sí. Rodeaba con un brazo la espalda del chico y tenía la otra mano apoyada en su tripa, con la última falange de su dedo anular metida por la cintura de sus jeans. Aun estando pegada a Clay como una lapa, no le quitaba ojo a Trenton, para ver si él la miraba.

—¡Yo quiero una botella de Bud, putita! Y no te vas a llevar propina, por echarme a patadas la otra noche.

—¿Quieres que lo vuelva a hacer? —pregunté.

—Puedo llevarte a un callejón oscuro y darte por detrás —dijo, agitando una mano.

Trenton se puso en tensión y apoyé mi mano sobre la suya.

—Está borracho. Dame un segundo y le pido a Kody que lo acompañe fuera.

Trenton no levantó la vista, simplemente asintió. Tenía los nudillos blancos.

—Esta noche no estoy de humor para aguantar tus tonterías. Vete a pedir al quiosco.

—¡Mi cerveza, puta! —dijo Clay. Un instante después se fijó en las manos que yo tenía cogidas con las mías.

Trenton se levantó de su taburete, empujando sin miramientos a un par de personas.

—¡Trenton, no! ¡Maldita sea! —Salté por encima del mostrador. Pero Trenton ya le había dado dos puñetazos y Clay estaba en el suelo, sangrando. Me arrodillé y, al tiempo que me tapaba la cabeza, protegí a Clay con mi cuerpo.

Jorie lanzó un grito que se oyó por encima de la música.

—¡Cami, no!

Al ver que no sucedía nada, levanté la vista y vi que Trenton se había detenido con un puño en alto, a nuestro lado, temblando. Kylie, al lado de Trenton, nos miraba desde arriba. Pero no se la veía preocupada por Clay. Simplemente miraba como una espectadora.

Cuando me incorporé, Kody y Raegan aparecieron a mi lado. Kody ayudó a Clay a levantarse del suelo. Jorie señaló a Clay y Kody se lo llevó del brazo.

—Va. Vámonos —dijo

Clay se soltó de las manos de Kody tirando con fuerza de su brazo y se secó la sangre de la boca con la manga de la camisa.

—¿Quieres más, corazón? —le preguntó Trenton.

—Que te jodan —repuso Clay, y escupió sangre al suelo—. Kylie, vámonos.

Trenton arrimó a Kylie a su costado y la señaló con un dedo.

—¿Esta es tu chica?

—¿Qué pasa con eso? —preguntó Clay.

Trenton agarró a Kylie y la echó hacia atrás para plantarle un beso con la boca abierta. Ella respondió y durante unos segundos se besaron con ganas. Trenton bajó una mano por un costado de ella y le agarró el culo, sin dejar de sujetarla por la nuca con el otro brazo flexionado.

Se me revolvieron las tripas. Y, al igual que todos los presentes, me quedé petrificada hasta que Trenton volvió a poner derecha a la chica. Entonces, la empujó delicadamente en dirección a Clay.

Este hizo una mueca pero no reaccionó. Kylie estaba más que complacida y, volviéndose para mirar a Trenton, le dedicó una última mirada de coquetería mientras Clay se la llevaba de la mano en dirección a la entrada. Kody se fue tras ellos, no sin antes poner cara de «¿Pero qué mierda…?», mirando primero a Raegan y luego a mí.

Fue en ese momento cuando me di cuenta de que tenía en tensión hasta el último músculo de mi cuerpo.

Me acerqué a Trenton y señalé con un dedo hacia su pecho.

—Como vuelvas a montar otro numerito así, hago que te echen de aquí.

Un lado de la boca de Trenton se curvó hacia arriba.

—¿Lo dices por el puñetazo o por el beso?

—¿Tiene envidia tu culo de la cantidad de mierda que sale por tu boca? —repliqué yo, rodeando ya la barra.

—¡Esa ya la había oído! —respondió Trenton a mi espalda. Cogió su cerveza del bar y se marchó tranquilamente en dirección a las mesas de billar como si no hubiese pasado nada.

—No es por fastidiarte el número, hermanita, pero se te nota el enfado —me dijo Raegan.

Me puse a fregar jarras como si las aborreciese, porque en esos momentos sentía odio por todo.

—En el instituto no le soportaba y ahora no le soporto.

—Pues, para ser alguien a quien no soportas, has estado pasando bastante tiempo con él.

—Creía que había cambiado, pero se ve que no.

—Se ve que no —repitió Raegan sin emoción alguna. Uno tras otro, abrió tres botellas de cerveza.

—Calla, calla, calla —dije yo como si estuviera rezando, tratando de ahogar sus palabras. Además, es que no quería nada con él. ¿A mí qué más me daba que fuese un cerdo capaz de meterle la lengua hasta la garganta a una chica para fastidiar a su novio?

El ritmo frenético tras la barra del bar continuó, pero por suerte las broncas cesaron justo antes del último aviso. Tratar de salir de allí cuando el local entero se transformaba en una gran pelea era una auténtica putada. Se encendieron las luces y la gente desalojó. Para variar, Kody y Gruber no tuvieron que ponerse en plan cabrones para que se marcharan los rezagados. Solo invitaron educadamente a la gente a irse y Raegan y yo cerramos la barra. Lita y Ronna llegaron con sus escobas y demás enseres de limpieza. A las tres de la madrugada todas las camareras estábamos listas para marcharnos y, como medida de precaución, Kody y Gruber nos acompañaron a nuestros respectivos coches. Precisamente, Kody había acabado consiguiendo que Raegan aceptase una cita con él a fuerza de acompañarla cada noche al coche y de llenar con sutil encanto esos breves instantes. Gruber me acompañó a mí al Pitufo. Los dos nos ceñimos bien los abrigos para guarecernos del frío. Cuando ante nuestra vista aparecieron el coche de Trenton y el propio Trenton de pie a su lado, Gruber y yo nos detuvimos a la vez.

—¿Quieres que me quede? —preguntó Gruber en voz baja mientras reanudábamos la marcha.

—¿Y qué me ibas a hacer? —preguntó Trenton, apretando los dientes—. Nada.

Arrugué la nariz, molesta.

—No seas cretino. No vas a emprenderla con los hombres que se portan mal conmigo y con los que me tratan bien.

—¿Y qué pasa con los que hacemos ambas cosas? —replicó, levantando las cejas e inclinando la cabeza.

Yo hice una seña a Gruber, bajando el mentón.

—Estoy bien.

Gruber asintió a su vez y se volvió para regresar al Red Door.

—Estás borracho —dije, abriendo la cerradura de la puerta del lado del conductor del Jeep—. ¿Has llamado un taxi?

—No.

—¿Y a alguno de tus hermanos?

—No.

—Entonces, ¿te vuelves andando a casa? —pregunté, sacando del bolsillo de sus vaqueros el llavero con forma de abrebotellas rojo brillante. A continuación salieron sus llaves.

—No —respondió él, sonriendo.

—No voy a llevarte a tu casa.

—No. Ya no dejo que las chicas me lleven a casa.

Abrí la puerta de mi coche y, suspirando, saqué mi móvil.

—Te llamo un taxi.

—Me va a acercar Kody.

—Si va a seguir llevándote a casa, vas a tener que hacerlo oficial en Facebook.

Trenton rio, pero entonces se le desdibujó la sonrisa.

—No sé por qué lo hice. Lo del beso a esa tía. Es un hábito, supongo.

—¿No eras tú el que me hablaba hace un rato sobre vicios dañinos?

—Soy un mierda. Perdóname.

Yo me encogí de hombros.

—Haz lo que quieras.

Él puso cara de dolido.

—A ti no te importa.

Tras una breve pausa, negué con la cabeza. No me salía mentir en voz alta.

—¿Estás enamorada de él? ¿De tu chico?

—Vamos, Trent. ¿A qué viene esto?

Trent contrajo la cara.

—Tú y yo… solo somos amigos, ¿verdad?

—A veces no estoy segura de si somos eso.

Trenton asintió y entonces bajó la vista.

—Vale. Solo quería saberlo. —Se marchó y yo resoplé, frustrada.

—Sí —exclamé.

Él se volvió y me miró expectante.

—Somos amigos.

A sus labios asomó una sonrisilla que fue abriéndose y se transformó en una sonrisa de oreja a oreja.

—Es verdad.

Se metió las manos en los bolsillos, hasta el fondo, y echó a andar por el aparcamiento como si fuese el amo del mundo.

En cuanto se subió de un saltito en la furgo de Kody, me dio un vuelco el corazón. Me había metido en un lío. Un lío Maddox, un lío enorme, un lío desastroso.

Capítulo 7

Sigues sin saber nada para el puente de Acción de Gracias? —Me daba muchísima rabia preguntárselo. Pero si no sacaba yo el tema, no lo haría él. Y en esos momentos yo necesitaba desesperadamente saberlo. Se me estaba empezando a olvidar lo que era estar junto a él y me estaba sintiendo confusa respecto a cosas sobre las que no debía sentirme confusa.

T. J. no emitió ningún sonido durante varios segundos. Ni siquiera respiraba.

—Te echo de menos.

—Entonces eso es un no.

—No lo sabré hasta la víspera. O igual el mismo día. Si surge cualquier cosa...

—Comprendo. Ya me lo advertiste. Deja de actuar como si fuese a montar una pataleta cada vez que no puedes darme una respuesta directa.

Él suspiró.

—Disculpa. No es por eso. Es que me preocupa que la próxima vez que me preguntes, y yo responda..., me vayas a decir algo que no quiero oír.

Sonreí pegada al teléfono, deseando poder abrazarle.

—Es bonito saber que no quieres oírlo.

—Y no quiero. Es difícil de explicar… Quiero por igual conseguir este ascenso y a la vez estar contigo.

—Lo entiendo. No es fácil pero todo estará bien. No siempre vamos a tener que echarnos de menos. Solo tenemos que superar la parte dura del principio, ¿no?

—Eso es. —Su respuesta fue inmediata, sin vacilación, pero noté la inseguridad en su voz.

—Te quiero —dije.

—Sabes que yo a ti también —contestó él—. Que descanses, mi amor.

Aun a sabiendas de que no podía verme, moví la cabeza arriba y abajo. Pero no fui capaz de decir nada más. Cortamos la llamada sin haber hablado de Coby ni de mi segundo empleo ni de que últimamente había estado mucho en compañía de Trenton. Las propinas que había ganado en el fin de semana sirvieron para que mi hermano pagase la mayor parte de una de las cuotas vencidas, pero me daba miedo que solo fuese cuestión de tiempo que abandonase el programa de rehabilitación.

Me enfundé en un top negro de encaje, de manga larga, y me peleé con unos de mis jeans rotos favoritos. Luego, me puse un poco de brillo de labios y salí corriendo para no llegar tarde al Red Door para mi turno de noche de los viernes.

Nada más cruzar la puerta del acceso de empleados, noté que algo no marchaba bien. Estaban todos muertos y la barra supertranquila. Demasiado tranquila. Normalmente esa primera hora me encantaba, antes de que el gentío abarrotase el local. Los viernes por la noche era la noche de las chicas, de modo que el trabajo empezaba aún antes. Pero el bar estaba muerto.

A la media hora Raegan limpió la barra con el trapo por tercera vez, refunfuñando para sus adentros.

—¿Esta noche había pelea clandestina?

Negué con la cabeza.

—¿Dices del Círculo? Nunca empiezan tan temprano.

—Anda, mira. Ya tenemos algo que hacer —dijo Raegan, bajando la botella de Jim Beam.

Travis Maddox venía hacia su taburete habitual, arrastrando los pies y con una cara que daba pena. Raegan le sirvió un whisky doble y él se lo bebió de un trago y bajó con fuerza el vaso, que golpeó en la madera.

—Vaya, vaya —dije yo, cogiendo la botella que me tendía Raegan—. Solo hay dos cosas que pueden ser así de serias. ¿Todos bien en casa? —le pregunté, y me puse alerta en previsión de su respuesta.

—Sí, todos bien. Menos yo.

—No me lo creo —repliqué yo, atónita—. ¿Quién es la chica?

Sus hombros se hundieron.

—Una de primero. Y no me preguntes qué tiene porque no lo sé. Aún. Pero estaba hoy ligándome a una chica y de pronto sentí como si estuviese haciendo algo que estaba mal. Y entonces me vino a la mente la cara de esa chica.

—¿La de primero?

—¡Exacto! Carajo, Cami, nunca me había pasado una cosa así.

Raegan y yo nos cruzamos una mirada.

—Bueno —le dije—. Tampoco es el fin del mundo. Te gusta. ¿Qué tiene de raro?

—Pues que a mí no me gusta una chica así. Eso es lo que tiene de raro.

—¿Así cómo? —dije yo, sorprendida.

Él dio otro trago y, subiendo las manos por encima de la cabeza, se puso a moverlas en círculos.

—La tengo todo el rato en la cabeza.

—¡Pero qué blandito te pones, para ser un hombre que nunca pierde! —le dijo en broma Raegan para tomarle el pelo.

—Dime qué puedo hacer, Cami. Tú sabes de chicas. Eres chica, por así decir.

—Muy bien, pues en primer lugar —contesté, inclinándome hacia él—, chúpame la verga.

—¿Lo ves? Una chica no dice eso.

—Las cools sí —terció Raegan.

Yo proseguí:

—En segundo lugar, eres el puto Travis Maddox. Puedes conseguir a la que te dé la gana.

—Casi —puntualizó Raegan desde el fregadero, a metro y medio de distancia.

La nariz de Travis se arrugó.

—Eras la novia de Brazil. Ni lo intenté.

Raegan miró al pequeño de los Maddox entrecerrando los ojos.

—¿Acabo de oír lo que acabo de oír?

—Pues es la verdad —dijo él.

—Aun así, nunca te lo habría permitido.

—Eso nunca lo sabremos —dijo él, llevándose a la boca el tercero de los tragos para echárselo a la garganta.

—Tranqui, Perro Loco —le dije.

Travis contrajo el rostro.

—Sabes que no soporto que me llames así.

—Sí —respondí yo, levantando la botella—. Pero gracias a eso prestas atención. Este es el plan que tienes que seguir. Uno: Deja de lloriquear. Dos: Acuérdate de quién eres y obra tu magia. Esa chica no es diferente de las demás…

—Oh, sí que es diferente —dijo Travis.

Suspiré y miré a Raegan.

—Le ha dado fuerte.

—Calla y ayúdame —dijo Travis, frustrado.

—Existen tres trucos para conseguir a una chica dura de pelar: paciencia, contar con otras opciones y mostrar indiferencia.

No vas a ser su amigo del alma. Tú eres puro sexo y punto, y estás tratando de ligar con una que está lejos de tu alcance. En otras palabras, eres Travis Maddox.

—Lo sabía. Siempre has estado loca por mí —dijo él con insolencia.

Me levanté.

—Pues… no. Para nada. Ni en el colegio.

—Mentirosa —dijo él, poniéndose de pie—. Yo tampoco lo intenté contigo. Mi hermano siempre ha estado enamorado de ti.

Me quedé helada. ¿Qué se suponía que quería decir eso? ¿Acaso sabía algo?

Travis prosiguió:

—Indiferencia. Otras opciones. Paciencia. Lo tengo.

Asentí.

—Si llegan al altar, me debes cien dólares.

—¿Qué altar? —repuso Travis con una mueca de desagrado—. ¡Qué carajo dices, Cami! ¡Que tengo diecinueve años! Nadie se casa con diecinueve años.

Miré a mi alrededor para ver si alguien le había oído admitir que era menor de edad.

—Repite eso un poco más alto.

Él reprimió la risa.

—¿Que es poco probable que me case algún día? ¿O que vaya a casarme de aquí a poco? No va a pasar jamás.

—Travis Maddox tampoco entra en un local hecho polvo por una chica. Nunca se sabe.

—Vergüenza debería darte desearme eso a mí —respondió él, guiñándome un ojo—. Te veo en mi próximo combate, ¿eh, Camille? Sé buena amiga, ¿va?

—Pero si sabes que trabajo.

—Ya me ocuparé de que lo programen tarde.

—¡Y ni por esas iré! ¡Es de salvajes!

—¡Vente con Trent!

Travis dio media vuelta y se marchó y yo me quedé pasmada, atónita. ¿Antes me había hablado de Trenton? Entonces, Trenton estaba hablando de mí. ¿A quién más le había contado algo? Justo cuando Travis salía por la gruesa puerta de color rojo, un grupo bastante grande de gente entró en el local y después de ellos siguió entrando un reguero de clientes. Me alegré de no disponer de tiempo para preocuparme de si circulaban o no rumores sobre mí o de si esos rumores llegarían a oídos de T. J.

Al día siguiente, bien entrada la mañana me dirigí a Skin Deep, ya de mal humor. T. J. no me había llamado ni me había respondido por mensaje, cosa que no hizo sino alimentar mi paranoia sobre alguna posible revelación del hablador de Trenton.

—¡Ya está aquí Cami! —anunció Hazel con una sonrisa, y se subió a lo alto del puente de la nariz unas gafas negras de montura gruesa.

Me obligué a sonreír. Hazel hizo un mohín con sus labios pintados de rojo.

—¿Y esa cara de pena? ¿Te dejó noqueado la fiesta de la fraternidad anoche?

—¿Era eso? ¿Tú fuiste?

Me guiñó un ojo.

—Es imposible que no le gusten a una las chicas de esas fraternidades. Bueno, ¿qué te pasa a ti?

—Solo estoy cansada —respondí, dándole la vuelta al letrero de ABIERTO.

—Al punto: Calvin te va a pedir que empieces a trabajar los domingos.

—¿Lo dices en serio? —repliqué yo con un tono más lastimero de lo que había pretendido. No era el mejor día para pedirme que hiciera más horas. Cuando finalmente me metí tras el mostrador, Trenton entró por la puerta.

—¡Camomila! —exclamó. Llevaba en las manos un frutero lleno de fruta de plástico.

—Ay, por favor, no hagas eso. No tenía gracia en el colegio y desde luego no tiene gracia ahora.

Trenton se encogió de hombros.

—Pues a mí me gustaba.

—Tú en el colegio ni siquiera sabías quién era yo.

Él arrugó la frente.

—¿Según quién?

Miré a mi alrededor exageradamente.

—No me dijiste ni pío hasta que me salieron tetas.

Hazel rio con socarronería.

—¡Este trabajo se ha vuelto mucho más divertido desde que la contrataron!

—Pero eso no quiere decir que no supiera quién eras —replicó Trenton, muy serio.

Hazel señaló el frutero que traía en los brazos.

—¿Y esa fruta?

—Para mi taller. Para decorar.

—Es horrendo —dijo ella.

—Era de mi madre —dijo él sin que le afectase el comentario—. He pensado que necesitaba tener algo de ella en el trabajo. Me da buena onda. —Se fue por el pasillo y se metió en su taller.

—Bueno —dijo Hazel apoyando los codos en el mostrador. Una de sus finas cejas dibujadas con lápiz subió disparada—. La tensión sexual que flota en el ambiente está alcanzando cotas absurdas.

Yo levanté una ceja.

—No sabía que te gustase Calvin.

Hazel arrugó la nariz.

—A nadie le gusta Calvin.

—¡Te he oído! —exclamó Calvin desde el fondo del pasillo.

—¡Bien! —respondió Hazel a su vez—. O sea, ¿que no estás interesada en Trent?

—Pues no —dije yo.

—Ni un poquito nada más.

—Tengo novio y me hace muy feliz —dije, y me humedecí un pulgar para ponerme a contar volantes.

—Mierda —replicó Hazel—. Empezaba a gustarme pensar en vosotros dos juntos.

—Pues siento desilusionarte —dije, haciendo un mazo compacto con los volantes para volver a ponerlos en su correspondiente bandeja.

Sonó la musiquilla de la puerta y entró un grupo de cuatro chicas, todas rubias, todas bronceadas y todas con sus pechos enmarcados en brassieres con copa E embutidos en camisetas ajustadas de diferentes tonalidades de rosa.

Empecé a saludarlas. Pero entonces Hazel señaló la puerta y las chicas se detuvieron en seco.

—Ándale, Hazel. Le dijimos que pasaríamos —se quejó una.

—Fuera —respondió ella señalando aún con un dedo, y entonces bajó la vista y con la otra mano pasó una página de un *Cosmopolitan*. Como no volvió a oírse el tintineo de la puerta, levantó de nuevo la vista—. Mierda, ¿están sordas? ¡He dicho que fuera!

Las chicas se enfurruñaron y, unos segundos después, se marcharon por donde habían venido.

—¿De qué iba todo eso? —inquirí.

Ella negó con la cabeza y dio un suspiro.

—Fans de Trent. Bishop también tiene. Mujeres que vienen a revolotear por el taller con la esperanza de llevarse gratis un tatu o…, qué sé yo…, que los hombres se las cojan. —Puso los ojos en blanco—. Si te soy sincera, me sacan de mis casillas. Pero hasta hace nada las dejábamos entrar.

—¿Y qué fue lo que cambió?

Hazel se encogió de hombros.

—Bishop dejó de venir con la frecuencia con que venía antes y Trenton me dijo que las pusiera de patitas en la calle no mucho después de que empezases a trabajar tú aquí. ¿Lo ves? No eres una decepción total y absoluta. —Me dio un leve codazo.

—Supongo que no me he ganado realmente la paga. Ni siquiera sé mezclar bien el producto de limpieza. Por aquí no le dan mucha importancia al uso de desinfectantes.

—¡Pero qué dices! —repuso con una sonrisa irónica—. Quién sino tú habría convencido a Calvin para quitar esa decoración asiática barata y reorganizar los ficheros. Llevas aquí menos de un mes y ya estamos mejor organizados, y los clientes no tienen que preguntarse si con el tatuaje se van a llevar de recuerdo una galletita china de la fortuna.

—Gracias. Da gusto sentirse valorada.

—Yo te valoro —dijo Trenton, apareciendo en el vestíbulo—. Valoro que finalmente vayas a ver *La loca historia* conmigo esta noche. Voy a por ella.

—No —respondí meneando la cabeza.

—¿Por qué no?

—Estoy trabajando.

—¿Y luego qué?

—Me voy a la cama.

—Tonterías.

—Tienes razón. Tengo planes.

Él puso cara de desdén.

—¿Con quién?

—Todavía no lo sé pero contigo desde luego que no.

Hazel rio por lo bajo.

—¡Tocado!

Trenton acercó toda la mano abierta al menudo rostro de Hazel y, empujándola en broma, aprovechó que la tenía tapada para decirme:

—No es bonito. Creí que habías dicho que éramos amigos.

—Lo somos —dije yo.

Hazel logró soltarse de Trenton y empezó a pegarle en el brazo con saña. Él, prácticamente sin notar nada y manteniendo tan solo una mano levantada para protegerse de ella, añadió:

—Los amigos ven juntos *La loca historia de las galaxias*.

—Es que no somos así de buenos amigos —repuse yo, concentrando mi atención en ordenar bien los clips en su nuevo compartimento.

Se oyó el tintineo de la puerta y entró una pareja. Ambos estaban ya cubiertos de tatuajes hasta el cuello.

—Hola —les saludé—. ¿En qué puedo ayudarlos?

—¡Rachel! —exclamó Hazel, abalanzándose sobre la chica para abrazarla con fuerza. Llevaba un piercing en la ceja, un brillante de adorno y aros en la nariz y el labio. Su pelo corto despuntado, teñido de rojo encendido, casi resplandecía de intenso. Pero hasta con la cabeza agujereada por todas partes y los brazos cubiertos de calaveras y hadas era guapísima. Me acomodé en mi silla para observarlas mientras conversaban. Su chico era un tipo alto y huesudo, que parecía igual de contento que ella de ver a Hazel. No podía creer que alguno de los dos deseara hacerse algún piercing o algún tatuaje más. Salvo que quisieran tatuarse la cara, ya no les quedaba ni un trocito de piel sin tinta.

Hazel se fue con ellos hasta su cabina y siguieron oyéndose risas y charla.

—Va a ser un día lento —suspiró Trenton.

—Eso no lo sabes. Acaba de empezar.

—Pero yo siempre lo detecto —respondió él.

—¿Quiénes son? —pregunté señalando el pasillo con un movimiento de la cabeza.

—Rachel es hermana de Hazel.

Levanté una ceja, poniéndolo en duda.

—Igual me equivoco por completo, pero Rachel no es asiática. Ni por asomo.

—Las dos son adoptadas. Eran huérfanas. Son como una docena en total o más. Ahora viven cada uno en un rincón del país, y se quieren con locura. Es encantador.

Pensar en ello me arrancó una sonrisa.

—¿Entonces en serio que no vas a ver *La loca historia* conmigo esta noche?

—En serio.

—¿Por qué no? —preguntó cruzándose de brazos y cambiando el peso del cuerpo de una pierna a otra.

Yo sonreí con complicidad.

—¿Qué, preparándote para una pelea?

—Responde a la pregunta, Camlin. ¿Qué tienes en contra de *La loca historia de las galaxias?* Necesito saberlo antes de ir más allá.

—¿Más allá de qué?

—No cambies de tema.

Suspiré.

—Entre el trabajo y el Red Door y... Nos estamos viendo un montón.

Él me observó unos instantes. Cientos de pensamientos pasaron tras sus cálidos ojos castaños. Se puso a mi lado tras el mostrador y apoyó el talón de la mano en él, junto a mi cadera, de tal modo que su pecho tocó mi brazo izquierdo. Entonces, inclinándose hacia mí, dijo casi rozándome el pelo con la boca:

—¿Y eso está mal?

—Sí. No. No lo sé —respondí yo con los músculos de la cara contraídos. Él estaba confundiéndome, además de hallarse demasiado cerca de mí como para dejarme pensar con claridad. Me volví con idea de decirle que se apartara, pero, cuando levanté la vista, me callé. Trenton estaba ahí mismo. A escasos centímetros. Mirándome desde arriba con una mirada que me resultó imposible de descifrar.

Posó la mirada en mi hombro desnudo.

—Ese es un lugar perfecto para que te haga un tatuaje.

—¡Ja! —exclamé yo—. No.

—Vamos. Has visto mi trabajo.

—Lo he visto —respondí, asintiendo con mucho ahínco—. Una maravilla.

—¿Entonces, qué?

Volví a mirarle a los ojos para tratar de interpretar su expresión.

—No me fío de ti. Probablemente acabaría con un tatuaje que dijese QUE LA SUERTE TE ACOMPAÑE.

Trenton sonrió de oreja a oreja.

—¿Eso es una referencia a *La loca historia de las galaxias*? ¡Estoy impresionado!

—¿Ves? Ya la había visto. Millones de veces.

—Nunca son demasiadas.

Hazel, Rachel y el novio de Rachel regresaron al vestíbulo. Hazel le dio un gran abrazo a Rachel y se despidieron con lágrimas en los ojos.

—No queda nada para la Navidad —comentó Trenton.

Cuando Rachel se marchó, Hazel estaba sonriendo pero un poco triste.

—Maldita sea. La adoro.

—Los adoras a todos —dijo Trenton—. Si los citaras en un ciclo mensual, podrías ver a uno por día.

Hazel le dio un codazo a Trenton y él se lo devolvió. Se peleaban como si fuesen hermanos.

—Bueno —dijo Hazel, metiéndose un chicle en la boca—. Los oí hablar. No me puedo creer que te asuste que te hagan un tatuaje.

Yo negué con la cabeza.

—Para nada.

Calvin se acercó al vestíbulo.

—¿Ha venido Bishop? —preguntó.

Hazel negó con la cabeza.

—No, Cal. Ya me lo has preguntado antes. Estábamos hablando del primer tatuaje de Cami.

Calvin me miró de arriba abajo.

—Que la recepcionista no lleve ni un tatuaje es malo para el negocio. Podrías compensármelo trabajando unas horitas los domingos.

—Solo si dejas que saque mis trabajos y mis tareas cuando no tengamos lío.

Él se encogió de hombros.

—De acuerdo.

Se me hundieron los hombros. No me esperaba que fuese a mostrarse conforme.

—Déjame que te perfore la nariz —dijo Hazel con ojillos brillantes.

—Un día de estos —respondí.

—Muñeca, no les dejes que te convenzan de algo que no quieras hacer. No hay por qué avergonzarse de tenerle miedo a las agujas —intervino Trenton.

—Es que no me dan miedo —repliqué exasperada.

—Pues entonces déjame que te tatúe algo —dijo.

—Eres camarera, por el amor de Dios —terció Hazel—. Deberías llevar al menos un tatuaje.

Los fulminé con la mirada.

—¿Pero esto qué es? ¿Presión en grupo? Porque se les da de pena.

—¿En qué ves tú que te esté presionando? Lo único que he dicho es que no dejes que nadie te convenza de nada —se defendió Trenton.

—Ya, y después de haberme dicho que te deje hacerme un tatuaje.

Se encogió de hombros.

—Admito que sería increíble saber que fui el primero que te hizo un tatuaje. Es como si fuese el que se llevó tu virginidad.

—Bueno, para eso tendríamos que retroceder en el tiempo y eso no va a pasar —dije yo sonriendo con petulancia.

—Exacto. Pero esto sería lo siguiente mejor. Confía en mí —insistió él bajando mucho la voz y adoptando un tono meloso.

Hazel se rio para sí.

—Ay, Dios. Me da vergüenza admitirlo, pero esa frase me venció por completo.

—¿Sí? —dije yo, sintiéndome de pronto muy incómoda—. ¿Te la dijo Trent?

Ella soltó otra carcajada.

—¡Ojalá! —Cerró los ojos y se estremeció—. Bobby Prince. Hablaba como los ángeles y tenía un pene minúsculo. —Esta última frase la dijo con voz de pito y levantando el índice y el pulgar de una mano, separándolos apenas tres centímetros.

Nos partimos de risa los tres. Hazel se secó las lágrimas que se le saltaban de los ojos. En cuanto recobramos la compostura, sorprendí a Trenton mirándome fijamente. Algo en su manera de mirarme me hizo olvidar mi máxima de ser responsable y de usar la cabeza. Por una vez, lo único que deseaba era ser joven y no darle demasiadas vueltas a las cosas.

—Va, Trent. Desflórame.

—¿En serio? —preguntó él, poniéndose recto.

—¿Lo hacemos o qué? —pregunté a mi vez.

—¿Qué quieres? —Se sentó delante de la computadora y agarró una pluma con los dientes.

Yo reflexioné unos instantes y a continuación sonreí.

—Baby Doll. En los dedos.

—No jodas —repuso Trenton con la pluma en la boca, mirándome a cuadros.

—¿No te parece bien? —pregunté.

Él se rio y se quitó la pluma de los dientes.

—Sí, sí, me gusta… muchísimo…, pero es un extraordinario tatuaje para una virgen. —Volvió a agarrar la pluma con los dientes para liberar la mano y poder usar el ratón.

Sonreí con aire de suficiencia.

—Ya que voy a perder la virginidad, quiero ser desflorada a lo grande.

A Trenton se le cayó la pluma de la boca y se agachó para recogerlo del suelo.

—Esto... ¿Alguna..., esto…, algún tipo de letra en especial? —preguntó, lanzándome una mirada antes de trazar el boceto en la pantalla.

—Pues quiero que tenga un aire un poco de niña, para que no dé la sensación de que acabo de salir de la cárcel.

—¿Color? ¿O blanco y negro?

—El borde negro. Sobre el relleno, no sé… ¿Azul, quizá?

—¿Tipo azul Pitufo? —bromeó él. Al ver que yo no respondía, añadió—: ¿Qué tal un acabado en degradado? ¿Azul en la parte de abajo y luego, a medida que voy subiendo por las letras, que vaya poco a poco difuminándose?

—De puta madre —dije yo dándole un toque suave con el hombro.

En cuanto hube decidido el tipo de letra y el color, Trenton imprimió las calcomanías y me fui con él a su taller.

Me senté en la silla y Trenton preparó los utensilios.

—Esto va a ser increíble —comentó Hazel, sentándose en una silla no lejos de mí.

Trenton se puso unos guantes de látex.

—Voy a utilizar una única aguja. Aun así, te va a doler horrores. Lo vas a notar en el hueso directamente. No tienes ni un gramo de grasa en los dedos.

—Ni en ninguna otra parte del cuerpo —puntualizó Hazel.

Le guiñé un ojo.

Trenton soltó una risa corta. Me limpió uno a uno los dedos con un jabón de color verde, luego lo enjuagó y a continuación empapó un cuadrado de algodón con alcohol y me frotó cada dedo que pensaba tatuarme.

—Es posible que a la primera no agarre. A lo mejor te toca volver a hacértelo. —Con un dedo, untó una pizca de vaselina donde había pasado antes el alcohol.

—¿Lo dices en serio? —pregunté yo, ceñuda.

Hazel asintió.

—Sí, hija. Con los pies pasa lo mismo.

Trenton colocó las calcomanías.

—¿Cómo lo ves? ¿Están rectas? ¿Las quieres así?

—Tú solo asegúrate de que el orden de las letras es el correcto. No quiero ser como esos soquetes que llevan tatuajes mal escritos.

Trenton rio para sí.

—Está bien escrito. Sería un lerdo de remate si no fuese capaz de escribir correctamente dos palabras de cuatro letras.

—Tú lo has dicho, no yo —le molesté.

Hazel sacudió la cabeza.

—¡Nena, no se te ocurra insultarle cuando está a punto de pintarte la piel para siempre!

—Lo va a hacer precioso, ¿verdad? —pregunté yo.

Trenton encendió el aparato y me miró con dulzura.

—Preciosa eres tú ya.

Noté que se me ruborizaban las mejillas. Por eso, cuando Trenton se cercioró de que las calcomanías estaban secas y apoyó la aguja en mi piel, más que sufrir a causa de un dolor insoportable fue como si se tratase de una agradable distracción. Trenton pintaba trazos y limpiaba la piel, así una y otra vez, muy concentrado. Yo sabía que haría todo lo posible para que quedara perfecto. Aunque en un primer momento no me dolió exageradamente, a medida que iban transcurriendo los minutos la molesta sensación de quemazón que notaba en los dedos cada vez que comenzaba a marcarme la piel hacía que me entrasen unas ganas tremendas de apartar la mano.

—¡Listo! —anunció apenas quince minutos después. Limpió bien el exceso de tinta y las letras aparecieron perfectamente visibles en mis dedos. El color azul era superintenso. Era una maravilla. Me puse delante del espejo, cerré los puños y los junté.

—Te queda genial, muñeca —comentó Trenton con una gran sonrisa.

Era perfecto.

—Mierda, ha sido increíble —dijo Hazel—. Quiero que me tatúes los dedos. ¡Ya!

Trenton me pasó unas cajitas de Aquaphor.

—Ponte de esto. Es una crema muy buena. Especialmente para el color.

—Gracias —dije.

Él se me quedó mirando unos segundos como si realmente acabase de quitarme la virginidad. Noté un cosquilleo en el estómago y calorcito en el plexo solar. Dando unos pasos hacia atrás, me volví y salí al vestíbulo. El teléfono sonó pero Hazel lo cogió por mí.

Trenton apoyó los codos en el mostrador y me miró con una sonrisa de lo más ridícula.

—Para —le dije, tratando de no sonreír a mi vez.

—Si no he dicho nada —repuso él, sonriendo aún como un tonto.

Mi celular emitió un zumbido y a continuación otro más.

—Qué pasa, Chase —dije, sabiendo ya para qué llamaba.

—Mamá cocina esta noche. Te veo a las cinco.

—Tengo que trabajar. Ella sabe que trabajo los fines de semana.

—Razón por la cual vamos a hacer cena en familia, en vez de comida en familia.

Suspiré.

—No saldré hasta las siete.

—¿De dónde? ¿Ya no trabajas en el Red Door?

—Sí… —respondí, maldiciéndome en silencio por haberme ido de la lengua—. Sigo sirviendo copas. Es que he empezado un segundo empleo.

—¿Un segundo empleo? ¿Por qué? —me preguntó él con la voz teñida de desdén. Chase era comercial de una empresa de marcapasos y se creía mucho. Ganaba buen dinero, pero le gustaba hacerse pasar por médico cuando en realidad era el chico del café, que les lamía el culo a los jefes.

—Es que estoy… echando una mano a un amigo.

Chase se quedó callado un buen rato y al final dijo:

—Coby ha vuelto a consumir, ¿no?

Apreté los párpados, sin saber qué decir.

—Haz el favor de mover el culo y estar en casa de mamá a las cinco o voy yo a buscarte.

—Va —respondí. Corté la llamada, arrojé el celular al mostrador, puse los brazos en jarras y clavé la vista en el monitor de la computadora.

—¿Todo bien? —preguntó Trenton.

—Acabo de iniciar una gran bronca de familia. A mi madre se le va a partir el corazón y no sé cómo pero al final va a ser todo culpa mía. ¿Cal? —llamé—. Voy a tener que salir a las cuatro y media.

—¡No acabas hasta las siete! —exclamó él desde su despacho.

—¡Es un asunto de familia! ¡Se marcha a las cuatro y media! —gritó Hazel.

—¡Va, lo que sea! —respondió Calvin sin el menor asomo de enfado.

—¡Cal! —exclamó Trenton—. ¡Me iré con ella!

Calvin no contestó. Por toda respuesta, oímos un portazo y le vimos aparecer en el vestíbulo.

—¿Qué está pasando?

—Tengo cena familiar —dije yo.

Calvin me miró por un instante con cara de recelo y a continuación miró a Trenton.

—¿Has visto a Bishop hoy?

Trenton volvió la cabeza.

—No. No le he visto.

Calvin se volvió hacia mí.

—¿De verdad te hace falta escolta para ir a casa a la hora de la cena? —preguntó dubitativo.

—No.

—Sí que la necesita —me corrigió Trenton—. Pero no lo va a reconocer.

Me resultó imposible controlar el tono lastimero de mi voz:

—No sabes cómo se ponen. Y esta noche va a ser… Créeme, es mejor que no vengas.

—Necesitas al menos una persona sentada a tu vera en esa mesa, y esa persona voy a ser yo.

¿Podría rebatir algo así? A pesar de que no quería que Trenton presenciase la locura que reinaba en mi familia, tenerle a mi lado me tranquilizaría cuando llegasen a la inevitable conclusión de que la recaída de Coby y el desconocimiento en que habían estado eran, de alguna manera, culpa mía. Y a continuación se produciría la escena en que Coby descubriría que acababa de delatarle.

—Tú limítate a… no soltar ningún puñetazo a nadie.

—Hecho —dijo él, estrechándome contra su costado.

Capítulo 8

Trenton giró el volante para meterse por el acceso y apagó el motor. La última vez que habíamos estado en su Intrepid, Olive iba en el asiento de atrás y yo estaba molesta porque me había visto en una trampa para que no me negase a ir al Chicken Joe's. Ahora pasar la velada junto a Trenton y Olive en un ruidoso restaurante me sonaba a gloria bendita.

—¿Estás preparada para esto? —me preguntó Trenton, y me guiñó un ojo para darme ánimos.

—¿Y tú?

—Yo estoy preparado para lo que sea.

—Te creo —respondí, tirando ya de la manivela de apertura. La puerta chirrió al abrirse y necesité un par de intentos y un empujón con la cadera para conseguir cerrarla del todo.

—Perdona —se disculpó Trenton, metiéndose las manos en los bolsillos. Me ofreció su brazo y yo me cogí de él. Toda mi familia (mis tres hermanos y mis padres) estaban de pie en la puerta abierta viéndonos subir por el camino de acceso.

—Yo seré la que te pida perdón de aquí a un rato.

—¿Por qué lo dices?

—¿Quién mierda es ese cabrón? —preguntó mi padre.

Suspiré.

—Este es Trent Maddox. Trent, te presento a mi padre, Felix.

—Señor Camlin —me corrigió mi padre, mirándole a él con gesto despectivo.

Trenton le tendió la mano y mi padre se la estrechó mirándole de hito en hito. Aunque Trenton no se dejó intimidar lo más mínimo, yo seguía estremeciéndome por dentro.

—Y esta es mi madre: Susan.

—Encantado de conocerla —la saludó Trenton, estrechándole suavemente la mano.

Mi madre le respondió con una leve sonrisa y entonces me abrazó y me dio un beso en la mejilla.

—Ya era hora de que vinieses a ver a tu madre.

—Lo siento —me disculpé, aunque tanto ella como yo sabíamos que no era verdad.

Entramos y fuimos todos al salón comedor, excepto mi madre, que se metió en la cocina. Regresó con un cubierto más para Trenton y de nuevo se marchó a la cocina. Esta vez volvió a la mesa con una cazuela humeante de puré de patata que depositó sobre un salvamanteles de guata, junto al resto de la cena.

—Bueno, bueno —dijo mi padre—. Siéntense para que podamos empezar a cenar de una vez.

A Trenton le temblaba un párpado.

—Gracias, mamá, tiene todo una pinta estupenda —dijo Clark.

Mi madre sonrió y se inclinó hacia la mesa.

—De nada, si...

—¿A santo de qué tanta formalidad? —gruñó mi padre, interrumpiéndola—. ¡Me muero de hambre!

Fuimos pasándonos unos a otros las diferentes fuentes de comida y sirviéndonos en los platos. Entonces, moviendo mi comida con el tenedor, me dispuse a esperar el primer dardo que daría inicio a la guerra. Mi madre estaba tensa, lo cual quería decir que sabía que pasaba algo.

—¿Qué mierda es eso que llevas en los dedos? —me preguntó mi padre.

—Eh… —Levanté las manos unos segundos mientras intentaba idear alguna mentira.

—Nos pusimos a jugar con un rotulador —contestó Trenton.

—¿Por eso estás pintarrajeada con esa mierda de color negro? —preguntó mi padre.

—Tinta. Sí —respondí yo, removiendo la comida en mi plato. Mi madre era una cocinera extraordinaria, pero mi padre siempre se las apañaba para quitarme el apetito.

—Pásame la sal —dijo con brusquedad a Coby, que tardaba demasiado en darle el salero—. Mierda, Susan. Nunca le pones suficiente sal. ¿Cuántas veces te lo he dicho?

—La sal se la puedes añadir tú, papá —intervino Clark—. Así no está demasiado salado para todos los demás.

—¿Demasiado salado? Esta es mi puta casa. ¡Ella es mi mujer! ¡Cocina para mí! ¡Y cocina como a mí me gusta, no como les gusta a ustedes!

—No te alteres, cariño —le dijo mi madre.

Mi padre golpeó la mesa con el canto del puño.

—¡Yo no estoy alterado! Simplemente no voy a consentir que entre uno en mi casa y le diga a mi mujer cómo me tiene que preparar la cena.

—Cállate, Clark —gruñó Chase.

Clark se metió comida en la boca y masticó. Había sido el pacificador durante años y aún no estaba dispuesto a renunciar a ese papel. De todos mis hermanos era el de trato más fácil, y al que era más fácil querer. Trabajaba repartiendo productos de Coca-Cola a establecimientos pequeños de toda la ciudad y siempre iba con retraso porque las dependientas solían hacerle plática. Tenía una dulzura en la mirada que era imposible obviar. La había heredado de nuestra madre.

Mi padre asintió y a continuación clavó los ojos en Trenton.

—¿Cami te conoce del colegio o del trabajo?

—De las dos cosas —respondió Trenton.

—Trent es de Eakins —puntualicé yo.

—Nací aquí y aquí me crie —añadió Trenton.

Mi padre reflexionó unos segundos y entonces entornó los ojos.

—Maddox... Tú eres el hijo de Jim, ¿verdad?

—Sí —respondió Trenton.

—Vaya, cómo quería yo a tu madre. Era una mujer increíble —dijo mi madre.

—Gracias —contestó Trenton.

—Pero qué tontería, Susan, si ni siquiera la conocías —terció mi padre—. ¿Por qué hay que convertir a todo el que muere en un puto santo?

—Ella estuvo muy cerca de serlo —dijo Trenton.

Mi padre levantó la vista y, sin apreciar el tono de voz de Trenton, repuso:

—¿Y tú cómo lo sabes? ¿No eras un renacuajo cuando murió?

—¡Papá! —grité.

—¿Acabas de levantarme la voz en mi propia casa? ¡Debería levantarme de esta mesa y darte un sopapo por descarada!

—Felix, por favor —suplicó mi madre.

—Me acuerdo de ella —dijo Trenton. Aunque estaba dando muestras de un autocontrol bestial, noté la tensión en su voz—. El recuerdo de la señora Camlin es acertado.

—¿Así que trabajas con ella en el Red Door? —intervino Chase, dejando traslucir en su voz su inconfundible sentimiento de superioridad.

No estoy segura de la cara que puse, pero Chase levantó el mentón con gesto desafiante mientras esperaba la respuesta.

Trenton no contestó. Chase nos estaba acorralando para que cayésemos en la trampa y yo sabía perfectamente bien por qué.

—Entonces, ¿en qué otro sitio? —inquirió Chase.

—No sigas —dije yo apretando los dientes.

—¿Cómo que en qué otro sitio? —preguntó mi padre—. Ella solo trabaja en un sitio, en el bar de copas, y lo sabes. —Como ninguno de los presentes mostró su acuerdo con él, mi padre dirigió la vista hacia Trenton—. ¿Tú trabajas en el Red Door?

—No.

—Entonces eres cliente.

—Sí.

Mi padre movió la cabeza en gesto afirmativo. Yo suspiré aliviada, dando gracias por que Trenton no diese más información que la justa.

—¿Pero no me dijiste que tenías otro empleo? —preguntó Chase.

Apreté las palmas de las manos sobre el tablero de la mesa.

—¿Por qué? ¿Por qué lo haces?

Coby captó de qué iba todo eso y se levantó.

—Acabo de acordarme: Tengo…, tengo que ir a hacer una llamada.

—¡Siéntate! —chilló mi padre—. ¡Uno no se levanta de la mesa de la cena así como así! ¿Qué mierda te pasa?

—¿Es verdad eso? —preguntó mi madre con su voz queda.

—He entrado a trabajar a tiempo parcial en Skin Deep Tattoo. No es gran cosa —expliqué.

—¿Cómo? ¿Es que no llegas a fin de mes? ¡Dijiste que sirviendo copas un fin de semana ganabas el sueldo de un mes! —exclamó mi padre.

—Y es cierto.

—Entonces, ¿gastas más de lo que ingresas? ¿Qué te dije sobre ser responsable? ¡Carajo, Camille! ¿Cuántas veces te he dicho que no compres con tarjeta de crédito? —Se limpió la boca y arrojó la servilleta en la mesa—. ¡No debí de zurrarte bastante de niña! ¡De haberlo hecho, a lo mejor me harías caso de vez en cuando, mierda!

Trenton miraba fijamente su plato, con respiraciones más rápidas y el cuerpo ligeramente inclinado hacia delante. Yo estiré el brazo para tocarle la rodilla.

—Pero si yo no tengo tarjeta de crédito —repuse.

—Entonces, ¿por qué, por el amor de Dios, coges un segundo trabajo si aún estás estudiando? ¡No tiene ni pies ni cabeza y yo sé que no eres estúpida! ¡Ningún hijo mío es un estúpido! Así que ¿cómo lo explicas? —preguntó a gritos como si estuviésemos cada uno en una acera de la calle.

Mi madre miró a Coby en ese momento. Él seguía de pie. Todos los demás se levantaron también. Cuando la mirada de mi padre reveló que acababa de entender lo que estaba pasando, se puso en pie al tiempo que aporreaba la mesa.

—Otra vez estás consumiendo esa mierda, ¿es eso, verdad? —dijo con un puño tembloroso en alto.

—¿Qué? —replicó Coby. El tono de su voz había subido una octava—. No, papá. ¿Pero qué dices?

—¿Estás consumiendo esa mierda otra vez y tu hermana te está pagando las facturas? ¿Es que se te ha ido la cabeza? —dijo mi padre. Se había puesto rojo y se le había formado una arruga tan profunda entre las cejas que la piel de alrededor estaba blanca—. ¿Qué te dije? ¿Qué te dije que pasaría si volvías a acercarte a esa mierda? ¿Pensaste que estaba bromeando?

—¿Cómo iba a pensar eso? —repuso Coby con voz temblorosa—. ¡Si tú no tienes sentido del humor!

Mi padre corrió hacia Coby para zurrarle y mi madre y mis hermanos trataron de interponerse. Hubo gritos, caras coloradas, dedos señalando, pero Trenton y yo nos limitamos a observar sentados. El semblante de Trenton no mostraba si estaba escandalizado ni si todo aquello le parecía un horror. Sin embargo, yo, hundida en mi silla, me sentía completamente humillada. Ni todos los avisos del mundo le habrían preparado para presenciar el circo que se montaba cada semana en casa de los Camlin.

—No ha vuelto a consumir —dije yo.

Todos se volvieron hacia mí.

—¿Cómo has dicho? —preguntó mi padre haciendo esfuerzos por controlar la respiración.

—Le estoy devolviendo un dinero. Hace poco me sacó de un apuro.

Las cejas de Coby se juntaron.

—Camille…

Mi padre dio un paso hacia mí.

—¿Y no podías decir nada hasta ahora? ¿Dejas que tu hermano se lleve las culpas por tu irresponsabilidad? —Dio otro paso más. Trenton giró todo el torso para hacer frente a mi padre y protegerme como si fuese un escudo.

—Creo que le convendría tomar asiento, señor —dijo Trenton.

El rostro de mi padre pasó del enfado a la ira, y Coby y Clark le sujetaron.

—¿Acabas de decirme que me siente, en mi puta casa? —preguntó, elevando el tono en la última parte de la frase.

Finalmente mi madre chilló.

—¡Ya está bien! —exclamó, quebrándosele la voz—. ¡No somos una panda de fieras salvajes! ¡Tenemos un invitado! ¡Siéntense!

—¿Ves lo que has hecho? —dijo mi padre dirigiéndose a mí—. ¡Has enfadado a tu madre!

—¡Siéntate, Felix! —chilló ella, señalando la silla de madera de mi padre.

Él se sentó.

—Lo siento muchísimo —se disculpó mi madre con Trenton, con la voz temblorosa mientras, muy nerviosa, se colocaba en su silla. Se secó los ojos dándose unos suaves toques con su servilleta y a continuación la dejó delicadamente sobre su regazo—.

Todo esto me causa una gran vergüenza. Casi no me imagino cómo debe de sentirse Camille.

—En mi casa también son de armar mucha bronca, señora Camlin —dijo Trenton.

Debajo de la mesa, sus dedos, que habían estado aferrando una de mis rodillas, comenzaron a distenderse. Hasta ese momento no me había dado cuenta, pero mis propios dedos encontraron el camino para llegar a los suyos y le estreché la mano con fuerza. Él respondió igual. Sentir que me comprendía hizo que la emoción me embargase y tuve que tragar saliva para evitar que se me saltaran las lágrimas. Pero el sentimiento se desvaneció rápidamente cuando el tenedor de mi padre chirrió en contacto con su plato.

—¿Cuándo pensabas contarnos que estabas gorroneándole a tu hermano, Camille?

Súbitamente enojada, levanté la vista hacia él. Sabía que enseguida empezaría a culparme, pero al tener a Trenton a mi lado sentí una seguridad en mí misma que jamás había sentido estando con mi padre.

—Cuando considerase que te lo tomarías como un adulto maduro.

Mi padre se quedó boquiabierto y mi madre también.

—¡Camille! —exclamó ella.

Mi padre apoyó los nudillos en la mesa y se levantó.

—Ahórrate las palabras —dije yo—. Nos vamos. —Me puse de pie y Trenton se levantó a mi lado. Juntos, nos fuimos hacia la puerta de la casa.

—¡Camille Renee! ¡Vuelve a pegar el culo a tu silla! —exclamó mi padre.

Abrí la puerta. En la parte inferior la madera estaba mellada y astillada de las veces en que mi padre, presa de sus numerosos ataques de ira, la abría o la cerraba de una patada. Aunque me detuve antes de levantar el picaporte de la puerta mosquitera, no miré atrás.

—¡Camille! ¡Te lo advierto! —me amenazó mi padre.

Empujé para abrir. Hice esfuerzos para no salir corriendo a toda prisa hacia el Intrepid. Trenton abrió la puerta del acompañante, me subí en el coche y luego él lo rodeó para subir por su lado, tras lo cual se apresuró a meter la llave en el contacto.

—Gracias —le dije en cuanto el coche comenzó a rodar.

—¿Por qué? No he hecho una mierda —respondió Trenton, obviamente disgustado.

—Por haber cumplido lo que me prometiste. Y por sacarme de allí antes de que mi padre hubiese salido a cogerme.

—Tenía que darme prisa. Sabía que si él salía y volvía a chillarte o amenazarte una vez más, no iba a ser capaz de cumplir mi promesa.

—Gran desperdicio de tarde libre —dije yo, mirando por la ventanilla.

—¿Por qué Chase fue haciendo que saliera el tema? ¿A santo de qué quiso empezar toda esa pelea?

Suspiré.

—Chase se la tiene jurada a Coby desde siempre. Mis padres siempre han tratado a Coby como si nunca pudiese hacer nada mal. Y a Chase le gusta restregarle a todo el mundo en la cara que Coby es un adicto.

—Entonces, ¿por qué te molestaste en ir a cenar con ellos si sabías que él estaba al tanto?

Miré por la ventanilla.

—Porque alguien tenía que asumir la responsabilidad.

Permanecimos en silencio unos segundos y entonces Trenton rezongó:

—Coby me parece un buen candidato para eso.

—Sé que parece un disparate, pero yo necesito que uno de nosotros crea que son buenos padres. Si todos odiamos cómo nos han tratado de niños, se hace como más real, ¿entiendes?

Trenton me cogió la mano.

—No es un disparate. Yo le pedía a Thomas que me contase todo lo que recordara de nuestra madre. Apenas guardo unos recuerdos vagos de ella, que para mí son un tesoro. Saber que los recuerdos que conservaba él eran más sólidos que mis instantes difusos y parecidos a simples ensoñaciones hacía que ella fuese más real a mis ojos.

Retiré mi mano y me rocé los labios con la punta de los dedos.

—Me da tanta vergüenza que estuvieras allí y a la vez me siento tan agradecida… Nunca en la vida habría hablado así a mi padre si tú no hubieses estado allí.

—Si alguna vez me necesitas, solo tienes que llamarme. —Chascó los dedos varias veces y se puso a cantar, espantosamente, el estribillo de *I'll be there* de los Jackson 5, desgañitándose y poniendo toda el alma.

—Es un poco agudo para ti —dije yo, aguantándome la risa.

Pero él siguió cantando.

Me tapé la cara y empecé a reírme para mí. Trenton cantó aún más fuerte y yo, tapándome las orejas, moví la cabeza negativamente fingiendo que no me gustaba nada.

—«*Just look ova ya shoulders!*» —gritaba él*.

—¿De los dos hombros? —le pregunté, muerta de risa aún.

—Supongo. —E hizo un gesto de no saber a ciencia cierta—. En realidad así es como lo canta Mikey.

Trenton metió el coche en el estacionamiento de mi casa y estacionó al lado de mi Jeep.

—¿Esta noche sales? —pregunté.

Él se volvió parar mirarme con cara de pena.

—No. Tengo que empezar a ahorrar dinero. Dentro de poco me iré a vivir solo.

—¿Y tu padre no echará de menos tu aportación al alquiler?

---

* «Tan solo mira por encima de tus hombros». *[N. de la T.]*

—Podría mudarme ya, pero estoy ahorrando para ayudarle a él también. Su pensión no da para mucho.

—¿Vas a seguir pagándole el alquiler a tu padre cuando te hayas ido?

Trenton arañó algo de su volante con las uñas.

—Sí. Él ha hecho mucho por nosotros.

Trenton no era para nada como yo creía.

—Gracias otra vez. Te debo una.

Un lado de la boca de Trenton se curvó hacia arriba.

—¿Me dejas que te prepare la cena?

—Para estar en paz contigo, tendría que hacerte yo la cena.

—Estaremos en paz si me dejas que cocine algo en tu casa.

Me lo pensé un minuto.

—Va. Pero con la condición de que me hagas una lista de las cosas que vas a necesitar y me dejes que yo las compre.

—Hecho.

Salí del coche y cerré la puerta. Las luces del vehículo dibujaron mi silueta en la fachada de mi departamento cuando di la vuelta a la llave en la cerradura y giré el pomo. Me despedí de Trenton con la mano mientras él retrocedía. Pero entonces regresó al sitio donde había estacionado, saltó del coche y vino a corriendo hasta mi puerta.

—¿Qué haces?

—¿Ese no es…?

—Es Coby —dije yo, tragando saliva—. Será mejor que te vayas.

—Yo no me voy a ninguna parte.

El Camaro de color azul eléctrico de Coby se detuvo en seco detrás de mi Jeep y del Intrepid de Trenton y él salió del coche de un salto y cerró dando un portazo. No estaba segura de si debía pedirle que entrase en mi casa para que los vecinos no nos oyesen, o si debía mantener la discusión fuera para evitar que me destrozara el departamento.

Trenton se afianzó en el suelo, listo para frenar las intenciones que pudiese albergar Coby, fueran las que fueran. Coby vino hacia mí pisando fuerte, con gesto adusto, los ojos enrojecidos e hinchados, y entonces se abalanzó sobre mí y me abrazó con tanta fuerza que casi no podía respirar.

—Lo siento muchísimo, Cami —dijo entre sollozos—. ¡Soy un mierda!

Trenton nos observó con una cara de sorpresa equivalente al pasmo que yo misma sentía. Tras un breve silencio, abracé a Coby a mi vez, acariciándole con una mano.

—Está bien, Coby. Está bien. Saldremos de esta.

—Me he deshecho de todo lo que tenía. Te lo juro. No volveré a tocarlo. Te devolveré el dinero.

—Vale. Está bien —respondí yo. Nos mecíamos abrazados y debíamos de parecer un poco tontos.

—Papá sigue furioso. Yo ya no podía seguir escuchándole. Nos separamos.

—Entra un ratito. En breve tendré que prepararme para irme a trabajar, pero te puedes quedar hasta que me marche.

Coby asintió.

Trenton se metió las manos en los bolsillos.

—¿Necesitas que me quede?

Yo negué con la cabeza.

—No, solo está revuelto. Pero gracias por esperar para estar seguro.

Trenton asintió, miró más allá de mi hombro y entonces, como si fuese lo más natural del mundo, se inclinó y me dio un beso en la mejilla. Entonces, dio media vuelta y se alejó.

Me quedé unos instantes en la puerta. La zona de mi piel que habían tocado sus labios me cosquilleaba aún.

—¿Qué fue del chico de California? —preguntó Coby, confundido.

—Allí sigue —respondí cerrando la puerta y apoyándome en ella.

—Entonces, ¿de qué va lo de Trent Maddox?

—Solo somos amigos.

Coby levantó una ceja.

—Pues nunca habías llevado a casa a un hombre. Y yo no doy besos a amigas. No es por nada.

—Me ha dado un beso en la mejilla —repuse, sentándome a su lado en el sofá—. Me parece que tenemos cosas más importantes de las que hablar, ¿no crees?

—Puede —respondió Coby, abatido.

—¿Encontraste un programa?

—Pienso dejarlo por las bravas.

—La última vez no te dio tan buen resultado, ¿no?

Coby arrugó la frente.

—Cami, tengo recibos pendientes. Si los cobradores de facturas empiezan a llamar a casa, papá lo descubrirá.

Le di unas palmaditas en la rodilla.

—Deja que yo me preocupe por eso. Tú preocúpate de estar limpio.

La mirada de Coby se desenfocó.

—¿Por qué eres tan buena conmigo, Cami? Soy un perdedor. —Contrajo el rostro y empezó a llorar otra vez.

—Porque yo sé que eso no es verdad.

La depresión era uno de los efectos secundarios de los esteroides anabólicos, por lo que era importante que Coby buscase ayuda para desengancharse. Me senté con él en mi pequeño sofá de dos plazas hasta que se serenó. Luego, me preparé para ir a trabajar. Él puso la tele y se quedó en silencio, probablemente agradecido por poder alejarse de la guerra constante que se libraba entre las paredes de casa de mis padres. Si mi padre no estaba gritándole a mi madre, estaría gritando a alguno de los chicos o bien estarían gritándose entre ellos. Aquella era solo una razón más para no poder aguantar más tiempo allí. Vivir con eso bastaba para que te entrara una depresión. Pero dado que Coby no estaba realmente preparado para vivir por su cuenta, estaba atrapado allí, a diferencia de los demás.

Después de mudarme de ropa y de retocar mi maquillaje, cogí el bolso y las llaves y me fui hacia la puerta.

—Te vas a quedar aquí, ¿verdad? —le pregunté.

—Sí —respondió Coby—. Si te va bien.

—No hagas nada que me obligue a decirte que no la próxima vez que quieras que te eche una mano.

—No me quedaré mucho. Solo hasta que papá se vaya a la cama, supongo.

—Va. Llámame mañana.

—¿Cami?

—¿Sí? —respondí, parándome en seco y asomando la cabeza por la puerta.

—Te quiero.

Sonreí.

—Yo también te quiero. Todo va a ir bien. Te lo prometo.

Él asintió y yo me fui a paso ligero hacia mi Pitufo, cruzando los dedos para que arrancase. Gracias a Dios, arrancó.

El trayecto al trabajo lo dediqué a reflexionar sobre Coby, T. J. y Trent, y a seguir intentando prepararme mentalmente para una agitada noche de sábado.

Raegan estaba ya tras la barra este, preparándolo todo y pasando la bayeta.

—¡Hey, corazón! —exclamó. Su alegre sonrisa se borró de inmediato en cuanto me miró a los ojos—. Vaya. Has estado en casa de tus padres, ¿no?

—¿Cómo lo has adivinado?

—¿Qué ha pasado?

—Trent vino conmigo, gracias a eso no llegó la sangre al río. Chase descubrió que tenía otro trabajo.

—Y el muy cabrón les dijo a tus padres por qué, ¿no?

—Más o menos.

Raegan suspiró.

—Siempre causando problemas.

—¿Has pasado todo el día con Kody?

Raegan se ruborizó.

—No. Nos hemos… dado un tiempo, por así decirlo.

—¿Un tiempo?

—¡Shhh! Nos hemos dado un tiempo. Hasta que me aclare un poco.

—Entonces, ¿dónde has estado todo el día?

—Pues pasé por el local de la fraternidad. Un par de horas nada más, antes de venir a trabajar.

—¿La fraternidad? —Mi cerebro tardó unas décimas de segundo en atar cabos. Me la quedé mirando un instante y sacudí la cabeza—. Te llamó él, ¿verdad?

Raegan hizo una mueca.

—No quiero hablarlo aquí. Ya está siendo bastante incómodo. Kody está por aquí, así que por favor vamos a dejarlo hasta que volvamos a casa.

Yo negué de nuevo con la cabeza.

—Pero mira que eres idiota. Brazil te vio feliz con Kody y por eso te llamó. Ahora estás terminando algo bueno y Brazil seguirá siendo el mismo.

Kody se acercó. Se le veía dolido.

—Eh, chicas, ¿necesitan algo?

Raegan negó con la cabeza y yo hice lo mismo. Kody se percató de que yo sabía algo. Hundió los hombros, asintió sin más y se alejó.

—¡Carajo, Cami! ¡He dicho que aquí no! —dijo Raegan en voz baja.

—Perdona —repuse yo mientras me ponía ya a contar mi caja. Si añadía una sola palabra, ella se enfadaría más, así que me callé lo que pensaba.

Esa vez el movimiento comenzó antes de lo habitual y agradecí el mantenerme ocupada. Kody estuvo entretenido en la entrada, de modo que apenas volví a verle hasta la hora de cerrar.

Estaba de pie junto a la pared oeste, en un rincón oscuro, observando a Raegan. El DJ había puesto su canción, con lo que ver a Brazil apoyado al final de la barra sonriendo a Raegan, quien a su vez también estaba apoyada y sonriendo, me resultó especialmente irritante.

No me podía creer que estuviese siendo tan fría con Kody. Me acerqué hasta ella con una jarra de cerveza en la mano, fingí que me tropezaba y la jarra entera se derramó por la barra empapando a Brazil. Él dio un respingo hacia atrás y levantó los brazos. Demasiado tarde: ya tenía calados su camisa marrón de cuadros y los jeans.

—¡Cami! —chilló Raegan.

Yo acerqué mi cara a la suya.

—¿Oyes la canción que está sonando? Kody está trabajando en la puerta, así que sabes que él sabe que Brazil está aquí. No hace falta ser una perra sin corazón, Ray.

—¿Yo soy una perra sin corazón? Mejor no decimos nada sobre lo que estás haciendo tú.

Me quedé boquiabierta. Que reaccionase con un golpe bajo no fue una sorpresa, pero sí me sorprendió que trajese a colación a Trenton.

—¡Yo no estoy haciendo nada! ¡Solo somos amigos!

—Sí, claro, vamos a ponerle una etiqueta bonita para que puedas dormir bien por las noches. Todo el mundo ve lo que estás haciendo, Cami. Pero no somos tan impertinentes como para reñirte.

Raegan abrió una cerveza y la despachó, tras lo cual se dirigió a la caja registradora, en la que tecleó los números con furia como si estuviese furiosa con ellos.

Me habría sentido fatal de no haber sido porque miré hacia el otro lado del local y vi que por unos instantes a Kody le había cambiado la expresión de tristeza.

Raegan se acercó y se quedó a mi lado, mirando fijamente a Kody, al fondo del local.

—Me di cuenta de qué canción estaba sonando.

—¿Y te diste cuenta de que Brazil estaba tan cerca de tu cara que habría podido darte un beso delante de todo Dios menos de veinticuatro horas después de que dejases a Kody?

—Tienes razón. Le voy a decir que no se me acerque. —Estiró un brazo para coger la bocina y la hizo sonar; era el último aviso antes del cierre. Kody se metió las manos en los bolsillos y se dirigió a la entrada.

—Supongo que Kody me acompañará a mi coche esta noche —dije yo.

—Pues sería mejor —dijo Raegan.

Recogimos nuestra zona de trabajo y lo dejamos todo listo para la noche siguiente. Una hora después de que hubiésemos echado el cierre estábamos cogiendo nuestros abrigos. Raegan se colgó el bolso en un hombro e hizo una señal a Gruber con la cabeza.

—¿Me acompañas? —le preguntó.

Gruber vaciló y Kody apareció junto a ella.

—Yo te puedo acompañar.

—Kody... —empezó a decir Raegan.

Kody se encogió de hombros.

—¡Ja! ¿No te puedo acompañar al coche? Ray, forma parte de mi trabajo.

—Me puede acompañar Gruber, ¿verdad que sí, Gruby?

—Yo..., pues... —balbució Gruber.

—Vamos, Ray. Déjame acompañarte. ¿Por favor?

Raegan bajó los hombros y soltó un suspiro.

—Te veo en casa, Cami.

Le dije adiós con la mano y me aseguré de mantener una distancia de varios metros entre ellos y nosotros.

Gruber y yo oímos que Kody le suplicaba algo a Raegan cuando llegaron hasta el coche de ella, en la otra punta del estacionamiento, y aquello me partió el alma. Gruber se quedó conmigo junto a mi coche hasta que Raegan se metió en el suyo. La seguí hasta casa y cuando nos metimos en el estacionamiento, vi, al echar la vista hacia su coche, que se ponía a llorar desconsoladamente con las manos en la cara.

Abrí su puerta.

—Anda, venga. Vamos a ver pelis de miedo con un litro de helado.

Raegan levantó la vista hacia mí. Tenía los ojos hinchados y enrojecidos.

—¿Alguna vez has querido a dos personas a la vez? —me preguntó.

Tras un largo silencio, le tendí la mano y dije:

—Si se me pasara por la mente intentarlo, dame una cachetada, ¿va?

Capítulo 9

En el momento álgido del movimiento habitual de la noche de los viernes en el Red Door, Travis Maddox atravesó el bar de copas para dirigirse a su taburete habitual, en mi zona de trabajo, pavoneándose como siempre: en plan sexi, seguro de sí mismo y controlando la escena. Shepley estaba con él, y también estaba con él la amiga de Shepley, América, y también otra chica más, la que imaginé que sería la chica de la que había estado hablando el fin de semana anterior: la estudiante de primero. Le dije al chico que estaba en su taburete habitual que Travis venía hacía allí. El chico y su amigo se largaron sin rechistar.

Travis se sentó a horcajadas. Pidió una cerveza, se bebió la mitad en pocos tragos y se volvió para contemplar la pista de baile. La chica de primero estaba allí, bailando con América.

Tres chicas se colocaron detrás de Travis y se quedaron pululando como grupies, esperando a que se diese la vuelta.

América y su amiga volvieron a la barra sonriendo y acaloradas. La estudiante de primero era una belleza, eso se lo tenía que reconocer a Travis. Tenía ese no sé qué especial que podría esperarse de la chica que finalmente llamase la atención de Travis Maddox.

Pero no hubiera sabido decir qué era exactamente. Su mirada transmitía seguridad, sin duda. Sabía algo que nadie más sabía.

—Esto va a ser así toda la noche, Mare. Tú olvídalas —le dijo Shepley.

América enseñó los dientes y lanzó una mirada a las tres mujeres que se comían a Travis con los ojos mientras cuchicheaban entre sí. Yo no tenía muy claro por qué América estaba tan ofuscada. No estaban mirando a Shepley.

—Parece que las Vegas ha vomitado un montón de buitres —comentó América.

Travis miró por encima del hombro para ver a quién se refería América y a continuación volvió a girar el cuello y dio un trago a su cerveza. Encendió un cigarrillo, exhaló una nube de humo y me miró levantando dos dedos.

Esto se pone interesante. Saqué un par de Bud Lights de la nevera, las abrí y las planté delante de Travis.

Una de las lobas cogió una, pero Travis se la quitó.

—Eh…, no es para ti —dijo, y se la tendió a la chica de primero.

La boca de la chica de primero se curvó hacia arriba apenas un poquito y luego bebió de la botella durante unos segundos.

—¿Me puedes preparar uno de esos…? —me preguntó Marty, un chico que era cliente habitual de Raegan. Ella estaba en la otra punta de la barra manteniendo una intensa conversación con Kody.

—Sí —contesté sin dejarle terminar la pregunta—. No te preocupes, Marty. Yo me ocupo de que no te falte nada. —Y mientras iba vertiendo los ingredientes del Warninks Crème Egg Shooter, el cóctel especialmente complicado que tomaba Marty, Travis y la chica de primero se lo estaban pasando de lo lindo en la pista de baile. Estaban dando bastante espectáculo y, para cuando Marty se hubo terminado la copa, Travis ya la había sacado de quicio y la chica se alejó furiosa de él y se dirigió a la barra.

Me miró con una media sonrisa y levantó un dedo. Yo saqué una cerveza, la abrí y la deposité delante de ella. Se bebió más de la mitad de la botella antes de que Travis volviese también a la barra. No era de extrañar que estuviesc tan enamorado de ella. Yo aún no sabía ni cómo se llamaba la chica y ya me estaban agotando los dos.

Megan, el verificado y comprobado plan B de Travis, apareció a su lado.

—Vaya, vaya, si es Travis Maddox.

Aunque Megan no montaba nunca mucho lío, no era santo de mi devoción. Además de Travis, había dos o tres chicos más a los que le encantaba andar persiguiendo. Eso sí, nunca cuando ellos la buscaban a ella y nunca si estaban sin novia. Le gustaba el reto de levantarle el novio a una chica. Y ese tipo de mujer es enemiga de las parejas, en cualquier lugar.

—¿Qué pasa? —preguntó Raegan en voz baja.

Justo en ese momento Travis cogió de la mano a Megan y se la llevó a la pista, y empezaron a sobarse exageradamente delante de todo Dios.

—Oh, Travis —dije yo, decepcionada—. ¿Pero qué mierda estás haciendo?

No hacía ni cinco minutos que Travis se había ido, cuando Ethan Coats se coló entre la gente y se adueñó del taburete y, activando automáticamente sus armas de seducción, se apoyó en la barra. A la estudiante de primero le gustó que le dedicara su atención. Y yo no habría podido reprochárselo si dicha atención no hubiese procedido de Ethan.

—¡Ay, por favor, esto no puede ser! ¡Aparta a ese cerdo de ella! —me susurró Raegan.

Todos sabíamos lo que había hecho Ethan, y de lo que era capaz. Nosotras tratábamos de vigilarle cuando estaba en la barra. Pero no todas las chicas hacían caso de nuestras advertencias.

Vi que Travis venía de nuevo hacia la barra este con la mirada fija en Ethan.

—Creo que no va a hacer falta —dije.

Travis casi se interpuso entre ellos y, tras un cruce de palabras, Ethan se largó con el rabo entre las piernas y Travis y la chica de primero se marcharon del local, a punto de iniciar una guerra, por lo que se veía.

Raegan se sonrió.

—Me parece a mí que Travis Maddox ha encontrado la horma de su zapato.

—Pues creo que tienes razón —dije yo.

Faltaba aún una hora para dar el aviso de cierre y yo había batido ya mi récord de propinas para esa noche. Raegan estaba de buen humor, a pesar de que Kody se dejaba caer por allí de vez en cuando, para detenerse el tiempo justo que ella necesitaba para decirle que no podía hablar.

Al levantar la vista, vi a lo lejos a Trenton recibiendo de Tuffy el cambio por el pago de su entrada. Le saludé asintiendo con la cabeza y sonreí. Con esos andares confianzudos, imposibles de obviar, se acercó tranquilamente a la barra este y se sentó justo delante de mí.

—¿Whisky? —le pregunté.

—Agua.

—¿Agua? —repuse, incrédula.

—Ya te lo dije. Estoy intentando ahorrar dinero.

—Pues nada, agua —respondí.

Trenton dio un sorbo y dejó el vaso en la barra para echar un vistazo a su alrededor.

—He visto a Travis gritándole a una chica en el estacionamiento.

—¿Sí? ¿Y cómo ha acabado la cosa?

—Pues ella le respondió también a gritos. No sé quién es, pero me cae bien.

—A mí también.

Trenton clavó la vista en el hielo que flotaba en su vaso.

—Se me hace raro esto de verle tratando de sentar la cabeza.

—¿Tú crees que eso es lo que está haciendo?

—Te ha hablado de ella, ¿verdad?

Yo asentí.

—Pues eso.

Le observé unos minutos. Estaba raro, pero no tenía muy claro qué podía ser.

—¿Hay algo de lo que quieras hablar?

Él sopesó la respuesta.

—No, es igual. No sirve de nada. —Dio otro sorbo de su agua y al mirar hacia atrás reconoció a alguien en las mesas de billar—. Voy a acercarme a ver.

—Va —dije yo. No debí sentir decepción al ver que no había mostrado mucho interés en hablar conmigo. Hacía tan solo unas semanas, había venido al Red Door a tomarse algo, a estar con sus hermanos o a buscar un rollo. Pero viéndole ahora cruzar la pista de baile, coger un taco de billar y flexionar los brazos para pulir la punta con la tiza, fue apoderándose de mí un curioso sentimiento.

—¿Qué le pasa a ese? —preguntó Raegan.

—Ni idea. Pero me alegro de no ser la única que lo ha notado.

—¿Y tú qué tienes? Tremenda cara ponías cuando estaba yéndose. ¿Te ha dicho algo?

—No —respondí, moviendo la cabeza—. Pero no te lo vas a creer si te lo digo.

—Soy tu mejor amiga. A lo mejor ya lo sé.

—Pues es difícil de explicar pero… Yo… Acaba de entrarme una especie de sentimiento superraro de… tristeza. Como si Trent y yo hubiésemos dejado de ser amigos.

—A lo mejor es porque sabes que él finalmente se ha convencido de que solo son amigos.

—Puede ser. O sea, no —repuse, corrigiéndome a mí misma.

—Lo sabía. Qué perra eres. No sé ni cómo se te ocurre intentarlo siquiera. —Se puso detrás de mí y, rodeándome la cintura con los brazos, apoyó el mentón en mi hombro.

Nos quedamos mirando a un par de chicas que acababan de entrar en el local y que se dirigieron al lado oeste y se quedaron revoloteando alrededor de la mesa de billar donde estaba Trenton. Saltaba a la vista que las dos eran rubias de bote, pero por mucho que me fastidiase admitirlo, eran increíblemente guapas. A los veinte minutos se les unió una tercera amiga. Enseguida la recién llegada acaparó la atención de Trenton y al poco rato él la tenía acorralada contra la mesa de billar. La chica no paraba de enroscarse un mechón de su larga melena morena, y se reía como si Trenton fuese el hombre más gracioso que hubiese conocido en su vida. Sus risas se oían por encima de la música.

—Apaga y vámonos —dijo Raegan—. Yo estoy ya para irme a casita —añadió, volviendo la cara para apoyar una sien en mi hombro.

—Yo también —dije mientras veía que Trenton se acercaba a la cara de la chica.

Aun estando en la otra punta del local, vi que ella tenía unos labios de top model y unos ojos superseductores. Él la miraba desde arriba sonriendo. Verlos tan juntos me estaba resultando repugnante. Era la primera vez que la veía, por lo que seguramente sería de la universidad de Southwestern State. Probablemente Trenton tampoco la habría visto antes, pero en solo media hora ya estaban a escasos centímetros el uno del otro.

Trenton apoyó las manos en la mesa de billar. El culo de ella quedó apretado entre ambas. Entonces se estiró para decirle algo al oído.

Cinco minutos antes de dar el último aviso de cierre, entró una panda de alborotadores que se apostaron en la barra este y se pusieron a pedir bebidas, y eso que la mayoría de ellos llevaba ya en el cuerpo más de una copa. Mientras me ponía de nuevo manos a la obra, acerté a ver a Trenton llevándose de la mano a la chica fuera del local. Al instante noté que se me revolvían las tripas.

—¿Estás bien? —me preguntó Raegan mientras abría unas cuantas cervezas a la vez.

—Todo bien —respondí yo. No estaba segura de si podía oírme, pero era lo de menos. A Raegan no podía engañarla.

Capítulo 10

Me despertó con un sobresalto el sonido de unos nudillos llamando a la puerta. Y otro montón de golpecitos terminó de despertarme del todo. Luego empezaron a aporrearla y salí de la cama arrastrándome. Nada más asomarme al pasillo, la brillante luz de primera hora de la mañana me dio en la cara e hice una mueca de dolor.

Crucé el salón dando tumbos y abrí la puerta.

—¿Qué mierda estás haciendo aquí? —pregunté.

—*Domía* con poca ropa —dijo Olive con su lengua de trapo y su dulce vocecilla.

Bajé la vista protegiéndome los ojos de la luz del sol con la mano.

—Oh, hola, Olive. Perdona, no te había visto ahí —dije, incapaz de dejar de arrugar la frente ni siquiera ante ella.

—No pasa nada —respondió ella—. Dice *Tuent* que soy bajita.

—Te hemos traído cositas para desayunar —dijo Trenton sosteniendo en alto una bolsa blanca de papel.

—Yo no desayuno.

—Sí que desayunas. Bagel de pasas y canela con mantequilla. Me lo sopló Kody.

Los dos surcos que se me habían formado entre los ojos se hicieron aún más profundos. Fulminé a Trenton con la mirada y, mirando de nuevo a Olive con un gesto menos duro, suspiré.

—La quiero —dije, a nadie en particular—. Olive, sabes que te quiero pero yo me vuelvo a la cama. —Miré a Trenton entornando los ojos—. Esta vez no te va a dar resultado. Llévala a su casa.

—No puedo. Sus padres van a estar fuera todo el día.

—Pues llévatela a la tuya.

—Mi padre está acatarrado. Y no querrás que agarre un catarro, ¿verdad?

—¿Sabes lo que no soporto? —le pregunté.

Trenton me miró con desesperación.

—A mí. Lo sé. Es que… Soy un imbécil inseguro y egoísta.

—Exacto.

—Pero soy un imbécil inseguro y egoísta que está con una niña pequeña en la calle, con este frío, y que te pide perdón.

Entonces me tocó a mí suspirar. Hice un gesto con la mano para indicarle a Olive que entrase en casa. Ella obedeció alegremente y fue a sentarse en el sofá, donde al instante encontró el control, encendió la tele y puso los dibujos animados de los sábados por la mañana.

Trenton dio un paso al frente y yo levanté la mano.

—Tú no.

—¿Cómo?

—Que tú no puedes entrar.

—Pero… tengo que vigilar a Olive.

—Puedes verla por la ventana.

Trenton cruzó los brazos sobre el pecho.

—¿Crees que no lo voy a hacer?

—No, sé que lo harás. —Le arrebaté la bolsa blanca de la mano y le di con la puerta en las narices. Eché el cerrojo. Y lancé la bolsa a Olive—. ¿Te gustan los bagels, nena?

—¡Sí! —exclamó ella abriendo la bolsa de papel—. ¿De *verdá* vas a dejar a *Tuent* fuera?

—Sí, señorita —respondí yo y me fui a mi cuarto y me dejé caer encima de la cama.

—¡Cami! —exclamó Raegan zarandeándome. Miré la hora en el reloj de la mesilla. Habían pasado casi dos horas desde que Trenton había llamado a la puerta de casa—. ¡Esa niñita está viendo dibujos en nuestro salón! —me susurró, evidentemente angustiada.

—Ya lo sé.

—¿Y cómo ha entrado?

—La trajo Trent.

—¿Y dónde está Trent?

—Fuera, creo —respondí en medio de un bostezo.

Raegan fue al salón pisando ruidosamente con los talones y de nuevo volvió a mi habitación.

—Está sentado en el suelo, debajo de la ventana, jugando al Flappy Bird con el celular.

Yo asentí.

—Fuera hay cero grados.

—Genial —repliqué sentándome en la cama—. Y ojalá estuviera granizando.

El rostro de Raegan se contrajo en un gesto de desagrado.

—Me ha dicho hola con la mano como si fuese lo más normal del mundo. ¿Qué mierda está pasando aquí?

—Pues que se trajo a Olive. Como su padre está resfriado, no se la puede llevar a su casa, y los padres de la niña van a estar todo el día en casa de no sé quién.

—¿Y por eso no podía cuidarla en casa de ella?

Pensé en eso unos segundos y a continuación salí a rastras de mi cama por segunda vez en el mismo día. Fui hasta el sofá.

—¿Por qué Trent no se ha quedado contigo en la casa de tus papás? —le pregunté.

—Es que yo quería venir a verte —respondió ella como si nada.

—Oh —dije—. ¿Trenton no quería verme?

—Sí, pero dijo que no te haría gracia.

—¿Eh?

—Sí, y por eso yo le dije porfi, porfi, porfi. Y él dijo que sí.

Le sonreí, me fui hasta la puerta y abrí. Trenton se volvió y me miró desde el suelo. Y se me borró la sonrisa.

—Entra.

Trenton se levantó y cruzó el umbral, pero ahí se quedó.

—Estás enojada conmigo.

Le miré entornando los ojos.

—¿Por qué? —me preguntó.

Yo no respondí.

—¿Es porque me fui a casa con esa chica anoche?

Tampoco respondí.

—No me la tiré.

—¿Quieres una galleta? Porque eso se merece un premio.

—¿Pero qué te pasa? Cinco veces al día me dices que somos amigos y ahora estás celosa de una chica con la que estuve ligando dos segundos.

—¡Yo no estoy celosa!

—¿Entonces qué te pasa?

—¿Es que no me puedo preocupar, como amiga tuya, de que contraigas una ETS?

—¿Qué es *ete ese*? —preguntó Olive desde nuestro sofá de dos plazas.

Cerré los ojos apretando los párpados.

—Dios. Perdón. Olive, olvida que has oído eso.

Trenton dio un paso hacia mí.

—Sus padres me la dejan para que sea su niñera. ¿Crees que les preocupa mucho el lenguaje malsonante?

Levanté una ceja.

Él bajó el mentón y me miró a los ojos.

—Dime la verdad. ¿Estás enfadada conmigo porque acompañé a casa a esa chica, o es por otra cosa? Porque estás enfadada conmigo por algo.

Crucé los brazos y aparté la mirada.

—¿Qué estamos haciendo, Cami? —preguntó—. ¿Qué es esto?

—¡Somos amigos! ¡Te lo he dicho ya!

—¡Y una mierda!

El dedo índice de Olive asomó por encima del respaldo del sofá.

—A echar una moneda de cinco en mi bote.

—Perdón —se disculpó Trenton juntando las cejas.

—Entonces…, ¿no te la llevaste a tu casa? —pregunté.

—¿Adónde la iba a llevar? ¿A casa de mi padre?

—No sé, a un hotel, ¿no?

—No me gasto el dinero en copas porque estoy ahorrando ¿y crees que me voy a gastar cien dólares en una noche de hotel por una tía a la que acabo de conocer?

—Pues has hecho cosas menos inteligentes.

—¿Como qué?

—¡Como comer pegamento!

Trenton pegó el mentón al pecho y miró hacia otro lado, obviamente disgustado y tal vez un poquito avergonzado.

—Yo nunca he comido pegamento.

Me crucé de brazos.

—Claro que sí. En clase de la señora Brandt.

—Es verdad —intervino Raegan encogiéndose de hombros.

—¡Pero si tú no estabas en mi clase, Ray! —repuso Trenton.

—También comías lápices rojos con cierta regularidad, según Cami —añadió Raegan tratando de aguantarse la risa.

—¡Venga ya! —exclamó Trenton—. ¿Y mi bagel?

La bolsa blanca de papel asomó por encima del sofá. Los deditos de Olive agarraban la parte de arriba de la bolsa, arrugada y enrollada. Trenton se sentó junto a su pequeña amiga, luchó con la bolsa y, tras lograr sacar su desayuno, le quitó el envoltorio.

Raegan me miró y se tapó la boca juntando tres dedos. Contuvo una carcajada, pero el cuerpo se le convulsionó como si le hubiese entrado hipo, y se marchó a su cuarto.

—Yo nunca he comido pegamento —gruñó Trenton.

—A lo mejor lo has borrado de tu mente. Si yo hubiese comido pegamento, lo habría borrado de mi mente...

—Que yo no he comido pegamento —repuso, molesto.

—Que va —repliqué a mi vez, y abrí mucho los ojos un instante—. Señor.

—¿Quieres...? ¿Quieres la mitad de mi bagel? —me preguntó él.

—Sí, por favor —respondí.

Me tendió la mitad y cada uno se comió su trozo en silencio mientras Olive, sentada entre los dos, veía los dibujos. Sus piececitos apenas sobresalían por el borde del sofá y de tanto en tanto los movía arriba y abajo.

Después de dos episodios de dibujos animados, me quedé adormilada; me desperté al notar que la cabeza se me caía hacia delante.

—Hey —dijo Trenton, dándome unas palmaditas en la rodilla—. ¿Por qué no vas a echarte un rato? Nosotros podemos marcharnos.

—No —respondí, negando también con la cabeza—. No quiero que se vayan.

Trenton se me quedó mirando durante un minuto y entonces le indicó a Olive mediante gestos que quería que le cambiase el sitio. Ella se levantó de un salto, muy feliz. Trenton se sentó a mi lado, se inclinó ligeramente hacia mí y, señalando su hombro con la barbilla, dijo:

—Es cómodo. Eso dicen.

Hice una mueca. Pero en vez de discutir, rodeé su brazo con los míos y me apoyé encajando suavemente la cabeza entre su hombro y su cuello. Él descansó la mejilla sobre mi pelo y los dos hicimos a la vez una respiración profunda y nos relajamos uno contra la otra.

Después de eso ya no recuerdo nada hasta que pestañeé para abrir los ojos. Olive estaba dormida, con la cabeza apoyada en el regazo de Trenton. Él la rodeaba protectoramente con un brazo y el otro lo tenía apresado entre los míos, apoyando la mano en mi pierna. Su pecho subía y bajaba con una apacible cadencia.

Raegan y Brazil estaban sentados en el sofá grande viendo la tele con el sonido quitado. Cuando Raegan se dio cuenta de que me había despertado, sonrió.

—Hey —susurró.

—¿Qué hora es? —pregunté yo en voz baja.

—Las doce del mediodía.

—¿En serio? —dije, irguiéndome.

Trenton se despertó e inmediatamente comprobó cómo estaba Olive.

—¡Mierda! ¿Cuánto rato llevamos dormidos?

—Algo más de tres horas —dije, frotándome debajo de los ojos.

—Ni siquiera me había dado cuenta de que estuviese cansado —comentó Trenton.

Brazil sonrió.

—No sabía que salías con la chica que sirve copas. Kyle y Brad se van a llevar un buen chasco.

Le miré ceñuda. Ni siquiera sabía quiénes eran esos Kyle y Brad.

—Pueden alegrarse. Solo somos amigos —contestó Trenton.

—¿En serio? —replicó Brazil, y se nos quedó mirando por si hacíamos algún gesto que indicase que era broma.

—Ya te lo dije —intervino Raegan, levantándose. Se desperezó y, al hacerlo, la camiseta se le salió de la cintura de los minúsculos pantaloncitos cortos de color rosa y blanco—. Brazil tiene partido a las cuatro treinta. ¿Les apetece ver a los Bulldog?

—Yo tengo que cuidar a Olive —respondió Trenton—. Íbamos a preguntarle a Cami si quería venir con nosotros al Chicken Joe's.

—A Olive a lo mejor le gusta el fútbol —dijo Brazil.

—Jason... —respondió Trenton, negando con la cabeza—. El Chicken Joe's es como... mil veces mejor que un partido de fútbol.

—¿Cómo lo sabes si no la llevas a ver uno?

—Ya la he llevado. Todavía no me lo ha perdonado.

—¿Es tu primita o algo así? —preguntó Brazil—. ¿Por qué siempre está contigo?

Trenton se encogió de hombros.

—Tuvo un hermano mayor. Hoy habría cumplido catorce años. Para ella era un ídolo. Unos meses antes de que se mudaran a vivir a la casa de al lado de la nuestra, un coche lo atropelló cuando estaba montando en bici. Olive se quedó junto a él mientras moría. Yo solo intento cumplir el papel que él habría hecho.

—Vaya, hombre, eso es duro..., pero..., y no pretendo molestarte..., pero, hombre, tú eres un Maddox.

—¿Sí? ¿Y? —dijo Trenton.

—Sé que eres buen hombre, pero también sé que eres un broncas y un malhablado, que vas tatuado hasta el culo y que te gusta el whisky. ¿Sus padres la dejan subirse en el coche contigo?

—Pues la cosa fue evolucionando de manera natural, supongo.

—Pero... ¿acaso es tu responsabilidad? —inquirió Brazil—. No lo entiendo.

Trenton bajó la vista a Olive, que seguía profundamente dormida. Le apartó de los ojos un mechón de ralos cabellos rubios ceniza y, encogiéndose de hombros, respondió:

—¿Y por qué no?

Yo sonreí ante su sencilla muestra de cariño.

—Pues al Chicken Joe's. Pero tendré que irme temprano para que me dé tiempo a prepararme.

—Hecho —respondió Trenton con una sonrisa, como si fuese lo más fácil del mundo.

—Bueno, yo tengo que hacer unos mandados —dijo Raegan.

—Y yo tengo que ir a por hidratos de carbono y luego me iré directamente al pabellón —dijo Brazil. Cuando se levantó, le dio unas palmaditas a Raegan en la espalda, se inclinó para besarla y a continuación cogió su cartera, el celular y las llaves, y se fue dando un portazo al salir.

Los ojitos de Olive se abrieron de golpe.

—¡Sí! —exclamó Trenton—. ¡Se ha despertado! ¡Ahora nos la podemos comer! —Se inclinó sobre ella y jugó a que le daba un mordisco en la tripa mientras le hacía cosquillas.

Ella se rio como loca.

—Noooooo. ¡Que me hago pis!

—¡Uy! —exclamó Trenton, levantando las dos manos.

—Ven —le dije, y me llevé a Olive de la mano al cuarto de baño que teníamos en el pasillo. Sus pies descalzos apenas hicieron ruido al pisar el suelo de baldosas—. Papel higiénico, jabón, toalla —dije, señalándole uno por uno los objetos.

—Va —respondió ella. Parecía tan chiquitina en medio del cuarto de baño... Levantó las cejas y preguntó—: ¿Te vas a quedar?

—¡Oh! No. Perdona —respondí, y retrocediendo salí y cerré la puerta.

Di media vuelta y me acerqué a Trenton, que se había quedado en la zona de paso entre la barra del desayuno y el sofá pequeño.

—Es la bomba —dijo, sonriendo.

—Tú sí que eres la bomba —dije yo.

—¿Sí? —preguntó.

—Sí. —Nos quedamos callados mirándonos unos segundos, solo observándonos mutuamente, sonriendo. Entonces, empezó a inundarme un sentimiento que ya conocía de antes: un cosquilleo en las tripas y una sensación de calor en los labios. Centré la mirada en su boca y él dio un paso hacia mí.

—Trent…

Él negó con la cabeza, se inclinó y cerró los ojos. Yo hice exactamente lo mismo y esperé a notar sus labios contra los míos.

Se oyó el agua de la cisterna y nos separamos. De repente entre los dos el aire se volvió denso, cargado de tensión. Al disiparse la expectación de lo que estábamos a punto de hacer, en su lugar se instaló una sensación de corte horroroso.

Olive se detuvo en el pasillo y se quedó mirándonos. Se rascó un codo, luego la nariz.

—¿Vamos a comer?

Yo le sonreí con una media sonrisa como para disculparme con ella.

—Antes tengo que ir a comprar unas cosas.

—Buen plan —dijo Trenton, que dio una palmada y se frotó las manos a continuación—. ¿Vamos al súper?

Olive sonrió de oreja a oreja.

—¿Y me puedo sentar en la cesta que es *cochesito?*

Trenton me miró para ver qué respondía, mientras ayudaba a Olive a ponerse el abrigo.

—¡Claro! —exclamé. Entendí perfectamente por qué Trenton se dedicaba tanto a hacerla feliz. Ver sonreír a esa niña creaba adicción.

Olive ejecutó un bailecito y Trenton se puso también a bailotear. Estaba totalmente ridículo, así que me uní a ellos.

Y nos fuimos bailando todo el camino hasta el estacionamiento, sin ninguna música. Trent señaló su Intrepid, pero yo me detuve al llegar a mi Jeep.

—Siempre conduces tú. Esta vez los llevo yo. Además, me caben más cosas en la cajuela.

—Pero si no tienes cajuela —replicó Trenton.

—Tengo un equivalente a cajuela.

—Es que llevo el asiento de Olive.

—Es bastante fácil de cambiar, ¿no?

Trenton movió la cabeza para negar.

—Es que… yo lo paso mal… cuando voy con chicas que conducen.

—¿Lo dices por Mackenzie o es un comentario puramente machista?

—Me pasa desde el accidente.

Asentí.

—Bueno, vale. Pero me dejarás que te pague la gasolina.

—Puedes poner tú lo de la cena —propuso.

—¡Ok! —respondí, y doblando el codo levanté el puño con el dedo índice y el meñique estirados.

Olive se miró la mano y trató de imitarme.

—¡Ok! —exclamó a su vez con su voz infantil cuando hubo aprendido a hacer el gesto.

Fuimos a la tienda y mientras recorríamos los pasillos yo me sentía un poco como en familia, y aquello me produjo cierta ilusión. No era que deseara tener hijos (todavía no), pero hacer una actividad tan doméstica con Trenton me resultaba curiosamente emocionante. Sin embargo, ese sentimiento no duró mucho.

T. J. y yo nunca habíamos hecho nada así y de pronto ese simple viaje al súper hizo que me avergonzara. Sentí que una oleada de resentimiento me recorría las venas, aun cuando no tuviese el menor sentido. Con T. J. no podía ser feliz y para colmo me estaba impidiendo saborear ese instante de felicidad. Por supuesto, no era culpa suya. Pero era más fácil echarle a él la culpa que reconocer mis propios fallos.

Ya nada tenía sentido. ¿Por qué seguíamos juntos? ¿Por qué pasaba tanto tiempo con Trenton? ¿Por qué continuaba en una relación casi inexistente, cuando tenía a dos palmos de mí a una persona a la que le gustaba —y que me gustaba a mí—, esperando sin más a que le diera luz verde?

Cualquier otra persona habría cortado sin pensárselo. Pero es que no tenían a T. J. Él había entrado una noche en el Red Door, una hora después me estaba pidiendo mi número de teléfono y a los pocos días quedábamos por primera vez. Ni siquiera había tenido que darle vueltas. Estar con él simplemente tenía sentido. T. J. se pasó gran parte de la siguiente semana y media en mi departamento, y después, a lo largo de tres meses, estuvo cogiendo un avión cada dos fines de semana para venir a verme. Luego comenzó su proyecto y podían contarse con los dedos de una mano las veces que le había visto. Me detuve en mitad del pasillo de la tienda, fingiendo que comparaba sopas, pero en realidad me había quedado helada preguntándome por qué estaba tan comprometida con T. J. si ni siquiera estaba segura de que en esos momentos tuviésemos una auténtica relación.

Hacía tres días que no recibía ningún mensaje suyo. Antes yo me decía que era porque estaba muy ocupado con su trabajo. Pero de pronto, al comprender lo que era pasar mucho tiempo en compañía de alguien (y estar encantada), eso de recibir un mensaje de texto o una llamada de vez en cuando, eso de mantener viva la esperanza de volver a vernos algún día, ya no era suficiente. Ni remotamente.

—¿Carne con trozos de verdura en salsa? —preguntó Trenton con una lata de sopa en la mano—. Para chuparse los dedos.

Sonreí y así la barra del carrito de la compra.

—Échala dentro. Vendrá bien tenerla a mano dentro de poco, cuando haga aún más frío por las noches.

—Me puedes usar a mí siempre que quieras. Soy una estufa.

—Ándate con cuidado. Que igual te tomo la palabra.

—No me amenaces con algo tan bueno. —Se detuvo en mitad del pasillo—. Espera, ¿lo dices en serio?

Yo me encogí de hombros.

—Antes me has resultado bastante cómodo.

—¿Cómodo? Soy puro cachemir, nena.

Solté una carcajada y meneé la cabeza. Ambos empujamos el carrito que hacía de coche tamaño infantil, mientras Olive jugaba a mover un volante imaginario y a chocarse con todo.

—Me apuesto lo que quieras a que tu novio el de California no es tan cómodo como yo —dijo Trenton cuando nos metíamos por el pasillo de la charcutería.

—¡Qué frío! —exclamó Olive, fingiendo que tiritaba. Trenton se quitó el abrigo y se lo puso por encima a la pequeña. Yo estiré un brazo para coger un paquete de fiambre y lo eché en la cesta.

—No sé —dije—. Si te digo la verdad no me acuerdo de lo suave que es.

—¿Y eso cómo se lleva? ¿Lo de estar con alguien a quien casi nunca ves?

—Las mujeres de los militares viven eso constantemente. La verdad es que no tiene sentido quejarse, para mí.

—Pero es que tú no estás casada con él.

—No estoy segura de cómo podré llegar a estarlo si no nos vemos más a menudo.

—Exactamente. Entonces, ¿qué te hace seguir con él?

Me encogí de hombros.

—Pues no te sé decir con certeza. Tiene algo.

—¿Te quiere?

La pregunta de Trenton, tan directa y tan personal, hizo que automáticamente se me tensasen los músculos del cuello. Lo viví como si fuese un ataque contra nuestra relación. Pero a la vez sabía que esa actitud defensiva era tan fuerte porque Trenton me estaba planteando unas preguntas que yo misma me había hecho muchas veces.

—Sí.

—Pero le gusta más California, ¿no? Está en la universidad, ¿verdad?

Me estremecí. No me hacía ninguna gracia comentar datos concretos sobre T. J. Y a él tampoco le hacía gracia que yo diese datos concretos sobre él.

—Lo que le retiene allí no es una carrera sino un trabajo. —Trenton se metió las manos en los bolsillos. Llevaba un brazalete de cuero marrón en la muñeca, una pulsera marrón de cuero trenzado y la pulserita que le había hecho Olive—. ¿Nunca te quitas la pulsera que te hizo Olive? —le pregunté.

—Le prometí que no me la quitaría. No cambies de tema.

—¿Por qué quieres hablar de T. J.?

—Porque tengo curiosidad. Quiero saber qué te hace seguir en una relación así.

—¿Así cómo?

—Pues una relación en la que tú no eres una prioridad. Me da la sensación de que el hombre no es idiota. Por eso estoy tratando de entender la historia.

Me mordí el labio. Trenton estaba siendo encantador y a la vez estaba consiguiendo que se me revolvieran las tripas al pensar en T. J.

—Es un poco como lo que te pasa a ti con Olive. Puede que la gente que no los conozca piense que lo de ustedes no tiene ni pies ni cabeza, y hasta cuando él intenta explicarlo puede que

suene raro, pero tiene unas responsabilidades que son importantes.

—Igual que tú.

Me incliné hacia él y Trenton me rodeó con un brazo y me
estrechó con más fuerza aún.

Capítulo 11

Después de unos sándwiches de jamón y queso, una peli y una visita corta al Chicken Joe's, Trenton y Olive regresaron a su casa y yo me fui para el Red Door. Podía ver el vaho de mi aliento mientras me dirigía a la entrada lateral reservada para los empleados, y una vez dentro me dejé el abrigo puesto hasta que hubiese más gente y el aire se caldease un poco.

—¡Carajo, qué frío! —exclamó Blia, frotándose las manos al pasar a mi lado—. ¡Esto está más frío que el culo de una rana en enero!

—Y solo es octubre —gruñí yo.

La marabunta de los sábados por la noche se hacía esperar y tres horas después de haber fichado el local seguía muerto. Raegan se sujetó la barbilla con el puño y tamborileó con las uñas de la otra mano en la barra del bar. Un par de chicos jugaba al billar, al fondo, junto a la pared oeste. Uno llevaba una camiseta de Legend of Zelda y las prendas de vestir de su amigo estaban tan arrugadas que daba la impresión de que las hubiese cogido directamente del cesto de la ropa sucia. No eran el tipo de chicos que solía ir a ver una pelea clandestina, así que no era difícil adivinar quién nos había robado la clientela.

Marty, el cliente habitual de Raegan, estaba sentado a solas en su zona de la barra. Él y los chicos con la cara llena de granos que estaban en las mesas de billar eran nuestros únicos clientes y eran las diez de la noche.

—Qué putada. Malditas peleas. ¿Es que no podían organizarlas entre semana, y no fastidiarnos las propinas? —se quejó Raegan.

—Vendrán después. Y entonces el local entero será una gran pelea y desearás que no hubieran venido —dije yo, mientras fregaba el suelo por tercera vez.

Kody pasó por allí y miró de soslayo a Raegan. Necesitaba estar ocupado para poder soportar una noche entera con Raegan al otro lado del local de copas. Llevaba dos semanas arrastrándose, y sacaba su frustración con los idiotas borrachos que se atrevían a ponerse a pelear en su zona. El miércoles anterior Gruber había tenido que sacar a Kody a la fuerza de la pelea. Hank ya había hablado con él en una ocasión y me daba miedo que, si no cortaba pronto con aquello, acabase echándole a la calle.

Raegan le lanzó una mirada fugaz cuando tuvo la seguridad de que él no la estaba mirando.

—¿Has hablado con él? —pregunté.

Raegan se encogió de hombros.

—Intento evitarlo. Cuando no estoy hablando con él ya me hace sentir como una cabrona, así que no tengo precisamente muchas ganas de entablar conversación.

—Está mal. Te quiere.

Raegan puso cara de tristeza.

—Lo sé.

—¿Qué tal con Brazil?

La cara se le iluminó.

—Pues está muy ocupado con el fútbol y la fraternidad, pero va a haber una fiesta por San Valentín y me pidió ayer que fuese con él.

Yo levanté una ceja.

—Oh. Entonces la cosa... va en serio.

Raegan ladeó la boca, miró a Kody y entonces bajó la vista.

—Cami, Brazil fue mi primer amor.

Estiré un brazo y apoyé la mano en su hombro.

—No te envidio. Tremendo lío.

—Hablando del primer amor... Me da que tú eres el suyo —dijo, indicando la entrada del local con un movimiento de la cabeza.

Trenton entraba en esos momentos, andando parsimoniosamente y con una gran sonrisa en la cara. No pude evitar imitar su expresión. Aunque por el rabillo del ojo vi que Raegan nos estaba observando, me dio exactamente igual.

—Hey —dijo, inclinándose para acodarse en la barra.

—Creí que estarías en la pelea.

—Yo, a diferencia de los novios que se van a California, tengo claras mis prioridades.

—Muy gracioso —repuse, pero sentí cosquillas en el estómago.

—¿Qué haces luego? —preguntó.

—Dormir.

—Hace mucho frío. Pensé que igual te venía bien esa capa extra de abrigo.

Traté de no sonreír como una boba, pero no lo pude evitar. Últimamente Trenton me causaba ese efecto.

—¿Dónde mierda se ha metido Ray? —preguntó Hank.

Me encogí de hombros.

—Es noche de pelea, Hank. Esto está muerto. Yo puedo ocuparme.

—¿Y a quién carajo le importa dónde está? —intervino Kody. Cruzado de brazos, apoyó la espalda contra la barra para contemplar con cara de pocos amigos el local casi vacío.

—¿Conseguiste el empleo ese? —preguntó Hank.

—No —respondió Kody, cambiando de posición.

Hank apoyó las manos a los lados de la boca con intención de amplificar lo que se disponía a decir a gritos y se llenó los pulmones.

—¡Hey, Gruby! Mándame aquí a Blia para sustituir a Raegan mientras ella está fuera, ¿quieres?

Gruber asintió y se dirigió al quiosco. Yo me estremecí y lamenté que Hank le hubiese recordado a Kody —y al resto del mundo— que seguramente Raegan estaría fuera charlando con Brazil.

A Kody se le contrajo toda la cara.

Me sentí mal por él. Aborrecía el trabajo que antiguamente tanto le gustaba y nadie podía recriminárselo. Cuando Kody se había presentado al puesto que ofrecían en una ferretería, Hank le había dado una carta de recomendación.

—Lo siento —dije—. Sé que esto es duro para ti.

Kody se volvió para mirarme con semblante herido.

—Tú no sabes una mierda, Cami. Si hubieses querido, habrías intentado hablar con ella para hacerle entrar en razón.

—Hey —intervino Trenton, volviéndose—. ¿Qué mierda te pasa? A ella no le hables así.

Le hice una señal a Trenton para que permaneciese sentado y, cruzando los brazos, me dispuse a hacer frente a toda la frustración que Kody estaba a punto de soltar en mi dirección.

—Kody, Ray hace lo que le da la gana. Tú lo sabes mejor que nadie.

Por debajo de la piel su mandíbula se movió y acabó bajando la vista.

—Es que… no lo entiendo. Estábamos bien. No discutíamos. La verdad es que no. A veces sobre tonterías sobre su padre, pero la mayor parte del tiempo estábamos bien, nos lo pasábamos bien. A mí me encantaba pasar el rato con ella, pero también le dejaba su espacio cuando lo necesitaba. Ella me quería. O sea…, decía que me quería.

—Y era verdad —dije. No era fácil mirarle mientras hablaba. Estaba apoyado en la barra como si le costase mantenerse en pie.

Estiré el brazo para apoyar una mano en su hombro.

—Vas a tener que aceptar que todo esto no tiene nada que ver contigo.

Él se encogió de hombros y aprovechó para soltarse de mí.

—La está utilizando. Eso es lo peor de todo. Yo la quiero más que a mi vida y a él ella le importa una mierda.

—Eso no lo sabes —dije.

—Sí que lo sé. ¿Crees que los de la fraternidad no dicen cosas, Cami? ¿Crees que no están también comentando cosas sobre tu movida? Esos chicos son peores que las de la fraternidad de chicas. Se pasan el rato hablando sobre quién se está tirando a quién. Y luego a mí me llegan esos rumores y tengo que enterarme de todo el rollo.

—¿Mi movida? —Miré a mi alrededor—. Yo no tengo ninguna movida.

Kody señaló a Trenton.

—Pues vas de cabeza a mil por hora. Cami, no deberías meterte en ese fregado. Ya han sufrido bastante.

Kody se largó y yo me quedé quieta, atónita, durante unos segundos.

Trenton puso cara de extrañeza.

—¿Qué mierda se supone que ha querido decir eso?

—Nada —respondí yo. Mantuve la expresión de que no pasaba nada, fingiendo que no tenía el corazón a punto de salírseme por la boca. Lo mío con T. J. no era exactamente un secreto, pero tampoco habíamos contado a los cuatro vientos que estábamos juntos. Yo era la única de nuestra pequeña ciudad que conocía la naturaleza de su trabajo y para él era importante que nadie más se enterara. El saber un poquito daba pie a preguntas, y para evitar las preguntas había que mantener las cosas en secreto. En realidad no había supuesto ningún problema porque nunca le habíamos dado motivos a nadie para hablar de nosotros. Hasta este momento.

—¿De qué estaba hablando, Cami? —preguntó Trenton.

Yo puse los ojos en blanco y me encogí de hombros.

—¿Y yo qué sé? Está chiflado.

Kody se volvió y se tocó el pecho.

—¿No sabes de qué estoy hablando? ¡No eres mejor que ella y lo sabes! —Y volvió a marcharse.

Trenton estaba hecho un verdadero lío pero yo, en vez de quedarme allí para explicárselo, levanté la parte abatible de la barra, pasé, la dejé caer ruidosamente y me fui detrás de Kody por el local.

—¡Oye! ¡Oye! —exclamé, yendo a la carrera para darle alcance.

Kody se detuvo pero no se dio la vuelta.

Le tiré de la camisa para obligarle a mirarme a la cara.

—No soy Raegan, así que ¡deja de echarme encima tu ira! He intentado hablar con ella. Yo apostaba por ti, mierda. Pero ahora te estás comportando como un idiota insoportable, chillón y necio.

La mirada de Kody se dulcificó y fue a decir algo.

Yo, que no tenía ningún interés en oír lo que seguramente sería una disculpa, levanté la mano. Y señalé su ancho pecho.

—No tienes ni puta idea sobre mi vida privada, así que ni se te ocurra hablarme nunca como me has hablado. ¿Te queda claro?

Kody asintió y yo le dejé plantado en mitad del local para dar media vuelta y regresar a mi lugar de trabajo.

—Mierda al cuadrado —comentó Blia con los ojos como platos—. Recuérdame que nunca te saque de tus casillas. Hasta el gorila te tiene miedo.

—¡Camille! —se oyó a una voz desde la otra punta del bar.

—Mierda —dije yo en voz baja. Por simple costumbre, traté de encogerme, de hacerme invisible, pero era demasiado tarde. Clark y Colin estaba esperándome pacientemente en la zona de Blia. Me acerqué hasta ellos y fingí sonreír—. ¿Sam Adams?

—Sí, por favor —respondió Clark. Era el menos ofensivo de mis hermanos y la mayoría de las veces hubiese deseado que nos llevásemos aún mejor. Pero, por norma general, estar con uno de mis hermanos quería decir estar con todos ellos a la vez y no era una situación que estuviese dispuesta a seguir tolerando.

—Tío Felix sigue molesto contigo —me informó Colin.

—Colin, por favor. Que estoy trabajando.

—Pensé que debías saberlo, nada más —dijo con gesto petulante.

—Pero si siempre está molesto conmigo —repuse yo, sacando del refrigerador un par de botellas, que a continuación abrí y deslicé por la barra hacia ellos.

Clark de pronto se puso muy serio.

—No, pero mamá ha tenido que impedirle que saliera disparado a tu departamento cada vez que Coby y él vuelven al lío.

—¡Por favor! ¿Aún la tiene tomada con Coby? —pregunté.

—La cosa ha estado bastante… alterada últimamente en su casa.

—No me lo cuentes —repuse, negando con la cabeza—. No puedo escucharlo.

—No es verdad —intervino Colin, arrugando la frente—. Mi padre dijo que Felix le había jurado que no volvería a hacerlo.

—Como si eso fuese a cambiar mucho las cosas —gruñí—. Ella igualmente se quedaría.

—Bueno, eso es asunto de ellos —dijo Colin.

Le taladré con la mirada.

—Fue mi infancia. Ella es mi madre. Es asunto mío.

Clark dio un trago de su cerveza.

—Está enojado porque hoy volviste a faltar a la comida en familia.

—Nadie me invitó —repuse.

—Siempre estás invitada. Mamá también se llevó una desilusión.

—Pues lo siento, pero no puedo verle. Tengo otras cosas que prefiero hacer antes que estar con él.

Las cejas de Clark se arrugaron.

—Eso es duro. Seguimos siendo tu familia. Cualquiera de nosotros daría lo que fuera por ti, Camille.

—¿Y qué me dicen de mamá? —pregunté yo—. ¿Darían lo que fuera por ella?

—Mierda, Cami. ¿Es que no puedes dejarlo estar, sin más? —dijo Colin.

Levanté una ceja.

—No. Y Chase, Clark y Coby tampoco deberían. Tengo que trabajar —dije, e hice intención de volver a mi zona de la barra.

Una mano enorme me cogió del brazo. Al ver que Clark me agarraba, Trenton se levantó de su taburete. Pero moví la cabeza para indicarle que no hiciera nada y me volví.

Clark suspiró.

—Nunca hemos sido de esas familias en las que se airean los sentimientos como si nada, pero eso no significa que no seamos una familia. Tú sigues formando parte de ella. Sé que a veces se pasa, pero debemos mantenernos unidos. Tenemos que intentarlo.

—Ustedes no están en su punto de mira, Clark. Tú no sabes lo que es eso.

A Clark se le notaron los músculos de la mandíbula bajo la piel.

—Cami, sé que tú eres la mayor. Pero hace tres años que te fuiste. Si crees que no sé lo que es llevarse lo más duro de su cólera, estás equivocada.

—Entonces, ¿por qué seguir fingiendo? Pendemos de un hilo. Y ni siquiera estoy segura de que eso siga manteniéndonos unidos.

—No importa. Es lo único que tenemos —dijo Clark.

Le miré largamente. Entonces, les puse otro par de botellas.

—Tomen. Estas corren de mi cuenta.

—Gracias, hermanita —dijo Clark.

—¿Estás bien? —me preguntó Trenton cuando regresé a mi puesto.

Asentí.

—Dicen que mi padre sigue enojado por lo de Coby. Supongo que Coby y él habrán tenido montones de broncas. Mi padre amenaza con presentarse en mi casa para ponerme en mi sitio.

—¿Ponerte en tu sitio? ¿Y eso qué quiere decir exactamente?

Me encogí de hombros.

—Cuando mis hermanos se insubordinan, por alguna razón me toca a mí pagar el pato.

—¿Y cómo acaba la cosa cuando se presenta en tu casa hecho una fiera?

—Pues nunca lo ha hecho. Pero supongo que, si se enoja lo suficiente, cualquier día de estos vendrá.

Trenton se quedó callado. Pero parecía muy intranquilo y se rebulló en el taburete.

Blia se acercó y me mostró la pantalla de su celular.

—Acabo de recibir un mensaje de Laney. Dice que la pelea ha terminado y que la mayoría viene para acá.

—¡Increíble! —exclamó Raegan, que se había vuelto a meter tras la barra. Sacó su bote de propinas vacío, un vaso tipo huracán, y lo dejó encima del mostrador de la barra. Inmediatamente Marty sacó un billete de veinte y lo echó en el vaso.

Raegan le guiñó un ojo, sonriendo.

Trenton dio unas palmaditas en la barra y dijo:

—Será mejor que me vaya. No quiero estar cuando los lerdos de la pelea aparezcan por aquí y acabe casi peleando con alguno. Otra vez.

Le guiñé un ojo.

—Don Responsable.

—Mándame luego un mensaje. Quiero verte mañana —dijo mientras se marchaba.

—¿Otra vez? —repitió Raegan y sus cejas casi le llegaron al nacimiento de los cabellos.

—Cierra el pico —dije yo. No quería ni oír su opinión.

En un primer momento los espectadores de la pelea fueron llegando con cuentagotas, pero al cabo de un rato el Red Door estaba de bote en bote y, aunque el DJ estaba pinchando música superanimada, daba lo mismo porque los chicos estaban todos bebidos y se creían tan invencibles como Travis Maddox.

A la media hora Kody, Gruber y Hank no daban abasto interrumpiendo broncas. En un momento dado la mayor parte de la barra se había transformado en una gran gresca y Hank se puso a echar a los alborotadores a la calle de cinco en cinco. En el exterior había un par de coches de la policía y los agentes estaban echando una mano con la muchedumbre y arrestando a algunos de los más exaltados por encontrarse borrachos, para evitar que se montaran en sus vehículos.

Poco después el local volvía a parecer una ciudad fantasma. Volvió a sonar rock clásico y éxitos comerciales. Mientras, Raegan se puso a contar sus propinas, refunfuñando y soltando de tanto en tanto alguna palabrota suelta.

—Entre esta mierda de propinas y tu afán de ayudar a tu hermanito, este mes con suerte llegaremos a cubrir las facturas. Y necesito empezar a ahorrar para un vestido de fiesta en algún momento.

—Pues apuesta por Travis —le sugerí—. Ganas cincuenta seguro.

—Para poder apostar por Travis, antes tengo que tener el dinero —replicó.

Alguien se sentó bruscamente en uno de los taburetes de la barra, delante de mí.

—Whisky —pidió—. Y que no pare.

—¿Qué, Trav? ¿Te pitaban los oídos? —le pregunté, poniéndole una cerveza—. Me parece que no es noche para whisky.

—No serían las únicas hembras que me hicieran enojar. —Echó atrás la cabeza para que el líquido de color ámbar corriese por su garganta y se la bebió entera casi de un solo trago. La botella impactó contra la barra y yo le abrí el segundo y se lo dejé delante.

—¿Alguien te está haciendo enojar? Pues no es muy inteligente de su parte —comenté mientras veía a Travis encenderse un cigarrillo.

—La paloma —respondió él, cruzando los brazos y apoyándolos en la barra. Ensimismado, se encorvó sobre el mostrador. Me quedé mirándole unos instantes, sin estar segura de si estaba hablando en clave o si ya estaba borracho.

—¿Esta noche te han pegado más fuerte que de costumbre? —le pregunté, sinceramente preocupada.

Otro grupo numeroso entró en el bar de copas. Seguramente serían rezagados de la pelea. Por lo menos estaban de mejor humor y parecían todos amigos. Travis y yo tuvimos que dejar en suspenso nuestra conversación. Durante los veinte minutos siguientes aproximadamente, estuve demasiado ocupada para charlar. Pero cuando el último de los asistentes a la pelea hubo salido por la puerta roja para marcharse a su casa, dejé un vaso de Jim Beam delante de Travis y él se lo bebió de un trago. Seguía teniendo cara de estar deprimido. Quizá más que antes.

—Está bien, Trav. Te escucho.

—¿El qué? —preguntó, retirando el torso de la barra.

Negué con la cabeza y respondí:

—La chica. —Era la única explicación para el semblante que lucía Travis Maddox. Nunca le había visto así, de modo que solo podía querer decir una cosa.

—¿Qué chica?

Puse los ojos en blanco.

—¿Qué chica? ¿En serio? ¿Con quién te crees que estás hablando?

—De acuerdo, está bien —respondió, y miró a su alrededor. Se inclinó hacia delante y añadió—: Es Paloma.

—¿Paloma? Estás de broma.

Travis dejó escapar una leve risa.

—Abby. Es una paloma. Una paloma endemoniada. Se me ha metido en la cabeza y no puedo pensar bien. Ya nada tiene sentido, Cam. Todas las reglas que me he impuesto se están rompiendo una a una. Soy un cobarde. No.., peor, soy Shep.

Me reí.

—Sé amable.

—Tienes razón. Shepley es un buen tipo.

Le serví otra copa y él se la bebió de un trago.

—Sé amable también contigo mismo —dije mientras pasaba un trapo por la barra—. Jesús, enamorarse de alguien no es un pecado, Travis.

Los ojos de Travis saltaron de un lado a otro.

—Estoy confundido. ¿Me hablas a mí o a Jesús?

—Hablo en serio —contesté—. Sientes algo por ella. ¿Y qué?

—Me odia.

—Qué va.

—La he oído esta noche por casualidad. Piensa que soy escoria.

—¿Ella ha dicho eso?

—Bueno. más o menos.

—A ver, en parte es verdad.

Travis arrugó la frente. No se esperaba eso.

—Muchas gracias.

Le serví otra copa. Él se la bebió de golpe antes de que me diese tiempo a sacar otra cerveza del refrigerador. Dejé la cerveza encima de la barra y levanté las manos con las palmas hacia arriba.

—Teniendo en cuenta cómo te has portado en el pasado, ¿no estás de acuerdo? Mi opinión es que tal vez por ella no lo serías. Tal vez por ella podrías ser un hombre mejor.

Le serví otro trago. Él inmediatamente echó la cabeza hacia atrás, abrió bien la boca y se lo tomó de golpe.

—Tienes razón. He sido un cabrón. ¿Podré cambiar? Mierda, no lo sé. Probablemente no lo suficiente como para merecerla.

A Travis se le estaban poniendo vidriosos los ojos, por lo que decidí dejar en su sitio la botella de Jim Beam, hecho lo cual me volví de nuevo hacia mi amigo. Él encendió otro cigarrillo.

—Pásame otra cerveza.

—Trav, creo que ya has bebido suficiente —dije. Estaba demasiado borracho como para darse cuenta de que ya tenía una delante.

—Cami, tú hazlo, carajo.

Cogí la botella de vidrio que no estaba ni a quince centímetros y se lo puse directamente delante de la vista.

—Oh —dijo.

—Pues eso. Que en el poco rato que llevas aquí, ya has bebido un montón.

—No hay suficiente cantidad de alcohol en el mundo que pueda hacerme olvidar lo que ha dicho esta noche. —Hablaba con voz pastosa. Mierda.

—¿Pero qué es lo que ha dicho exactamente? —le pregunté.

—Pues que no era lo bastante bueno. O sea…, dicho de una manera menos directa, pero era lo que quería decir. Según ella soy una mierda pinchada en un palo y yo…, yo creo que me estoy enamorando de ella. No sé. Ya no puedo pensar con claridad. Pero cuando la llevé a casa después de la pelea y me di cuenta de que iba a quedarse un mes —se frotó la nuca—, mierda, Cami, creo que nunca me había sentido tan feliz.

Arrugué las cejas. Nunca le había visto tan hecho polvo.

—¿Va a estar un mes viviendo contigo?

—Esta noche hicimos una apuesta. Si conseguía no llevarme ningún puñetazo, ella tenía que vivir conmigo un mes.

—¿Fue idea tuya? —pregunté. Mierda. El chico estaba ya enamorado de esa chica y ni siquiera se había enterado.

—Sí. Hasta hace una hora creía que era un puto genio. —Ladeó el vaso—. Otra.

—Nanay. Tómate tu dichosa cerveza —repliqué yo, empujando el botella hacia él.

—Sé que no la merezco. Ella es... —desenfocó la mirada— increíble. Nunca había visto unos ojos como los suyos. No tienen nada que me suene, nada que pueda conectar con algo de mi vida pasada, ¿entiendes?

Asentí. Sabía perfectamente lo que quería decir. Yo sentía eso mismo ante dos ojos que se parecían un montón a los de él.

—Entonces a lo mejor tendrías que hablar con ella —insinué—. No caigán en uno de esos estúpidos malentendidos.

—Tiene una cita mañana por la noche. Con Parker Hayes.

La nariz se me arrugó.

—¿Parker Hayes? ¿No la has advertido sobre ese tío?

—No me creería. Pensará que lo digo porque estoy celoso.

Estaba meciéndose en el taburete. Iba a tener que llamar a un taxi para que se lo llevara.

—¿Y no lo estás? ¿Celoso?

—Sí, pero es que además es un cerdo.

—Cierto.

Travis empinó la botella de cerveza y le dio un trago largo. Le pesaban los párpados. No estaba controlándose en absoluto.

—Trav...

—Esta noche no, Cami. Solo quiero cogerme una buena borrachera.

Asentí.

—Por lo que se ve, eso ya lo has conseguido. ¿Quieres que llame un taxi?

Él movió la cabeza ligeramente en gesto negativo.

—Va, pero que alguien te acerque a casa. —Trató de dar otro trago de su cerveza, pero yo sujeté la botella por el cuello hasta que él subió la vista hasta mis ojos—. Lo digo en serio.

—Ya te he oído.

Solté la botella y le miré mientras él se terminaba la bebida.

—El otro día Trent estuvo hablando de ti —dijo.

—Ah, ¿sí?

—Voy a comprarle un perrito —dijo. Al menos, estaba demasiado borracho para seguir hablando de Trenton—. ¿Tú crees que Trent querría guardármelo?

—¿Cómo quieres que lo sepa?

—¿No están unidos por la cadera últimamente?

—Pues no, la verdad.

La cara de Travis se contrajo.

—Jo, qué pena —dijo, ligando todas las palabras—. ¿Quién mierda quiere sentirse así? ¿Quiénes querrían hacerse esto a sí mismos aposta?

—Shepley —dije yo sonriendo.

Él levantó las cejas.

—Ahí tienes toda la puta razón. —Tras un breve silencio, se puso superserio—. Cami, ¿qué hago? Dime qué puedo hacer, porque yo no tengo ni puta idea.

Negué con la cabeza.

—¿Estás seguro de que no quiere estar contigo?

Travis levantó la vista y me miró con tristeza.

—Eso fue lo que dijo.

Me encogí de hombros.

—Pues entonces trata de olvidarla.

Travis bajó la vista a su botella vacía. Las dos chicas de la State que Trenton había dejado solas la noche anterior decidieron empezar a pagarle a Travis más copas y al cabo de no mucho rato ya casi no podía ni mantenerse sentado en el taburete. Y se pasó la siguiente hora y media totalmente resuelto a ver el fondo de todas las botellas a los que pudo echar el guante.

Las amigas de la Southern State se sentaron en sendos taburetes, cada una a un lado de Travis. Yo me alejé de ellos un rato para atender a mis clientes. No me hubiese sorprendido que hubiesen tomado a Travis por Trenton. Los cuatro hermanos Maddox más pequeños se parecían muchísimo y Travis llevaba una camiseta blanca de manga corta muy parecida a la que había llevado Trenton el día anterior.

Por el rabillo del ojo vi que una de las chicas apoyaba una pierna en el muslo de Travis. La otra le giró la cara y a continuación empezaron a besarse de tal manera que me sentí como una pervertida por mirarles.

—¿Eh, Travis? —dije.

Él se levantó, arrojó un billete de cien dólares encima del mostrador y, llevándose un dedo a los labios, me guiñó un ojo.

—Ese soy yo. Haciendo las paces.

Las chicas se colocaron una a cada lado y él intentó a duras penas andar apoyándose en ellas.

—¡Travis! ¡Será mejor que te lleven ellas a casa! —exclamé.

Él hizo como si no me hubiese oído. Raegan se encogió de hombros y dijo:

—Oh, Travis. Pero qué guapo es.

Yo crucé los brazos a la altura del estómago.

—Espero que vayan a un hotel.

—¿Por qué? —preguntó Raegan.

—Porque la chica de la que está enamorado está en su departamento. Y si estas dos chicas de la State se presentan en su casa con él, se va a odiar a sí mismo cuando se despierte mañana.

—Ya se las apañará. Siempre encuentra una solución.

—Sí, pero esta vez es diferente. Estaba bastante desesperado. Si pierde a esa chica, no sé qué hará.

—Pues se cogerá una borrachera y luego tendrá sexo. Es lo que hacen todos los Maddox. —Giré el cuello estirándolo un montón para mirarla y ella me sonrió con cara de disculpa—. Ya te avisé hace siglos de que no te relacionaras con ninguno de ellos. Pero nunca haces caso de mis consejos.

—Mira quién habla —repuse yo. Entonces, estiré el brazo hacia arriba e hice sonar la bocina del último aviso.

Capítulo 12

No me puedo creer que te dejases convencer para guardarle el perro —dije, moviendo la cabeza.

Trenton se desperezó en mi sofá, tapándose los ojos con un brazo.

—Solo serán un par de días más. Travis le ha organizado a Abby una fiesta sorpresa el domingo y entonces le dará el perro. La verdad es que es una monada. Lo voy a echar de menos.

—¿Ya le has puesto nombre?

—No —respondió Trenton haciendo una mueca—. Bueno, más o menos. Pero no es para siempre, Abby le pondrá su propio nombre. Se lo he explicado.

Me reí en voz baja.

—¿Y no me lo vas a decir?

—No, porque no es su nombre.

—Dímelo de todos modos.

Trenton sonrió. Seguía con los ojos tapados por el brazo.

—Pillo.

—¿Pillo?

—Le roba los calcetines a mi padre y se los esconde. Es un ladronzuelo.

—Me gusta —dije—. Dentro de poco será el cumple de Raegan también. Tengo que comprarle un regalo. Pero es superdifícil acertar con ella.

—Pues cómprale una de esas calcomanías GPS para las llaves.

—No es mala idea. ¿Cuándo es tu cumple?

Trenton sonrió.

—El 4 de julio.

—Y un cuerno.

—No me estoy burlando de ti.

—¿Es que te llamas Yankee Doodle?

—La primera vez que oigo esa broma —respondió él en tono neutro*.

—¿No vas a preguntarme cuándo es el mío?

—Ya lo sé.

—¿Qué dices?

—El 6 de mayo —dijo entonces sin asomo de duda.

Mis cejas se levantaron de golpe.

—Camomila. Te conozco desde cuarto, creo.

—¿Cómo puedes acordarte de algo así?

—Tus abuelos te mandaban globos el mismo día todos los años hasta que te graduaste.

Mi mirada se extravió igual que mi mente divagó entre recuerdos.

—Un globo por cada año. El último curso tuve que meter como pude dieciocho globos en el Pitufo. Les echo de menos. —De pronto, salí de mi ensoñación—. Espera un momento… Me estás tomando el pelo. ¿El cumpleaños de Travis no es el día de los Inocentes?

---

* *Yankee Doodle* es una antigua canción popular de Estados Unidos de connotaciones patrióticas. *[N. de la T.]*

—Eso es: el 1 de abril*.

—¿Y el tuyo es el día de la Independencia?

—Sí, y el de Thomas es el día de San Patricio y los gemelos nacieron el 1 de enero.

—¡Pero qué mentiroso eres! ¡Si el cumple de Taylor y Tyler cae en marzo! ¡El año pasado lo celebraron en el Red Door!

—No, el cumpleaños de Thomas es en marzo. Ellos fueron a ayudarle con la celebración pero dijeron que era su cumple para que les sirvieran copas gratis.

Lo fulminé con la mirada.

Él se rio para sí.

—¡Te lo juro!

—La palabra de los Maddox no es de fiar.

—Eso no me ha gustado nada.

Miré la hora en mi reloj.

—Casi es la hora de irnos a trabajar. Más vale que nos pongamos las pilas.

Trenton se incorporó para sentarse y apoyó los codos en las rodillas.

—No puedo seguir yendo a verte al Red cada noche y trabajar al día siguiente el día entero. Estoy muerto.

—Nadie ha dicho que tengas que hacerlo.

—Nadie se marca esta agenda si no tiene que hacerlo. Solo si de verdad quiere hacerlo. Y yo realmente quiero.

No pude evitar la sonrisa que asomó a mis labios.

—Deberías probar lo que es trabajar toda la noche en el Red Door y luego tener que trabajar todo el día.

—Deja de molestarme, bebé grande —bromeó él.

Yo levanté los puños y los junté.

—Para ti soy Baby Doll.

---

* En el mundo anglosajón, el día de los Inocentes (April's Fool) se celebra el 1 de abril. *[N. de la T.]*

Alguien llamó a la puerta. Arrugué la frente, miré a Trenton y me fui hacia la entrada de nuestro departamento. Miré por la mirilla. Al otro lado había un hombre, más o menos de mi edad, con los ojos enormes, un pelo primorosamente peinado y un rostro tan perfecto que parecía recién sacado de un catálogo de Banana Republic. Llevaba una camisa de cuadritos de color verde menta, abotonada hasta el cuello, jeans y mocasines. Le había visto antes pero no recordaba dónde. Por eso, cuando abrí la puerta dejé puesta la cadena.

—Hola —me saludó, riéndose nervioso.

—¿En qué puedo ayudarte?

Él se inclinó hacia delante llevándose una mano al pecho.

—Soy Parker. Mi amiga Amber Jennings vive en la casa de al lado. Te vi llegar anoche cuando yo me marchaba a casa y pensé que a lo mejor te gustaría…

La cadena tintineó al caer y Trenton abrió la puerta del todo.

—Oh —dijo Parker—. Igual no.

—Igual no —repitió Trenton—. Lárgate de aquí, Parker.

—Que tengas un buen día.

Trenton bajó el mentón y volvió a subirlo y yo cerré la puerta.

—Ya decía yo que me sonaba. La gente no parece la misma cuando la veo fuera del Red Door.

Trenton sonrió.

—He odiado a ese mierda desde el instituto.

—En el instituto casi no le conocías.

—Era un niñito mimado, socio del club de campo. Sus padres son los dueños de ese restaurante italiano del centro.

—¿Y?

—Pues que no quiero que ande husmeando por aquí —respondió—. Los chicos como él se creen que las normas no van con ellos.

—¿Qué normas?

—Normas de respeto.

—¿De eso iba la cosa? —dije, señalando la puerta.

—¿De qué hablas?

—De toda esa escenita innecesaria que acabas de montar.

Trenton cambió el peso de un pie a otro, agitado.

—¡Pero si estaba a punto de pedirte una cita!

—¿Y?

Trenton arrugó la frente.

—¡Es un parásito!

—¿Y?

—¡Pues que no quería que te la pidiese!

—Yo soy perfectamente capaz de decirle que no a alguien. Solo querías asustarlo para que no volviese por aquí.

—Te vio ayer cuando volvías andando al departamento de madrugada. A mí eso me parece un poco depredador. Mierda, perdona por hacerle creer que ya estabas saliendo con alguien.

Crucé los brazos.

—Ah, ¿era eso lo que estabas haciendo?

—Sí, era eso.

—Y no tenía nada que ver con querer borrar a un posible competidor, ¿no?

Arrugó la nariz, ofendido.

—Eso sería dando por hecho que alguien pudiese hacerme la competencia. Cosa que no puede ser. Desde luego, no el puto Parker Hayes.

Le miré entornando los ojos.

—Tienes razón, porque solo somos amigos.

—Carajo, Cami, ya lo sé. No hace falta que me lo estés restregando una y otra vez por la cara.

Abrí los ojos como platos.

—Mierda. ¿Restregándotelo por la cara? Va.

Trenton, frustrado, soltó una carcajada.

—¿Cómo puedes no darte cuenta? ¡Todo el puto mundo lo sabe ya menos tú!

—Lo sé. Solo estoy tratando de no complicar las cosas.

Trenton dio un paso hacia mí.

—Ya están bastante complicadas. Mucho.

—No están complicadas. Están claras como el agua. Sin margen de error.

Trenton me cogió por los hombros y me plantó un beso en la boca. Del susto, los labios se me pusieron duros, inclementes, pero el contacto de los suyos acabó ablandándolos y derritiéndome entera, de paso. Relajé todo el cuerpo. Pero la respiración se me aceleró y el corazón me palpitó tan fuerte que estaba segura de que Trenton podía oírlo. Su lengua se abrió paso entre mis labios y sus manos se deslizaron desde mis brazos hasta mis caderas, con sus dedos hundiéndose en mi piel. Pegó mis caderas a las suyas mientras me besaba y al separarse de mí tiró de mi labio inferior con su boca.

—Ahora están complicadas. —Cogió sus llaves, salió y cerró la puerta.

Tendí una mano hacia el picaporte y apoyé todo el peso del cuerpo para tratar de no caerme. Nunca en mi vida me habían besado así y algo me decía que no era el mejor beso que Trenton Maddox era capaz de dar. Su forma de mover su lengua contra la mía me habría provocado el mismo vértigo incluso si hubiese esperado el beso. Y la manera en que se le movían los músculos de los brazos cuando sus manos tiraron de mi cuerpo hacia él… era como si no pudiese dejar de pegarse a mí, pero al mismo tiempo estaban bajo control, como solo dos manos experimentadas podían estarlo. Tenía el pulso acelerado y, cada vez que mi corazón bombeaba aprisionado dentro de mi pecho, notaba los latidos en todo el cuerpo. Me había quedado sin palabras, sin respiración, sin defensas.

Se me hizo raro estar así, de pie, sola en mi apartamento, cuando treinta segundos antes había experimentado el beso de mi vida. Solo de pensar en él se me tensaron los muslos.

Respirando aún con dificultad, lancé una mirada al reloj de la cocina. Trenton había pasado por mi casa con tiempo de sobra antes de entrar a trabajar y ahora estaba de camino a Skin Deep. Yo debería haber estado ya en el Pitufo, dirigiéndome allí también. Pero no estaba segura de si iba a ser capaz.

No solo sería incómodo. Además, acababa de ponerle los cuernos a T. J. ¿Por qué iba a querer un hombre, y menos aún Trenton, a una chica que estaba engañando a su novio? Entre el tiempo que estábamos pasando juntos y el hecho de no haberle soltado un puñetazo en la nariz en el segundo mismo en que su boca rozó la mía, me sentía muy culpable. Él tenía razón. Acababa de complicar tanto las cosas que ya nunca más podríamos fingir que solo éramos amigos. Nunca más después de ese beso, de esa forma de tocarme y, por añadidura, nunca más después de cómo me hacía sentir.

Saqué el celular del bolsillo trasero de mis pantalones y marqué un número a toda pastilla.

—Skin Deep —respondió Hazel.

—Hola, soy Cami. Hoy no voy a poder ir.

—¿Estás mala?

—No…, es… complicado. Muy, muy complicado.

—Lo entiendo. No hay problema, pero me jode que no vengas. Los domingos son un chasco, y ahora este va a ser aún más chasco.

—Perdona, Hazel.

—No te preocupes. Yo se lo digo a Cal.

—Gracias —dije—. Con suerte no me despedirá por faltar, llevando tan poco tiempo en el trabajo.

Hazel soltó aire como soplando entre los labios.

—La verdad es que los domingos no tenemos tanto movimiento como para necesitar una recepcionista. No va a decir nada.

—Va. Hasta luego —dije.

Me puse los zapatos, cogí el bolso y me fui con el Pitufo al Red Door. El Jaguar XKR negro de Hank era el único coche del estacionamiento. Estacioné a su lado, dejando mucho sitio entre los dos vehículos, y crucé el estacionamiento con el abrigo bien ceñido al cuerpo.

Cuando entré, sonaba Queen por los bafles y Hank estaba tumbado encima de la barra este, mirando el techo.

—¿Qué haces, loco? —le pregunté.

—Relajarme antes de que llegue Jorie. Voy a pedirle que se venga a vivir conmigo hoy.

Las cejas se me levantaron de golpe.

—¿En serio? Felicidades, Hank, es una noticia estupenda.

Él se incorporó y suspiró.

—Solo si dice que sí.

—¿Y qué opina tu ex?

—Hablé con Vickie el viernes. Por ella, bien. Jorie se lleva genial con los chicos.

—Vaya —dije; respiré hondo y me senté en el taburete que tenía al lado—. Es un gran paso.

—¿Y si dice que no? —preguntó. Su voz denotaba una preocupación que no le había notado nunca.

—Pues ya verás lo que haces.

—¿Y si dice que no y me deja?

Yo asentí lentamente.

—Eso sería horroroso.

Él se bajó de la barra dando un brinco.

—Necesito un trago.

—Yo también.

Hank sirvió dos vasos de whisky y me acercó uno deslizándolo por la barra. Di un sorbo y arrugué la frente.

—¡Mierda! ¿Qué es?

—Magia —dijo él, y también dio un sorbo—. La quiero, Cami. No sé qué haré si me dice que no.

—Ella también te quiere —le dije—. Concéntrate en eso.

Las cejas de Hank se juntaron en el centro.

—¿Y por qué estás tú bebiendo?

—Le he puesto los cuernos a T. J.

—¿Cuándo?

—Hace media hora.

Los ojos de Hank se abrieron mucho durante unos segundos.

—¿Con quién?

Guardé silencio un instante, dudando de si decirlo en voz alta.

—Con Trent.

Sus ojos volvieron a abrirse muchísimo y murmuró algo en italiano.

—Eso mismo —dije yo. Bebí de nuevo, apurando ya mi copa. Entonces me sonó el celular y le di la vuelta. Era Trenton.

—¿Hola?

—Me ha dicho Hazel que no ibas a venir. ¿Estás bien?

—Eh...

—¿Estás mala?

—No.

—¿Entonces por qué no vienes a trabajar?

—Me ha dado un ataque agudo de miedo.

—¿Porque te besé? —preguntó, indignado. Oía a Hazel al fondo.

—¿La besaste? —chilló Hazel—. Pero qué cabrón hijo de pu...

—¡Tú lo complicaste todo! ¡Ahora no te quejes! —respondí yo.

—¿Pero qué importancia tiene que te haya besado?

—¡Porque! ¡Tengo! ¡Novio! —grité poniéndome el celular delante.

—¿Es que se va a dar cuenta? ¡Si no hablas con él desde hace una semana!

—¡Eso no es asunto tuyo!

—¡Sí que lo es! ¡Tú eres asunto mío!

—¡Vete a la mierda!

—¡Vete tú a la mierda! —chilló él. Nos quedamos callados un rato y al final Trenton dijo—: Iré a verte cuando termine.

—No —dije, frotándome la sien—. Lo has complicado todo, Trent. Y ahora… es demasiado raro.

—Qué bobada. Todo sigue igual —dijo él—. La única diferencia es que ahora sabes que beso que te cagas.

No pude evitar sonreír.

—No voy a lanzarme sobre tu boca en plan ataque sorpresa. Solo quiero verte —dijo.

Lo cierto era que me había acostumbrado a su presencia. Pero si seguíamos pasando tanto tiempo juntos, necesitaba poner punto final a lo mío con T. J., y no estaba segura de querer.

—No —dije, y corté la llamada.

Volvió a sonar el celular.

—¿Hola?

—¿Acabas de colgarme? —preguntó Trenton, molesto.

—Sí.

—¿Por qué?

—Porque había terminado de hablar.

—¿No puedes decir adiós?

—Adiós…

—¡Espera!

—Por eso colgué antes. Sabía que no me dejarías decir adiós.

—¿De verdad vas a eliminarme de tu vida porque te di un puto beso?

—¿Solo se trataba de un beso? —pregunté a mi vez.

Trenton se quedó callado.

—Eso pensé. —Volví a pulsar la tecla de «Colgar».

Ya no volvió a llamarme.

Hank estaba de pie, delante de mí, y juntos bebimos para olvidar nuestros respectivos problemas. Cuando nos terminamos una botella, abrió otra. Ya estábamos muertos de risa y diciendo tonterías cuando Jorie entró por la puerta del local. Hank trató de fingir que estaba sobrio pero fracasó estrepitosamente.

—Hola, mi amor —dijo.

—Hola —dijo Jorie sonriendo. Se abrazó a él y Hank la tuvo cogida entre sus brazos un buen rato, de manera que las ondas de color perla de su larga melena quedaron apresadas contra su espalda. Jorie nos observó con atención pero no le llevó mucho tiempo llegar a una conclusión—. Llevan aquí bastante rato los dos. Han echado mano del alijo, ¿eh?

Hank sonrió meciéndose adelante y atrás.

—Nena, quería…

—Hank —le interrumpí yo, moviendo la cabeza en gesto negativo, rápidamente, antes de que Jorie pudiese verme. Jorie se volvió hacia mí y yo le sonreí.

—¿Qué se traen ustedes dos entre manos? —preguntó.

—Botellita y media —respondió jocoso Hank, y se rio de su propia gracia.

Jorie apartó de nuestras manos lo que quedaba de la segunda botella y la guardó en el armarito de abajo, lo cerró y se metió la llave en el bolsillo. Llevaba unos pantalones cortos negros que imitaban pantalones de esmoquin, con una blusa transparente de color champán tras la que se veía un sujetador negro de encaje. El tacón de sus zapatos era kilométrico y aun así no alcanzaba la estatura de Hank.

—Voy a poner a hacer café. No nos conviene que los empleados vean con buenos ojos que se puede venir borracho perdido a la reunión de personal de los domingos.

Hank le dio un beso en la mejilla.

—Estás en todo. ¿Qué haría yo sin ti?

—Beberte el resto de la botella —bromeó. Sacó de debajo de la barra la cafetera vacía y la rellenó con agua—. Ay, qué faena. Se me había olvidado que no nos quedan filtros.

—No, los han traído esta mañana —replicó Hank con voz pastosa—. Están aún en la trastienda.

—Voy a traerlos —dijo Jorie.

—Voy contigo —se ofreció Hank, y mientras se alejaban juntos él le puso la mano en el trasero.

Yo deslicé la pantalla del celular con el dedo y me quedé meditando sobre la llamada que me disponía a hacer. Pero antes de marcar los números, prefería abrir la pantalla de mensajes. Era una cobardía por mi parte, pero lo hice de todos modos.

Tienes un momento?

No puedo enrollarme mucho. Me muero por verte. Qué pasa?

Tenemos que hablar.

Temí que dijeses eso.

Llámame en cuanto puedas.

Ya lo había planeado.

Siempre era un cielo. ¿De verdad iba a romper con él porque había estado muy ocupado? Él mismo me lo había advertido y yo estuve de acuerdo en intentarlo igualmente. Le prometí que no sería un problema. Pero, en fin, apenas si habíamos hablado y además había escasas esperanzas de que la cosa fuese a mejorar. Aparte de eso estaba el asuntillo de Trenton. En el fondo, daba igual que rompiese con T. J., porque yo seguiría sintiéndome mal por pasar de sus brazos a los de Trenton incluso si dejaba transcurrir seis meses. O seis años. Había estado viendo a Trenton a espaldas de T. J. Cualquier cosa que derivase de ahí estaba ya contaminada.

Kody andaba muy desencaminado respecto a mí. Yo no estaba haciendo lo mismo que Raegan. Lo mío era mucho peor. Al menos ella había tenido la decencia de romper con Kody antes de empezar a salir de nuevo con Brazil. No había tenido engañados a dos hombres a la vez. Había sido sincera con los dos, y yo me había permitido echarle a ella un sermón.

Me tapé los ojos con la mano. Estaba tan avergonzada que no podía ni enfrentarme a una sala vacía. Aunque pasar tiempo con Trenton me divertía y me consolaba de momento, sabía lo que significaba para él y me daba cuenta de cómo me sentiría si T. J. me estuviese haciendo lo mismo a mí. Estar con los dos a la vez, hubiese o no hubiese sexo, era una falta de honestidad por mi parte. T. J. y Trenton se merecían algo mejor.

Le he besado.

Pulsé «Enviar» e inmediatamente empezaron a temblarme las manos. Pasaron varios minutos antes de que T. J. me respondiese.

A quién?

A Trenton.

Tú a él o él a ti?

Qué más da.

Sí da.

Me besó él.

No me sorprende.

Y ahora qué?

Dímelo tú.

Últimamente le he visto mucho.

Qué quiere decir eso?

No sé. Es lo que es.

Tú todavía quieres estar conmigo?

La pregunta es si tú aún quieres estar conmigo.

De nuevo hube de esperar varios minutos hasta que respondió. Cuando me pitó el teléfono, tuve que hacer un esfuerzo para ver las palabras que aparecieron en la pantalla. Aunque me lo tuviese merecido, no quería que me dejase tirada como la basura que era.

Te estoy reservando vuelo a California.

Capítulo 13

Mi vuelo salía a las siete treinta. Me marché pronto de la reunión de la plantilla para poder hacer la maleta. Luego, mientras me dirigía al aeropuerto en el Pitufo, traté de que no se me colasen en la cabeza pensamientos sobre Trenton. Posé la vista en mi mano izquierda, apoyada en lo alto del volante. Al juntarse, mis dedos decían «DOLL». A T. J. no le iba a hacer ninguna gracia, y recé para que no me preguntara por qué se me habían ocurrido esas dos palabras.

Me pareció que tardaba una eternidad en estacionar, coger el microbús del aeropuerto y facturar. Me daba mucha rabia ir con prisas, pero T. J. me había sacado un boleto en el último vuelo de la noche y, pasara lo que pasara, estaba decidida a subirme en ese avión. Necesitaba saber que no estaba simplemente desenamorándome de T. J. por culpa de la distancia.

Me puse en la larga cola del paso de seguridad y oí que alguien decía mi nombre desde la otra punta de la sala. Cuando me volví, vi a Trenton corriendo como una locomotora hacia mí. Un guardia de seguridad aeroportuaria dio un paso hacia él, pero, cuando Trenton ralentizó al llegar hasta mí, el hombre se relajó.

—¿Qué mierda estás haciendo? —me preguntó Trenton, el pecho subiendo y bajando después de la carrera. Apoyó las manos en las caderas. Llevaba unos pantalones cortos de baloncesto, de color rojo, una camiseta blanca de manga corta y una gorra vieja, roja, con el emblema de la fraternidad universitaria. Viéndole, noté mariposas en el estómago. Más porque sentí que me había sorprendido que porque me sintiese halagada.

—¿Qué mierda estás haciendo tú? —repliqué yo, lanzando un vistazo alrededor, a la gente que nos miraba.

—¿Dijiste que nos veríamos mañana y ahora vas a coger un puto vuelo? —Una mujer que estaba por delante de mí en la cola, a varias personas de distancia, le tapó las orejas a su hijita—. Perdón —dijo Trenton.

La cola avanzó y yo con ella. Y Trenton conmigo.

—Fue una cosa de última hora.

—Te vas a California, ¿no? —me preguntó, con cara de sentirse dolido.

No contesté.

Avanzamos varios pasos más.

—¿Porque te besé? —preguntó, esta vez con voz más fuerte.

—Él me sacó el boleto, Trent. ¿Tenía que decirle que no?

—¡Exacto, haberle dicho que no! ¿No se toma la molestia de venir a verte en tres meses y de golpe y porrazo te saca un boleto de avión? ¡Vamos, hombre! —dijo, dándose una palmada en el muslo.

—Trent —le dije en voz baja—, vete a casa. Esto es un corte. —La cola volvió a avanzar y yo di varios pasos.

Trenton me siguió, andando de lado, hasta ponerse a mi altura.

—No te subas a ese avión. —Dijo esas palabras sin emoción, pero me miraba con ojos suplicantes.

—¡Ja! —exclamé, tratando de alguna manera de quitarle importancia al asunto—. Volveré en unos días. Te comportas como si no fueses a volver a verme nunca más.

—Cuando vuelvas será diferente. Lo sabes.

—Para, por favor —le rogué, mirando a mi alrededor. La cola avanzó de nuevo.

Trenton levantó las manos.

—Solo… piénsatelo unos días.

—¿Que me piense qué?

Se quitó la gorra y se rascó la coronilla mientras reflexionaba. La expresión de desesperación que lucía su rostro me obligó a tragar saliva para contener el llanto. Tenía ganas de abrazarle, de decirle que no pasaba nada, pero ¿cómo podía consolarle, si yo era la razón por la cual él sentía ese dolor?

Trenton volvió a ponerse la gorra en la cabeza y se bajó la visera sobre los ojos, en un gesto de frustración. Suspiró y dijo:

—Por favor, Cami, por favor. Yo no soy capaz. No puedo quedarme aquí, pensando que tú estás allí, con él.

La cola volvió a avanzar. Me iba a tocar.

—¿Por favor? —suplicó. Y, nervioso, soltando una corta risa primero, añadió—: Estoy enamorado de ti.

—Siguiente —dijo el guardia de seguridad aeroportuaria, indicándome con un ademán que me acercase a su plataforma.

Tras un largo silencio, me estremecí al pensar en las palabras que me disponía a decirle.

—Si supieses lo que yo sé… no lo estarías.

Él negó con la cabeza.

—No quiero saberlo. Solo te quiero a ti.

—Trent, somos amigos, nada más.

Su cara y sus hombros se hundieron.

—¡Siguiente! —repitió el guardia. Había estado observándonos mientras conversábamos y no estaba de humor para esperar.

—Tengo que irme. Te veo a la vuelta, ¿va?

Los ojos de Trenton miraron el suelo y asintió.

—Va. —Empezó a alejarse. Pero entonces se dio la vuelta—. Durante un tiempo no hemos sido amigos y nada más. Y lo sabes.

—Me dio la espalda y yo le entregué la tarjeta de embarque y la identificación al guardia.

—¿Está bien? —preguntó el hombre, mientras garabateaba en mi tarjeta de embarque.

—No —respondí yo. Contuve la respiración y, mirando hacia arriba mientras los ojos se me llenaban de lágrimas, añadí—: Soy una idiota de campeonato.

El guardia asintió y me indicó que prosiguiera.

—Siguiente —dijo, llamando a la persona que venía detrás de mí.

No quería moverme, por si aquello era solo un sueño. De niña, al ir a casa de mis amigas, empecé a darme cuenta de que los demás padres no eran como el mío y de que muchas de aquellas familias eran más felices que la mía. Desde entonces, mi sueño fue irme a vivir por mi cuenta, aunque solo fuese para tener un poco de paz. Pero incluso la edad adulta me parecía más una fuente de decepciones constantes que de aventuras. Por eso, para estar segura de que este instante de dicha no era una engañifa, me quedé quieta.

Esta inmaculada y minimalista casa urbana era exactamente el lugar en el que deseaba estar. Sin nada puesto más que una sonrisa de satisfacción, metida entre sábanas revueltas de algodón egipcio blanco, en el centro de la cama extragrande de T. J. Él estaba tumbado junto a mí. Respiraba suave y profundamente por la nariz. Iba a tener que levantarse en pocos minutos para prepararse para irse a trabajar y yo disfrutaría de unas vistas magníficas de su prieto trasero cuando saliese de la cama. Ese, desde luego, no era el problema. Las siguientes ocho horas que pasaría a solas con mis cavilaciones convertirían el nirvana de esas vacaciones caseras en deseos de subirme por las paredes.

Durante el viaje en avión mi cabeza había estado plagada de mil y un pensamientos que confluían en la gran pregunta de si esta sería la última vez. Y toda la angustia acumulada a lo largo de meses no cesó ni cuando le distinguí en la zona de recogida de equipaje. Pero entonces vi su sonrisa. La misma sonrisa gracias a la cual estar tumbada en aquella cama junto él no me parecía del todo un error.

Estaba pensando que tal vez podía preparar el desayuno para tomarlo en la cama y celebrar así nuestras primeras doce horas juntos desde hacía meses. O quizá no. Ya estaba otra vez tratando de quedar bien con todos. Pero había dejado de ser ese tipo de chica y nunca más querría volver a ser así. La noche anterior Raegan lo había clavado, mientras yo preparaba mi maleta enfurecida: «¿Qué te ha pasado, Cam? Antes irradiabas seguridad. Ahora eres como un cachorrito apaleado. Si T. J. no es tu hombre, pues eso no lo puedes controlar. Así que a lo mejor podrías dejar de engañarte».

Yo no sabía qué había ocurrido para dejar de ser esa chica alucinante y segura de sí misma y convertirme en lo que era ahora. O, bueno, sí, sí lo sabía. T. J. había aparecido de repente en mi vida y yo me había pasado los últimos seis meses tratando de ser digna de él. O, en fin, la mitad del tiempo, en todo caso. Porque la otra mitad la había pasado haciendo precisamente lo contrario.

T. J. volvió la cabeza y me besó en la sien.

—Buenos días. ¿Quieres que baje a comprar algo para desayunar? —dijo.

—Pues eso suena de perlas, la verdad —respondí, y le besé en el pecho desnudo.

T. J. sacó delicadamente el brazo de debajo de mí y se sentó para desperezarse durante unos segundos. A continuación se levantó y con ello me ofreció las vistas con las que llevaba fantaseando desde hacía más de tres meses.

Se enfundó los jeans que estaban doblados en la silla y sacó una camiseta de manga corta del armario.

—¿Cualquier cosa que se parezca a un bagel con queso en crema?

—Y un zumo de naranja. Por favor.

Se calzó los tennis y cogió las llaves.

—Sí, *milady* —dijo—. Vuelvo enseguida —añadió ya en la puerta, y cerró.

Obviamente, no era que no me sintiese digna de él porque T. J. fuese un idiota. Era justo lo contrario. Cuando una persona así de alucinante entra en el bar de copas en el que trabajas y te pide el número de teléfono antes de haberse tomado un trago, te dejas la piel para conservarlo a tu lado. En algún punto del camino se me había olvidado que yo le había enganchado a él, en primer lugar. Y después de eso me había olvidado de él por completo.

Pero en el instante en que T. J. me rodeó con sus brazos, en la zona de recogida de maletas, de inmediato comparé su manera de abrazarme con la manera en que me había abrazado Trenton. Cuando T. J. puso sus labios sobre los míos, su boca era tan increíble como la recordaba, pero no daba la impresión de necesitarme como Trenton. Me daba perfecta cuenta de que estaba haciendo comparaciones injustas e innecesarias, y traté de evitarlo nada más verlo, pero fracasé. Todas las veces y en todos los niveles. Fuese justo o no, Trenton era lo que yo conocía, mientras que T. J. se había convertido en un desconocido.

Diez minutos más tarde T. J. regresó. Entró en el departamento corriendo alegremente, me puso el bagel en el regazo y dejó el zumo de naranja en la mesilla de noche. Luego me dio un beso rápido.

—Te han llamado, ¿a que sí?

—Sí, una reunión de primera hora. No estoy seguro de lo que está pasando, así que no te sé decir cuándo volveré a casa.

Me encogí de hombros.

—No pasa nada. Te veré cuando sea.

Volvió a besarme, se desvistió raudo, se puso una camisa blanca planchada y un traje de color gris oscuro y se calzó los zapatos, tras lo cual salió por la puerta del departamento a la carrerilla con una corbata en la mano.

La puerta se cerró con fuerza.

—Adiós —dije, sentada en la cama, sola.

Volví a tumbarme y clavé la mirada en el techo mientras me quitaba pellejitos de las uñas. El apartamento estaba en absoluto silencio. No había ni compañeros de departamento ni mascotas. Ni un mísero pececito. Me puse a pensar en que probablemente en esos momentos Trenton y yo estaríamos sentados en mi sofá de dos plazas, en mi casa, viendo juntos algo en la tele mientras yo parloteaba sobre el trabajo o los estudios o ambas cosas. Qué agradable era simplemente tener a alguien que deseaba estar conmigo, en calidad de lo que fuera. Pero en vez de eso estaba mirando fijamente un techo blanco, dándome cuenta de lo bonito que hacía el contraste con las paredes de color beis oscuro.

El beis era un tono muy T. J. Era un hombre fiable. Estable. Pero cualquier cosa vista a una distancia de varios miles de kilómetros podía parecer buena. Jamás reñíamos. Pero no hay nada por lo que reñir si nunca estás con el otro. T. J. sabía qué clase de bagels me gustaban, pero ¿sabía que no soporto los anuncios de la tele, o qué emisora de radio escucho, o que lo primero que hago cuando vuelvo a casa de trabajar es quitarme el sujetador? ¿Sabía que mi padre era un idiota de primera, y que mis hermanos eran un amor y a la vez inaguantables? ¿Sabía que nunca hago la cama? Porque Trenton sí. Él sabía todo eso y quería estar conmigo igualmente.

Estiré el brazo para coger el celular y comprobar si había novedades. Había entrado un mail de Solteros en Tu Zona Ya, nada más. Trenton me odiaba, y era de entender, porque me había pedido que escogiera y yo no le había elegido a él. Ahora estaba tumbada desnuda en la cama de otro hombre, pensando en Trenton.

Me tapé la cara y rabié por derramar las lágrimas ardientes que rodaron por mis sienes hasta colarse dentro de mis orejas. Yo

quería estar aquí. Pero quería estar allí. Raegan me había preguntado si alguna vez había estado enamorada de dos hombres. Y en
aquel momento no sabía que ya lo estaba. Dos hombres que no
podían ser más diferentes entre sí y a la vez tan parecidos. Los dos
amorosos, los dos insufribles. Pero por motivos completamente
diferentes.

Envolviéndome en la sábana, me levanté de la cama y me fui
por toda la ordenada y limpia vivienda unifamiliar de T. J. Parecía
un decorado, como si realmente no viviese nadie allí. Supongo que
así era, al menos la mayor parte del tiempo. En una mesa estrecha
pegada a una de las paredes del salón había varios marcos de pla-
ta, todos con fotos en blanco y negro de T. J. de pequeño, con sus
hermanos, con sus padres y una de él y yo en el puerto, del primer
viaje que hice para verle.

El televisor era negro, con el mando a distancia dejado perfectamente recto encima de una mesita auxiliar. Me pregunté si
tendría siquiera cadenas de pago. Rara vez dispondría de suficiente tiempo libre para sentarse a ver la tele. En la mesa baja, de cristal, había varios números de revistas como *Men's Health* y *Rolling
Stone,* abiertas en abanico. Cogí una y la hojeé. De pronto me
sentía inquieta y hastiada. ¿Por qué había ido? ¿Para demostrarme
a mí misma que quería a T. J.? ¿O que no?

El sofá apenas se hundió cuando me senté. Era de color gris
claro, de tela de tweed, con ribetes de piel de color marrón. La
funda del respaldo picaba. En aquel salón me sentía de un modo
totalmente distinto a la última vez que había estado. El olor a al-
mizcle, aunque era también olor a limpio, no era atrayente. Las
vistas de los ventanales, desde donde se atisbaba un trocito de la
bahía, no eran tan mágicas; el tipo de perfección de T. J. ya no me
hechizaba. Después de solo unas semanas con Trenton todo eso
había cambiado. De pronto, no pasaba nada por querer menos
orden y limpieza, defectos, incertidumbre, tantas de esas otras
cosas que encarnaba Trenton… o todas las cosas que yo veía en

mí misma y que creía que no me agradaban. Porque, por mucho que no estuviese resultando fácil, teníamos unos objetivos. Qué más daba que aún no los hubiésemos alcanzado. Lo que contaba era que tanto él como yo habíamos vividos reveses, fracasos soñados. Pero los dos nos habíamos levantado, nos habíamos sacudido el polvo de la caída y habíamos seguido adelante. Y estábamos haciéndolo lo mejor posible. Trenton no solo hacía que todas esas cosas me pareciesen aceptables, sino que con él el camino se volvía divertido. En lugar de sentirme avergonzada por las metas que no habíamos alcanzado, podíamos estar orgullosos de adónde íbamos y de lo que superaríamos para llegar allí.

Me levanté y me acerqué a los ventanales alargados, que daban a la calle, abajo. Trenton había descubierto mis planes, había acudido corriendo al aeropuerto y me había rogado que me quedara. Si yo hubiese sido la que había estado al otro lado del precinto de seguridad, ¿le perdonaría? Al pensar en él, sintiéndose rechazado, solo en el coche de vuelta a casa, los ojos se me llenaron de ácidas lágrimas. Y mientras me hallaba allí, en la casa perfecta, cuyo dueño era el hombre perfecto, me ceñí más sus sábanas al cuerpo y dejé que salieran las lágrimas, anhelando al esforzado artista de tatuajes que había dejado atrás.

Me había pasado la infancia entera soñando con el primer día de mi libertad. Prácticamente a diario, a lo largo de la mayor parte de dieciocho años, mis deseos estaban enfocados en el mañana. Pero por primera vez en mi vida sentí el deseo de poder dar marcha atrás en el tiempo.

Capítulo 14

He dicho que lo siento —se disculpó T. J., mirándome fijamente, ceñudo.

—No estoy enfadada.

—Estás un poco enfadada.

—No. En serio que no —insistí, mientras paseaba por todo mi plato un trozo de la «Ensalada con carne en adobo» que tenía delante.

—¿No te gusta la ensalada?

—No, sí que me gusta —respondí, plenamente consciente de las caras que estaba poniendo y de todos los gestos que hacía con el cuerpo. Tratar de hacer ver que no estaba enojada me estaba resultando agotador. T. J. no había llegado a casa hasta pasadas las ocho y media de la tarde y en todo el día no me había mandado ni un mensaje de texto ni me había llamado. Ni siquiera cuando emprendió el regreso.

—¿Quieres probar un poco de mi pescado? —Le quedaban dos trozos para terminarse su «Lubina del mar de Alaska», pero me acercó el plato empujándolo un poco por la mesa. Yo respondí que no con la cabeza. Todo olía de maravilla, pero simplemente no tenía apetito. Pero no era por T. J.

Habíamos cogido una mesa apartada, en el rincón del fondo del restaurante. Era el restaurante favorito de T. J., el Brooklyn Girl, en el mismo barrio. Las paredes pintadas de gris y la decoración sencilla pero moderna recordaban mucho a su apartamento. Todo limpio, todo en su sitio, y aun así acogedor.

T. J. suspiró y se recostó en el respaldo de la silla.

—Esto no está yendo para nada como yo quería —dijo. Se inclinó hacia delante y apoyó los codos en la mesa—. Trabajo cincuenta horas a la semana, Camille. Es que no me queda tiempo ni para...

—Mí —dije yo, terminando por él la horrible frase.

—Para nada. Casi no veo a mi familia. Hablo contigo más que los veo a ellos.

—¿Y Acción de Gracias?

—Pues pinta mejor a medida que va avanzando el proyecto.

Esbocé una sonrisa.

—No me molesta que hayas llegado tarde. Sé que trabajas un montón de horas al día. Sabía que no te vería mucho cuando vine.

—Y viniste —dijo él, y estiró el brazo para cogerme la mano.

Yo me eché hacia atrás y me puse las manos en el regazo.

—Pero no puedo dejarlo todo cada vez que decides que quieres verme.

Se le hundieron los hombros. Pero no dejó de sonreír. Por alguna razón, estaba animado.

—Lo sé. Y tienes razón.

Me incliné de nuevo hacia delante para pinchar la ensalada con el tenedor.

—Vino al aeropuerto.

—¿Trenton?

Yo asentí.

T. J. permaneció en silencio un buen rato y al final dijo:

—¿Qué está pasando entre ustedes?

Yo me rebullí en mi silla.

—Ya te lo dije. Hemos estado viéndonos mucho.

—¿En qué sentido viéndoos?

Fruncí el cejo.

—Pues vemos la tele juntos. Charlamos en el sofá. Salimos a comer. Trabajamos juntos.

—¿Trabajan juntos?

—En Skin Deep.

—¿Has dejado el Red Door? ¿Por qué no me lo dijiste?

—No me he ido. Coby pasó apuros económicos. Cogí un segundo empleo hasta que él pueda remontar.

—Lo siento. Lo de Coby.

Asentí. La verdad era que prefería no ahondar demasiado en el tema.

—¿Eso te lo hizo Trenton? —me preguntó, bajando la cara para mirarme los dedos.

Asentí.

Él respiró hondo. Era como si estuviese asimilando la realidad de la situación.

—Entonces, quieres decir que están pasando un montonazo de tiempo juntos.

Me estremecí.

—Sí.

—¿Ha dormido en tu casa?

Negué con la cabeza.

—No. Pero nos… Me…

T. J. asintió.

—Te besó. Ya me lo dijiste. ¿Está con alguien?

—Pues la mayor parte del tiempo, solo conmigo.

T. J. levantó una ceja.

—¿Ha estado en el Red Door?

—Sí. Pero no más de lo normal. Puede que incluso menos.

—¿Y sigue llevando a chicas a casa? —preguntó, medio en broma.

—No.

—¿No? —preguntó entonces, sorprendido.

—En absoluto. No desde...

—Desde que empezó a perseguirte a ti. —Yo negué de nuevo con la cabeza. T. J. bajó la vista—. Vaya. —Emitió una risa muy corta, en señal de incredulidad—. Trenton está enamorado. —Levantó la vista y añadió—: De ti.

—Lo dices sorprendido. Tú me amaste un día, ¿te acuerdas?

—Y sigo queriéndote.

Cerré los ojos y apreté los párpados.

—¿Cómo? ¿Cómo es posible que sientas eso después de todo lo que acabo de contarte?

Él respondió, siempre en voz baja:

—Sé que en estos momentos no te hago ningún bien, Camille. No puedo estar ahí como tú necesitas que esté y eso seguramente seguirá siendo así bastante tiempo. No puedo echártelo en cara, sabiendo que nuestra relación se basa en llamadas telefónicas de vez en cuando y mensajes de texto.

—Pero eso ya me lo dijiste cuando nos conocimos. Dijiste que sería así y yo te respondí que estaba bien. Que quería intentarlo igualmente.

—¿Y eso es lo que estás haciendo? ¿Cumpliendo tu palabra a rajatabla? —T. J. sondeó mi mirada durante unos instantes y a continuación soltó un suspiro. Apuró su copa de vino blanco y la dejó a un lado del plato—. ¿Le quieres?

Me quedé petrificada un segundo. Me sentía como un animal acorralado. Desde que la camarera nos había servido la cena, se había pasado el rato sometiéndome a un interrogatorio en tercer grado y estaba empezando a sentirme emocionalmente exhausta. Verle después de tanto tiempo y luego quedarme todo el día a solas con mis pensamientos... era demasiado. Era como una corredora sin ningún lugar al que ir. Mi vuelo de regreso no salía hasta la mañana siguiente. Al final me tapé la cara con las manos y, en cuanto cerré los ojos, las lágrimas escaparon bajo mis párpados y rodaron por mis mejillas.

T. J. suspiró.

—Voy a tomármelo como un sí.

—¿Sabes cuando notas que quieres a alguien? Pues es un sentimiento que no desaparece. Y yo sigo sintiendo eso por ti.

—Yo me siento así también. Pero siempre supe que todo esto sería demasiado duro para ti.

—Pues es algo que pasa todos los días.

—Sí, pero otras personas hablan más de ocho o nueve veces al mes.

—¿O sea que tú sabías que lo nuestro había terminado? Entonces, ¿por qué me haces venir hasta aquí? ¿Para decirme que no pasa nada por no haber conseguido que funcionase?

—Pensé que a lo mejor si tú estabas aquí, conmigo, entre los dos podríamos entender mejor lo que de verdad te estaba pasando… Si simplemente estaba siendo demasiado duro para ti porque hacía tiempo que no nos veíamos, o si de verdad sentías algo por Trenton.

Me eché a llorar otra vez, tapándome con la servilleta. Sospeché que la gente nos estaría mirando, seguramente. Pero no me atreví a levantar la cara para comprobarlo.

—Esto es de lo más humillante —dije, tratando de no ponerme a sollozar.

—Tranquila, mi niña. Solo estamos nosotros.

Bajé las manos lo justo para poder echar un vistazo alrededor. Tenía razón, éramos los dos últimos clientes del restaurante. Estaba tan ensimismada que ni siquiera me había dado cuenta.

—¿Se les ofrece alguna otra cosa más para tomar, señor? —preguntó la camarera. No me hizo falta mirarla a la cara para saber que le picaba la curiosidad sobre lo que estaba pasando en nuestra mesa.

—Tráiganos la botella —respondió T. J.

—¿Del blanco?

—Del blanco —dijo T. J. con esa forma de hablar suave y segura.

—M-muy bien, señor —dijo la mujer. Mientras se alejaba, yo podía oír el sonido de sus pisadas en el suelo.

—¿No cierran en breve?

—No hasta dentro de veinte minutos. Nos da tiempo a terminarnos una botella, ¿verdad que sí?

—Fácilmente —respondí, fingiendo que me divertía. En ese instante lo único que sentía era tristeza, remordimientos y vergüenza.

La sonrisa, leve y algo forzada, se le borró de la cara.

—Mañana te vas. No es necesario que tomemos ninguna decisión esta noche. Ni siquiera mañana. Disfrutemos sin más el tiempo que estemos juntos. —Acercó su mano a la mía y entrelazó mis dedos con los suyos.

Tras un breve silencio, yo aparté la mano.

—Me parece que a estas alturas los dos sabemos lo que ha pasado.

Con pena en el semblante, T. J. asintió.

Cuando el tren de aterrizaje tocó la pista, los ojos se me abrieron de golpe y al mirar a mi alrededor vi que todas las personas del avión sacaban los celulares y se ponían a escribir mensajes de texto a amigos, familiares o compañeros de trabajo para informar de la llegada del vuelo. Yo ni me molesté en encender el mío. Raegan estaría en casa de sus padres y mi familia ni siquiera sabía que había estado fuera.

La noche anterior T. J. y yo nos fuimos a la cama nada más regresar a su casa, muy conscientes de que a la mañana siguiente teníamos que estar en pie antes del amanecer para que yo pudiera llegar a tiempo al aeropuerto. Él me tuvo en sus brazos toda la noche como si no quisiera dejarme ir. Pero horas después en el aeropuerto me abrazó y me dio un beso de despedida, aparentemente muy convencido. Fue una escena forzada, triste y distante.

Puse la palanca de cambios del sistema automático de marchas de mi Pitufo en modo «Estacionar» y me bajé del coche. En parte, tenía la esperanza de encontrarme a Trenton sentado en el suelo de cemento de delante de la puerta de mi casa. Pero no estaba.

En San Diego había hecho un tiempo superagradable, y ahora me encontraba de nuevo donde podía ver mi propio aliento flotar en el aire. De hecho, me dolía la cara de frío. ¿Cómo puede doler la cara de frío?

Abrí la cerradura, empujé mi puerta, dejé que se cerrara dando portazo detrás de mí y me fui arrastrando los pies hasta mi cuarto, donde me derrumbé de narices en mi cama maravillosamente revuelta.

Oí las pisadas suaves de los pies descalzos de Raegan por el pasillo.

—¿Cómo ha ido la cosa? —me preguntó desde la puerta de la habitación.

—Pues no sé.

El suelo crujió bajo sus pies al acercarse hasta mi cama. Se sentó a mi lado y dijo:

—¿Siguen juntos?

—No.

—Oh. Vaya… Pero eso está bien, ¿no? Es decir, aunque T. J. no hubiese dado señales de vida hasta que Trenton te besó y de repente te compró boleto para California…

—Mañana hablamos, Ray.

—Trenton se pasó por el Red Door esta noche. Daba penita verle.

—¿Sí? ¿Y se fue con alguna chica? —Asomé la cara por encima de la almohada.

Raegan titubeó.

—Justo antes de que diésemos el último aviso. Iba ciego.

Asentí y dejé caer la cabeza para hundir la cara en la almohada.

—Pues… díselo —dijo ella en tono de súplica—. Cuéntale lo de T. J.

—Es que no puedo —respondí yo—. Y tú tampoco. Me lo prometiste.

—Sigo sin entender a qué viene tanto misterio.

—Ni falta que hace —repuse yo, mirándola con la cabeza levantada para fijar la vista en sus ojos—. Solo tienes que guardar el secreto.

Raegan asintió.

—Ok.

Prácticamente acababa de cerrar los ojos, o eso me pareció, cuando Raegan me zarandeó para despertarme.

Gruñí.

—¡Que vas a llegar tarde al trabajo, Cami! ¡Mueve el culo!

Yo me quedé como una estatua.

—Acabas de cogerte dos días libres casi sin avisar. ¡Cal te va a echar! ¡Que te levantes! —Me asió por un tobillo y tiró de mí hasta que me caí de la cama con un buen golpe.

—¡Ay! ¡Mierda, Ray!

Ella se inclinó sobre mí.

—¡Son las once y media! ¡Arriba!

Miré el reloj y, levantándome de un brinco, me puse a correr como loca por mi cuarto soltando maldiciones cada dos por tres. Me cepillé los dientes a toda prisa, me hice un moño rápido y me puse las gafas. El Pitufo también se hizo el remolón y, antes de arrancar por fin, lanzó un gañido como si fuese un gato moribundo.

El reloj de la pared del Skin Deep indicaba las 12:07 cuando crucé la puerta. Hazel estaba ya atendiendo una llamada y Calvin, a su lado, miraba con cara de pocos amigos.

—¿Pero qué mierda te has puesto? —preguntó.

Miré mi indumentaria: mis jeans pitillo de color ciruela y una camiseta de manga larga con estampado de rayas horizontales negras.

—Ropa.

—Te contraté para que fueses la tía buenota que atiende a los clientes y vienes que pareces mi prima Annette. ¿De qué va ese look? —preguntó a Hazel.

—Hipster —dijo ella, interrumpiendo fugazmente la conversación telefónica.

—Ya. Pues como mi prima Annette la hipster. El próximo día que vengas quiero ver escote y pelos sexis —me espetó, señalándome primero con un dedo y luego con dos.

—¿Y qué mierda son los pelos sexis? —repliqué yo.

Calvin se encogió de hombros.

—Pues ya sabes. Revuelto, pero sexi. Como si acabases de coger.

Hazel colgó el auricular con fuerza.

—Todo lo que sale por tu boca es ofensivo. ¿Tía buenota? ¿Escote? ¡Tú lo que eres es un caso judicial de acoso sexual, con patas!

Calvin no se amilanó.

—¿Es por mi calzado? —pregunté y bajé la vista para mirarme mis botas favoritas, unas negras de estilo militar.

—¡Es el pañuelo! —exclamó él, señalándome con cuatro dedos ya—. ¿De qué sirve tener un buen par de tetas si luego vas y te las tapas?

Hazel sonrió.

—Pues es un pañuelo bien mono. Yo necesito uno negro como ese.

Calvin arrugó la frente.

—¡De mono nada! ¡Yo no quiero monerías! ¡Yo contraté a una camarera de bar de copas que era sexi y original y me encuentro con una hipster con moño y cero tatuajes! Que te cojas días libres y que te presentes cuando te viene en gana, pase, pero no me hace ni puta gracia que te pasees por aquí con la piel como una paleta limpia. ¡No queda nada bien que tus propios empleados no se fíen de ti para que les tatúes!

—¿Has acabado ya? —dijo Hazel con tono y expresión totalmente neutros. Entonces, me miró y dijo—: Le ha venido la regla esta mañana.

—¡Vete a la mierda, Hazel! —exclamó Calvin, y se fue muy enfadado a su despacho.

—¡A la mierda te irás tú! —chilló ella.

Calvin asomó la cabeza por la esquina del pasillo.

—¿Ha llegado Bishop?

—¡Maldita sea, Cal, no! Por tercera vez hoy: ¡no ha llegado! —Calvin asintió y volvió a desaparecer. Hazel arrugó el cejo medio segundo y se volvió hacia mí con una sonrisa.

—Creo que hoy le voy a enseñar mis dedos. Podría calmarle los ánimos.

—Ni hablar —respondió ella—. Déjale que bulla a fuego lento. —Permaneció callada un minuto, durante el cual se hizo evidente que andaba tramando algo. Entonces, me dio con el codo y dijo—: Bueno. California.

—Sí —contesté, y ladeé la cabeza para sacar la correa del bolso por encima de ella. Entonces, lo arrojé encima del mostrador e introduje mi usuario y contraseña en la computadora—. Sobre ese tema…

La musiquilla de la puerta sonó y Trenton entró en el local. Llevaba un abrigo azul marino, supergrueso, y una gorra blanca sucia con la visera tan bajada encima de los ojos que no se le veían.

—Buenos días, señoritas —dijo, y pasó por delante de nosotras sin detenerse.

—Buenos días, sol —le saludó Hazel, siguiéndole con la mirada.

Él se metió en su taller y Hazel me lanzó una mirada.

—Le has dejado para el arrastre.

Suspiré.

—No fue mi intención.

—Le va bien. Ningún hombre debería conquistar a todas las mujeres que se le antojen. Así el grado de cerdismo se mantiene a niveles aceptables.

—Voy a… —dije, señalando hacia el pasillo. Hazel asintió.

Trenton estaba entretenido preparando su máquina cuando entré en su taller. Crucé los brazos y me apoyé en el quicio de la puerta, mientras él me ignoraba. Durante los primeros minutos su actitud me pareció aceptable. Pero luego empecé a sentirme estúpida.

—¿Alguna vez vas a volver a dirigirme la palabra? —le pregunté.

Él mantuvo la mirada clavada en su máquina y tras una breve risa respondió:

—Pues claro que sí, muñeca. Voy a dirigirte la palabra. ¿Qué hay?

—Calvin dice que tengo que llevar más tatuajes.

—¿Y tú quieres más?

—Solo si me los haces tú.

Aun así no me miró.

—Pues no sé, Cami, tengo el día bastante ocupado.

Me lo quedé mirando un ratito mientras él se afanaba organizando envoltorios blancos llenos de diversos utensilios esterilizados.

—Un día de estos. No tiene por qué ser hoy.

—Claro, muy bien. No hay problema —dijo él, rebuscando dentro de un cajón.

Transcurrido otro minuto más durante el cual Trenton siguió actuando como si yo no estuviera allí, regresé al vestíbulo. Me había dicho la verdad. Tenía un cliente detrás de otro. Pero solamente se acercó al mostrador una vez, cuando tuvo un hueco libre, y solo para charlar un momento con un posible cliente. El resto del día no salió de su taller o bien cruzó al despacho de Calvin para hablar con él. A Hazel no parecía preocuparle su manera de comportarse, pero ella nunca parecía alterarse por nada.

Esa noche Trenton no apareció por el Red Door y al día siguiente tuvimos otras seis horas de la Operación Ignoremos a Cami, como sucedió también el día siguiente a ese y así uno tras otro durante tres semanas. Yo dediqué mucho más tiempo a preparar trabajos y estudiar. Y dado que Raegan pasaba más horas con Brazil, di gracias cuando de pronto se presentó Coby a verme un lunes por la mañana.

En la bara del desayuno, entre él y yo, había dos cuencos iguales llenos de humeante sopa de pollo con fideos chinos.

—Tienes mejor aspecto —dije.

—Es que me siento mejor. Tenías razón: con un programa ha sido más fácil.

—¿Qué tal va todo en casa? —pregunté.

Coby se encogió de hombros.

—Igual.

Pesqué algunos fideos largos que flotaban en mi cuenco.

—No va a cambiar nunca y lo sabes.

—Sí. Solo pretendo reunir mis cachivaches para poder independizarme.

—Buena idea —dije, llevándome la cuchara a la boca.

—Vamos al sofá y nos tomamos la sopa viendo una peli —propuso Coby.

Asentí. Coby dejó mi cuenco de sopa a su lado encima del sofá mientras yo rebuscaba entre las cajas de los DVD. De pronto me quedé sin aliento al encontrarme con *La loca historia…* Trenton la había dejado en mi casa la última vez que la habíamos visto.

—¿Qué? —preguntó Coby.

—Trent se dejó una peli.

—¿Dónde ha estado últimamente? Pensé que estaría aquí.

—Pues es que… ya no viene por aquí, la verdad.

—¿Han cortado?

—Solo éramos amigos, Coby.

—Eso solo lo piensas tú.

Levanté la vista hacia él y, caminando pesadamente en dirección al pequeño sofá de dos plazas, cogí mi cuenco de sopa y me senté al lado de mi hermano.

—No me quiere.

—Antes te quería.

—Pues ya no. Lo he jodido todo.

—¿Cómo?

—No quiero hablar de eso, la verdad. Es una historia muy larga y aburrida.

—Nada que tenga que ver con los Maddox es aburrido. —Se llevó una cucharada de sopa a la boca y luego esperó. Cuando estaba limpio era otra persona. Se interesaba por las cosas. Escuchaba.

—Pues habíamos estado viéndonos prácticamente a diario.

—Esa parte la conozco.

Suspiré.

—Él me besó. Yo me cagué de miedo. Y luego me dijo que me quería.

—Dos cosas horrorosas, malísimas —dijo él, asintiendo.

—No te pongas paternalista conmigo.

—Perdón.

—Sí que son cosas malísimas. Cuando le conté a T. J. lo del beso, me sacó boleto para California.

—Tiene toda la lógica del mundo, desde el punto de vista de un hombre.

—Trent me suplicó que no fuese. En el aeropuerto me dijo que me quería y yo me marché. —Al rememorar la escena, los ojos se me llenaron de lágrimas. Entonces recordé la cara que había puesto Trenton—. Durante los días en California T. J. y yo nos dimos cuenta de que nos queríamos pero que sencillamente no había manera de que lo nuestro funcionase.

—¿O sea que rompieron?

—Más o menos. En realidad no.

—Venga, Camille. Que ya somos mayorcitos. Si eso era lo que se daba a entender…

—Qué más da —dije, mientras empujaba un taquito de zanahoria por la sopa—. Trent apenas me dirige la palabra. Me odia.

—¿Le has contado lo que pasó en California?

—No. ¿Qué le iba a decir: «T. J. no me quiere, así que ya puedo ser tuya»?

—¿Se trata de eso?

—No. Es decir, más o menos sí. Pero Trenton no es un clavo que vaya a sacar otro clavo. No quiero que se sienta así. Y aunque de alguna manera me perdonase, siempre estará la cuestión de que sería una absoluta cagada pasar de los brazos de uno a los brazos del otro.

—Ya son mayorcitos, Cami. Sabrán entenderlo.

Terminamos de comer en silencio. Entonces, Coby recogió los cuencos y los lavó en el fregadero.

—Tengo que marcharme. Solo quería traerte esto. —Sacó un cheque de su billetera.

—Gracias —dije. Y al ver la cantidad que había escrito, los ojos se me salieron de las órbitas—. No hacía falta que me lo devolvieras todo de golpe.

—He conseguido un segundo trabajo. Así no voy con retraso en los pagos.

Le abracé.

—Te quiero. Estoy superorgullosa de ti y me alegro un montón por ti, porque te va a ir genial.

—Nos va a ir genial a todos. Ya lo verás —dijo con una sonrisita.

El sábado siguiente Trenton llegó una hora tarde a Skin Deep, con la cara colorada, turbado. La camioneta de su padre se había estropeado y él había intentado arreglarla y dejarla lista de nuevo. No fue muy explícito; al igual que con todo lo demás en lo que a él se refería desde mi viaje a California, tuve que preguntarle a Hazel para enterarme.

A finales de la primera semana de noviembre T. J. solo me había llamado un día para contarme que había venido por algo de trabajo pero que no iba a poder pasarse a saludarme. Y Trenton y yo apenas habíamos cruzado una palabra. Él había ido al Red Door un puñado de veces y había pedido sus copas a Raegan, Blia y Jorie, y todas las noches justo antes del último aviso se le podía ver saliendo del local con una chica diferente.

Yo intenté seguir comportándome como siempre en Skin Deep. Estrictamente, no necesitaba ese segundo trabajo. Pero me gustaba trabajar allí y el dinero extra me venía bien. Además, me gustaba ver a Trenton, demasiado como para renunciar. Aunque él me ignorase.

Engañar a Calvin era fácil pero Hazel se daba cuenta de todo. Después de pasar un rato en el taller de Trenton, salía y me guiñaba un ojo. Yo no estaba segura de si lo hacía para tranquilizarme y darme ánimos o si era porque pensaba que compartíamos información privilegiada, una información de la que yo no tenía ni puta idea.

Sonó el carillón de la puerta y aparecieron Travis y Shepley.

—Qué hay, chicos —les saludé. Y sonreí.

—¿Es que prestas tu belleza a todos los antros de la ciudad? —me preguntó Travis, disparándome su sonrisa más seductora.

—Alguien está de buen humor —señalé—. ¿Qué se les ofrece, chicos?

—No preguntes —dijo Shepley. Él desde luego no estaba de buen humor.

—Quiero hacerme unos tatuajes. ¿Dónde se mete el mierda de mi hermano?

Trenton asomó la cabeza por la puerta de su taller.

—¡Cabronazo!

Yo apunté a Travis en la hoja de registro y él firmó los formularios, hecho lo cual los hermanos Maddox se marcharon juntos al taller de Trenton.

—¡Vamos, hombre, no me jodas! —exclamó Trenton, y soltó una sonora carcajada—. ¡Pero qué nenaza eres!

—¡Cierra el pico, mamón, y dale!

Hazel fue por el pasillo hasta la puerta de Trenton. Al instante ya estaba riéndose también. La máquina tatuadora comenzó a zumbar y durante toda la hora siguiente las risas y los improperios cariñosos llenaron el taller de Trenton.

Cuando volvieron a reunirse en el mostrador de la entrada, Travis llevaba la muñeca vendada. Estaba exultante. Shepley no.

—Esto lleva años jodiéndome —gruñó.

Trenton dio una palmada y agarró a Shepley por los hombros.

—Venga, Shep. Saldrá bien. Travis obrará su magia y a Abby le parecerá estupendo.

—¿Abby? ¡Yo me refería a América! —repuso él—. ¿Y si se enoja porque no me tatué su nombre? ¿Y si a Abby no le parece estupendo, deja a Travis y luego la lía entre Mare y yo? ¡Estoy jodido!

Los hermanos soltaron una carcajada y Shepley se burló de ellos. Era evidente que su falta de empatía no le hacía la menor gracia.

Trenton sonrió a su hermano pequeño.

—Me alegro por ti.

Travis no pudo contener la gran sonrisa que le iluminó la cara entera.

—Gracias, cabronazo. —Los dos fueron a darse uno de esos abrazos de hombres en los que tocan hombro con hombro. Travis y Shepley salieron, se montaron en el Charger y se marcharon.

Cuando Trenton se volvió, estaba sonriendo. Pero nada más cruzar su mirada con la mía, la sonrisa se esfumó y él regresó a su taller.

Me quedé a solas, sentada ante la mesa de la recepción. Les oía susurrar a Hazel y a él. Me levanté y me dirigí a su taller. Él estaba limpiando la silla con un trapo, y Hazel, que se había sentado, se irguió mucho, buscó con la mirada los ojos de Trenton y a continuación me miró a mí como para indicar que acababa de entrar.

—¿Qué cuchicheaban? —pregunté, intentando sonreír.

—Mi siguiente cliente venía ya, ¿verdad? —preguntó Hazel.

Yo miré la hora en el relojito metálico de la pared.

—En once minutos. Trenton, tú no tienes ninguna cita ahora mismo. Exceptuando alguna que otra interrupción, sería un buen momento para empezar a dibujar ese tatuaje del que hablamos.

Él me miró sin dejar de limpiar con el trapo y entonces movió la cabeza en señal de negación.

—Hoy no puedo, Cami.

—¿Por? —pregunté yo.

Hazel salió discretamente y nos dejó a solas.

Trenton estiró un brazo para meter la mano en el tarro de caramelos que había encima del aparador más próximo a donde estaba. Quitó el envoltorio de un pequeño bombón y se metió el dulce en la boca.

—Jason comentó que igual se pasaba esta tarde más o menos a esta hora si salía a tiempo del entrenamiento.

Arrugué la frente.

—Di que no quieres y ya está, Trent. No mientas. —Me fui de allí, y me senté en el taburete de detrás del mostrador de la entrada, enfurruñada. No habían pasado ni diez minutos cuando una camioneta estacionó en la zona de estacionamiento y Jason Brazil entró por la puerta como una exhalación.

—¿Trent está libre? —preguntó.

Yo hundí los hombros y me recosté en el taburete. A medida que la abrasadora adrenalina de pura humillación me recorría las venas, sentí que la cara empezaba a arderme como si se hubiese prendido.

—¿Estás bien? —preguntó Brazil.

—Sí, sí —respondí—. Está ahí dentro.

Trenton se pasó días ignorándome. Pero después de aquello yo no me atrevía a hacerle frente. Me resultaba especialmente doloroso porque su relación con Hazel no había variado y cuando iba al Red Door estaba más que parlanchín con Raegan. Estaba haciéndome el vacío con toda deliberación, y me sacaba de mis casillas.

El segundo sábado de noviembre Trenton entró a solas en el Red Door y tomó posesión de su nuevo taburete favorito, delante de Raegan. Ella estaba atareada charlando con su cliente fijo, Marty. Sin embargo, Trenton aguardó pacientemente, sin mirarme ni una sola vez para que le sirviera una copa. Me hundí en la miseria. A raíz de esas últimas semanas pululando alrededor de Trenton, había aprendido a valorar el sufrimiento que tenía que vivir Kody cada noche, de miércoles a domingo, desde que Raegan y él habían cortado. Miré a Kody y vi que él a su vez lanzaba una mirada hacia Raegan con semblante triste. Era un gesto que repetía cientos de veces cada noche.

Mi cliente fijo, Baker, tenía delante una jarra llena, empañada por el frío. Así pues, me dirigí a la zona de la barra de Raegan, destapé una botella de la cerveza favorita de Trenton y se la tendí.

Él movió la cabeza arriba y abajo y estiró el brazo para cogerla. Pero entonces, sin saber muy bien por qué, yo retiré la botella rápidamente.

Los ojos de Trenton subieron una milésima de segundo para mirar los míos, con una mezcla de susto y extrañeza en la cara.

—Vale, Maddox. Ya van cinco semanas.

—¿Cinco semanas de qué? —preguntó Trenton.

—¡Una Miller Sin! —pidió un tipo, detrás de Trenton. Yo acusé recibo de la comanda moviendo levemente la cabeza en señal de afirmación y a continuación bajé el mentón para mirar bien a Trenton, cruzando los brazos, con su botella de cerveza amorosamente cogido en el pliegue de uno de ellos.

—Pues cinco semanas de teatro —dije.

Trenton miró atrás, moviendo la cabeza a un lado y otro, y luego a todas partes menos a mí. También meneó un par de veces la cabeza.

—No sé de qué me estás hablando.

—Va. O sea, que me odias. —Mis propias palabras me parecieron veneno saliendo de mi boca—. ¿Quieres que deje Skin Deep?

—¿Qué? —repuso él, mirándome al fin por primera vez en semanas.

—Puedo marcharme, si es lo que necesitas.

—¿Por qué ibas a marcharte? —preguntó él.

—Responde tú primero a mi pregunta.

—¿Cuál?

—¿Me odias?

—Cami, yo no podría odiarte nunca. Aunque quisiera. Créeme, lo he intentado.

—Entonces, ¿por qué no me hablas?

Su rostro se contrajo en una mueca de desagrado. Iba a decir algo pero cambió de parecer, encendió un cigarrillo y dio una calada.

Yo se lo quité de los dedos y lo partí en dos.

—¡Venga ya, Cami!

—Lo siento, ¿va? ¿Podemos al menos hablarlo?

—¡No! —respondió él, exaltándose por momentos—. ¿De qué mierda serviría?

—Vaya. Gracias.

—Cami, fuiste tú quien me dio la espalda.

—Y no merezco que me hables, ya entiendo. Mañana avisaré a Cal de que me voy.

El rostro de Trenton se contrajo.

—Eso es una idiotez.

—Los dos lo estamos pasando de puta pena. A mí no me hace más gracia que a ti pero lo que es de tontos es tener que estar cerca el uno del otro si no es necesario.

—Muy bien.

—¿Muy bien? —No estaba segura de lo que había esperado oír de él, pero no era eso precisamente. Traté de tragar saliva para deshacer el nudo que se me había formado en la garganta. Sin embargo, solo conseguí que se hiciese más grande y que se me saltaran las lágrimas.

Él estiró un brazo hacia mí.

—¿Me das ya mi cerveza, por favor?

Incrédula, solté un «¡Ja!», y añadí:

—Querías ver mi reacción cuando me besaste y la has tenido.

—Si hubiese sabido que unas horitas después te montarías en un avión a California para ir a coger con otro, me lo habría pensado.

—¿De verdad quieres que llevemos la cuenta de quién ha cogido con quién últimamente? —Deposité su cerveza en la barra y me volví para regresar a mi zona.

—¡Estoy tratando de llevarlo como puedo!

Me volví hacia él.

—¿Sí? ¡Pues lo estás haciendo como el culo!

Raegan nos miró atentamente, al igual que todas las personas que se encontraban a distancia suficiente para oír nuestros gritos.

—¡Ya viste a Travis en Halloween! ¡Está completamente enamorado de esa chica! La chava se fue a la mañana siguiente de que se acostara con ella por primera vez, sin decir ni adiós, y él se agarró a palos con su maldito apartamento. Créeme, a mí también me encantaría poder atizar algo o a alguien. Pero no me puedo permitir ese lujo, Cami. ¡Yo tengo que mantener el control! ¡Y no necesito que me juzgues por lo que hago para poder dejar de pensar en ti!

—No te inventes excusas. Y menos si son excusas baratas. Resulta ofensivo.

—Tú… Yo… ¡Carajo ya, Camille! ¡Creía que eso era lo que querías!

—¿Por qué iba yo a querer eso? ¡Eres mi mejor amigo! —Noté que una lágrima me rodaba por la mejilla y rápidamente me la sequé.

—¡Porque has vuelto con ese idiota cabrón de California!

—¿Que he vuelto con él? ¡Si te diera la gana de hablar conmigo, podríamos aclarar esto! Podríamos…

—Ahora me dirás que nunca has estado con él —farfulló él, y cogió bruscamente la botella de encima de la barra para darle un trago. Entonces murmuró algo más entre dientes.

—¿Qué? —le espeté.

—He dicho que por mí genial si lo que quieres es ser su plan B.

—¡Una Miller Sin, Cami! —volvió a exclamar el tipo de antes, esta vez no tan pacientemente.

Taladré a Trenton con la mirada.

—¿Plan B? ¿Ahora me estás tomando el puto pelo? ¡Si todo lo que manejas tú son planes B! ¿Con cuántos de esos te has marchado de aquí en el último mes?

Las mejillas de Trenton se pusieron rojas. Se levantó y, dando un puntapié hacia atrás, mandó el taburete casi hasta la pista de baile.

—¡Tú no eres ningún puto plan B, Cami! ¿Por qué permites que alguien te trate como si lo fueras?

—¡No está tratándome como nada de nada! ¡Hace semanas que no hablo con él!

—Ah, entonces, ahora que te ignora, soy lo bastante bueno para ser tu amigo, ¿no?

—¡Discúlpame, creía que ya éramos amigos!

—¡Una Miller Sin! ¿Quiere alguna de ustedes atenderme de una puta vez? —exclamó de nuevo el tipo de antes.

Trenton se volvió hacia él y señaló hacia su cara.

—Vuelve a dirigirle así la palabra y te meto un puñetazo.

El chico, poniendo una sonrisa ladina, fue a replicar algo pero Trenton no le dio oportunidad. Se abalanzó sobre él, aga-rrándole por el cuello de la camisa. Cayeron los dos al suelo y ya no pude verlos. Rápidamente la gente se apiñó alrededor del lugar donde habían caído y al cabo de unos segundos el público de Tren-ton se estremeció al unísono, tapándose la boca y lanzando un «¡Oh!».

A los pocos segundos Kody y Gruber se echaron encima de ellos. De pronto, Trenton ya estaba en pie y con cara de no haber participado en una pelea en su vida. Ni siquiera jadeaba. Regresó a la barra, donde le esperaba su botella, y dio un sorbo. Tenía la camiseta algo desgarrada a la altura del cuello, y este y la mejilla salpicados de un poco de sangre.

Gruber forcejeó con la víctima de Trenton para sacarlo por la puerta lateral y Kody se quedó al lado de Trenton, sin resuello.

—Perdona, Trent. Ya conoces las normas. Tengo que pedir-te que abandones el local.

Trenton asintió una vez, dio un último sorbo y se marchó. Kody se fue con él al exterior del local. Yo abrí la boca para lla-marle, pero no tenía muy claro qué más podía decir.

Raegan, acercándose, simplemente dijo:

—¡Qué fuerte!

Capítulo 15

Me temblaban las manos y, sin ningún motivo ni excusa, giré el volante de mi Pitufo para meterme en el acceso a la vivienda de Jim Maddox. Las calles estaban cubiertas de aguanieve y hielo y había sido un disparate coger el coche, pero cada calle que tomaba iba acercándome a Trenton. Apagué las luces para que no iluminasen la fachada principal de la casa y a continuación apagué el motor y dejé que el Jeep se deslizase hasta detenerse.

Se oyó el tono de mi teléfono. Quien llamaba era Trenton, que quería saber si ese Jeep que había en su acceso era el mío..., como si hubiese podido ser de otra persona. Cuando confirmé sus sospechas, se abrió la puerta con pantalla y Trenton bajó los escalones. Llevaba puestas unas pantuflas peludas y pantalones cortos de baloncesto de color azulón, y había cruzado los brazos para cubrirse el torso desnudo. Tenía los hombros y el pecho totalmente cubiertos de tatuajes negros de trazo muy grueso, diseños étnicos que le recorrían toda la piel. Otros tatuajes a color, de formas diversas, iban superponiéndose a medida que descendían por sus brazos y se interrumpían abruptamente al llegar a las muñecas.

Se detuvo al lado de mi ventanilla y aguardó a que la bajase. Se recolocó la gorra blanca de béisbol y apoyó las manos en las caderas, esperando a que yo dijese algo.

Mis ojos recorrieron sus marcados músculos pectorales y entonces bajaron para contemplar apreciativamente los seis abdominales bellamente trabajados.

—¿Te he despertado? —pregunté.

Él negó con la cabeza.

—Acabo de salir de la bañera.

Me mordí un labio, tratando de pensar en algo que decir.

—¿Qué haces aquí, Cami?

Yo miré hacia delante y, meneando la cabeza, apreté los labios antes de contestar.

—No tengo ni idea.

Él cruzó los brazos en el borde de mi puerta y se apoyó para bajar un poco la cabeza.

—¿Y te importaría averiguarlo? Aquí fuera hace un frío de mierda.

—¡Oh! ¡Dios! Perdona —dije, al tiempo que ponía en marcha el Pitufo. Y encendí la calefacción—. Monta.

—Échate a un lado —dijo él.

Repté por encima de la palanca de cambios y de la consola y reboté al caer encima del asiento del acompañante. Trenton se montó en el coche de un brinco, cerró la puerta y subió la ventanilla hasta dejar solo una rendija.

—¿Tienes tabaco? —preguntó. Le tendí mi cajetilla y él sacó dos cigarrillos, encendió los dos y me dio uno.

Yo di una calada, exhalé el humo y me quedé mirándole hacer lo mismo. La tensión era más densa que el humo que ascendía formando volutas entre los dos. Empezamos a oír el tintineo de trocitos de hielo al chocar contra las ventanillas y la estructura metálica del Pitufo. Entonces, el cielo se resquebrajó por completo y el sonido del hielo dando golpecitos contra el vehículo se hizo más intenso.

—Tenías razón. Es verdad que me llevé a casa a algunas chicas —dijo Trenton, alzando la voz en medio del ruido del chaparrón de granizo—. Algunas más que las que viste en el Red Door.

—No hace falta que me lo cuentes.

—Necesitaba dejar de pensar en ti. —Al ver que no decía nada, se volvió para mirarme de frente—. Pero aunque dejaba que una chica me rescatase de aquella tortura todas las noches de la semana, incluso estando con otra persona solamente podía pensar en ti.

—Eso no es precisamente un… halago —dije yo.

Trenton golpeó el volante con el filo de la muñeca y a continuación exhaló otro golpe de humo.

—¡No estoy tratando de halagarte! Creí que iba a volverme loco de tanto pensar en ti cuando te fuiste a California. Me juré que no te llamaría y que cuando volvieses aceptaría tu elección. Pero te has venido a mi casa en coche. Estás aquí. Y no sé cómo carajo tomármelo.

—Es solo que ya no quería seguir echándote de menos —respondí, sin saber muy bien qué más decir—. Es superegoísta, lo sé. No debería estar aquí. —Saqué todo el aire de mis pulmones de un soplido y me hundí todo lo que pude en el raído asiento del acompañante. Ser tan sincera me hacía sentir de lo más vulnerable. Era la primera vez que incluso para mí misma admitía lo que acababa de decir.

—¿Qué mierda significa eso?

—¡No lo sé! —exclamé—. ¿Alguna vez has querido algo que sabes que no deberías tener? ¿Que era un error, lo miraras por donde lo miraras, y aun así supieras que lo necesitabas? A mí me gustaba donde estábamos, Trent. Pero entonces tú… Ya no podemos dar marcha atrás.

—Vamos, Cami. Yo no podía continuar así.

—Sé que la situación era injusta para ti. Para todo el mundo menos para mí, a decir verdad. Pero aun así yo echo de menos aquello, porque era preferible a las alternativas, o sea: o estaba contigo de manera engañosa, o te perdía completamente —expliqué, y me sequé la nariz. Abrí la puerta, apagué el cigarrillo en el quicio y tiré la colilla en el suelo del coche—. Lo siento. Ha sido una estupidez. Me voy. —Me disponía a salir a la acera cuando Trenton me asió del brazo.

—Cami, espera. Lo que dices no tiene ni pies ni cabeza. Primero vienes, ahora te vas. ¿Si no hubiese... eso, lo que sea..., qué harías?

—¡Ja! —exclamé como queriendo reírme, aunque sonó más bien a llanto—. Te di la espalda en el aeropuerto y me marché. Y después me pusé los dos días siguientes lamentando haberme ido.

Una chispa de felicidad iluminó su mirada.

—Entonces vamos a...

—Pero no es solo eso, Trenton. Me gustaría poder decírtelo para quitármelo de dentro, pero no me sale.

—No hace falta que me lo digas. Si necesitas que te diga que no me hago mala sangre por algo que ni siquiera sé qué es, te lo digo. Me importa un comino —repuso, y sacudió la cabeza.

—No puedes decir eso. No lo dirías si supieras...

—Sé que hay algo que quieres decirme y no puedes. Y si sale más adelante, sea lo que sea, yo ya he optado por seguir adelante sin saberlo. Va de mi cuenta.

—En el caso de cualquier otro tema, eso bastaría.

Trenton tiró el resto de su cigarrillo por la ventanilla.

—Eso no tiene ningún sentido. Ninguno.

—Lo sé. Perdona —respondí yo, conteniendo las lágrimas.

Trenton se frotó la cara. Estaba algo más que frustrado.

—¿Qué quieres de mí? Te digo una y otra vez que me importa una mierda ese secreto. Te estoy diciendo que quiero estar contigo. No sé qué más decir para convencerte.

—Tienes que ser el que corte de los dos. Dime que me vaya a la mierda y acaba con esto. Dejaré Skin Deep, y tú buscarás otro bar de copas. Yo no puedo... Tienes que ser tú.

Él negó con la cabeza.

—Soy el que buscas, Cami. Estoy hecho para ti. Lo sé porque la que yo busco eres tú.

—Eso no me ayuda nada.

—¡Genial!

Le observé, suplicándole con la mirada. Anhelar que alguien me partiese el corazón era un sentimiento de lo más raro. Pero cuando comprendí que él iba a ser tan cabezota como yo estaba siendo débil, se activó un interruptor dentro de mí.

—Muy bien, va. Lo haré. No me queda otra. Es mejor eso, que luego me odies. Mejor que permitir que hagas algo que yo sé que no estaría bien.

—No sabes lo harto que estoy de todos estos misterios. ¿Sabes lo que opino yo sobre lo que está bien y lo que no está bien? —preguntó. Pero antes de que me diese tiempo a responder, me cogió la cara con las manos y pegó los labios a los míos.

Inmediatamente abrí la boca y dejé que entrase su lengua. Él se aferró a mí, me cubrió el cuerpo con las manos, tocándome por todas partes como si no pudiese saciarse de mí, y entonces estiró un brazo para accionar la palanca del asiento. El respaldo fue abatiéndose lentamente y, al mismo tiempo, Trenton pasó por encima de la consola de mandos con un movimiento fluido. Sin separar su boca de la mía, cogió mis piernas a la altura de las rodillas y las encaramó alrededor de sus costillas. Yo apoyé los pies en el salpicadero y levanté las caderas hacia las de él. Él gimió sin apartar la boca de la mía. Sus pantalones de deporte no ocultaban su excitación y presionó su miembro erecto contra el punto exacto en el que ya deseaba que estuviera.

Sus caderas se movieron y se mecieron pegadas a las mías mientras él besaba y mordisqueaba mi cuello. Mis calzones se empaparon al momento, y cuando deslicé los dedos entre sus pantalones de deporte y su piel, sus besos se ralentizaron y finalmente cesaron.

Los dos estábamos jadeando, mirándonos a los ojos. Las ventanillas del Jeep estaban totalmente empañadas.

—¿Qué? —pregunté.

Él negó con la cabeza, miró abajo y entonces soltó una risa corta antes de levantar la vista para mirarme de nuevo a los ojos.

—Sé que después me arrepentiré, pero no pienso hacerlo en un coche, y menos aún con pantuflas peludas de estar por casa.

—Pues quítatelas —dije yo, dándole besitos por todo el cuello y un hombro.

Él medio tarareó, medio suspiró.

—Estaría siendo tan canalla como todos los cretinos que no te tratan como mereces. —Se apartó de mis labios y, dándome un último y dulce beso, añadió—: Voy a calentar el Intrepid.

—¿Por qué?

—No quiero que vuelvas a casa conduciendo esta chatarra. Y el Intrepid tiene tracción delantera. Se maneja mejor. Te acercaré el Jeep antes de que te despiertes mañana por la mañana. —Tiró de la manilla de la puerta y salió de un salto, corrió hasta la casa y al cabo de unos minutos volvió a salir, esta vez con zapatillas de deporte, sudadera con capucha y las llaves en la mano. Puso en marcha el motor del Intrepid y regresó corriendo al Pitufo, se montó y, frotándose las manos, exclamó:

—¡Mierda!

—Está helando —dije yo, asintiendo.

—No me refería a eso. —Me miró—. Es que no quiero que te vayas.

Sonreí y él estiró el brazo para rozarme los labios con el pulgar. Unos instantes después, salió del Pitufo a su pesar y se subió en su coche.

Si unas semanas antes había creído ser la mujer más feliz del mundo en la cama de T. J., estar sentada al lado de Trenton en su desvencijado Intrepid mientras me llevaba a casa era infinitamente mejor. Había dejado su mano sobre mi rodilla y durante todo el trayecto hasta mi departamento no dejó de sonreír de oreja a oreja.

—¿Estás seguro de que no quieres subir? —le pregunté cuando estacionó el coche.

—Sí —respondió, pero era evidente que no le hacía gracia su propia respuesta. Se inclinó hacia mí y me besó con los labios más aterciopelados del mundo, primero despacio y a continuación los dos comenzamos otra vez a tirar mutuamente de la ropa del otro. Los pantalones cortos de Trenton estaban en posición de firmes, y sus dedos se enredaron suavemente entre mis cabellos, pero en un momento dado se apartó—. Maldita sea —dijo, jadeando—. Antes te voy a invitar a una cita como es debido, aunque me muera.

Eché la cabeza hacia atrás con todo su peso, apoyándola en el reposacabezas, y clavé la vista en el techo, frustrada.

—Qué bien. A una chica cualquiera te la llevas a casa desde el Red Door a los tres cuartos de hora de conocerla, pero a mí me das carpetazo.

—Nena, esto no es darte carpetazo. Ni remotamente.

Le miré y las cejas se me juntaron. Quería fingir que no pasaba nada, que todo estaba bien y que era capaz de olvidar lo que sabía. Pero debía advertirle una última vez.

—No sé qué será esto. Pero sí sé que si supieras toda la historia, Trenton, te alejarías de mí sin volver nunca la vista atrás.

Él se apoyó también en el reposacabezas y entonces acercó su mano a mi mejilla.

—No quiero saber toda la historia. Solo te quiero a ti.

Sacudí la cabeza. Las lágrimas amenazaban con anegarme los ojos por tercera vez ese día.

—No. Mereces saberlo. Hay algunas cosas en esta vida que son muy frágiles… ¿Y tú y yo, Trent? Podríamos echarlo todo a perder.

Él negó con la cabeza.

—Cami, escúchame bien. Si se trata de una cosa que me impide estar contigo, ya sé qué es.

Le miré abriendo mucho los ojos y con el corazón en un puño, palpitándome más fuerte aún que el granizo que chocaba contra el parabrisas o el runrún del silenciador del Intrepid.

—Ah, ¿sí? ¿Y qué es?

—Es algo que se interpone entre nosotros. —Se inclinó sobre mí y me tocó la mejilla al tiempo que sus labios se posaban sobre los míos.

—Solo recuerda, después, que siento mucho lo que pase después de esto y que siento mucho que cuando te marchaste, tal como te pedí, no te dejé ir —dije.

—Ni me marcho ni me voy a marchar en el futuro. —Me miró fijamente y la final piel del contorno de sus ojos se tensó. Realmente creía lo que acababa de decirme e hizo que yo misma quisiera creerlo también.

Entré corriendo en mi departamento, cerré la puerta y me quedé apoyada de espaldas hasta que oí que el Intrepid se alejaba. Aunque era irresponsable y egoísta, en parte quise creer a Trenton cuando había dicho que eso que él ignoraba no tendría ninguna importancia.

Justo antes de que saliera el sol, y antes de que se me abrieran los ojos, sentí que algo cálido me recorría todo el cuerpo de la cabeza a los pies. Me desplacé apenas un centímetro hacia lo que quiera que fuese, tan solo para asegurarme de que la imaginación no estuviese jugándome malas pasadas.

Pestañeé varias veces, enfoqué la vista y distinguí una silueta en sombra, tendida a mi lado. El reloj de mi mesilla de noche indicaba las seis de la mañana. El cuarto estaba a oscuras, en silencio, como estaba siempre a esas horas. Pero en el instante en que se colaron en mi mente los recuerdos de esa misma madrugada, todo cambió.

Dios mío. ¿Qué había hecho? Se había pasado una frontera y desde allí no había vuelta atrás ni tampoco podría seguir adelante sin que hubiese consecuencias reales. Desde el día en que Trenton se había sentado en mi mesa en el Red Door, creí que sería capaz de lidiar con cualquier cosa que se le ocurriese intentar conmigo. Pero era como arenas movedizas: cuanto más me resistía, más me hundía.

Estaba en el borde mismo de la cama, así que intenté meterme unos centímetros. Sin éxito.

—¿Por qué estás en mi cama, Ray? —pregunté.

—¿Eh? —dijo Trenton con voz grave y pastosa.

Una sacudida convulsionó todo mi cuerpo y acabé por caerme de la cama dando un grito. Trenton corrió a asomarse por el borde para darme una mano, pero era demasiado tarde. Ya estaba en el suelo.

—¡Oh! ¡Mierda! ¿Estás bien?

Me senté con la espalda contra la pared y rápidamente me aparté el pelo de la cara. Entonces, en cuanto entendí lo que había pasado, aporreé el suelo con los dos puños a la vez.

—¿Qué mierda estás haciendo en mi cama? ¿Cómo has entrado en mi casa?

Trenton guiñó los ojos.

—Te traje tu Jeep hace como una hora. Casualmente, Brazil acababa de traer a Raegan a su casa y ella me abrió.

—Entonces acabas de… ¿meterte sigilosamente en mi cama? —Mi voz salió muy aguda, casi como un chillido.

—Dije que no iba a entrar en tu casa, pero entré. Y entonces me dije que me tumbaría a dormir en el suelo, pero no pude. Es que… tenía que estar cerca de ti. Estaba en la casa de mi padre sin poder pegar ojo. —Se inclinó y me tendió una mano. Sus músculos danzaron bajo la piel tersa y entintada de su brazo. Su mano asió con fuerza la mía y entonces tiró de mí para subirme a la cama junto a él—. Espero que te parezca bien.

—¿A estas alturas qué más da?

La mitad de la boca de Trenton se curvó hacia arriba. Estaba claro que le hacía gracia mi pataleta mañanera.

Raegan apareció corriendo por el pasillo como una posesa, con los ojos muy abiertos.

—¿Por qué gritas?

—¿Tú le abriste la puerta?

—Sí. ¿No hice bien? —preguntó, sin resuello. Tenía el pelo alborotado y restos de rímel debajo de los ojos.

—¿Por qué todos me preguntan cuando ya está todo hecho? ¡No, no hiciste bien!

—¿Quieres que me vaya? —preguntó Trenton, sonriendo aún.

Le miré, miré a Raegan y luego a él otra vez.

—¡No! ¡Pero no me hace ni pizca de gracia que te cueles en mi cama mientras duermo!

Raegan puso los ojos en blanco, se fue por el pasillo a su habitación y cerró la puerta.

Trenton me rodeó la cintura con un brazo, tiró de mi cuerpo para acercarme al suyo y hundió la cara entre mi nuca y la almohada. Yo permanecí quieta, mirando el techo, atrapada entre el deseo desesperado de enredar los brazos y las piernas con los suyos y la noción de que, a partir de ese momento, si hacía cualquier otra cosa que no fuese darle una patada en el culo y no volver a dirigirle nunca más la palabra, no podría echarle la culpa a nadie más que a mí.

Capítulo 16

Con una oreja pegada al teléfono, mientras Trenton me besaba y me lamía la otra, hice lo que pude para apuntar en la agenda una cita para un dibujo de tinta a las 15.30. Por lo general Trenton solía comportarse en el trabajo de un modo un poquito más profesional. Pero era domingo y la jornada avanzaba a paso de tortuga. Además, Calvin se había llevado a Hazel a comer para celebrar su cumple, por lo que Trenton y yo estábamos completamente solos.

—Sí. Ya te he apuntado. Gracias a ti, Jessica.

Colgué el teléfono y Trenton, sujetándome por las caderas, me levantó y plantó mi culo encima del mostrador. Enganchó mis tobillos a su espalda, a la parte inferior y, metiendo los dedos entre mis cabellos, me apartó la melena el espacio necesario para conseguir pista libre para recorrerme el cuello con la lengua hasta su lugar de destino: mi lóbulo. Entonces se metió en la boca ese pedacito carnoso de mi oreja y lo presionó delicadísimamente entre los dientes y la lengua. Eso se había convertido en mi pasatiempo favorito… de momento. Llevaba toda la semana torturándome con eso. Pero se resistía a desnudarme, o a tocarme en sitios interesantes, hasta que fuésemos juntos a cenar el lunes por la noche al salir de trabajar.

Trenton me estrechó hacia sí y presionó su pelvis contra mi cuerpo.

—Nunca en mi vida había esperado tan ansiosamente que llegase un lunes.

Sonreí, sin creérmelo del todo.

—No entiendo por qué te pones estas extrañas normas. Podríamos saltárnoslas a solo unos pasitos de aquí, en tu taller.

Trenton se lo imaginó y dijo:

—Oh. Lo haremos.

Giré la muñeca para ver la hora en mi reloj.

—No tienes a nadie hasta dentro de una hora y media. ¿Por qué no empiezas a dibujarme ese tatuaje de hombro del que hemos hablado?

Trenton reflexionó unos segundos.

—¿Las amapolas?

Me bajé del mostrador dando un saltito. Abrí un cajón y saqué el boceto que había hecho Trenton la semana anterior. Lo sostuve en alto para mostrárselo.

—Son preciosas y representan algo.

—Eso me lo dijiste. Pero no me has explicado lo que representan.

—Es de *El mago de Oz*. Te ayudan a olvidar.

Trenton hizo una mueca.

—¿Qué pasa? ¿Es una tontería? —repuse yo a la defensiva inmediatamente.

—No. Pero la conexión con el mago de Oz me ha recordado el nombre que le ha puesto la novia de Travis a Pillo.

—¿Cómo le ha llamado?

—Toto. Me dijo Travis que ella es de Kansas… Que por eso eligió esa raza de perro, en primer lugar. Y que si esto y que si lo otro…

—Estoy de acuerdo. Pillo era mejor.

Trenton entornó los ojos.

—¿De verdad quieres esas amapolas?

Yo respondí enfáticamente moviendo mucho la cabeza en gesto afirmativo.

—¿Rojas? —preguntó él.

Yo sostuve de nuevo en alto su dibujo.

—Como están aquí.

Él se encogió de hombros.

—Va, muñeca. Pues amapolas y no se hable más —sentenció y, cogiéndome de la mano, me llevó a su taller.

Mientras Trenton ultimaba los preparativos, yo fui desvistiéndome. Pero entonces él se detuvo el tiempo suficiente para ver cómo me quitaba la camiseta, sacándola por encima de la cabeza, y me bajaba el tirante izquierdo del sujetador negro de lencería que llevaba puesto. Meneó la cabeza y sonrió con picardía, divertido con el estriptís para todos los públicos que acababa de ofrecerle.

Cuando la máquina de tatuar comenzó a emitir su zumbido, yo ya estaba totalmente distendida, apoyada contra la silla. Sentir a Trenton tatuándome la piel me pareció una escena superíntima. El hecho de tenerle tan sumamente cerca de mí, su manera de tocar y estirar mi piel mientras iba trabajando, y su cara de concentración al tatuarme la piel para siempre con una de sus increíbles obras de arte, todo aquello era algo muy especial. El dolor que me producía era secundario.

Trenton estaba justamente terminando de trazar el dibujo base cuando Hazel y Calvin regresaron. Hazel entró en el taller de Trenton con una bolsa de papel en la mano.

—Les he traído un pedazo de tarta de queso —dijo y, viendo mi hombro, añadió—: ¡Carajo, eso va a quedar genial!

—Gracias —respondí yo, encantada.

—¿Tan poco movimiento ha habido? —preguntó Calvin—. Y supongo que no podías haber cogido la escoba, ¿no?

—Esto…, Cal, no está vestida —replicó Trenton, consternado.

—La chica no tiene nada que no haya visto antes —contestó él.

—A Cami no la habías visto antes. Fuera de aquí.

Calvin simplemente nos dio la espalda al tiempo que se cruzaba de brazos.

—¿Es que no puede ponerse a ordenar algo cuando no tenemos trabajo? Le pago por horas.

—Todo está ordenado, Cal —dije—. Y barrí. Y hasta limpié el polvo.

Trenton arrugó la frente.

—Despotricas porque no lleva tatuajes y ahora también la regañas porque estoy haciéndole uno. Aclárate, hombre. Calvin estiró mucho el cuello para mirar a Trenton, subió un lado del labio superior para enseñar un poco los dientes y acto seguido desapareció por la esquina del pasillo.

Hazel se rio por lo bajo. Era evidente que no le preocupaba nada que los chicos hubiesen tenido un enfrentamiento.

Una vez que Trenton hubo desinfectado la zona que ocupaba mi tatuaje, volví a subirme el tirante del sujetador —con mucho tiento— y a meterme la camiseta por la cabeza.

—Como sigas enfadándole, te va a despedir.

—Qué va —dijo Trenton mientras limpiaba y recogía su área de trabajo—. En el fondo me ama.

—Calvin no ama a nadie —intervino Hazel—. Está casado con su estudio.

Trenton entornó los ojos.

—¿Y Bishop, qué? Estoy casi seguro de que a Bishop sí lo ama.

Hazel puso los ojos en blanco.

—Te vendría bien dejar el tema.

Los dejé a solas y regresé al mostrador, donde percibí una vibración que salía del cajón donde guardaba el celular. Lo abrí lentamente y me fijé en la pantalla. Era Clark.

—¿Qué pasa? —preguntó Trenton apareciendo detrás de mí con un beso en una pequeña sección de mi hombro que no estaba ni irritada ni enrojecida por la aguja de tatuar.

—Es Clark. Le quiero mucho pero no estoy de humor para ponerme de mal humor, ¿entiendes?

Los labios de Trenton tocaron el filo de mi oreja.

—No tienes que contestar —dijo en voz baja.

Cogí el celular y, sosteniéndolo en la palma de la mano, di a rechazar llamada y a continuación tecleé un mensaje de texto.

En el trabajo. No puedo hablar. ¿Qué pasa?

Comida familiar. No te olvides.

No puedo hoy. Intentaré prox semana.

Mala idea. Papá está enfadado porque no viniste la semana pasada.

Pues eso.

Va. Les avisaré en unas horas.

Grcs.

La única cita que tenía Trenton fue también el único cliente que tuvimos en todo el día. El cielo estaba encapotado. El invierno amenazaba con vomitarnos encima de un momento a otro. Con una capa de dos centímetros y medio de hielo y aguanieve en el asfalto, no muchas personas se atrevían a hacer frente al mal tiempo. Como el estudio no estaba lejos del campus, normalmente veíamos un tráfico constante de coches en ambas direcciones. Pero con un tiempo tan horroroso, casi no pasaban vehículos.

Trenton estaba dibujando garabatos en una hoja de papel y Hazel se había tumbado en línea recta, en el suelo, delante del sofá marrón de cuero que había justo al lado de las puertas de la calle. Yo estaba redactando un trabajo para clase. Y Calvin aún no había salido de su despacho.

Hazel lanzó un suspiro teatral.

—Me voy. No aguanto esto.

—De eso nada, monada —gritó Calvin desde el fondo del local.

Un grito amortiguado escapó de la garganta de Hazel. Luego guardó silencio durante unos instantes y entonces, incorporándose rápidamente, me miró con un brillo especial en la mirada.

—Cami, déjame que te haga un piercing en la nariz.

Yo arrugué la frente y moví la cabeza en señal de negación.

—Antes muerta.

—Ay, venga, mujer. Te pongo un brillantito superminúsculo. Elegante y a la vez osado.

—Solo de pensar que me taladras la nariz se me llenan los ojos de lágrimas —repuse.

—¡Es que me muero de aburrimiento! ¿Porfa? —suplicó.

Miré a Trenton, parapetado tras su dibujo de lo que semejaba un trol.

—A mí no me mires. Es tu nariz.

—No te estoy pidiendo permiso. Solo quiero tu opinión —dije.

—Pues a mí me gusta —respondió.

Ladeé un poco la cabeza, impaciente.

—Entiendo, pero ¿duele?

—Sí —dijo Trenton—. Me han dicho que duele una barbaridad.

Reflexioné durante unos instantes y entonces miré a Hazel.

—Yo también estoy aburrida.

Su radiante sonrisa le llegó desde una oreja hasta la otra. Y las mejillas se le subieron tanto que los ojos se le quedaron en apenas dos rendijas.

—¿En serio?

—Vamos —dije, dirigiéndome ya a su taller. Ella se levantó del suelo como un cohete y vino conmigo.

Cuando ese día me marché de Skin Deep, llevaba en el hombro izquierdo un enorme dibujo en su fase inicial y un piercing en la nariz. Hazel tenía razón: era minúsculo, casi primoroso. A mí jamás se me habría ocurrido ponerme nada en la nariz, pero el resultado me encantó.

—Hasta mañana, Hazel —me despedí, dirigiéndome a la puerta.

—¡Gracias por evitar que me volviese loca, Cami! —exclamó ella, saludándome con la mano—. El próximo día que haya tan poco movimiento, te pongo dilatadores en las orejas.

—Eh… no —respondí yo, empujando la puerta para salir.

Nada más poner en marcha el Pitufo, Trenton apareció corriendo en mi puerta haciendo señas para que bajase la ventanilla. Entonces, metió la cabeza y me besó en los labios.

—¿Ni siquiera me ibas a decir adiós? —preguntó.

—Perdona —respondí—. Estoy un tanto desentrenada en estas cosas.

Trenton guiñó un ojo.

—Yo también. Pero no tardaremos mucho.

Entorné los ojos.

—¿Cuándo fue la última vez que tuviste novia?

La expresión de su semblante me resultó imposible de descifrar.

—Varios años. ¿Qué? —dijo él. Yo había bajado la vista y me había reído entre dientes, y entonces Trenton bajó el mentón para acercar más su cara y obligarme a mirarle a los ojos.

—Ni siquiera sabía que habías salido con una chica.

—En contra de la creencia popular, soy capaz de estar con una única mujer. Solo que ha de ser la mujer correcta.

La boca se me ladeó en una media sonrisa.

—¿Cómo es que yo no lo sabía? Es algo de lo que el campus entero hubiese estado hablando.

—Porque fue una novedad.

Reflexioné unos instantes y entonces los ojos se me abrieron como platos.

—¿Fue Mackenzie?

—Durante unas cuarenta y ocho horas —respondió Trenton. Desenfocó la mirada y al momento volvió a enfocarla rápidamente en mis ojos. Inclinándose hacia mí, me dio un besito en los labios—. ¿Nos vemos luego? —preguntó.

Yo asentí, subí la ventanilla y salí del estacionamiento dando marcha atrás. Quince minutos más tarde entraba en el del Red Door. En vista de que las calles no habían mejorado, me pregunté si el bar de copas estaría tan muerto como Skin Deep.

Todos los vehículos excepto el de Jorie estaban estacionados en batería, con un hueco libre entre los coches de los empleados y el coche de Hank. Entré corriendo por la puerta lateral y me froté las manos mientras me dirigía a toda prisa a mi taburete habitual, en la barra este. Hank y Jorie estaban al otro lado de la barra, abrazados y besándose más de lo habitual.

—¡Cami! —exclamó Blia, sonriendo.

Gruber y Kody estaban sentados juntos, mientras que Raegan ocupó el taburete que quedaba al otro lado de mí. Enseguida percibí que estaba muy callada, pero no me atreví a preguntar estando Kody tan cerca.

—Jorie, creía que no estabas —dije—. No he visto tu coche.

—Me ha traído Hank —respondió sonriendo con malicia—. Desde luego, compartir coche es un plus para organizarse bien.

Las cejas se me dispararon.

—¿En serio? —respondí, poniéndome de pie y abriendo los brazos de par en par—. ¿Dijo que sí? ¿Se han ido a vivir juntos?

—¡Sí! —exclamaron los dos al unísono. Y los dos se inclinaron por encima de la barra para abrazarse a mí.

—¡Bien! ¡Felicidades! —exclamé a mi vez, dándoles un abrazo a los dos. Mi cabeza estaba entre las suyas y, aunque los empleados del Red Door siempre habían sido para mí como una familia, me sentí más ligada a ellos que a mi verdadera familia.

Todos los demás les dieron también abrazos y los felicitaron. Debían de haber estado esperando a que yo llegara para anunciarlo, y de ese modo poder comunicarnos la noticia a todos a la vez.

Hank sacó varias botellas de vino, de las buenas de su alijo personal, y comenzó a servirnos copas. Estábamos todos felices. Todos excepto Raegan. Al cabo de un rato me senté a su lado y le di un codazo suave en el brazo.

—¿Qué pasa, Ray? —le pregunté en voz baja.

Ella esbozó una sonrisa.

—Bonito tatuaje.

—Gracias —dije, y volviendo la cara de perfil le mostré mi piercing—. También me he hecho esto.

—Mierda. A tu padre le va a dar un patatús.

—Suéltalo —dije.

Ella suspiró.

—Perdón. No quería fastidiar la fiesta.

Yo hice una mueca.

—¿Qué ha pasado?

—Pues que volvemos a las andadas —contestó, y los hombros se le hundieron—. Que Brazil anda muy ocupado. Que me ha dejado superclarito que prefiere estar con sus colegas de la fraternidad y en las fiestas del equipo de fútbol que conmigo. El mes pasado organizó la fiesta de cumpleaños de la tal Abby en su apartamento y ni siquiera me invitó. Me enteré anoche por Kendra

Collins. A ver..., ¿en serio? Nos hemos dicho de todo hoy. Y me ha soltado prácticamente el mismo rollo que la última vez.

Levanté una ceja.

—Pues eso es una mierda, Ray.

Ella asintió y bajó la mirada a sus manos, en el regazo, y entonces, apenas una milésima de segundo, miró a Kody. Soltó una risa corta, sombría.

—Mi padre adora a Brazil. En mi casa solo se oye decir —juntó las cejas y puso voz grave para imitar a su padre—: A Jason Brazil le aceptarían con los ojos cerrados en la Academia Naval. Jason Brazil tendría muchos puntos para ingresar en los SEAL, etcétera, etcétera, etcétera. Mi padre cree que Jason podría ser un buen militar.

—Yo no dejaría que eso me nublase el sentido. Puede que mandarle a la Academia Naval sea una buena manera de quitártelo de encima.

Raegan se echó a reír. Pero entonces una lágrima rodó por su mejilla y ella se apoyó en mi hombro. La rodeé con el brazo y la celebración que estaba teniendo lugar a media barra de distancia cesó de inmediato. Kody apareció al otro lado de Raegan.

—¿Qué ha pasado? —preguntó con una mirada de sincera preocupación.

—Nada —dijo ella, secándose rápidamente los ojos.

Kody pareció sentirse dolido.

—Me lo puedes contar, lo sabes. Sigue importándome verte mal.

—Pero no puedo hablar de esto contigo —insistió ella, y la cara se le contrajo de pena.

Kody apoyó el dedo pulgar de una mano bajo el mentón de Raegan y, levantándole la cara un poco, consiguió que ella alzara la vista para mirarlo a los ojos.

—Yo solo quiero que seas feliz. Es lo único que me importa.

Raegan contempló en silencio sus grandes ojos verdes y entonces se abrazó a su pecho. Él la estrechó contra sí, apoyando la palma de su mano de gigante delicadamente en su nuca, la besó en la sien y, sin decir ni una palabra, se quedó así, abrazándola simplemente.

Yo me levanté y volví con el resto, mientras Kody y Raegan tenían su momento de intimidad.

—Caramba carambita. ¿Eso significa que han vuelto? —me preguntó Blia.

Negando con la cabeza, respondí:

—No. Pero otra vez son amigos.

—Kody es un cielo —comentó Jorie—. Ella acabará dándose cuenta.

Mi celular vibró. Era Trenton.

—¿Hola? —respondí.

—El maldito Intrepid se niega a arrancar. No sé si podrías venir a buscarme al trabajo, ¿cómo lo ves?

—¿Terminas ahora? —pregunté, mirando mi reloj.

—Cal y yo hemos tenido una conversación.

—Va... Pero antes de entrar en mi turno de noche tengo que ir pitando a casa a cambiarme... —No oí nada al otro lado de la línea—. ¿Trenton?

—¿Sí? O sea, sí. Perdona. Es que estoy muy enojado. Tiene uno de esos motores de dos litros coma siete, y sabía que iba a... Pero no entiendes ni una palabra de lo que estoy diciendo, ¿no?

A pesar de que él no pudiera verme, sonreí.

—No. Pero allí estaré en quince minutos.

—Genial. Gracias, nena. Tómate tu tiempo. El asfalto se está poniendo peor.

Después de cortar la llamada bajé la vista y me quedé mirando mi celular, que sujetaba entre los dedos. Me encantaba cómo me hablaba. Los apelativos. Los mensajes de texto. La sonrisa que le formaba ese hoyuelo increíble en la mejilla izquierda.

Jorie me guiñó un ojo.

—Ese del teléfono tenía que ser un chico.

—Perdónenme, tengo que irme. Los veo a todos esta noche.

Me dijeron adiós todos a la vez, agitando las manos, y yo salí a paso ligero hacia el Pitufo. Por poco no me caí de culo en el suelo al intentar parar. Habían encendido el alumbrado de seguridad, unos focos muy altos cuyos haces de luz perforaban la oscuridad. La lluvia gélida, que me helaba los centímetros de piel que tenía al descubierto, repiqueteaba al chocar con las carrocerías de los coches estacionados. No me extrañó que Trenton hubiese dicho que el asfalto estaba poniéndose peor. No recordaba precipitaciones invernales así de abundantes tan al inicio de la estación.

Aunque el Pitufo se resistió un ratito antes de acceder a ponerse en marcha, a los pocos minutos de la llamada telefónica de Trenton estaba ya conduciendo cautelosamente en dirección a Skin Deep. Él me esperaba en la calle con su abultado abrigo azul, con los brazos cruzados delante del pecho. Se acercó hasta detenerse al lado de mi coche y aguardó, mirándome con cara de expectación.

Yo bajé la ventanilla hasta la mitad.

—¡Sube!

Él negó con la cabeza.

—Vamos, Cami. Ya sabes que se me hace raro.

—Corta el rollo —repliqué yo.

—Tengo que conducir yo —insistió él, tiritando.

—¿A estas alturas todavía no te fías de mí?

Él volvió a negar con la cabeza.

—No tiene nada que ver con fiarme de ti. Pero es que… no puedo. Se me cruzan los cables.

—Va, va —respondí yo, apartándome hacia un lado para pasar por encima de la consola hasta el asiento del acompañante.

Trenton abrió la puerta y subió al coche y, una vez dentro, se frotó las manos.

—¡Mierda, qué frío! ¡Vámonos a vivir a California! —Nada más decir esas palabras se arrepintió de haberlo hecho y me miró con una cara que era una mezcla de susto y remordimiento.

Me habría gustado decirle que no pasaba nada, pero estaba demasiado entretenida manejando la inmensa oleada de sentimiento de culpa y vergüenza que me inundó hasta casi ahogarme. Hacía semanas que T. J. no se había puesto en contacto conmigo. Pero toda la situación, dejando a un lado el respetuoso paréntesis temporal entre el final de una relación y el comienzo de la otra, resultaba especialmente insultante. Para T. J. y para Trenton por igual.

Saqué un par de cigarrillos de mi cajetilla y, poniéndomelos los dos entre los labios, los encendí a la vez. Trenton tomó uno y le dio una calada. Cuando detuvo el coche en el estacionamiento de delante de mi casa, se volvió hacia mí y empezó a decir:

—No era mi intención…

—Lo sé —le interrumpí yo—. De verdad, no pasa nada. Vamos a olvidarnos, por favor.

Trenton asintió con evidente alivio al ver que no pensaba montar ninguna escena. Él tenía tan poca intención como yo de reconocer que algo había dejado con T. J. Era infinitamente más cómodo fingir que no éramos conscientes de ello.

—¿Pero me dejas que te pida un favor? —Trenton asintió y esperó para oír qué quería pedirle—. No les digas nada aún a tus hermanos sobre lo nuestro. Sé que Thomas, Taylor y Tyler no vienen mucho por aquí ya, pero sinceramente no estoy preparada para tener esa conversación con Travis la próxima vez que se deje caer por el Red. Él sabe que T. J. y yo estábamos juntos. Y…

—No, lo entiendo. Por lo que respecta a Travis, no ha habido cambio alguno. Pero algo sí que se va a oler.

Sonreí.

—Si le cuentas que vas a por mí, luego no se sorprenderá tanto.

Trenton rio para sí y asintió.

Salimos del coche y fuimos corriendo hasta la puerta de mi apartamento. Metí a toda prisa la llave en la cerradura y, al oír el chasquido de apertura, empujé sin pensármelo. Trenton cerró al entrar. Subí la temperatura que marcaba el termostato y, al encaminarme hacia mi habitación, oí que alguien llamaba a la puerta con los nudillos. Me quedé petrificada. Lentamente, giré sobre mis talones. Trenton me miró en busca de alguna señal mía que le indicase quién podría ser. Pero yo me encogí de hombros.

Antes de que cualquiera de los dos pudiese llegar hasta la puerta, la persona del otro lado se puso a aporrearla violentamente con un puño. Me estremecí. Los hombros se me subieron al instante a las orejas. Cuando cesaron los golpes, eché un vistazo por la mirilla.

—¡Mierda! —susurré, y miré a mi alrededor—. Es mi padre.

—¡Camille! ¡Abre ahora mismo esta maldita puerta! —chilló. Las palabras se le enredaban unas con otras. Había estado bebiendo.

Giré el pomo de la puerta. Pero antes de que me diese tiempo a tirar para abrirla, mi padre empujó y se abalanzó sobre mí. Yo retrocedí rápidamente, hasta que mi espalda chocó contra la jamba de la puerta que daba al pasillo.

—¡Estoy hasta las narices de tus estupideces, Camille! ¿Crees que no sé lo que te traes entre manos? ¿Crees que no veo tus faltas de respeto?

Trenton se colocó inmediatamente a mi lado y estiró un brazo entre mi padre y yo, apoyando la mano en el pecho de mi padre.

—Señor Camlin, tiene usted que marcharse. Inmediatamente. —Su tono de voz era sereno pero firme.

Mi padre, sorprendido al ver a otra persona dentro del departamento, retrocedió apenas unos instantes y a continuación pegó su cara a la de Trenton.

—¿Y quién mierda te crees tú que eres? ¡Esto es privado, así que ya puedes irte! —exclamó, y bruscamente señaló la puerta de mi casa con la cabeza.

Yo supliqué con la mirada a Trenton que no me dejase sola, al tiempo que le decía que no con la cabeza. De pequeña mi padre me había dado azotes y también un par de veces me había abofeteado, pero mi madre siempre estaba ahí para desviar su atención e incluso reconducir su ira. Esta era la primera vez desde secundaria que lo veía físicamente violento, cuando mi madre por fin le había plantado cara y le había dicho que la siguiente vez que empinase el codo sería la última. Y él sabía que lo había dicho en serio.

Trenton arrugó la frente y bajó el mentón con la misma expresión en la mirada que cuando se disponía a abalanzarse sobre un contrincante.

—No quiero pegarme con usted, señor, pero si no se marcha inmediatamente me veré obligado a hacerle salir de aquí.

Mi padre se lanzó contra Trenton y los dos se estamparon contra la mesita de al lado del sofá. La lámpara cayó al suelo a la vez que ellos. Entonces, mi padre alzó el puño. Pero Trenton lo esquivó y cambió de postura para inmovilizarlo.

—¡No! ¡Paren! ¡Papá, para! —chillaba yo. Y mientras peleaban, me tapé la boca con las manos.

Mi padre se quitó de encima a Trenton y, levantándose, vino hacia mí dando tumbos. Trenton logró levantarse del suelo. Lo agarró y tiró de él hacia atrás, pero mi padre siguió estirando los brazos para tratar de cogerme. Me miraba como un monstruo, y por primera vez comprendí lo que había tenido que sufrir mi madre. Estar en el lado equivocado de ese tipo de furia resultaba aterrador.

Trenton lanzó a mi padre al suelo de un impulso y, colocándose delante de él, lo señaló con un dedo y dijo:

—¡Estese ahí y no se mueva, me cago en todo!

Mi padre jadeaba intensamente, pero, terco como una mula, se puso de pie como pudo y, bamboleándose, dijo:

—Voy a matarte, hijo de puta. Y luego le voy a enseñar a esa cría lo que pasa cuando me falta al respeto.

Tan rápidamente que casi no lo vi, Trenton retrocedió y empotró un puño en la nariz de mi padre. Él se fue hacia atrás dando tumbos al tiempo que empezaba a sangrar como si fuese un surtidor. Entonces, se cayó hacia delante. Golpeó el suelo con tal fuerza que rebotó. Durante muchos segundos todo quedó en absoluto silencio. Mi padre no se movía. Simplemente estaba tendido de bruces delante de nosotros.

—¡Dios mío! —exclamé, agachándome a toda prisa. Me daba miedo que estuviese muerto. No porque fuese a echarle de menos, sino por los problemas que acarrearía a Trenton si le había matado. Zarandeé a mi padre por un hombro y acabó volviéndose, girando de costado. Sangraba profusamente por una brecha abierta en el puente de la nariz. La cabeza se le cayó hacia un lado. Estaba inconsciente.

—Oh, gracias a Dios. Está vivo —dije. De nuevo, me tapé la boca con la mano, y miré a Trenton—. Lo siento. Lo siento muchísimo.

Él se puso de rodillas, sin poder dar crédito.

—¿Pero qué mierda acaba de pasar?

Yo negué con la cabeza y cerré los ojos. Cuando se enterasen mis hermanos, sería la guerra.

Capítulo 17

Dios mío! —exclamó mi madre cuando abrió la puerta—. ¿Pero, Felix, qué has hecho? ¿Qué ha pasado?

Mi padre gimió.

Con ayuda de mi madre lo llevamos hasta el sofá. Cuando lo tumbamos, ella lo miró tapándose la boca; luego fue a por una almohada y una manta, y se las puso. Después, me abrazó.

—Ha bebido —dije yo.

Ella deshizo el abrazo y, con una sonrisa angustiada, trató de negar el hecho:

—Ya no bebe. Lo sabes.

—Mamá —insistí—. Huélelo. Está borracho.

Ella bajó la vista a su marido y, con dedos temblorosos, se llevó la mano a la boca.

—Se ha presentado en mi casa. Me agredió. —Ella reaccionó echando bruscamente la cabeza hacia atrás para mirarme con los ojos como platos—. Si no hubiese estado Trent allí, mamá… Tenía la intención de darme una paliza. Trent tuvo que sujetarlo y aun así se echó sobre mí.

Mi madre miró otra vez hacia abajo, a mi padre.

—Estaba furioso porque no viniste a la comida. Entonces Chase empezó a provocar. Ay, Señor. Esta familia se rompe por todas partes. —Se inclinó y quitó de repente la almohada de debajo de la cabeza de mi padre, que golpeó contra el reposabrazos del sofá. Entonces, le dio con la almohada, una vez, otra vez—. ¡Maldito seas! —exclamó.

Yo le sujeté los brazos y ella, entonces, dejó caer la almohada al suelo y rompió a llorar.

—¿Mamá? Si los chicos se enteran de que Trent ha dejado a papá así…, me temo que irán a por él.

—Puedo con eso, nena. No te preocupes por mí —dijo Trenton, tendiéndome una mano.

Pero yo me retraje.

—¿Mamá?

Ella asintió.

—Yo me ocuparé. Te lo prometo. —Por la expresión de sus ojos, vi que lo decía convencida. Volvió a mirar a mi padre, casi enseñando los dientes en gesto de ira.

—Será mejor que nos vayamos —dije yo, dirigiéndome a Trenton.

—¿Pero qué mierda ha pasado aquí? —preguntó Coby, entrando en el salón desde el recibidor a oscuras. Por toda vestimenta llevaba unos pantalones cortos. Tenía los ojos cansados, como si le pesasen los párpados.

—Coby —dije yo, extendiendo un brazo hacia él—. Escúchame. No ha sido culpa de Trent.

—Lo he oído —respondió Coby, ceñudo—. ¿De verdad te agredió?

Asentí.

—Está borracho —dije.

Coby miró a mi madre.

—¿Qué piensas hacer?

—¿Cómo? ¿Qué quieres decir? —replicó ella.

—Ha pegado a Camille. Mierda, es un señor hecho y derecho y ha agredido a tu hija de veintidós años. ¿Qué carajo piensas hacer al respecto?

—Coby —le advertí.

—A ver si lo adivino —dijo él—. Le amenazarás con abandonarlo y luego te quedarás. Como siempre.

—Esta vez no lo sé —respondió mi madre. Bajó la vista hacia mi padre y se lo quedó mirando unos instantes. Entonces, volvió a pegarle con la almohada—. ¡Estúpido! —dijo, y la voz se le quebró.

—Coby, no digas nada, por favor —le supliqué—. No necesitamos una guerra de Maddox contra Camlin para rematar el pastel.

Coby taladró a Trenton con la mirada y a continuación, mirándome a mí, asintió.

—Te debía una.

Suspiré.

—Gracias.

Me fui con Trenton en mi coche a la casa de su padre. Condujo él. Al llegar, entramos en el camino de acceso y dejó el motor al ralentí.

—Madre mía, Cami. Todavía no puedo creerme que pegase a tu padre. Lo siento.

—No te disculpes —respondí yo. Y tuve que taparme los ojos con una mano, pues casi no podía soportar el sentimiento de humillación.

—Este año vamos a celebrar Acción de Gracias en casa. Es decir, lo celebramos todos los años pero esta vez vamos a cocinar nosotros. Un pavo de verdad. Con su salsa, su postre y todo el rollo. Deberías venir. —En ese momento me vine abajo y Trenton me estrechó entre sus brazos.

Resoplé, me sequé los ojos y abrí la puerta del coche.

—Tengo que ir a trabajar. —Salí del coche. Trenton también salió, dejando abierta la puerta del lado del conductor. Entonces, tiró de mí para abrazarme y protegerme así del frío.

—Deberías llamar para avisar de que no te encuentras bien. Quédate en casa con mi padre y conmigo. Veremos pelis antiguas de indios y vaqueros. Va a ser la noche más tranquila de toda tu vida.

Negué con la cabeza.

—Tengo que trabajar. Tengo que mantenerme ocupada.

Trenton asintió.

—Va. Pues iré para allá en cuanto me sea posible. —Me tomó delicadamente la cara con ambas manos y me dio un beso en la frente.

Yo me separé de él.

—Esta noche no puedes venir. Por si mis hermanos descubren lo que ha pasado.

—¡Ja! No les tengo miedo a tus hermanos. Ni siquiera a los tres juntos a la vez.

—Trent, son mi familia. Pueden ser unos idiotas, pero son lo único que tengo. Igual que no quiero que te hagan daño a ti, tampoco quiero que les hagan daño a ellos.

Trenton me abrazó, esta vez con mucha fuerza.

—No son lo único que tienes. Ya no.

Hundí mi cara en su pecho.

Él me dio un beso en la coronilla.

—Además, con eso es con lo único que no se juega.

—¿Con qué? —pregunté yo, pegando la mejilla a su pecho.

—Con la familia.

Tragué saliva. Entonces, me puse de puntillas y le besé en los labios.

—Tengo que irme. —Y dando un salto para subir al asiento del conductor de mi Pitufo, cerré la puerta.

Trenton aguardó a que yo bajase la ventanilla para responderme.

—Va. Esta noche me quedo en casa. Pero llamaré a Kody para que no te quite ojo.

—Por favor, no vayas a contarle lo que ha pasado —le supliqué.

—No le diré nada. Sé que él se lo contaría a Raegan y ella a Hank y al final tus hermanos acabarían enterándose.

—Exacto —dije, valorando no ser la única que se daba cuenta de lo protector que era Hank conmigo—. Luego nos vemos.

—¿Te parece bien que me pase a verte cuando vuelvas a casa? Me lo pensé unos instantes.

—¿Puedes estar en mi casa para cuando yo llegue?

—Estaba esperando que me lo pidieses —respondió él con una gran sonrisa—. Estaré en la camioneta de mi padre.

Trenton se quedó mirándome desde el jardincillo delantero mientras yo salía marcha atrás. Cuando llegué al Red Door, respiré aliviada al ver que teníamos por delante la noche de domingo más concurrida desde hacía mucho. Aunque el mal tiempo disuadía a los clientes del estudio de tatuajes, no disuadía en absoluto a quienes querían alcohol, ligoteo y mover el esqueleto. Las chicas iban aún en manga corta, con camisetas ajustadas o vestidos, y no pude por menos que menear la cabeza asombrada al ver entrar a todas y cada una de ellas castañeteando los dientes. Esa noche trabajé como una mula, sirviendo cervezas y cócteles en abundancia, lo cual era un cambio muy de agradecer después de una jornada eterna en Skin Deep. Luego me marché a casa y, tal como me había prometido, Trenton estaba sentado en la camioneta de color bronce de Jim, al lado del hueco donde yo siempre estacionaba.

Entró conmigo en casa y me ayudó a recoger el desbarajuste que habíamos dejado cuando nos llevamos a mi padre al Jeep. La lámpara rota y todos sus añicos sonaron con estrépito al echarlos al cubo de la basura. Trenton levantó del suelo la mesa auxiliar, varias de cuyas patas se habían partido.

—Esto lo arreglaré mañana.

Asentí y me fui entonces a mi cuarto. Trenton esperó tumbado en mi cama a que yo me lavara la cara y me cepillara los dientes. Cuando me metí en la cama con él, me estrechó contra su piel desnuda. Se había quitado toda la ropa excepto los bóxers y, aunque solo llevaba menos de cinco minutos en mi cama, las sábanas ya estaban calientes. Yo me estremecí de frío y me pegué a él, y él me abrazó aún más fuere.

Al cabo de unos minutos sin decir nada, Trenton suspiró.

—He estado pensando en nuestra cena de mañana por la noche. Creo que deberíamos esperar un poco. Me parece que... Bueno, no sé. Siento que deberíamos esperar.

Asentí. Yo tampoco quería que nuestra primera cita se viese empañada por el peso del recuerdo de lo que había ocurrido ese día.

—Oye —susurró en voz baja, con cansancio—. Esos dibujos de las paredes... ¿son tuyos?

—Sí —respondí.

—Son buenos. ¿Por qué no me dibujas uno?

—La verdad es que ya no dibujo.

—Pues deberías empezar. Tú tienes obras mías en las paredes de tu casa —dijo él, indicando un par de dibujos enmarcados. Uno era un boceto a lápiz de mis manos, una apoyada sobre la otra; en los dedos se veía mi primer tatuaje. El otro era un carboncillo de una chica demacrada con una calavera en la mano, que me empeñé en que me regalase cuando lo hubo terminado—. Me gustaría tener algunos dibujos hechos por ti.

—Tal vez —dije yo, acomodándome en la almohada.

Ni él ni yo dijimos mucho más después de eso. La respiración de Trenton se volvió más acompasada y yo me quedé frita con la mejilla apoyada en su pecho, subiendo y bajando lenta y rítmicamente.

A lo largo de una semana y media no hubo noche en que la camioneta de Jim no estuviera en uno u otro estacionamiento del exterior de mi departamento. Y aunque debería haber estado angustiada pensando en que mis hermanos pudieran presentarse y empezar a molestarme, o incluso temiendo que regresase mi padre, jamás me había sentido tan segura. Después, tan pronto como le arreglaron el Intrepid, Trenton empezó a acudir al Red Door a la hora del cierre para acompañarme hasta el Jeep.

Al amanecer del día de Acción de Gracias, desperté tumbada de espaldas a Trenton, mientras él me recorría suavemente el brazo con una mano, arriba y abajo.

Resoplé y me sequé una lágrima que estaba a punto de caérseme desde la punta de la nariz. Mi padre seguía viviendo en casa. Los que estábamos enterados de lo que había ocurrido habíamos decidido no contar nada a los demás hermanos y, a fin de preservar el ambiente de paz por lo menos hasta pasadas las vacaciones, yo iría a celebrar Acción de Gracias en otra parte.

—Siento mucho que estés triste. Ojalá pudiera hacer algo —dijo Trenton.

—Solo me apena mi madre. Es el primer día de Acción de Gracias que no estaremos juntas. Según ella, no hay derecho a que yo no esté allí y él sí.

—¿Y por qué no lo obliga a marcharse? —preguntó Trenton.

—Lo está pensando. Pero no quiere hacerles eso a los chicos durante estos días festivos. Siempre ha procurado hacer lo mejor para todos nosotros.

—Pero esto no va de lo que es mejor para todos ustedes. En esta situación nadie va a salir ganando. Debería simplemente darle una patada en el culo y dejarte a ti pasar Acción de Gracias junto a los tuyos.

Me tembló el labio.

—Trent, los chicos me echarán a mí la culpa. Ella sabe lo que hace.

—¿Y no preguntarán dónde estás?

—Hace semanas que no voy a comer con ellos. Mi madre da por sentado que mi padre no les permitirá hacer demasiadas preguntas.

—Vente a nuestra casa, Cami. ¿Porfa? Vendrán todos mis hermanos.

—¿Todos? —pregunté yo.

—Sí. Va a ser la primera vez que estemos todos juntos desde que Thomas se mudó fuera por ese trabajo.

Cogí un pañuelo de papel de la caja que tenía encima de mi mesilla de noche y me sequé la nariz.

—Es que ya me he ofrecido para trabajar en el bar de copas. Solo vamos a estar Kody y yo.

Trenton suspiró. Pero ya no insistió más.

Cuando salió el sol, Trenton se despidió de mí con un beso y se marchó a casa. Yo me quedé durmiendo una hora más y luego me obligué a levantarme. Me encontré a Raegan en la cocina, preparando huevos. Por una milésima de segundo creí que iba a ver a Kody por allí. Pero solo estaba ella, con la mirada perdida.

—¿Esta noche irás a casa de tus padres? —le pregunté.

—Sí. Siento que te toque trabajar.

—Me ofrecí yo.

—¿Por qué? ¿Y tu padre no se ha enfurecido?

—Es que va a ser el primer Acción de Gracias de Hank y Jorie bajo el mismo techo y, sí, Felix se ha enfurecido.

—Vaya, pues eso es muy generoso de tu parte —dijo ella, mientras vertía de la sartén a su plato los fetos de pollo convertidos en huevos revueltos—. ¿Quieres? —me preguntó, sabiendo ya la respuesta.

Yo hice una mueca.

—Bueno —dijo, cambiando de tema, y se llevó el tenedor a la boca—. Trenton prácticamente se ha venido a vivir aquí.

—En realidad solo está… asegurándose de que estoy bien.

—¿Y eso qué mierda quiere decir? —preguntó ella, mirándome con cara de reprobación.

—Que tal vez Felix se presentara aquí el fin de semana pasado cuando volví a casa después de la reunión de personal. Y que puede que intentase agredirme.

El tenedor de Raegan se detuvo a medio camino entre el plato y su boca y su rostro fue pasando por varias fases: de confusión a susto y finalmente ira.

—¿Cómo has dicho?

—Trenton estaba aquí. Pero yo realmente no..., no he hablado ni con mi padre ni con nadie de mi familia.

—¿Qué dices? —repuso ella, enfureciéndose por momentos—. ¿Cómo es que no me lo habías contado? —preguntó con voz agudísima.

—Porque te lo tomas todo a la tremenda. Como acabas de hacer.

—¿Y cómo se supone que me lo tengo que tomar? ¿Felix estaba en nuestro departamento, agrediéndote, lo que mierda signifique eso, y tú decides no contármelo? ¡Yo también vivo aquí!

Arrugué la frente.

—Tienes razón. Carajo, Ray, perdona. No se me ocurrió pensar que podrías llegar a casa y encontrártelo aquí.

Ella apoyó la palma de una mano en la barra del desayuno.

—¿Trent se quedará esta noche aquí?

Yo respondí negativamente con la cabeza. Las cejas se me juntaron.

—No, sus hermanos van a ir a verles.

—Pues yo aquí no te dejo sola.

—Ray...

—¡Ni hablar! Tú te vienes conmigo a la casa de mis padres.

—Ni hablar de eso...

—Claro que sí, y además te va a encantar, como escarmiento por no haberme dicho que el psicópata maltratador de tu padre entró en nuestro apartamento dispuesto a darte una paliza ¡y aún anda suelto!

—Mi madre lo tiene controlado. No sé qué es lo que ha hecho con él, pero no ha vuelto aquí y Colin, Chase y Clark no saben nada de nada.

—¿Trent le pegó?

—Estoy casi segura de que le partió la nariz —dije yo, estremeciéndome.

—¡Bien! —exclamó ella—. ¡Coge tus bártulos! Nos largamos en veinte minutos.

Obedecí y me fui a preparar una bolsa con lo necesario para pasar la noche fuera. Metimos las bolsas de las dos en la cajuela del coche de Raegan y, justo cuando ella empezaba a dar marcha atrás para sacarlo del estacionamiento, mi celular pitó. Lo levanté para ver la pantalla.

—¿Qué? —preguntó Raegan, mirándome a mí y a la carretera alternativamente—. ¿Es Trent?

Negué con la cabeza.

—T. J. me pregunta si le puedo acercar mañana al aeropuerto.

Raegan arrugó el ceño.

—¿Y no le puede llevar su padre u otra persona?

—Yo no puedo —dije yo, tecleando mi respuesta en el celular. Hecho lo cual, lo dejé en mi regazo—. Si lo llevase, podría liarse todo de mala manera.

Raegan me dio unas palmaditas en la rodilla.

—Bien hecho.

—No me puedo creer que haya venido. Estaba tan seguro de que no iba a poder escaparse por Acción de Gracias.

Mi celular volvió a pitar. Bajé la vista.

—¿Qué dice? —preguntó Raegan.

—«Ya sé lo que estarás pensando, pero no supe que vendría hasta hace un par de días» —dije, leyendo el mensaje en alto.

Raegan entornó los ojos mientras veía cómo tecleaba una breve respuesta.

—Estoy hecha un lío.

—Yo tampoco entiendo qué tiene que ver Eakins con su trabajo, pero probablemente lo que dice sea verdad.

—¿Por qué piensas eso? —preguntó ella.

—Porque, si no, no vendría.

Cuando llegamos a casa de los padres de Raegan, reaccionaron sorprendidos pero se alegraron de verme y me recibieron con los brazos abiertos. Me senté en la barra de color azul marino de la cocina, a escuchar el relato de Sarah de cuando Raegan era pequeña y no había forma de separarla de su mantita, y las historias de Raegan sobre Bo, su padre. La casa estaba decorada en tonos rojos, blancos y azules, con banderas de Estados Unidos y estrellas. En las paredes había fotografías en blanco y negro que ilustraban episodios de la carrera de militar en la Marina de Bo.

Raegan y sus padres se despidieron de mí con la mano cuando me marché a hacer mi turno en el bar. El estacionameinto del exterior del Red Door era más asfalto que coches, y los escasos clientes no se quedaron mucho tiempo. Me alegré de ser la única camarera. Acabé con tan pocas propinas que casi no me compensó haber ido a trabajar.

Trenton me mensajeó como media docena de veces, para pedirme aún que fuese a cenar con ellos. Estaban jugando al dominó y luego iban a ver una peli. Imaginé lo que sería estar acurrucada en el sofá de su padre junto a Trenton. Y me sentí un poquito celosa de Abby por poder pasar unas horas en compañía de los Maddox. Una parte de mí deseaba más que nada en el mundo estar allí con ellos.

Cuando comprobé mis mensajes entrantes nada más cerrar, vi que Trenton me había escrito para darme la noticia de que Travis y Abby habían cortado. Y justo cuando pensé que ya no podría soportar más malas noticias, sonó mi celular y apareció el nombre de Trenton en la pantalla.

—¿Hola? —dije.

—Me siento de pena —dijo él en voz baja. Y realmente lo parecía—. Me parece que no voy a poder escabullirme de aquí esta noche. Travis está hecho polvo.

Yo tragué saliva para deshacer el nudo que estaba formándose en mi garganta.

—No pasa nada.

—No. Sí que pasa.

Intenté sonreír, con la esperanza de que se me notara también en la voz.

—Mañana me lo podrás compensar.

—Lo siento muchísimo, Cami. No sé qué decir.

—Di que nos veremos mañana.

—Te veré mañana. Te lo prometo.

Cuando hubimos echado el cierre al local, Kody me acompañó hasta mi coche. Bajo la iluminación de los focos de seguridad, nuestro aliento se veía blanquísimo.

—Feliz día de Acción de Gracias, Cami —dijo Kody, y me dio un abrazo.

Yo rodeé con mis brazos lo mejor que pude su ancho corpachón.

—Feliz día de Acción de Gracias, amigo.

—Díselo a Raegan también.

—De tu parte.

Kody se puso a escribir algo en su celular en cuanto nos despedimos.

—No estarás escribiendo a Ray, ¿verdad? —dije.

—No, no —respondió él, ya lejos—. A Trenton. Me pidió que le mandase un mensaje cuando te hubiese dejado en tu Jeep.

Sonreí y subí dando un salto al asiento del conductor, sintiendo por dentro que lamentaba no estar a punto de dirigirme a su casa.

Cuando regresé a la casa de Bo y Sarah, tenía las ventanas iluminadas. Todos se habían quedado levantados para esperarme. Me bajé del Jeep y cerré con fuerza. Casi había llegado a la entrada de la casa cuando un coche se detuvo en el bordillo. Me quedé de piedra. Aquel coche no me sonaba de nada.

De él salió T. J.

—¡Por favor! —exclamé, soltando de golpe todo el aire que había retenido—. Me has dado un susto de muerte.

—¿Estás nerviosa?

Yo me encogí de hombros.

—Un poco. ¿Cómo sabías que estaba aquí?

—Soy bastante bueno a la hora de encontrar personas.

Asentí.

—Desde luego.

La mirada de T. J. se dulcificó.

—No me puedo quedar mucho. Solo quería… La verdad es que no sé por qué estoy aquí. Solo necesitaba verte. —Como yo no decía nada, añadió—: He estado pensando un montón en nosotros. Hay días que pienso que podemos conseguir que funcione, pero cuando la realidad se impone me quito la idea de la cabeza.

Arrugué la frente.

—¿Qué quieres de mí, T. J.?

—¿Quieres que te diga la verdad? —preguntó. Yo asentí y él continuó—: Soy un cabrón egoísta y te quiero para mí solo. Aun a sabiendas de que no tengo tiempo para estar contigo. No quiero que estés con él. No quiero que estés con nadie. Estoy tratando de comportarme como un hombre hecho y derecho, pero estoy harto de aguantar el tipo, Cami. Estoy harto de ser el adulto. ¿Y si te vienes a vivir a California? No sé.

—Ni siquiera así nos veríamos. Mira lo que pasó el último fin de semana que estuve allí. Yo no figuro entre tus prioridades. —No me lo rebatió. No dijo ni pío. Pero yo necesitaba oírselo decir a él—. ¿Verdad que no?

Él levantó el mentón. La mirada dulce había desaparecido.

—No, es verdad. Nunca has estado entre ellas y lo sabes. Pero no es porque no te ame. Es así, y nada más.

Suspiré.

—¿Te acuerdas de cuando estuve en California, cuando te dije que sentía algo que nunca desaparecía? Pues ha desaparecido.

T. J. asintió. Mientras procesaba lo que acababa de decirle, dejó vagar la mirada. Me tendió una mano y me besó en la comisura de los labios. Entonces, volvió a su coche y se marchó. Cuando las luces traseras desaparecieron al doblar una esquina, me quedé esperando algún sentimiento de vacío, o lágrimas o sensación de dolor en algún punto de mi cuerpo. Pero no sucedió nada. Podía ser que aún no fuese del todo consciente. O que quizá llevase ya tiempo sin estar enamorada de él. Que quizá estuviese enamorándome de otra persona.

Raegan abrió la puerta antes de que yo llamase y me tendió una botella de cerveza.

—¡Es Viernes Negro! —exclamó Sarah desde el sofá, sonriendo. Bo alzó su cerveza en señal de bienvenida.

—Solo quedan cinco semanas para las Navidades —dije, levantando mi cerveza también para saludar a Raegan y Bo. La idea de pasar las fiestas yo sola me revolvía las tripas. Hank cerraría el local y no tenía la opción de distraerme trabajando. Sentí curiosidad por cómo se las apañaría Felix para explicar mi ausencia a los chicos. A lo mejor no tenía esa oportunidad. A lo mejor mi madre lo ponía de patitas en la calle y para entonces las aguas habrían vuelto a su cauce lo suficiente como para poder celebrar las fiestas con todos en casa.

Nos sentamos en el salón a charlar un rato y después Raegan y yo nos fuimos a dormir, a su cama rosa llena de encaje. Las paredes estaban forradas de pósters de Zac Efron y Adam Levine. Nos pusimos en la pijama las dos y nos tumbamos en la cama con los pies apoyados en la pared, por encima del cabecero, y las piernas cruzadas a la altura de nuestros tobillos enfundados en calcetines. Raegan hizo chocar suavemente su botella de cerveza con el mío.

—Feliz Acción de Gracias, compi —dijo, y bajó el mentón para poder dar un sorbo.

—Igualmente —respondí yo.

Sonó un pitidito en mi celular. Era Trenton, que quería saber si había llegado ya a casa.

Yo tecleé esta respuesta: «Esta noche me quedo con Raegan en casa de sus padres».

Y él contestó: «Bien. Me quitas un peso de encima. Llevo todo el día preocupado por ti».

Yo le respondí con el emoticón de carita guiñando un ojo. No estaba muy segura de qué más poner, así que dejé caer el celular en la cama, cerca de mi cabeza.

—¿Trenton o T. J.? —preguntó Raegan.

—Mierda, cuando lo dices así suena horrible.

—Bueno, es que me conozco el tema. ¿Cuál de los dos era?

—Trenton.

—¿Te preocupa el hecho de que T. J. ande por aquí?

—Todo esto es de lo más raro. Estoy esperando que de un momento a otro me mande un mensaje diciendo que se ha enterado de todos los detalles escabrosos sobre Trent y yo.

—Esta ciudad es pequeña. Se enterará tarde o temprano.

—Solo espero que el asunto que le ha traído aquí le tenga tan ocupado que no le dé tiempo a hablar con nadie.

Raegan volvió a hacer chocar su botella con la mía.

—Por los impedimentos.

—Gracias —dije yo, y apuré mi cerveza en unos tragos.

—De todos modos, tampoco es que haya muchos detalles escabrosos, ¿no?

Me estremecí. Trenton no era precisamente virgen ni inseguro, así que debía reconocer que estaba más que sorprendida de que ninguna de las noches que había pasado en mi cama hubiese tratado de desnudarme.

—Igual deberías decirle que guardas en la mesilla de noche unos condones que brillan en la oscuridad, de la despedida de soltera de Audra —sugirió, dando un trago a su cerveza—. Eso siempre ayuda a romper el hielo.

Me reí en voz baja.

—También los tengo normales.

—Ah, sí. Los Magnum. Para el tronco de árbol de T. J.

Soltamos una carcajada las dos a la vez. Me tronché de risa, hasta el punto de que acabó doliéndome la tripa y terminé sintiéndome completamente distendida. Solté un último suspiro y, dándome la vuelta, apoyé la cabeza en la almohada. Raegan hizo lo mismo. Pero en vez de tumbarse de lado, se quedó echada boca abajo con las manos metidas debajo del pecho.

Miró en derredor y dijo:

—He echado de menos nuestros cuchicheos sobre chicos aquí, en mi habitación.

—¿Qué se siente? —pregunté.

Raegan me miró entornando un poco los ojos y sonriendo con curiosidad.

—¿A qué te refieres? —dijo.

—¿Qué se siente al haber tenido ese tipo de infancia? Yo no me puedo ni imaginar sentir nostalgia de la mía. Ni por un día.

La boca de Raegan se estiró hacia un lado.

—Me entristece oírte decir eso.

—No hay motivo. Ahora soy feliz.

—Lo sé —dijo ella—. Y lo mereces, ¿sabes? Deja de pensar que no.

Suspiré.

—Lo intento.

—T. J. debería dejarte decirlo. No hay derecho a que lleves esta carga. Y menos ahora.

Maravilloso error

—¿Ray?
—¿Sí?
—Buenas noches.

Capítulo 18

En la madrugada del sábado Trenton me mandó de repente un mensaje de texto diciendo que estaba en la puerta de casa. Salté del pequeño sofá de dos plazas y fui a abrirle.

—Tengo timbre, ¿sabes? —dije.

Él arrugó la frente, se quitó el abrigo y lo colgó en el taburete que encontró más a mano.

—¿Qué pasa? ¿Es que estamos en 1997? —Me agarró y, tirando de mí, hizo que cayésemos en el sofá pasando por encima del respaldo de tal manera que él cayó de espaldas y yo aterricé encima de él.

—Qué fino —le dije yo, buscando sus labios con los ojos.

Él levantó el tronco y me besó y entonces miró hacia arriba.

—¿Y Ray?

—Con Brazil. Habían quedado. Por eso esta noche se ha ido pronto del local.

—¿Pero no estaban peleados ayer mismo?

—Por eso han quedado.

Trenton negó con la cabeza.

—¿Estoy chiflado, o era más feliz con Kody?

—Pues para ella esta es su segunda oportunidad con Jason, así que está tratando de limar asperezas, supongo. Me dijo que esta noche se quedaría a dormir con él en su casa.

Trenton se sentó en el sofá y tiró de mí.

—¿Terminaste de escribir el trabajo?

—Sí —dije yo, levantando la barbilla—. Y acabé las tareas de Estadística.

—¡Oh! —exclamó Trenton, rodeándome con los brazos—. ¡Además de guapa, lista!

—¿Y eso por qué te choca tanto, tonto? —repliqué, sintiéndome ofendida.

Trenton se puso hacia atrás la gorra roja de béisbol y comenzó a darme besitos por todo el cuello mientras yo me desternillaba de risa. Pero al darme cuenta (y darse cuenta él) de que estábamos solos y de que así estaríamos la noche entera, se me desvaneció la risa.

Inclinándose hacia mí, Trenton fijó un instante la mirada en mis labios y a continuación pegó su boca a la mía. Su manera de besarme era diferente a otras veces. Era lenta, llena de significado. Incluso me abrazaba de un modo que hacía que pareciese la primera vez. De pronto me puse nerviosa, sin saber por qué.

Sus caderas se movieron contra las mías con un movimiento tan leve que me pregunté si no lo habría imaginado. Me besó de nuevo, esta vez con mayor firmeza. Jadeó.

—Dios, no sabes cuánto te deseo.

Recorrí con los dedos su torso por encima de la camiseta, así el extremo inferior con ambas manos y tiré de la tela hacia arriba. Con un movimiento fluido, Trenton quedó desnudo de cintura para arriba, con su piel caliente pegada a mí. Y mientras su lengua se abría paso hasta la mía, yo acaricié su tersa piel y mis manos se detuvieron en el final de su espalda.

Trenton se ancló a mí con los codos, evitando aplastarme con todo el peso de su cuerpo pero a la vez manteniendo presionado el bulto de debajo de la cremallera de los jeans contra la parte mullida de un poco más abajo de mi hueso pélvico. Aunque se movía controlando sus impulsos, sentí claramente que deseaba eliminar la tela que se interponía entre los dos, tanto como yo misma. Rodeé su cintura con mis piernas, enganchando los tobillos a la altura de su trasero. Él gimió y entonces me susurró sin alejar su boca de la mía:

—No era así como quería hacerlo. —Volvió a besarme—. Primero quería llevarte a cenar.

—Tu novia es una camarera de bar de copas a la que le toca trabajar todas las noches ideales para una cita. Haremos una excepción —dije yo.

Inmediatamente Trenton se apartó de mí y buscó mis ojos con la mirada.

—¿Novia?

Yo me tapé la boca con una mano, al tiempo que notaba que la cara entera me ardía de vergüenza.

—¿Novia? —repitió Trenton, esta vez más como una pregunta que como una expresión de extrañeza.

Yo cerré los ojos. Mi mano subió desde mi boca hasta mi frente y luego mis dedos se deslizaron entre mis cabellos y se asieron a ellos.

—No sé por qué lo he dicho. Me ha salido solo.

El gesto de Trenton cambió de confuso a sorprendido y sonrió valorando mis palabras.

—A mí me parece bien si a ti también.

Las comisuras de mi boca se curvaron hacia arriba.

—Creo que esto es mejor que una cena.

Me miró incrédulo.

—Camille Camlin es mía. Qué locura.

—En realidad no. Se veía venir hacía tiempo.

Él negó lentamente con la cabeza.

—No sabes cuánto. —Sonrió exultante—. ¡Mi chica es un cañón! —Su boca se pegó súbitamente a la mía y entonces me quitó la camiseta sacándomela por la cabeza, dejando al descubierto mi brassiere rojo. Pasó las manos detrás de mi espalda y con una abrió el broche, que soltó la prenda. Me bajó los tirantes por los hombros y los sacó por cada brazo y entonces dejó un reguero de besos calientes por todo mi cuello y mi escote. Suavemente pero con seguridad, Trenton cogió mi pecho y, llevándolo hacia su boca, lo chupó y lo lamió y lo besó hasta conseguir excitarme tanto que apreté con fuerza sus caderas con mis muslos.

Dejé caer la cabeza sobre el reposabrazos del pequeño sofá, mientras él continuaba lamiéndome y besándome hasta mi vientre y, con ayuda de las dos manos, me desabrochó los jeans y me bajó la cremallera, descubriendo mis calzones de encaje negro y rojo. Levantó la cabeza y mirándome a los ojos dijo:

—Si hubiese sabido que llevabas puesto esto, no habría podido aguantar tanto tiempo.

—Pues no esperes más. —Sonreí.

Tras varios intentos frustrantes de maniobrar en el pequeño sofá, Trenton suspiró.

—A la mierda —dijo y, tirando de mí, se sentó recto. Con mis piernas todavía alrededor de su cintura, se levantó y fue a llevarme a mi cuarto.

Oí unas voces amortiguadas al otro lado de la puerta de casa y entonces la puerta se abrió de golpe, chocando contra la pared.

Raegan traían las mejillas surcadas de rímel corrido. Llevaba el vestido rosa de fiesta más bonito que había visto en mi vida.

—¡No lo entiendes! —exclamó—. ¡No puedes llevarme de pareja a una fiesta y luego dejarme toda la noche para irte a beber con tus colegas de la fraternidad alrededor del barril!

Brazil entró y cerró dando un portazo.

—¡Podrías haber estado conmigo allí pero no! ¡Tenías que pasarte la puta noche empeñada en hacer berrinche!

Trenton se quedó de piedra. Estaba de espaldas a Raegan y Brazil. Menos mal, porque en esa posición su cabeza tapaba mi pecho.

Raegan y Brazil se nos quedaron mirando fijamente unos segundos y entonces ella rompió a llorar y salió corriendo hacia su cuarto. Brazil la siguió por el pasillo, no sin antes darle a Trenton una palmadita en el hombro desnudo.

Trenton suspiró y me depositó en el suelo. Estiró un brazo en dirección al sofá para recuperar mi camiseta, mientras yo me ponía el brassiere. Raegan y Brazil seguían gritándose mientras nosotros nos poníamos las camisetas. No me apetecía que todo ese melodrama fuese el telón de fondo de nuestra primera vez, pero tampoco podía decirle eso a Trenton.

—Lo siento —dije.

Trenton rio para sí.

—Nena, hasta el último segundo de lo que acaba de ocurrir ha sido increíble. No tienes nada de qué disculparte.

La puerta del cuarto de Raegan se abrió de golpe y mientras ella gritaba «¿Adónde vas?» Brazil ya estaba saliendo por ella. Raegan corrió tras él y se interpuso entre la puerta de casa y su chico.

—¡De aquí no te vas!

—¡No pienso pasarme la noche entera oyéndote echarme la bronca!

—¡Escúchame un momento, por favor! ¿Por qué no oyes lo que estoy tratando de decirte? Lo nuestro puede funcionar simplemente si…

—¡Tú no quieres que escuche! ¡Lo que quieres es que obedezca! ¡En esa fiesta había más personas aparte de ti, Ray! ¡¿Cuándo se te va a meter en la cabeza que yo no soy de tu puta propiedad?!

—Yo no quiero eso, yo…

—¡Apártate de la puerta! —gritó él.

Yo arrugué la frente.

—Brazil, no le grites de esa manera. Han bebido los dos y...

Brazil se volvió hacia mí. Nunca le había visto tan enfurecido.

—¡No necesito que también tú me digas lo que tengo que hacer, Cami!

Trenton dio un paso adelante y yo apoyé una mano en su hombro.

—Yo no te estoy diciendo lo que tienes que hacer —repliqué.

Brazil señaló con la mano extendida a Raegan.

—Ella sí que me está chillando. Pero no pasa nada, supongo, ¿no? ¡Las mujeres son todas iguales! ¡Nosotros siempre somos los malos!

—Nadie ha dicho que fueses el malo, Jason. Cálmate —dije.

—¡Yo sí! ¡Él es el malo! —saltó Raegan.

—Ray... —la reconvine.

—Oh, ¿yo soy el malo? —replicó Brazil, tocándose el pecho con ambas manos—. ¡Yo no soy el que está medio en bolas con Trenton, aquí mismo, cuando anoche mismo estaba en el jardín de su casa besando a su ex!

Raegan contuvo la respiración y yo me quedé helada. Brazil puso cara de estar tan sorprendido como todos nosotros de lo que acababa de decir.

Trenton cambió de posición, nervioso, y miró a Brazil entornando los ojos.

—Eso no ha tenido ni puta gracia.

Brazil palideció. Toda su ira había desaparecido y había sido sustituida por arrepentimiento.

Trenton me miró.

—Eso es una puta broma, ¿verdad?

—Mierda, Cami, perdóname —dijo Brazil—. En estos momentos me siento como un idiota.

Raegan le dio un empujón.

—¡Eso es porque lo eres! —exclamó, y se hizo a un lado—. ¡Culpa mía! ¡Largo de aquí, cerdo!

Trenton no me quitaba los ojos de encima. Raegan cerró la puerta dando un portazo y entonces vino hacia Trenton y hacia mí. Ahora ya no estaba enfadada, pero sus ojos enrojecidos y todo el rímel corrido la hacían parecer una reina psicótica de la fiesta de graduación.

—Oí tu coche pero, como no llamabas a la puerta, me asomé a mirar por la ventana y vi... lo que vi. Se lo comenté a Brazil —reconoció, con la mirada clavada en el suelo—. Lo siento.

Trenton soltó una carcajada seca. Su rostro se contrajo en una mueca de repulsa.

—Maldita sea, Raegan. ¿Sientes que yo me haya enterado? Esto es el colmo.

Raegan ladeó la cabeza en un gesto que quería decir que estaba dispuesta a aclarar el malentendido.

—Trent, lo que vi fue a T. J. rogándole a Cami que volviese con él. Pero ella le dijo que no. Entonces él... le dio un beso de despedida. Y ni siquiera fue un beso beso —dijo, encogiéndose de hombros y meneando la cabeza—. Fue más como un beso en la mejilla.

—Es asunto mío, Ray. No necesito que me eches ninguna mano —dije.

Ella me tocó un hombro. Tenía la cara embadurnada, con el rímel corrido alrededor de los ojos y por las mejillas. Daba pena verla.

—Lo siento, lo siento mucho...

La fulminé con la mirada y ella bajó los hombros, asintió y se marchó a su cuarto.

Trenton me miraba de reojo. Saltaba a la vista que estaba haciendo esfuerzos por controlar los nervios.

—¿La has oído? —le pregunté.

Él se puso bien la gorra y se bajó la visera para taparse los ojos.

—Sí. —Estaba temblando.

—Yo no estaba besándome con mi ex en el jardín de Raegan. No fue así, con que ya puedes quitarte de la cabeza esa imagen.

—¿Y por qué no me lo contaste? —preguntó, con voz crispada.

Levanté las manos, con las palmas abiertas hacia él.

—Es que no había nada que contar.

—Que otro tenía sus putos labios encima de ti. Eso es digno de contar, Camille.

Me estremecí.

—No me llames Camille cuando estás enojado. Te pareces a Colin. O a mi padre.

Los ojos de Trenton se iluminaron de ira.

—No me compares con ellos. No es justo.

Me crucé de brazos.

—¿Y cómo sabía él que estabas allí? ¿Siguen hablando? —me preguntó.

—No tengo ni idea de cómo lo sabía. Yo le pregunté eso mismo. Y no me lo quiso decir.

Trenton comenzó a caminar de un lado a otro, de la puerta del apartamento al arranque del pasillo. Se recolocaba la gorra, se frotaba la nuca y se detenía unos segundos con las manos en jarras, mientras los músculos de la mandíbula se le tensaban y se le destensaban, y de nuevo volvía a empezar.

—Trenton, para.

Levantó un dedo índice. No estaba segura de si estaba poniéndose como una furia o bien tratando de serenarse. Se detuvo y, dando unos pasos hacia mí, dijo:

—¿Dónde vive?

Puse los ojos en blanco.

—En California, Trent. ¿Qué piensas hacer? ¿Coger un avión?

—¡Pues a lo mejor! —aulló. Todo su cuerpo se tensó y tembló al gritar, y se le hincharon las venas del cuello y de la frente.

Yo no me inmuté. Pero Trenton reculó. Haber perdido los nervios le había dejado atónito.

—¿Te sientes mejor? —pregunté.

Él se dobló hacia delante, cogiéndose las rodillas con las manos. Respiró hondo varias veces y a continuación asintió.

—Como vuelva a ponerte un dedo encima —se estiró y me miró a los ojos— le mato. —Cogió sus llaves, salió por la puerta y cerró dando un portazo.

Me quedé inmóvil unos segundos, sin poder creerlo. Entonces, me fui a mi cuarto. Raegan estaba delante de mi puerta, en el pasillo, suplicándome perdón con la mirada.

—Ahora no —dije yo, entrando en mi habitación sin detenerme. Cerré la puerta y me derrumbé de bruces encima de la cama.

La puerta se abrió apenas una rendija y se hizo el silencio. Levanté la cara de la almohada para mirar. Raegan se había quedado en el vano, nerviosa, sin atreverse a entrar, con el labio inferior temblando y retorciéndose las manos a la altura del pecho.

—¿Puedo? —suplicó.

Esbocé una sonrisa ladeada y, levantando la manta, le hice una señal moviendo la cabeza abajo y arriba para indicarle que podía venir a mi cama. Ella entró corriendo, se metió bajo la manta y la sábana y se acurrucó en posición fetal a mi lado. La tapé con la manta y la abracé mientras ella lloraba hasta quedarse dormida.

Me desperté al oír unos golpecitos suaves en la puerta de mi habitación. Raegan entró con una fuente de panes untados con crema de cacahuete y sirope de arce. En el centro de la pila de pan había pinchado un mondadientes con una banderita blanca hecha de servilleta de papel, en la que podía leerse: SIENTO QUE TU COMPI SEA TAN IDIOTA.

Se la veía apesadumbrada. Y me di cuenta de que lo que había hecho le dolía más a ella que a mí. Perdonar era algo que a una persona como yo no le resultaba fácil. Cuando perdonaba a alguien, la mayor parte de las veces era para darle a la otra persona una segunda oportunidad para hacerme daño. La mayoría de la gente no valía la pena. Y no se trataba de ningún efecto colateral de mi infancia, sino la pura verdad. Podía contar con los dedos de una mano las personas en las que confiaba, y menos aún aquellas en las que estaría dispuesta a volver a confiar. Pero Raegan ocupaba un lugar destacado en ambas listas.

Me reí entre dientes mientras me levantaba para sentarme en la cama. Entonces, cogí la fuente de sus manos.

—No tenías que haberte molestado.

Ella levantó un dedo, salió unos segundos de la habitación y regresó con un vasito de zumo de naranja. Me lo dejó en la mesilla de noche y entonces se sentó en el suelo con las piernas cruzadas. Se había lavado la cara y cepillado el pelo y se había puesto un pijama limpio de franela a rayas.

Esperó hasta que me llevé a la boca el primer trozo de pan y entonces dijo:

—Ni por lo más remoto pensé que Jason fuese a decir nada, pero sé que eso no es disculpa. No debería habérselo contado. Sé cómo cuchichean los chicos en el club de la fraternidad y no tendría que haberle dado motivos para chismorrear. Lo siento muchísimo. He pensado ir contigo a Skin Deep para dar una explicación.

—Ya has dado una explicación, Ray. Me parece que sacar el tema en su lugar de trabajo es mala idea.

—Va, pues le esperaré a que salga de trabajar.

—A esas horas estarás trabajando tú.

—¡Maldita sea! ¡Necesito arreglarlo!

—Es que no lo puedes arreglar. La he cagado de todas, todas. Ahora Trenton dice que se va a ir a California y que va a matar a T. J.

—Bueno, T. J. no debería haber ido a casa de mis padres ni haberte dado un beso. Él sabe que estás con Trent. Sea lo que sea lo que crees que estás haciendo mal, T. J. forma parte de ello.

Me tapé la cara.

—Es que no quiero hacerle daño… Ni a él ni a nadie. No quiero causar ningún problema.

—Pero es preciso que les dejes a ellos que se aclaren.

—La sola idea me pone los pelos de punta.

Raegan me tendió un brazo para apoyar su mano en la mía.

—Cómete los panes. Y después levántate porque Skin Deep abre en cuarenta minutos.

Di un bocado y mastiqué de mala gana, y eso que era lo más rico que había comido en mucho tiempo. Apenas si disminuí un poco la altura de la pila de panes, cuando ya estaba metiéndome en la ducha apresuradamente. Llegué al estudio con diez minutos de retraso pero no importó porque Hazel y Trenton llegaron tarde también. Calvin estaba ya, pues el cerrojo de la puerta estaba quitado y encendidos la computadora y las luces. Pero ni se molestó en saludarme.

Diez minutos después Hazel entraba por la puerta del local con varias capas de suéteres y envuelta en una gruesa bufanda de color rosa chicle con topos negros. Llevaba puestas sus gafas de montura negra, unas mallas negras y botas.

—¡Estoy harta del invierno! —exclamó, y se fue hacia su taller andando pesadamente.

Diez minutos más tarde llegó Trenton. Llevaba puesto su abrigo grueso de paño rizado de color azul, jeans y botas, a lo que había añadido un gorro holgado de punto de color gris y gafas de sol, que no se quitó al pasar por delante de mí para dirigirse a su taller.

Yo levanté las cejas.

—Buenos días —dije para mí.

Diez minutos después de eso, la puerta volvió a abrirse y el carillón tintineó al tiempo que entraba en el local un hombre alto y delgado. Llevaba unos enormes dilatadores negros en sendas orejas, y hasta el último centímetro de la piel que se le veía, de la mandíbula hacia abajo, estaba cubierto de tatuajes. Tenía el pelo largo, ralo, castaño claro con las puntas rubias quemadas. Aunque fuera debía de haber menos de un grado de temperatura, él iba en manga corta y con unos pantalones cortos de múltiples bolsillos.

Se detuvo nada más franquear la puerta y se quedó mirándome con sus ojos almendrados de color verde pardo.

—Buenos días —me saludó—. Sin ánimo de ofender, pero ¿quién mierda eres tú?

—No me ofendes —respondí—. Soy Cami. ¿Quién mierda eres tú?

—Soy Bishop.

—Pues ya era hora de que aparecieras. Calvin solo lleva dos meses preguntando por ti.

Él sonrió.

—¿En serio? —Se acercó al mostrador andando parsimoniosamente y se apoyó con los codos—. Soy una especie de estrella en el mundillo. No sé si ves los programas de tatuajes, pero salí en uno el año pasado y ahora viajo muchísimo dando talleres por todas partes. Es como ganarse la vida haciendo vacaciones. Pero es una vida solitaria...

Trenton vino hasta el mostrador, cogió una revista y, todavía con las gafas de sol puestas, se puso a hojearla.

—Está ocupada, cabrón. Vete a preparar tu taller. Tu tatuadora está cubierta de telarañas.

—Yo también te he echado de menos —dijo Bishop, dejándonos ya a solas. Se dirigió hacia lo que di por hecho que sería su taller, al fondo del pasillo.

Trenton pasó varias páginas más de la revista, la dejó encima del mostrador y se marchó otra vez a su taller.

Me fui tras él. Al llegar a la puerta, me apoyé en el quicio con los brazos cruzados.

—¿Pero de qué vas, guapo? No vas a espantar a Bishop para largarte después sin decirme nada siquiera.

Él levantó la vista hacia mí y se sentó en su taburete, delante de la silla para los clientes. Por culpa de las gafas de sol, no podía verle los ojos.

—Supuse que no querrías hablar conmigo —dijo hoscamente.

—Quítate las gafas, Trenton. No sabes lo que molesta.

Trenton vaciló y entonces se quitó las Ray-Ban de imitación, dejando ver unos ojos enrojecidos.

Me erguí.

—¿Estás malo?

—Más o menos. Resaca. Estuve en Maker's Mark bebiendo como un cosaco hasta las cuatro de la mañana.

—Al menos elegiste un whisky decente para anularte.

Trenton arrugó la frente.

—Bueno…, adelante.

—¿Con qué?

—Con el sermón «Seamos amigos».

Yo volví a cruzar los brazos. Notaba que la cara me ardía.

—No tenía dudas de que ayer te dio por probar el agua del bidé… y ahora veo que te la bebiste toda.

—Solo mi novia sería capaz de hacer una analogía así de asquerosa y seguir sonando sexi.

—¿En serio? ¿Tu novia? ¡Porque prácticamente me pediste que cortara contigo!

—Yo creo que después del instituto la gente no corta, Cami… —dijo él, llevándose la mano a la sien y apoyando la muñeca.

—¿Te duele la cabeza? —pregunté. Entonces cogí una manzana del cuenco de fruta de plástico que había en el aparador de al lado de la puerta y se la lancé a la cabeza.

Él la esquivó.

—¡Ya, Cami! ¡Carajo!

—¡Última hora, Trenton Maddox! —dije, y cogí un plátano del frutero—. ¡No vas a cargarte a nadie porque me haya tocado, salvo que yo no quiera que me toque! Y aun así, yo seré la que me lo cargue. ¿Lo has entendido? —Le lancé el plátano y él cruzó los brazos para pararlo. La pieza de fruta acabó rebotando en el suelo.

—Vamos, nena, estoy hecho una mierda —protestó.

Yo cogí una naranja.

—¡Y no te irás de mi apartamento hecho una furia, ni darás un portazo al salir! —Apunté directamente a su cabeza y di en el blanco.

Él asintió, pestañeó y levantó las manos para intentar protegerse.

—¡Está bien! ¡Está bien!

Agarré un puñado de uvas de plástico.

—¡Y lo primero que me vas a decir al día siguiente de haberte comportado como un auténtico montón de mierda NO será una invitación a que te dé una patada en tu puto culo de borracho! —Estas últimas palabras las dije a voz en cuello, vocalizando exageradamente. Le arrojé las uvas, y él las cogió justo cuando chocaban contra su torso—. ¡Te disculparás y a continuación te portarás estupendamente conmigo el resto del día, y me comprarás donas!

Trenton bajó la vista al suelo, donde había quedado tirada la fruta. Entonces, suspiró y me miró. Una sonrisa cansada se dibujó en su rostro.

—No sabes cómo te amo.

Me quedé mirándole una eternidad, sorprendida y halagada.

—Enseguida vuelvo. Voy a por un vaso de agua y una aspirina para ti.

—¡Tú también me amas a mí! —dijo a voces, en broma pero solo a medias.

Me detuve, giré sobre mis talones y volví a entrar en su taller. Me acerqué, me senté a horcajadas encima de él y le acaricié un lado de la cara y luego el otro. Entonces, mirando largamente sus ojos enrojecidos, sonreí y le dije:

—Yo también te amo.

Sonrió de oreja a oreja, mirándome a los ojos.

—¿Me lo estás diciendo en serio?

Me incliné y le besé, y él se levantó del taburete y se puso a girar como loco conmigo en brazos.

Capítulo 19

Un mar de gente alegre y achispada entró en tromba en el Red Door y la fiesta alcanzó su apogeo. Raegan y yo íbamos de un lado para otro a toda velocidad, detrás de la barra, con nuestros vestidos metálicos y nuestros taconazos. Los botes de las propinas estaban a rebosar y el grupo de música que estaba tocando en directo interpretaba en esos momentos una versión bastante aceptable de *Hungry like the wolf*. Se había formado una cola kilométrica que daba la vuelta a la manzana, con la gente esperando para poder entrar en cuanto otros salieran. El aforo estaba completo y la cosa parecía que iba a ir a buen ritmo hasta la hora de echar el cierre. Lo típico de las Nocheviejas.

—¡Sí! —exclamó Raegan, moviendo la cabeza al compás de la música—. ¡Me encanta esta canción!

Yo negué con la cabeza y serví un cóctel en una copa.

Trenton, Travis y Shepley se abrieron paso entre la muchedumbre para poder llegar a la barra. Me sentí feliz nada más verlos.

—¡Lo han conseguido! —exclamé. Saqué del refrigerador sus cervezas favoritas, las abrí y se las dejé encima de la barra.

—Te dije que vendría —respondió Trenton. Se inclinó sobre la barra y me dio un beso en los labios. Luego miré a Travis.

—¿Decías algo?

—Nada —respondió él, guiñándome un ojo.

Un chico que estaba una fila por detrás de Trenton pidió un Jack Daniel's con Coca-Cola y yo empecé a ponérselo mientras hacía esfuerzos para no seguir con la mirada a Trenton, que se alejaba de la barra. Las vacaciones eran siempre divertidas. A mí me encantaba trabajar en noches así de bulliciosas, pero por primera vez lamenté no estar al otro lado de la barra.

Los chicos encontraron una mesa y tomaron asiento. Shepley y Trenton parecían estar pasándolo fenomenal, mientras que Travis se limitaba a dar sorbos a su cerveza, intentando aparentar que estaba feliz y contento en vez de hecho polvo.

—¡Jorie! —exclamé—. Por favor, ocúpate de que en esa mesa no falten cervezas y tragos. —Preparé una bandeja y ella la cogió.

—Sí, milady —dijo. Al alejarse, fue meneando el culo al ritmo de la música.

Una pelirroja despampanante se aproximó a la mesa de los hermanos Maddox y saludó a Trenton dándole un abrazo. Un sentimiento extraño e incómodo se adueñó de mí. No estaba segura de qué era pero no me gustó. La chica estuvo hablando con él un ratito y entonces se puso entre los hermanos. Tenía en la mirada esa expresión esperanzada que tantas veces había visto yo cuando las mujeres hablaban con Travis. Al poco, la aglomeración de gente me impidió seguir viéndoles. Tuve que cobrar unas copas, marqué el dinero en la caja registradora y, al devolver el cambio al cliente, este echó en el bote de las propinas las monedas sueltas. Pasé a ocuparme de la siguiente comanda. Entre lo que sacáramos Raegan y yo esa noche, íbamos a poder pagar tres meses enteros de alquiler.

La banda dejó de tocar y los clientes que se encontraban en la zona de la barra se volvieron para mirar. El cantante comenzó a dar la cuenta atrás. Todo el mundo se le unió. Había varias chicas tratando de abrirse paso entre el montón de gente, apresurándose a colocarse junto a sus novios para el primer beso del nuevo año.

—¡Cinco! ¡Cuatro! ¡Tres! ¡Dos! ¡Uno! ¡Feliz año nuevo!

Inmediatamente, empezaron a caer del techo confetis y globos plateados y dorados. Levanté la mirada para contemplarlo. Me sentí orgullosa de Hank; aun siendo un bar de copas de una población pequeña, él siempre trataba de superarse. Miré hacia la mesa de Trenton y vi que la pelirroja le plantaba un beso en los labios. Se me revolvieron las tripas y durante una fracción de segundo me dieron ganas de saltar por encima de la barra para separarla de él. De pronto, la cara de Trenton apareció justo delante de mis narices. Él vio que estaba mirando hacia su mesa y sonrió.

—Iba como loca detrás de Travis antes incluso de que mi hermano pusiese el pie aquí.

—Como todas —señalé yo, suspirando aliviada. Malditos hermanos Maddox y su ADN idéntico…

—Feliz año nuevo, nena —dijo Trenton.

—Feliz año nuevo —dije yo, y deslicé por la barra la botella de cerveza que me habían pedido.

Él movió bruscamente la cabeza hacia un lado para darme a entender que quería que me acercase. Yo me incliné por encima de la barra y él me besó en los labios al tiempo que me cogía la nuca delicadamente con una mano. Sus labios estaban calientes, suaves, increíbles, y cuando me soltó me sentí algo mareada.

—Ahora la he jodido —dijo él.

—¿Y eso por qué? —pregunté.

—Porque el resto del año no va a poder estar a la altura de los treinta primeros segundos.

Yo apreté los labios.

—Te amo —le dije.

Trenton miró atrás y vio que Travis volvía a encontrarse a solas en la mesa.

—He de irme —dijo, aparentemente contrariado—. Yo también te amo. Pero formo parte del equipo de apoyo de corazones rotos. ¡Volveré!

No había pasado ni un minuto cuando vi que Trenton me hacía señas como loco. Travis tenía la cara muy roja. Estaba hecho polvo y se marchaban. Yo le dije adiós con la mano y me volví para continuar atendiendo a la gente que no paraba de pedir copas. Me alegré de poder tener algo con que distraerme del recuerdo de los labios de Trenton Maddox.

Cuando terminé de trabajar, Trenton estaba esperándome en la puerta de personal y me acompañó al Pitufo. Mientras yo abría con la llave, él se metió las manos en los bolsillos de los jeans y cuando me subí para ocupar el asiento del conductor, él arrugó la frente.

—¿Qué?

—¿Por qué no me dejas que te lleve a casa?

Yo miré por encima de su hombro, en dirección al Intrepid.

—¿Quieres dejar aquí tu coche?

—Es que quiero llevarte a casa.

—Va. ¿Y quieres explicarme por qué?

Él negó con la cabeza.

—No sé. Es solo que me da mal rollo que te vayas sola a casa. Cada vez que te veo montar en el coche, se me pone la mosca detrás de la oreja.

Le observé unos instantes.

—¿Nunca te has planteado hablar con alguien? ¿Sobre lo que pasó?

—No —respondió él restándole importancia.

—Pues da la impresión de que sigues teniendo algo de ansiedad. Igual te ayudaría.

—No necesito ir al loquero, nena. Solo necesito llevarte a casa.

Yo me encogí de hombros y me pasé al asiento del acompañante.

Trenton giró la llave de contacto y apoyó la mano en mi muslo mientras aguardábamos a que el motor se calentara.

—Travis me ha preguntado por ti esta noche.

—¿Sí?

—Le he dicho que seguías con tu novio de California. Por poco vomito por decir eso.

Me incliné hacia él y lo besé en la boca, y él me estrechó en sus brazos.

—Siento que hayas tenido que mentirle. Sé que es una idiotez, pero eso daría pie a una conversación que no estoy preparada realmente para tener aún. Si tuviésemos algo más de tiempo para…

—No me hace gracia mentir a mis hermanos, pero me reventó tener que decir siquiera que estabas con otro hombre. Me hizo pensar en cómo sería perderte. Me hizo pensar realmente en lo mal que lo está pasando Trav. —Negó con la cabeza—. No puedo perderte, Cami.

Me llevé los dedos a los labios y también yo moví negativamente la cabeza. Trenton estaba mostrando su confianza en mí, y eso le ponía en una situación muy vulnerable. Yo en cambio le estaba ocultando muchas cosas.

—¿No puedes quedarte conmigo esta noche? —le pregunté.

Él se llevó mi mano a la boca, le dio la vuelta y besó la fina piel de mi muñeca.

—Me quedaré contigo todo el tiempo que tú me dejes —dijo, como si yo hubiese debido ya saberlo.

Salió marcha atrás del sitio en el que había estacionado el coche y, una vez fuera de la zona de estacionamiento, condujo en dirección a mi casa. El ceño de Trenton de hacía un ratito casi había desaparecido del todo y ahora se le veía ensimismado en sus pensamientos, conduciendo con una mano apoyada en la mía.

—Cuando consiga ahorrar suficiente dinero, he pensado que igual podrías ayudarme a buscar departamento.

Yo sonreí.

—Claro que sí.

—Y a lo mejor te gusta tanto que te animas a mudarte conmigo.

Me lo quedé mirando unos segundos, esperando a que me dijese en cualquier momento que me estaba tomando el pelo. Pero no dijo nada. En lugar de eso, juntó las cejas y preguntó:

—¿Es una cagada de plan?

—No. No necesariamente. Solo que para eso queda mucho aún.

—Sí. Sobre todo cuando acabo de perder una cuarta parte de mis ahorros con la ex de Travis.

Me reí en voz baja.

—¿Qué? ¿Lo dices en serio? ¿Cómo ha pasado eso?

—Pues jugando una noche al póquer. La tía es una especie de fenómeno. Nos dio una buena paliza.

—¿Abby?

Él asintió.

—Te lo juro.

—Pues tiene gracia.

—Supongo que sí. Si te gustan los ladrones.

—Bueno…, su perro se llama Pillo.

Trenton se rio y me apretó suavemente la rodilla, justo cuando llegábamos a mi casa. Apagó las luces del coche. La fachada de mi apartamento quedó a oscuras. Con los dedos de Trenton entrelazados con los míos, entramos en mi departamento y a continuación puse la cadena de seguridad de la puerta.

—¿Ray no va a venir a casa?

Negué con la cabeza.

—Se queda a dormir en casa de Brazil.

—¿Pero no habían roto?

—Eso pensaba ella también. Pero cuando al día siguiente recibió un enorme ramo de flores, entendió que no.

Fui caminando hacia atrás en dirección a mi cuarto, tirando de las dos manos de Trenton. Él sonreía, sabiendo por mi cara lo que estaba maquinando.

Me detuve en el centro de mi habitación, me quité los tacones, eché las manos hacia atrás para bajarme la cremallera del vestido y dejé que cayera al suelo, alrededor de mis tobillos.

Trenton se desabrochó la camisa blanca y a continuación el cinturón. Me acerqué a él y le desabotoné los jeans y le bajé la cremallera. Nos mirábamos a los ojos con esa mirada seria y desmayada que hacía que me doliesen los muslos. La mirada que quería decir que estaba a punto de ocurrir algo alucinante.

Trenton se inclinó hacia mí y me besó rozándome apenas los labios, dejando que toda la suavidad y tersura de los suyos acariciase mi boca, y a continuación bajó por mi mandíbula hasta mi cuello. Cuando llegó a mi clavícula, levantó los ojos hacia mí. Yo le recorrí el torso con las manos y bajé por su plexo solar, para arrodillarme a continuación y, cogiendo la cintura de sus jeans, tirar de ella suavemente hacia abajo. Sus bóxers negros quedaron directamente delante de mi cara. Y una vez que Trenton hubo sacado los pies de los jeans caídos, levanté la mirada hacia él, cogí la cinturilla elástica y le quité los calzoncillos también.

Su pene estaba ya totalmente erecto. Me alegré de tener los Magnum en el cajón de mi mesilla de noche, porque estaba claro que íbamos a necesitarlos.

Besé su tripa, y tracé un camino con mi lengua desde su ombligo hasta la base de su sexo. En el instante en que me lo metí en la boca, él enredó sus dedos en mi pelo y gimió.

—Oh. Mierda.

Mi cabeza subió y bajó, y alcé la mirada hacia él. Estaba observándome con esa misma mirada increíble y seria en sus ojos. Mis dedos y la palma de mi mano se deslizaron suavemente por su piel delicada y cuanto más adentro metía su pene hasta el fondo de mi garganta, más alto gemía él y más groserías decía.

Llevé la mano de delante atrás para agarrar con fuerza su culo prieto con las dos manos y empujarle aún más dentro de mi boca. Sus dedos estaban enredados en mi pelo y durante diez minutos gimió, gruñó y me suplicó que le dejase penetrarme.

Cuando parecía que ya no podía soportarlo más, me separé de él y me tumbé boca arriba en la cama, separando las rodillas. Trenton se tumbó entonces pero, en vez de colocarse entre mis piernas, me dio la vuelta para dejarme boca abajo y apoyó el pecho en mi espalda. Su pene mojado quedó apoyado entre mis nalgas, y acercó su boca a mi oreja. Se lamió el dedo índice y el corazón y entonces metió la mano entre el colchón y mi vientre de modo que sus dedos calientes y húmedos quedaron justo encima del punto de carne rosada e hinchada de mi pubis.

Gemí mientras él me acariciaba y me besaba la suave zona de piel de detrás del lóbulo. Entonces, al notar húmeda la tela de la sábana debajo de mí, estiré un brazo para abrir el cajón. Trenton sabía exactamente lo que iba a coger y se detuvo el tiempo justo para alcanzar un paquetito cuadrado, abrirlo con los dientes y deslizar con toda facilidad la funda de látex en su rígida erección.

Cuando sentí de nuevo en mi espalda el calor de su pecho y de sus abdominales, la sensación estuvo a punto de llevarme más allá de mi límite. Él me cogió por detrás, tiró un poco de mi cadera para levantarme el trasero unos centímetros y lentamente, con control, fue penetrándome. Los dos gemimos y yo arqueé la espalda para pegar aún más mi cadera a la suya, de modo que pudiese entrar más adentro.

Entonces comenzó a moverse rítmicamente, empujándome, y yo agarré con fuerza la sábana. Estiró un brazo para tocarme de nuevo con los dedos, lo que me hizo dar un grito. La sensación de sus caderas y sus muslos contra mis nalgas era increíble y lo único que deseaba era que entrase más y más, con más y más fuerza, más y más pegado a mí.

Trenton apartó de mi cara y de mis ojos los mechones sueltos de mi pelo. Todo mi cuerpo estaba poseído por la intensidad más deliciosa imaginable, que me envolvía por entero. Y al sentir su recorrido por todo mi cuerpo como una corriente eléctrica, grité.

—Dios, no dejes de gemir así —dijo él, jadeando.

Yo ni siquiera estaba segura de cómo gemía, pues me sentía completamente sumergida en las sensaciones del momento, sumergida en él. Él movió la pelvis aún más fuertemente. Cada empellón disparaba oleadas de placer desde mi pelvis hasta la punta de mis pies. Me mordió una oreja, con firmeza y delicadeza a la vez, exactamente como estaba cogiéndome. Sus dientes soltaron mi oreja y sus dedos se hundieron entre mis caderas. Entonces lanzó un gruñido al empujarme por última vez y todo su cuerpo se convulsionó al tiempo que él gemía.

Se derrumbó a mi lado, jadeando, sonriendo, con la piel brillante de sudor. Sé que yo también tenía esa cara de satisfacción con las mejillas encendidas.

Trenton apartó delicadamente mis cabellos húmedos de mi cara.

—Mierda, eres increíble.

—Puede. Pero lo que sí sé es que estoy enamorada de ti.

Trenton dejó escapar una risa corta.

—Qué locura, sentirse así de feliz… ¿Tú eres tan feliz como yo?

Sonreí.

—Superfeliz.

Y ahí fue cuando todo empezó a desmoronarse.

Capítulo 20

Firma aquí y aquí y ya te puedes ir —dije.

Landen Freeman garabateó su firma encima de cada línea indicada y a continuación se apoyó en el mostrador hincando los codos. Aunque le había visto por el minúsculo campus de la Eastern State en los tiempos en que podía matricularme de más asignaturas, hacía más de un año que no me lo encontraba y no me sorprendió que no me reconociese.

—¿A qué hora cierran? —Me miró a los ojos a la vez que me dedicaba una sonrisa seductora que imaginé llevaría perfeccionando delante del espejo desde la pubertad.

Yo indiqué con la pluma el letrero de la puerta y a continuación me puse a organizar sus formularios, concentrándome mucho en la labor, aposta.

—A las once.

—¿Te importa si me paso a esa hora? Me encantaría llevarte al Red Door. ¿Has estado?

—¿Y tú? —le pregunté. Aquello me hacía cierta gracia.

—Alguna que otra vez. Es que he cogido veinte créditos por semestre. Quiero terminar cuanto antes y salir de este agujero.

—Sé lo que se siente —dije yo.

—Bueno, ¿qué me dices de esa copa?

—¿Qué copa? —pregunté.

—La copa a la que quiero invitarte.

Trenton apareció a mi lado, cogió los impresos y les echó un vistazo.

—Si quieres que te lo hagamos a mano alzada, Calvin es la mejor opción y hoy no tiene a nadie.

Landen se rio.

—Me va bien cualquiera. Y no hace falta que sea a mano alzada.

—¿Quieres que te lo haga yo? —preguntó Trenton.

—Estupendo. O sea, es que he visto tu trabajo en la página web. Es buenísimo.

—Vale, pues yo te lo hago, pero tú tendrás que dejar de mirarle las tetas a mi chica.

Estiré el cuello hacia él. Yo no había cachado a Landen mirándome el pecho ni una sola vez.

—Eh… —respondió Landen, balbuciendo.

—O, pensándolo bien, mejor llama por teléfono para que te den cita con Cal. Yo estoy ocupado. —Trenton arrojó al aire los impresos de descargo de responsabilidad, que cayeron a nuestro alrededor como una lluvia de papeles. Se colocó la gorra para centrarla perfectamente y me lo quedé mirando, impávida, mientras él regresaba a su taller. Andaba con esos andares de chulo de cuando se disponía a darle una paliza a alguien.

Landen me miró, miró el pasillo y volvió a mirarme a mí.

—Esto… Lo siento mucho —dije, tendiéndole una de nuestras tarjetas—. Ahí tienes el número del estudio. Calvin trabaja los miércoles y jueves, solo con cita previa.

Landen cogió la tarjeta.

—No lo sabía —respondió, sonriendo avergonzado. Al marcharse, las notas del carillón quedaron suspendidas en el aire. Yo di media vuelta y me fui como una furia al taller de Trenton.

—¿A qué mierda ha venido eso?

—¡Te estaba pidiendo que salieras con él!

—¿Y?

—¿Y? ¡Debería haberle partido la cara!

Suspiré y cerré los ojos.

—Trent, me las estaba arreglando sola. No puedes ahuyentar a los clientes cada vez que intentan ligar conmigo. Para eso es para lo que me contrató Cal.

—Él no te contrató para que ligaran contigo. Él contrató…

—A una tía buenota para atender la recepción. Trabajo que me ofreciste tú, no lo olvides.

—¡Si ni siquiera te ha preguntado si tenías novio! Por lo menos ese cerdo habría podido empezar por ahí.

—Tenía dominada la situación —dije.

—Pues yo no te oí decirle que no…

Se me arrugó la nariz.

—¡Pero si estaba dándole largas! ¡No iba a cerrarle el pico mientras estaba ahí fuera, en el vestíbulo! A eso se le llama ser profesional.

—Ah, ¿se llama así?

Le miré entornando los ojos.

—Podías haberle dicho que tienes novio.

—¿De eso va todo? ¿De que no llevo visible mi nueva etiqueta como si fuese la pancarta de una manifestación? ¿Y si ya puestos me tatúo directamente SOY LA NOVIA DE TRENTON en toda la frente?

Sus facciones se distendieron y rio para sí.

—De buena gana te tatuaba eso en otro sitio.

Gruñí de pura frustración y volví a la entrada. Trenton vino detrás de mí a paso ligero.

—No es una idea tan horrible —dijo, medio en broma, medio en serio.

—No pienso tatuarme tu nombre —repuse, molesta con el mero hecho de que se le hubiese ocurrido semejante gracia. Trenton ya había rellenado el dibujo de las amapolas durante los días libres que habíamos tenido la primera semana de las Navidades, coloreándolas con un tono rojo cereza muy llamativo. Luego, dos días antes de Navidad, había añadido en ese mismo brazo unos motivos étnicos y unos remolinos en color negro y verde brillante. Y más tarde, una semana después de Año Nuevo, ya tenía una preciosa rosa roja con matices en amarillo. Me faltaba poco para acabar con el brazo entero cubierto de unos tatuajes impresionantes e intrincados. Habíamos empezado a llamar a nuestras sesiones «Terapia de dolor». Mientras Trenton dibujaba en mi piel, yo le contaba cosas. Me encantaba compartir esos ratos con él y saber que llevaba conmigo sus preciosas obras de arte allá donde iba.

Se sentó encima del mostrador, apoyando las palmas de las manos en la superficie de formica.

—Igual uno de estos días te lo tatúo camuflado entre alguno de tus tatuajes.

—Igual yo te parto en mil pedazos la máquina tatuadora —repliqué.

—¡Mierda! Sí que te ha sentado mal —dijo él, y se bajó dando un saltito para colocarse a mi lado—. Siento que te hayas enfadado porque echase a ese chico. No lamento haberlo echado, pero sí siento que te hayas enojado tanto. Pero piénsalo: no iba a tatuarle yo, después de haberle tirado los perros a mi chica. Tenlo claro. Era lo mejor para todos.

—Deja de decir cosas sensatas —le espeté.

Trenton me abrazó la cintura desde detrás y pegó la cara a mi nuca.

—Pero casi no me arrepiento de haberte enojado. Me pones a mil cuando te enfadas.

Yo le di con los codos en las costillas para castigarle en broma. Entonces el carillón de la puerta volvió a sonar y Colin y Chase se acercaron al mostrador. Chase cruzó los brazos delante del pecho.

—¿Unos tatuajes? —les pregunté. Pero ellos estaban muy serios.

Trenton aflojó las manos en mi cintura.

—¿En qué puedo servirlos, chicos?

Colin arrugó la frente.

—Tenemos que hablar con Camille. A solas.

Trenton negó con la cabeza.

—Eso no va a poder ser.

Chase entornó los ojos y se inclinó hacia nosotros.

—Es nuestra hermana, mierda. No tenemos que pedirte permiso, Maddox.

Trenton levantó una ceja.

—Sí que tienen, pero aún no lo saben.

El ojo de Colin se movió con un tic.

—Chase ha venido a hablar con su hermana. Es un asunto de familia, Trent. Debes quedarte al margen. Camille, fuera. Ya.

—Puedes hablar conmigo aquí, Colin. ¿Qué es lo que quieres?

Él me fulminó con la mirada.

—¿De verdad quieres que hablemos del tema aquí?

—¿De qué quieres hablar? —pregunté, mientras intentaba mantener la calma. Estaba segura de que, si salíamos del estudio, o Colin o Chase acabarían perdiendo los nervios y se desataría una trifulca. Me sentía más a salvo si me quedaba donde estaba.

—No te presentaste por Acción de Gracias. Papá dijo que tenías que trabajar. Es igual. Pero tampoco viniste por Navidad. Y después tu silla volvió a estar vacía en la comida de Año Nuevo. ¿Qué mierda está pasando, Camille? —preguntó Chase, sulfurado.

—Tengo dos trabajos y además estoy estudiando. Las cosas han salido así este año, nada más.

—La próxima semana será el cumple de papá —dijo Chase—. Más te vale estar, ¿entendido?

—¿O qué? —intervino Trenton.

—¿Qué mierda acabas de decir, Maddox? —le espetó Chase. Trenton levantó el mentón.

—Que más le vale ir o, si no, ¿qué? ¿Qué piensas hacer si no aparece?

Chase se apoyó en el mostrador.

—Venir a por ella.

—No. No vendrás —repuso Trenton.

Colin se inclinó también hacia delante y dijo sin levantar la voz:

—Solo voy a decir esto una vez más. Es un asunto de familia, Trent. Quédate al margen, ¿oído?

Los músculos de la mandíbula de Trenton se movieron bajo su piel.

—Cami es asunto mío. Y que los cabrones de sus hermanos aparezcan en su lugar de trabajo intentando asustarla es asunto muy mío.

Colin y Chase fulminaron a Trenton con la mirada y tanto uno como otro dieron un paso atrás. Como de costumbre, Colin fue el primero en responder:

—Camille, sal con nosotros ahora mismo o me veré obligado a destrozar el lugarcito mientras le pateo el culo a tu coleguita.

—No soy su coleguita. Soy su novio. Y les voy a partir la puta cara antes de que les dé tiempo a hacer un rasguño en la pintura.

Calvin apareció a mi lado. Bajé la vista y vi que llevaba los puños apretados.

—¿Has dicho que vas a destrozarme el negocio?

—¿Qué piensas hacer para impedirlo? —Chase escupió en el suelo.

—¡Chase, por lo que más quieras! —exclamé—. ¿Pero qué te pasa? —Trenton me sujetó, aunque yo no tenía intención de ir a ningún sitio en absoluto.

Bishop y Hazel, a quienes todo aquel barullo había despertado curiosidad, salieron de sus respectivos talleres. Bishop se colocó al lado de Calvin y Hazel en el otro extremo.

Hazel, cruzando los brazos, dijo:

—Puede que parezca poquita cosa, pero, cuando uno de estos grandullones los esté agarrando bien contra el suelo, yo les arrancaré los ojos con las uñas y entenderán por qué estoy aquí plantada. Pero, miren una cosa: no quiero arrancarles los ojos, porque son los hermanos de Cami. Y no queremos hacerle daño a ella. En la vida. Porque ahora ella forma parte también de nuestra familia. Y uno. No. Lastima. A los suyos. Así que aprendan de nosotros, borren esas caras de malas pulgas que llevan y lárguense a casa. Y cuando te hayas serenado, Chase…, llamas a tu hermana por teléfono. Y le hablas bien. Salvo que no quieras conservar los ojos.

—O los brazos —agregó Trenton—. Porque si vuelves a dirigirte a ella con un tono menos que respetuoso, te los arrancaré de cuajo y te zurraré con ellos. ¿Nos hemos entendido?

Colin y Chase contemplaron nuestro grupo con mirada cautelosa, paseando la vista desde Trenton hasta Hazel, uno por uno. Les superábamos en número y vi en los ojos de Colin que no estaba dispuesto a vérselas con todos a la vez.

Chase me miró y dijo:

—Te llamaré dentro de un rato. Merecemos que nos des una explicación de por qué nuestra familia está rompiéndose.

Yo asentí y ellos dieron media vuelta y salieron por la doble puerta.

Cuando oí el rugido del motor de Colin, bajé la vista, avergonzada.

—Te pido disculpas, Calvin.

—El estudio está bien, niña. Estamos bien —dijo, y se marchó a su despacho. Hazel se acercó a mí y deslizó los brazos entre los míos para apoyar la mejilla en mi pecho.

—Te hemos cubierto las espaldas —dijo simplemente. Yo seguí con la mirada en el suelo. Pero cuando se hizo evidente que Hazel no iba a soltarme, la estreché con fuerza.

Bishop nos observó unos instantes.

—Gracias —dije.

Bishop levantó una ceja.

—Yo no iba a pelearme. Solo había salido a mirar. —Regresó a su taller y yo reí para mí.

Hazel me soltó y dio un paso atrás.

—Muy bien. El numerito ha terminado. A trabajar —dijo, y se marchó a su taller.

Trenton me cogió entre sus brazos y acercó los labios a mi pelo.

—Acabarán entendiéndolo.

Yo levanté la mirada hacia él. No estaba segura de lo que quería decir.

—No pienso dejar que vuelvan a intimidarte.

Apoyé la mejilla en su pecho otra vez.

—Es que no saben hacer otra cosa, Trent. La verdad es que no puedo recriminárselo.

—¿Por qué no? Ellos te lo recriminan todo a ti. Y no son robots. Son unos hombres hechos y derechos y saben tomar sus propias decisiones. Ellos han elegido quedarse con lo conocido.

—¿Un poco como lo que les pasa a ti y tus hermanos? —No levanté la mirada y Trenton tampoco respondió enseguida.

Al final, respirando hondo, dijo:

—Nosotros no reaccionamos ante las cosas porque solo conocemos esa manera de ser. Es precisamente lo contrario. Que no tenemos ni puta idea de lo que estamos haciendo.

—Pero tú lo intentas —dije yo, acurrucándome en su pecho—. Tú intentas ser buena gente. Tú trabajas para hacer las cosas mejor, para ser mejor, más paciente y comprensivo. Pero solo porque puedas partirle la cara a alguien... no quiere decir que tengas que hacerlo.

Trenton rio en voz baja.

—Pues claro que sí. —Intenté, con poco ahínco, empujarle para separarlo de mí. Pero él me sujetó con más fuerza.

—Esta noche te voy a preparar ternera en tacos con arroz —dije.

Trenton hizo una mueca.

—Nena, me encantan tus platos pero no puedo seguir cenando a las tres de la madrugada.

Me reí.

—Va, pues te lo dejaré listo para cuando llegues. Hay una llave debajo de la piedra que hay frente a la columna de al lado de mi puerta. Te la dejaré allí.

—¿Y no me puedes guardar el ofrecimiento para otro día? Le había prometido a Olive que la llevaría al Chicken Joe's.

Sonreí. Pero no me hacía feliz perderme esos ratos con Olive.

—Un momento. ¿Acabas de decirme dónde está la llave extra?

—Sí, ¿por?

—Entonces, ¿puedo usarla cuando sea?

Yo me encogí de hombros.

—Sí.

Una leve sonrisa tiró de una de las comisuras de la boca de Trenton y a continuación se extendió por toda su cara.

—Voy a apostar en la siguiente pelea de Travis. Para ver si recupero el dinero que me sacó Abby y algo más. La próxima semana empiezo a buscar casa. Quiero que vengas conmigo.

—Va —dije, sin estar muy segura de por qué tenía ese semblante tan serio. Yo ya sabía que estaba moviéndose para encontrar casa.

La sonrisa de Trenton era deslumbrante.

—Será la pelea de cierre del año. Un dineral. Probablemente traerán a algún luchador de artes marciales mixtas como el que consiguieron el año pasado.

—¿A quién trajeron el año pasado?

—A Kelly Heaton. Perdió el título hace cuatro años. Travis le metió una de impresión. —Era evidente que a Trenton le traía buenos recuerdos—. Saqué mil quinientos dólares. Si este año puedo ganar como mínimo eso, lo habremos conseguido.

—Tú lo habrás conseguido. Yo ya tengo casa.

—Sí, va, pero a lo mejor uno de estos días decides quedarte a pasar la noche y ya no vuelves más a tu casa.

—No te hagas ilusiones. Me encanta tener mi propio espacio.

—Y puedes tener tu espacio. Puedes tener lo que quieras.

Me puse de puntillas, le rodeé el cuello con los brazos y besé los suaves labios de Trenton.

—Ya tengo lo que quiero.

Él me abrazó con más fuerza.

—Ya. Sabes que lo estás deseando.

—No, gracias. De momento no.

El rostro de Trenton se puso serio por un instante y entonces me guiñó un ojo y cogió mis llaves.

—Voy a poner en marcha el Jeep. Ahora vuelvo.

Se puso el abrigo y salió a paso ligero.

Hazel acudió al vestíbulo y meneó la cabeza.

—Trenton te ama, *kaigiban*. En plan amor del bueno, del de para toda la vida. Nunca le he visto así, nunca le he visto hacer estas cosas por una chica. —Me lo dijo casi susurrando, como arrullando cada palabra.

Me volví hacia ella.

—¿Cómo me has llamado?

Ella sonrió.

—Te he llamado «amiga», perra. En tagalo. ¿Tienes algún problema con eso?

Me reí y le di un empujoncito apenas lo bastante fuerte para desplazar mínimamente su cuerpecillo.

—No. Con lo que tengo un problema es con el hecho de que casi no me queda tabaco y no quiero gastarme el dinero que cuesta otro paquete.

—Pues deja de fumar. Además, es asqueroso.

—¿Tú no fumas? —pregunté. Como todos los demás del estudio fumaban, di por hecho que ella también.

Hazel hizo una mueca.

—No. Y ya solo por eso, no te pediría salir en la vida. Es repugnante. A nadie le agrada besarse con un cenicero.

Yo me puse un pitillo en la boca. Trenton entró corriendo, tiritando.

—¡Lo tienes a punto, nena! —Me quitó el cigarrillo de los labios y me besó, inclinándome ligeramente hacia atrás.

Cuando me liberó, me volví hacia Hazel.

—Pues hay uno al que sí.

Hazel me sacó la lengua.

—Mañana ven temprano. Empezaré con tus dilatadores.

—No, guapa, de eso nada.

—Sí, señorita —respondió cantarina, marchándose ya hacia su taller.

—¿Quieres que te acerque al Red Door? No me haría ninguna gracia que los zoquetes de tus hermanos se presentasen en tu departamento. Y fuera hace un tiempo de perros.

—Brazil está en mi casa y me las sé apañar con un poquito de nieve. —Aunque en las aceras había un palmo de nieve sucia en proceso de derretirse y soplaba un viento de mil demonios, era preferible al hielo. Y mantener limpias la mayoría de las calles era algo que a nuestra pequeña urbe se le daba bien.

Trenton tenía las mejillas y la nariz de color rojo brillante y seguía tiritando.

—Brazil no va a poder vérselas con tus hermanos —dijo, arrugando la frente.

Yo me reí y cogí mi pesado abrigo negro y mi bolso.

—Gracias por arrancar el Jeep. Quédate aquí dentro, que se está calientito.

Él me devolvió el cigarrillo, no sin antes darme un último beso.

—San Valentín es dentro de una semana.

—Sí. Exactamente dentro de una semana a partir de hoy. Así que cae en sábado. Genial para todo el mundo menos para nosotros.

—Pues pídete la noche libre. Ya trabajaste en Acción de Gracias.

—Lo pensaré.

Trenton se quedó en la puerta mientras yo sacaba el coche marcha atrás. Durante el trayecto a mi casa no encontré complicaciones. Al entrar en el departamento, cerré la puerta y dejé las llaves en la barra y me fui derecha al cuarto de baño. La ducha caliente me sentó de maravilla, pero nada más cerrar el grifo oí a Brazil y Raegan riñendo. Y cuando me cepillé los dientes y me puse mi albornoz blanco de rizo grueso y salí al pasillo, habían trasladado la bronca a la entrada.

Brazil me vio y suspiró.

—Voy a ir, Ray. Les dije que iría y voy a ir.

—Pero teníamos planes. ¡No está bien darme plantón para irte a beber con tus colegas de la fraternidad! ¿Por qué no lo entiendes?

Brazil se caló el gorro hasta las cejas, se subió la cremallera del abrigo y se marchó.

Raegan fue derecha a mi habitación y se sentó en la cama. Yo me senté en el suelo, delante del espejo de cuerpo entero, y abrí mi neceser de maquillaje.

—¡Pero qué idiota es! —dijo, golpeando el colchón con los puños.

—No está preparado para una relación. Quiere las ventajas de tener novia pero sin comprometerse.

Ella negó con la cabeza.

—Entonces que se ponga en plan Travis Maddox y se tire a todo lo que tenga vagina, hasta que encuentre lo que busca, en lugar de empeñarse en intentar que funcione lo nuestro.

Yo levanté una ceja.

—Es que no quiere que seas feliz con nadie más.

El enojo en el semblante de Raegan se transformó en tristeza.

—Kody me llamó hoy. Está preocupado por el estado del asfalto y quiere venir a buscarme para llevarme al local. Tuvimos nuestras estúpidas broncas, pero le echo de menos.

Me pinté los ojos y los labios, enchufé la secadora y la encendí.

—¿A qué esperas, Ray? —dije alzando la voz para que me oyera a pesar del ruido.

No respondió. Simplemente se quedó mirándome mientras el pelo se me levantaba por todas partes por el chorro de aire. Cuando terminé, se encogió de hombros y dijo:

—Brazil me dejó el año pasado más o menos por estas fechas, antes de la fiesta de parejas de la fraternidad. Tenía el vestido comprado y le había dicho a todo el mundo que me había pedido ir con él. Pues este año pienso ir a esa puta fiesta.

Clavé la mirada en el espejo, atónita, para verle la cara en el reflejo.

—¿Me estás tomando el pelo? ¿Vas a tragar todas esas estupideces de fraternidad de chicos, con tal de ir a una fiesta?

—¡Tengo el vestido! —exclamó—. Tú no lo entiendes.

—Tienes razón. No lo entiendo.

Sonó el timbre y Raegan y yo nos miramos.

—Igual es Brazil —dijo ella.

—Colin y Chase se presentaron hoy en Skin Deep. Por poco no se lían a puñetazos con Trenton... y con todos los demás.

—¡Mierda! ¿Pueden ser ellos, crees tú? —preguntó.

Me levanté, me acerqué sigilosamente a la puerta de nuestro departamento y miré por la mirilla. Puse los ojos en blanco y, tras quitar la cadena de seguridad, abrí la puerta. Era Kody, envuelto en un abrigo de lana, bufanda, guantes y gorra.

—¿Qué haces tú aquí? —preguntó Raegan, asomando la cabeza para ver quién entraba en el salón.

—Ray, la cosa se está poniendo difícil. Creo que no es buena idea que vayas en tu coche. Ninguna de las dos.

Ella bajó la mirada.

—Yo aún no estoy lista.

Kody se sentó en el sofá de dos plazas.

—Te espero. Dejaré la furgo con el motor en marcha para que esté calientita cuando entres.

Raegan reprimió una sonrisa. Entonces, se fue pitando a su cuarto y cerró la puerta.

—Volví a casa hace menos de veinte minutos. No está tan mal —dije con mirada pícara.

—Shh —hizo Kody—. No hace falta que se entere.

—Eres bueno —dije yo, y me fui hacia mi cuarto.

Capítulo 21

El sábado por la noche, después de una jornada extenuante en el Red Door, llegué casi arrastrándome a mi departamento. Al entrar en mi cuarto y encender la luz, me encontré con Trenton tumbado encima de mi cama, con unos bóxers de color azul marino y... calcetines.

Me desnudé, apagué la luz y me subí a gatas en la cama, a su lado. Él se peleó con las sábanas para poder meterse dentro conmigo y entonces me estrechó contra su cuerpo, pegando la cara a mi cuello. Nos quedamos así una eternidad, quietos, calientitos. Era la primera vez en mi vida que al llegar a casa después de trabajar había alguien esperándome. Pero no era desagradable, sino todo lo contrario: me hallaba en una cama caliente junto al cuerpo caliente e increíblemente difícil de resistir del hombre que me amaba más de lo que me había amado antes ningún otro. Había cosas peores. Mucho peores.

—¿Qué tal Olive?

—¿Hmmm?

—Olive. ¿Está bien?

—Te echa de menos. Le he prometido traerla mañana para que pueda verte.

Sonreí.

—¿Y qué tal el Chicken Joe's?

—Grasoso. Ruidoso. Bestial.

Apreté más aún contra mí la parte de su brazo que me cruzaba por encima del pecho.

—Veo que encontraste la llave.

—Qué va, no conseguí encontrarla, así que me colé por la ventana de su cuarto de baño. ¿Sabías que estaba cerrada sin pestillo?

Me quedé de piedra.

Trenton se rio, lentamente, en voz baja. Yo le hinqué el codo.

La puerta de casa se abrió de golpe con gran estrépito y Trenton y yo nos sentamos.

—¡Corta el rollo! ¡Ni se te ocurra decirle adiós con la mano! ¡Raegan! —dijo Brazil a gritos.

—¡Ha sido un cielo! ¡No quiso que cogiese el coche con esta nieve, nada más!

—¡Pero si no hay nieve en las calles! ¡Solo están mojadas!

—¡Claro! ¡Ahora! —replicó ella. Cruzó el pasillo haciendo mucho ruido al andar y Brazil fue tras ella y cerró la puerta del dormitorio dando un portazo.

Yo gruñí.

—Esta noche no. Necesito dormir.

La voz amortiguada de Brazil se oía a través de la pared.

—¡Porque no puedes ir con tu exnovio en su camioneta por ahí, por eso!

—¡A lo mejor si me hubieses llevado tú al local…!

—¡Ah, no! ¡No me cargues a mí con la culpa! ¡Si yo hubiese hecho lo mismo…!

—¿Y quién dice que no lo hayas hecho?

—¿Qué significa eso? ¿Qué quieres decir, Raegan? ¿Alguien te ha dicho algo?

—¡No!

—¿Entonces qué?

—¡Nada! ¡No tengo ni idea de lo que haces cuando no estás! ¡Ni siquiera estoy segura de si me importa ya!

En ese momento todo quedó bastante en silencio. Entonces, al cabo de varios minutos, continuaron hablando en voz más baja. Diez minutos más tarde no se oía ninguna voz y, justo cuando pensaba acercarme a ver si Raegan estaba bien, oí sus gemidos y jadeos, y su cama empezó a golpear contra la pared.

Puaj.

—No me lo puedo creer —dije.

—Lo de irnos a vivir juntos va sonando cada vez mejor, ¿no crees? —dijo Trenton pegando la cara a mi cuello.

Yo me acomodé a su lado.

—Llevamos menos de cuatro meses. Vayamos con calma.

—¿Por qué?

—Porque son palabras mayores. Casi no te conozco.

Trenton apoyó su mano en mi rodilla y fue subiéndola suavemente hasta que sus dedos tocaron la parte de algodón de mis calzones.

—Yo te conozco bastante íntimamente.

—¿De verdad? ¿Es que quieres alargar la escena de Buffy y Spike que se ha montado ahí al lado?

—¿Eh?

—Primero se tiran los trastos a la cabeza y luego… a hacer las paces.

—No tienes ganas, ¿no? —preguntó él.

Los grititos de Raegan eran cada vez más agudos.

—No. En estos momentos no.

—¿Ves? Prácticamente es como si fuésemos marido y mujer.

—¡Te ha dado por hacerte el gracioso! —dije yo, hundiendo los pulgares entre sus costillas. Él intentó defenderse, gruñendo y riéndose mientras yo le hacía cosquillas. Acabó imitando los grititos agudos de Raegan. Yo me tapé la boca, tronchándome de risa sin poder parar. Raegan se calló y Trenton me dio con un puño. Entonces los dos volvimos a tumbarnos.

Media hora después, Brazil y Raegan pasaron sigilosamente por el pasillo y se oyó que la puerta de casa se abría y volvía a cerrarse. Unos segundos después, la puerta de mi cuarto se abrió de golpe y se encendió la luz.

—¡Cabrones!

Yo me tapé los ojos. Entonces, oí que Raegan contenía la respiración como si se hubiese asustado.

—Mierda, Trenton, ¿qué te ha pasado?

Me volví para mirarle. Encima del pómulo tenía tres arañazos rojos de sangre, y uno de sus labios estaba partido. Me levanté dando un respingo y me quedé sentada.

—¿Qué te has hecho en la cara, Trent?

—Todavía no tengo pensada una mentira que pueda decir.

—Pensé que esta noche habías estado en el Chicken Joe's con Olive. ¿O es que otra vez fuiste a ese bar de moteros? —le pregunté, con innegable tono de acusación.

Trenton rio para sí.

—No, sí que fui al Chicken Joe's. Pero Chase y Colin estaban allí también.

Raegan se quedó perpleja, igual que yo. Los ojos se me llenaron de lágrimas.

—¿Y esos cabrones se tiraron a por ti? ¿Estando con Olive? ¿Ella está bien?

—Lo intentaron. La niña está bien. Salimos del local y no vio gran cosa.

Raegan dio un paso hacia la cama.

—¿Qué pasó?

—Pues digamos simplemente que se les han quitado las ganas de volver a tirarse encima de mí.

Yo me tapé la cara.

—¡Maldita sea! ¡Maldita sea, carajo! —Cogí mi celular y mandé el mismo mensaje a Colin y a Chase. Contenía solo una palabra:

IDIOTAS

El celular de Trenton vibró y lo cogió. Al ver la pantalla, puso los ojos en blanco. También le había mandado a él el mensaje.

—Oye, que fueron ellos los que vinieron a por mí.

—¿Están bien? —quise saber.

—Algo magullados. Y más les va a doler por la mañana. Pero se terminó.

La cara se me contrajo.

—¡Trent! ¡Mierda! ¡Esto tiene que acabar!

—Te lo acabo de decir, nena: se ha terminado. Coby estaba con ellos. Él no se me tiró encima, sino que trató de disuadirles. Yo les partí la cara y ellos accedieron a retirarse.

Mi celular pitó. Era Chase.

Lo siento. Ya lo hemos arreglado. Está todo bien.

¿Qué tal tu cara?

Mal.

Estupendo.

A Raegan se le abrieron un poco más los ojos y entonces salió de espaldas y se fue a su cuarto.

Yo fulminé a Trenton con la mirada.

—¿Qué querías que hiciera? ¿Dejar que me machacasen?

Distendí el rostro y respondí:

—No. Pero me parece horrible que ocurriese algo así estando Olive delante. Me preocupa cómo esté.

Trenton salió de la cama para apagar la luz y entonces volvió a meterse a mi lado.

—Mañana la verás. Está bien. Le expliqué lo que había pasado y luego se lo expliqué a sus padres.

Yo me estremecí.

—¿Se enfadaron mucho?

—Un poquillo. Pero no conmigo.

—¿Necesitas hielo o algo?

Trenton rio en voz baja.

—No, nena. Estoy bien. Duérmete.

Relajé los músculos, pegada a él, pero tardé un rato en conciliar el sueño. No podía parar de pensar. Y por su manera de respirar, me di cuenta de que Trenton tampoco conseguía dormirse. Al final, me pesaron los párpados y me dejé vencer por el cansancio.

Cuando finalmente abrí los ojos, el reloj marcaba las 10:00 y Olive estaba de pie al lado de mi cama, mirándome. Al darme cuenta de que bajo la ropa de cama estaba casi desnuda, sujeté bien la sábana contra el pecho.

—Hola, Olive —dije, pestañeando—. ¿Y Trent?

—Está metiendo la *compa*.

—¿La compra? —dije, incorporándome—. ¿Qué compra?

—Fuimos a hacer la *compa* esta mañana. Él dijo que te faltaban dos o tres cosas, pero ha llenado seis bolsas.

Me incliné para mirar pero solo vi la puerta de casa abierta.

Brazil salió al pasillo. Lo único que cubría su piel bronceada eran unos calzoncillos de tela de cuadros escoceses en tonos verdes. Bostezó, se rascó el culo y entonces, al darse la vuelta, vio a Olive. Cruzó las manos para taparse la ingle, que estaba también despertándose.

—¡Mierda! ¿Qué hace aquí?

—Ha venido con Trent. ¿Y tú ya has vuelto?

—Llegué cuando Trent se iba.

—Ponte algo de ropa, maldita sea, que no vives aquí.

Olive meneó la cabeza, reprobándole con sus destellantes ojos verdes.

Brazil se refugió en la habitación de Raegan. Señalé la puerta con un movimiento de la cabeza y le dije a Olive:

—Largo, peque. Que yo también tengo que vestirme. —Le guiñé un ojo y ella sonrió y salió a todo correr en dirección al salón.

Tras cerrar bien la puerta de mi cuarto, saqué de mis cajones unos calcetines y un brassiere y a continuación me puse unos jeans y una sudadera de color crema. Mi pelo seguía atufando como a cuarenta paquetes de cigarrillos después de la noche de trabajo en el Red Door, así que me lo recogí en una mini coletita, lo rocié con un poco de desodorante y lo di por bueno.

Cuando entré en la cocina, Trenton estaba bromeando con Olive mientras guardaba en los armarios latas de comida, entre otras cosas. Todos estaban abiertos y repletos.

—¡Trenton Allen! —exclamé, atónita, y me tapé la boca—. ¿Por qué lo has hecho? ¡Se suponía que tenías que estar ahorrando!

—Paso un montón de tiempo aquí, como mucha comida de ustedes y tengo un margen de trescientos dólares, sobre todo después del combate de fin de año de Travis.

—Pero ni siquiera sabes cuándo lo van a hacer ni si lo van a hacer. Travis ahora solo tiene ojos para Abby. ¿Y si se raja? ¿Y si el otro chico se echa atrás?

Trenton sonrió y me estrechó entre sus brazos.

—Deja que yo me preocupe de eso. Puedo hacer algo de compra de vez en cuando. También he comprado cosas para mi padre.

Le abracé y entonces saqué el último cigarrillo de mi cajetilla.

—¿No habrás comprado tabaco, por un casual?

Trenton me miró con cara de chasco.

—No. ¿No te queda? Puedo acercarme otra vez y te traigo.

Olive cruzó los brazos.

—Fumar es malo para la *salús*.

Yo me quité el cigarrillo de los labios y lo dejé en la barra.

—Tienes razón. Perdona.

—No te hagas la buenecita conmigo. Deberías dejar de fumar. Y *Tuent* también.

Trenton se quedó mirando a Olive unos instantes y a continuación me miró a mí.

Yo me encogí de hombros.

—De todas formas, se estaba poniendo por las nubes.

Trenton sacó su cajetilla del bolsillo del abrigo y la aplastó con una mano. Entonces yo cogí el último cigarrillo de la barra y lo rompí en dos. Trenton tiró su tabaco a la basura y yo también.

Olive estaba plantada en mitad de mi cocina, feliz como no la había visto antes. Pero entonces sus preciosos ojos verdes comenzaron a llenarse de lágrimas.

—¡Ew, no llores! —dijo Trenton, cogiéndola rápidamente en brazos. Ella se abrazó a él y su cuerpecillo empezó a temblar.

Se irguió, me miró y se secó un ojo con la mano.

—¡Es que me siento tan feliz! —dijo, y sorbió el aire por la nariz.

Yo abracé a Trenton, de manera que la pequeña quedó emparedada entre los dos. A Trenton las cejas se le dispararon en un gesto que era una mezcla de diversión y emoción al ver la reacción de Olive.

—Caramba, Ew, de haber sabido que era algo tan importante para ti, los habría tirado a la basura hacía tiempo.

Ella le apretó las mejillas con las palmas de las manos para arrugarle la boca.

—Mamá dice que está más orgullosa de haber dejado de fumar que de cualquier otra cosa del mundo. Después de mí.

Trenton la miró con dulzura y la abrazó.

Olive estuvo viendo dibujos en la tele, sentada en el pequeño sofá, hasta que Trenton tuvo que marcharse a casa para prepararse para ir a trabajar. Yo llegué antes que él a Skin Deep, así que decidí limpiar el polvo y pasar el aspirador, pues Calvin, que había abierto ya el estudio, se había ocupado de dar las luces y de encender la computadora, que era lo que yo solía hacer al llegar.

Hazel entró como una exhalación por la puerta del local, prácticamente oculta bajo su gran abrigo naranja y su gruesa bufanda.

—¡Perdón! ¡Lo siento horrores! —se disculpó, y se fue pitando a su taller.

Me picó la curiosidad y me fui tras ella.

Hazel roció la silla con desinfectante y a continuación limpió todo lo demás. Estaba rebuscando en sus cajones, sacando y colocando una serie de envases, cuando se volvió para mirarme.

—¡Me lavo las manos, me pongo los guantes y estoy lista!

Arrugué la frente.

—¿Lista? ¿Para qué? Esta mañana no tienes a nadie.

Una sonrisa pícara se le dibujó en la cara.

—¡Claro que sí!

Salió y al cabo de unos cinco minutos regresó mientras se enfundaba los guantes.

—¿Bien? —dijo, mirándome con cara expectante.

—¿Bien, qué?

—¡Siéntate! ¡Pongámonos a ello!

—Que yo no quiero dilatadores, Hazel. Ya te lo he dicho. Infinidad de veces.

Ella sacó el labio inferior.

—¡Pero si ya me he puesto los guantes! ¡Estoy lista! ¿Viste los nuevos dilatadores que recibimos la semana pasada, con pintitas de leopardo? ¡Son increíbles!

—Es que yo no quiero que las orejas me cuelguen. Es asqueroso.

—No hace falta que te pongas de los grandes. Podemos empezar simplemente con un dilatador de uno coma dos. ¡Es supermini! Una cosa así… —Curvó el pulgar y el dedo índice hasta formar un agujerito en el centro.

Yo negué con la cabeza.

—No, corazón. Ya me puse un piercing en la nariz. Me encanta. Estoy bien así.

—¡Pero si te encantan los míos! —exclamó, desinflándose por momentos.

—Sí. Los tuyos. Pero yo no quiero eso en mis orejas.

Hazel se quitó los guantes con rabia y los tiró en la papelera. Luego, soltó una retahíla de maldiciones en tagalo.

—Trent está a punto de llegar —dije—. Que te haga un tatuaje nuevo. Para desahogarte un poco.

—Eso vale para ti. Pero yo necesito clavar cosas. Es lo que me da paz.

—Mierda —comenté, y regresé a la recepción.

Trenton entró a paso ligero, meciendo las llaves en un dedo. Saltaba a la vista que estaba de buen humor.

—Nena —dijo, corriendo a mi lado. Me cogió por los brazos y añadió—: He dejado el coche en marcha. Necesito que vengas conmigo un momentito.

—Trent, el estudio ha abierto, no puedo…

—¡Cal! —exclamó Trenton.

—¿Sí? —respondió Calvin desde el fondo del local.

—¡Me llevo a Cami para que lo vea! ¡Volvemos en menos de una hora!

—¡Lo que tú digas!

Trenton me miró con los ojos brillantes.

—¡Vamos! —dijo, cogiéndome de la mano.

Yo me resistí.

—¿Adónde vamos?

—Ya lo verás —respondió mientras tiraba de mí hasta el Intrepid. Me abrió la puerta y yo me subí. Entonces él rodeó el coche a paso ligero, por detrás, y se metió rápidamente en el asiento del conductor.

Condujo a gran velocidad hacia el misterioso lugar al que nos dirigíamos, con la radio más alta de lo habitual y llevando el ritmo con los dedos en el volante. Nos metimos en la zona privada de Montes Altos, uno de los complejos de apartamentos más bonitos de la ciudad, y estacionamos delante de las oficinas. Una mujer de mi edad aproximadamente, vestida con traje de chaqueta y tacones, esperaba en el exterior.

—Buenos días, señor Maddox. Y usted debe de ser Camille —dijo, tendiéndome la mano—. Yo soy Libby. Estaba deseando que llegase el día de hoy. —Yo le estreché la mano, sin entender muy bien de qué iba todo aquello.

Mientras nos dirigíamos con ella hacia un bloque de departamentos de la parte posterior de la propiedad privada, Trenton me cogió de la mano. Subimos las escaleras y Libby sacó un llavero lleno de llaves, con una de las cuales abrió la puerta.

—Bueno, pues este es el de dos habitaciones. —Estiró un brazo hacia delante y giró lentamente el cuerpo trazando un semicírculo. Me recordó a una de esas mujeres de *El precio justo*—. Dos baños, doscientos metros cuadrados, toma para lavadora y secadora, frigorífico, triturador de basura, lavaplatos, chimenea, totalmente alfombrado, y hasta dos mascotas permitidas con fianza por mascotas. Ocho ochenta al mes, con fianza de ocho ochenta. —Sonrió—. Es el precio sin mascotas, que incluye el gasto de agua y recogida de basuras. La basura se recoge los martes. La piscina está disponible de mayo a septiembre, el club social el año entero, el gimnasio las veinticuatro horas, siete días a la semana, y por supuesto plaza asignada de estacionamiento cubierto.

Trenton me miró.

Yo me encogí de hombros.

—Increíble.

—¿Te gusta?

—¿Cómo no me iba a gustar? Le da mil vueltas a mi departamento.

Trenton sonrió a Libby.

—Nos lo quedamos.

—Esto… Trenton, ¿podemos…? —Me lo llevé a uno de los dormitorios y cerré la puerta.

—¿Dime, nena? Este apartamento no va a estar disponible mucho tiempo.

—Creía que no tendrías el dinero hasta después del combate de Travis.

Trenton se rio y me rodeó con sus brazos.

—He estado ahorrando el equivalente a un año de alquiler más recibos, contando incluso con la mitad que pagaré a mi padre. Tengo suficiente para que podamos mudarnos ya.

—Espera, espera, espera… ¿Has dicho «podamos»?

—¿Y qué iba a decir? —preguntó Trent, confuso—. Acabas de responder que te gusta y que era mejor que tu departamento.

—¡Pero no he dicho que fuese a venirme a vivir aquí yo también! ¡Anoche te dije justo lo contrario!

Trenton se quedó mirándome boquiabierto. Entonces, la boca se le cerró de golpe y se frotó la nuca.

—Va, pues… Yo me quedo con una llave de tu departamento y tú con una del mío. Y a ver qué tal. Sin presiones.

—No hace falta que me des una llave de tu apartamento enseguida.

—¿Por qué no?

—Es que… No la necesito. No sé, se me hace raro. ¿Y para qué quieres un apartamento de dos habitaciones?

Trenton se encogió de hombros.

—Dijiste que necesitabas tu espacio. Esa otra habitación es para lo que tú quieras.

Me dieron ganas de abrazarle y de decirle que sí y hacerle feliz, pero lo cierto era que yo no quería irme a vivir con mi novio. Aún no. Y si lo hacía, sería una progresión natural, no esta mierda de emboscada.

—No.

—¿No qué?

—No todo. No quiero que me des una llave. No me voy a mudar contigo. No me voy a poner dilatadores en las orejas. Simplemente... ¡no!

—Dilatadores... ¿Qué?

Salí corriendo. Pasé por delante de Libby a todo correr, bajé las escaleras y me metí en el Intrepid. Trenton no me dejó mucho tiempo esperando en medio del frío. Se metió en el coche, a mi lado, y puso el motor en marcha. Mientras esperaba a que se calentase, suspiró y dijo:

—Escogí una mala semana para dejar de fumar.

—Dímelo a mí.

Capítulo 22

A Trenton, ocupado como estuvo con la mudanza, no le vi mucho el pelo a lo largo de la siguiente semana. Yo le mandé un mensaje cuando pude, pero las cosas estaban raras. Trenton se había tomado bastante mal que no me fuese a vivir con él. Disimulaba sus sentimientos tan mal como yo, lo que no siempre era algo bueno.

El sábado por la noche Raegan estaba sentada en nuestro sofacito, zapeando, con un vestido de fiesta de los de cortar el hipo. Llevaba un solo tirante, como una tira hecha de brillantes. El resto del vestido era de satén rojo, totalmente ceñido, marcaba su perfecta figura. El escote corazón lo hacía aún más sexi. Llevaba también unos taconazos plateados de vértigo y se había alisado la melena, muy brillante, con unos mechones recogidos y el resto suelto.

—Me encantaría que Blia estuviese aquí. Desde luego esta imagen merece una de sus frases personalizadas. Estás perfecta.

Su brillo de labios en tono beis destelló en sus labios al sonreír.

—Gracias, Cami. ¿Qué planes tienes esta noche?

—Trenton iba a deshacer cajas un rato al salir de Skin Deep. Pero dijo que vendría para las siete. Últimamente Travis lo está pasando mal. Va a ir a verle y luego vendrá para acá.

—¿Entonces esta noche descansas?

Asentí.

—Brazil pasará a buscarme a las siete y media.

—No parece que te haga muy feliz la idea.

Ella se encogió de hombros.

Me fui a mi cuarto y abrí las puertas correderas de mi armario. Tuve que poner cuidado al deslizar la de la izquierda, porque se salía del riel. Tenía la ropa esmeradamente organizada por categorías, subcategorías y colores. Las sudaderas las tenía colgadas en ganchos en la parte de más a la izquierda, y a la derecha estaban las camisetas, los jeans y los vestidos. No tenía muchos, pues vivía más concentrada en hacer frente a las facturas que en rellenar mi ropero, y además Raegan me dejaba cogerle prestadas un montón de cosas. Trenton iba a llevarme a un elegante restaurante italiano del centro y luego iríamos a tomar unas copas al Red Door. Se suponía que iba a ser una velada relajada. Había dejado encima de la cómoda la tarjeta y el regalo que le había preparado, dentro de una bolsa roja de regalo. Era bastante soso, pero estaba segura de que él valoraría el detalle.

Saqué del armario lo único que más o menos podía resultar apropiado: un vestido negro de ganchillo con forro blanco y mangas tres cuartos. Con su recatado escote en U, era el único vestido que tenía que no resaltaba mi busto y que no llamaría la atención en un restaurante fino. Me calcé unos tacones rojos y me puse collar y pendientes rojos a juego, y me di por satisfecha.

Justo antes de las siete alguien llamó con los nudillos y salí a paso ligero a abrir la puerta.

—No te levantes. Debe de ser Trent.

Pero no era él. Era Brazil. Miró la hora y dijo:

—Perdón por llegar tan pronto. Es que estaba en casa sin nada que hacer y…

Raegan se puso de pie y durante unos segundos Brazil se quedó sin habla. Entonces esbozó una sonrisa sesgada.

—Qué mona.

Yo fruncí el ceño. Raegan estaba impresionante y no me cupo duda de que Brazil se estaba haciendo el indiferente a propósito. No lo hacía por putear, pero en su mirada se apreció un puntito de pesar. Raegan no protestó por su falta de expresividad, simplemente imitó su reacción y cogió su bolso de la barra del desayuno.

—Mejor llévate abrigo, Ray —sugirió Brazil—. Hace un frío que pela.

Abrí el armario de la entrada y le tendí a Raegan el abrigo negro de vestir. Ella me lo agradeció con una pequeña sonrisa y a continuación salieron y cerraron la puerta.

Regresé a mi cuarto para terminar de arreglarme el pelo. Dieron las siete y luego las siete y media. A las ocho cogí mi celular y miré la pantalla. Nada. Probé a llamarle pero automáticamente saltó el contestador.

A las nueve menos cuarto estaba sentada en el pequeño sofá de dos plazas, jugando a un estúpido juego de pajaritos en el celular. Que Trenton no hubiese telefoneado para explicarme su tardanza no estaba ayudando nada a contener el enfado que iba creciendo dentro de mí.

Alguien llamó a la puerta con los nudillos y me levanté de un brinco. Al abrir la puerta, me encontré con Trenton. O con la mitad de Trenton, porque estaba oculto detrás de un jarrón con varias docenas de rosas de color rojo oscuro.

Contuve la respiración y me tapé la boca con las dos manos.

—Madre mía. ¿Son para mí? —pregunté.

Trenton entró y dejó el jarrón sobre la barra. Iba con la misma ropa que había llevado a trabajar y de pronto me sentí demasiado arreglada en comparación.

Cuando se dio la vuelta, no sonreía.

—¿Qué pasa? ¿Está bien Travis? —pregunté.

—Su moto estaba estacionada delante del Ugly Fixer Liquor's, conque seguramente no.

Le abracé con fuerza.

—Gracias por las flores. —Cuando me di cuenta de que no había movido las manos de los costados, me aparté.

Vi claramente que Trenton estaba haciendo esfuerzos por mantener el semblante sereno.

—Las trajeron al estudio a última hora, cuando ya te habías ido. No son mías.

—¿Y de quién son? —pregunté.

Él señaló el jarrón.

—Hay una tarjeta.

Me acerqué y saqué de un pequeño soporte de plástico un sobrecito de color rojo. Cuando extraje la tarjeta, moví los labios leyendo el texto a toda velocidad, pero sin emitir ningún sonido.

Más de una vez esta semana he tratado de convencerme para no hacer esto, pero tenía que hacerlo.
Siempre te querré,
T.

Cerré los ojos.

—Maldita sea. —Tendí la tarjeta boca abajo en la superficie de formica verde claro y allí la dejé, debajo de mi mano, mientras miraba a Trenton—. Sé lo que estás pensando.

—No, no lo sabes.

—Ya no hablo con él. Hace semanas que no hablamos.

—Entonces eran de T. J. —concluyó Trenton, y la cara y el cuello se le pusieron rojísimos.

—Sí, pero ni siquiera entiendo por qué me las manda. Hagamos… —Le tendí las manos, pero él se apartó—. Hagamos

como si no existieran, nada más —dije, señalando las rosas con un gesto de desdén—, y pasemos un rato agradable esta noche. —Trenton se metió las manos en los bolsillos, de mala gana, al tiempo que apretaba los labios—. Por favor —le supliqué.

—Te las ha mandado para marearte. Y para marearme a mí.

—No —dije—, no es su estilo.

—¡No le defiendas! ¡Esto es de idiotas! —exclamó, volviéndose ya hacia la puerta. Entonces, de nuevo se giró para mirarme—. Llevo todo este rato sentado en el estudio, mirando esas putas flores. Quería tranquilizarme antes de presentarme aquí, pero esto es… Es una puta falta de respeto, ¡eso es lo que es! Me dejo la piel tratando de demostrarte que soy mejor para ti de lo que él lo fue nunca. Pero sigue sacándose de la manga estas estupideces, y presentándose aquí y… Yo no puedo competir con un niño bien con título de California. Yo a duras penas voy tirando adelante, sin ningún título, y hasta hace unos días todavía vivía con mi padre. Pero, Cami, estoy jodidamente enamorado de ti —dijo, tendiéndome las manos—. Llevo enamorado de ti desde que éramos unos críos. La primera vez que te vi en el recreo, entendí lo que era la belleza. La primera vez que me ignoraste fue la primera vez que se me rompió el corazón. Pensaba que estaba haciéndolo bien esta vez, desde el momento en que te vi sentada en tu mesa en el Red Door. Nunca nadie te ha querido como yo te quiero. Durante años yo… —Le costaba respirar y apretó la mandíbula—. Cuando me enteré de lo de tu padre, quise rescatarte —dijo, y se rio entre dientes, pero no porque le pareciese gracioso—. Y esa noche en tu departamento pensé que por fin había hecho algo bien en la vida. —Señaló el suelo—. Que mi propósito en la vida era amarte y protegerte… Pero no me preparé para tener que compartirte.

No sabía cómo iba a poder arreglar aquello. Era nuestro primer San Valentín juntos y él estaba furibundo. Pero era consciente de que esas flores no tenían nada que ver con Trenton y sí todo que ver con que T. J. estaba destrozado. Me quería pero, simplemente, no habíamos sido capaces de hacer que lo nuestro funcionara. Trenton no lo comprendería porque cualquier intento de explicación por mi parte daría pie a preguntas. Preguntas que yo no sabía cómo contestar. Me costaba horrores enfadarme con alguno de los dos y me resultaba más fácil enfadarme conmigo misma por habernos metido a todos en semejante situación.

Entré en la cocina, saqué el cubo de la basura, agarré el jarrón y lo solté en línea recta para que se hundiera en el fondo.

Trenton me observó con una mueca de dolor en la cara. Entonces, todo su rostro se distendió.

—¡No tenías que hacer eso!

Corrí hasta él y, rodeándole la cintura con los brazos, apreté mi mejilla contra su hombro. Ni siquiera cuando me ponía tacones era tan alta como él.

—No quiero esas flores. —Alcé la vista hacia él—. Pero te quiero a ti. No eres un hombre con el que prefiero quedarme porque no haya conseguido al que quería en primer lugar. Si crees que te has enamorado de dos personas, escoges a la segunda, ¿verdad? Porque si realmente yo amase a T. J. no habría podido enamorarme de ti.

Trenton bajó la mirada hacia mí, una mirada cargada de tristeza.

—En teoría —respondió, y soltó una risa corta.

—Ojalá pudieras verte como te veo yo. Todas las chicas que te han conocido quieren tenerte. ¿Cómo puedes siquiera imaginar que eres un premio de consolación?

Trenton me acarició la mandíbula con la palma de la mano y entonces se alejó de mí.

—¡Maldita sea! ¡He jodido nuestra noche! ¡Qué idiota soy, Cami! Yo estaba agobiado porque quería regalarte flores, pero son tan caras... y de pronto llega ese ramo gigantesco. Soy un lerdo. Un lerdo irracional, egoísta e inseguro que se caga de miedo al pensar que podría perderte. Me cuesta mucho creerme que ya eres mía. —Me miraba con tal tristeza que se me partía el alma.

—¿Desde que éramos unos críos? Pero si nunca hablabas conmigo. Pensaba que no sabías ni quién era.

Soltó una risa corta.

—Me aterrabas.

Levanté una ceja.

—¿Un Maddox? ¿Asustado?

Contrajo los músculos de la cara.

—Ya habíamos perdido a la primera mujer a la que habíamos amado en nuestra vida. La sola idea de pasar de nuevo por eso nos paraliza de miedo.

Al instante los ojos se me llenaron de lágrimas y no pude contenerlas. Así la tela de su camiseta entre mis puños y tiré de él hacia mí, le besé con todas mis fuerzas y salí corriendo a mi habitación para coger la bolsita con la felicitación. Regresé junto a él y le tendí la bolsa.

—Feliz día de San Valentín.

Trenton se puso pálido.

—Soy el idiota más grande de la historia de los idiotas.

—¿Por qué?

—Estaba tan preocupado por las flores que me he dejado tu regalo en el estudio.

—No pasa nada —dije, restándole importancia con un gesto de la mano—. Esto es una tontería.

Él abrió la tarjeta, la leyó y me miró.

—La tarjeta que te he comprado yo no es tan bonita.

—Déjalo ya. Abre el regalo —dije, un poco nerviosa.

Él metió la mano en la bolsa y sacó algo envuelto en papel de seda blanco. Lo abrió y sostuvo en alto la camiseta de manga corta. Con ella así cogida, asomó la cabeza por un lado.

—Pues tu regalo tampoco es para tirar cohetes.

—No es para tirar cohetes. Solo es una camiseta.

Le dio la vuelta y señaló con un dedo la parte delantera con el logo de *Star Wars*.

—¿«Que la suerte te acompañe»? ¡Esta camiseta es la verga en vinagre!

Pestañeé.

—Entonces…, ¿eso es bueno?

Alguien llamó a la puerta con los nudillos y Trenton y yo dimos un respingo. Me sequé los ojos, mientras Trenton iba a ver por la mirilla. Al volverse, su gesto era de confusión.

—Es… Kody.

—¿Kody? —pregunté, abriendo la puerta.

—Ray ha estado intentando llamarte —dijo, angustiado—. Brazil y ella han vuelto a las andadas y necesita que alguien vaya a recogerla. Pensaba ir yo, pero a ella le parece que todo irá mejor si vienen conmigo.

—Mierda —dije, corriendo a ponerme el abrigo.

—Tengo la camioneta en marcha —dijo Kody—. Conduzco yo.

Señalándole con un dedo, le advertí:

—Ni se te ocurra pelearte.

Kody levantó las manos y yo salí por la puerta. Nos metimos los tres en su camioneta y nos dirigimos hacia la sede de la fraternidad universitaria.

Había coches estacionados a ambos lados de la calle. La casa estaba decorada con luces rojas y guirnaldas de latas de cerveza y corazones de cartulina. Aunque fuera se veía a algunas personas, la mayoría corrían de la calle al interior de la casa para resguardarse del frío.

Trenton me ayudó a bajar desde el metro y pico de altura de la camioneta elevada de Kody, y fuimos con él, que estaba en el lado del conductor. Los graves de la música retumbaban dentro de mi pecho. Me recordó al Red Door. Justo cuando me disponía a dar un paso en dirección a la casa, Trenton me retuvo. Estaba mirando atentamente el estacionamiento de delante de la camioneta de Kody.

—Carajo —dijo, echando la cabeza bruscamente hacia la casa.

La Harley de Travis estaba aparcada allí, en la calle, y a su lado había una botella de whisky de un cuarto de litro, vacía, sujeta verticalmente gracias a la hierba muerta y tiesa.

Una chica gritó:

—¡Bájame! ¡Bájame!

Era Abby, que colgaba por un hombro de Travis y le aporreaba con los puños con todas sus fuerzas mientras pataleaba. Él llegó dando tumbos hasta un coche y la metió por las bravas en el asiento trasero. Tras una breve conversación con el chico que estaba al volante, Travis se metió detrás junto a Abby.

—¿Vamos…? —empecé a preguntar, pero Trenton me interrumpió moviendo la cabeza en gesto negativo.

—Llevan semanas con este tira y afloja. Y yo no quiero verme atrapado en medio de ese desastre.

El coche arrancó y nosotros nos metimos en la casa. Cuando entramos en el salón principal, la gente se miraba atónita y cuchicheaba entre sí.

—¡Trent! —exclamó Shepley, con una gran sonrisa.

—Acabo de ver a Travis —dijo Trenton, indicando hacia atrás.

Shepley rio entre dientes.

—Ya, sí. Esta noche volverán a hacer las paces.

Trenton sacudió la cabeza.

—Están locos.

Kody dio un paso adelante.

—Buscamos a Brazil y Raegan. ¿Los has visto?

Shepley miró a su alrededor y se encogió de hombros.

—Hace rato que no.

Buscamos abajo, miramos por la planta principal y a continuación subimos a la planta de arriba. Kody no se dejó ni una sola habitación sin rastrear, mirando incluso dentro de los armarios. Cuando llegamos al balcón, nos encontramos con Brazil.

—Jason —dije. Él se volvió y saludó a Trenton moviendo apenas la cabeza. Pero a Kody lo miró de hito en hito.

—Chicos, esto es una fiesta de la fraternidad. Lo siento pero no pueden quedarse.

—Yo soy de la fraternidad —puntualizó Trenton.

—Sin ánimo de ofender, ya no.

Kody se puso de lado respecto a Brazil, haciendo claros esfuerzos por contener las ganas de atacarle.

—¿Dónde está Ray?

Brazil meneó la cabeza y bajó la vista. A continuación me miró a mí.

—He intentado que lo nuestro funcionase. Realmente lo intenté esta vez. Pero no soporto a las lapas.

Kody se acercó un poco más a él y Trenton lo detuvo poniéndole la mano en el pecho.

—Ella no es ninguna lapa —dijo apretando los dientes—. Deberías dar gracias por el tiempo que ella quiere estar contigo.

Brazil se disponía a replicar cuando levanté una mano.

—Jason, no hemos venido aquí para juzgarte.

—Habla por ti —me corrigió Kody, gruñendo.

Moví rápidamente la cabeza hacia su corpachón.

—No estás colaborando mucho que se diga. Cierra el pico.

—¿Sabes dónde está? —preguntó Trenton—. Solo hemos venido para llevarla a casa.

Él negó con la cabeza.

—No la he visto.

Dejamos a Brazil a solas y bajamos por las escaleras a la planta principal. Salimos de la casa y Trenton me agarró fuertemente con un brazo para protegerme del frío.

—¿Y ahora qué hacemos? —preguntó Kody.

—Prueba a llamarla —dije yo, tiritando.

Volvimos a la camioneta. Entonces, nos quedamos inmóviles al ver a Raegan sentada en el bordillo, al lado del neumático trasero de Kody.

—¿Ray? —dijo Kody.

Ella se levantó y, dándose la vuelta, nos mostró su teléfono en alto.

—No tiene batería —dijo, llorando.

Kody la cogió con sus brazos de gigante y ella se abrazó a él sin dejar de llorar. Él subió a la camioneta con ella aún en brazos y entonces Trenton y yo rodeamos el vehículo hasta el otro lado. Curiosamente, Raegan no quería hablar de su pelea con Brazil. El tema de conversación fue Travis.

—Y entonces él dijo: «¡Y por la mierda de perder a tu mejor amiga por ser tan estúpido como para enamorarte de ella!», o algo así. —Apoyó la palma de la mano en el pecho de Kody—. Me morí.

Miré a Trenton. Pero en lugar de la cara de risa que yo me esperaba, vi que se había quedado pensativo.

—¿Estás bien? —le pregunté.

—Eso último casi ha dado en el blanco —comentó.

Le besé en la mejilla.

—Nene. Para. Estamos bien.

—Ni siquiera hemos podido ir a cenar.

—Vamos al súper —propuso Kody—. Compremos algo de comer. Yo cocino.

—Yo te echo una mano —dijo Trenton.

—Ah, pero si tengo de todo —dije yo—. Tengo víveres para largo.

—¿Tienes conchas de pasta? —preguntó Kody.

—Sí —respondimos Raegan y yo al unísono.

—¿Mantequilla? —preguntó Kody. Nosotras asentimos—. ¿Harina? ¿Salsa texana? —Miré a Trenton, que dijo que sí con la cabeza—. ¿Leche? ¿Queso Monterrey Jack?

Dije que no con la cabeza. Entonces Trenton intervino.

—Pero tienen queso a la pimienta.

Kody movió afirmativamente la cabeza.

—Vale también. ¿Tomates? ¿Frijoles verdes? ¿Pan rallado?

—Pan rallado no —respondió Trenton.

Kody dio un volantazo a la derecha y nos dirigimos a su departamento. Entró y salió al cabo de menos de un minuto, y de nuevo nos pusimos en marcha con nuestro envase de pan rallado.

—Estoy muerta de hambre —dije yo—. ¿Qué nos vas a preparar?

—Una exquisita receta de San Valentín —respondió Kody, exagerando teatralmente—. Macarrones con queso a la salsa texana.

Los cuatro soltamos una carcajada. Pero a mí me rugieron las tripas. El plato sonaba alucinante.

Trenton me susurró al oído:

—Siento no haberte llevado a cenar.

Abracé su brazo.

—Esto es mucho mejor que lo que habíamos planeado.

Me dio un beso en la mejilla y me estrechó contra su costado.

—Totalmente de acuerdo.

Capítulo 23

Aunque tenía pocas asignaturas, los parciales del semestre estaban siendo un suplicio. Kody, Raegan, Gruber, Blia y yo aprovechábamos para estudiar en el Red Door antes de que empezara el lío o cuando no había mucho movimiento. Y Trenton me estaba ayudando a estudiar en Skin Deep. Dentro de nada llegarían las vacaciones de primavera y estaba deseando tomarme esos días de respiro y ganar el dinero adicional que conseguiría con las horas extras. Pero antes tenía que terminar los exámenes.

La primera semana de marzo pasó con rapidez, y la semana siguiente con los parciales del semestre fue peor aún. Pero aunque necesité emplear todo el tiempo asignado para cada examen, acabé todos y me sentí lo bastante satisfecha de mi desempeño como para saborear las vacaciones.

El domingo por la noche, después de trabajar, en vez de volver a mi departamento me dirigí a la casa de Trenton. Si Kody no pasaba la noche en nuestro apartamento, Raegan iba al de él. Después de los primeros días de «¿estamos o no estamos?», retomaron su historia donde la habían dejado. Yo nunca había visto a Raegan tan feliz. Pero su temporada de luna de miel estaba resultándome incómoda, aunque estaba volviendo a cogerle el gusto a los desayunos de Kody. Así pues, por mucho que fuese una delicia verla sonreír, dormir en casa de Trenton era un alivio por varios motivos.

El lunes por la mañana rodé de costado y lentamente empecé a despertarme. El cuerpo de Trenton me envolvía por completo. Alternar entre cuchara grande y cuchara pequeña, a medida que nos girábamos a un lado y a otro, se había convertido en un ritual nocturno. Yo dormía más a gusto sobre el lado derecho y Trenton sobre el izquierdo, por lo que nos movíamos mucho y dábamos vueltas sin parar.

Bostecé y, por puro hábito, Trenton me arrimó hacia él. El color blanco de sus paredes estaba salpicado de viejos retratos enmarcados en bronce: fotos de su familia, de su madre; y muchas fotos de nosotros dos: en el Red Door, en Skin Deep y esa foto ridícula de cuando celebramos que Trenton terminó de pintarme el sexto tatuaje, un complicado pavo real de intensos tonos amarillos, azules, verdes, rojos y morados, que me subía desde la cadera hasta las costillas. Trenton dijo que era el mejor que había hecho en su vida, y por las noches antes de dormirnos lo acariciaba tiernamente.

Mi cuerpo estaba transformándose en una obra de arte con patas. Yo estaba encantada. Trenton me había preguntado en varias ocasiones por qué seguía trabajando en el estudio, incluso después de que Coby hubiese terminado el programa de rehabilitación y estuviese al día con sus obligaciones. Yo le decía, en broma, que era por los tatuajes gratis. Pero a decir verdad Trenton me los habría hecho gratis de todos modos. Era un plus por ser la novia del artista.

Entre cliente y cliente, Trenton se venía a mi mesa a garabatear y dibujar bocetos y, cuando veía uno que me gustaba especialmente, le pedía que me lo pintase en la piel. Yo enmarqué los originales y los puse en mi cuarto, y Trenton tenía las recreaciones en su lecho.

Salí de la cama y me fui medio dormida aún al cuarto de baño. La luz del sol iluminaba con tanta fuerza las brillantes paredes blancas que no podía abrir los ojos. Me di en los dedos de los pies con el toallero que yo misma le había ayudado a elegir y abrí el armarito para coger el cepillo de dientes que guardaba allí. Todo resultaba de lo más doméstico y, aunque nunca habría creído que fuera capaz de hacerlo, lo hacía y… saboreaba cada instante.

Me senté en el sofá de color naranja brillante y me froté los ojos. A esas horas de la mañana, si las persianas estaban abiertas, el sol daba directamente en el mosaico hecho con cristalitos y trocitos de espejo que decoraba la pared justo encima del sofá, proyectando un millón de arcoíris en la pared de enfrente. Me encantaba sentarme allí a disfrutar de las vistas con una taza de café. Solo en casa de Trenton tomaba café. Raegan y yo no teníamos cafetera y aquí podía prepararme una sola taza cada vez.

Trenton salió del dormitorio, dando tumbos, y se frotó la cara.

—No sé por qué pero estoy muerto —dijo, con voz grave y ronca. Se sentó a mi lado y apoyó la cabeza en mi regazo. La noche anterior le había cortado el pelo con la maquinilla, por lo que cuando se la acaricié con los dedos estaba especialmente áspera.

—No te olvides —dijo.

—Ya. La pelea de Travis está cerca y tendrás que irte en cuanto te llame para que vigiles a Abby.

—Espero que ese cerdo que la agredió la última vez asome la jeta. Deseará que sea Travis el que le parta la crisma en vez de yo.

—Como le des más fuerte de lo que ya le dio Travis, te lo cargas. Así que esperemos que no aparezca.

—Puedes usar mi departamento mientras estoy en la cárcel.

Puse los ojos en blanco.

—¿Y qué tal si no vas a la cárcel? A mí están empezando a gustarme las cosas tal como están.

Él levantó los ojos hacia mí.

—¿En serio?

—Mucho.

—Tengo una llave con tu nombre puesto.

—Es demasiado pronto, chico, no empieces —gruñí.

Él se incorporó.

—Uno de estos días voy a dejar de pedírtelo y lo vas a echar de menos.

—Lo dudo.

—¿Dudas que vaya a dejar de pedírtelo o que vayas a echarlo de menos?

—Las dos cosas.

Frunció el ceño.

—Eso no ha sido agradable.

Miré mi reloj.

—Entramos a trabajar en un par de horas.

—No exactamente. Pedí el día libre.

—Va, pues entonces yo entro a trabajar en un par de horas.

—Es que pedí el día libre para los dos.

Junté las cejas.

—¿Por qué?

—Porque estoy pendiente de que me llame Trav y porque pensé que a lo mejor te gustaría venir.

—Trenton, no puedes pedir mis horas libres sin consultarme. Y Cal tampoco debería consentirte semejante estupidez.

—Solo es un día. Además, tampoco es que necesites un segundo empleo.

—Me gusta trabajar y, al margen de que lo necesite o no, te has pasado de la raya. Es mi dinero, Trenton. No tiene gracia —dije, poniéndome de pie. Su cabeza cayó sobre los almohadones y a continuación vino detrás de mí hasta el dormitorio.

—Va, pues entonces llamaré a Cal para decirle que tú sí vas.

—No, yo llamaré a Cal. ¿Desde cuándo necesitas hablar con mi jefe por mí? —dije yo, poniéndome ya los jeans y una camiseta.

Trenton bajó los hombros.

—No te vayas, nena. Estaba deseando pasar el día contigo. Perdóname.

Me calcé y me puse el abrigo y después de reunir celular, llaves y bolso, me dirigí a la entrada del departamento.

Trenton apoyó la palma de la mano en la puerta.

—No te marches enfadada.

—No estoy enfadada. Estoy superenojada. Por esto precisamente es por lo que no quiero mudarme a vivir contigo, Trenton. Tú a mí no me jodes la vida.

—¡Pero si no pretendo joderte nada! ¡Estaba intentando hacer algo agradable!

—Va, ¿pero entiendes por qué pienso que te has pasado de la raya?

—No, me parece que estás exagerando.

Suspiré.

—Me largo. Aparta la mano.

Él no la quitó.

—Trenton, por favor, aparta la mano. Quiero irme a casa.

Él se estremeció.

—A casa. Esta es tu casa. Has estado aquí la semana entera. ¡Te ha encantado! No sé por qué eres tan necia. ¡En menos tiempo del que nosotros llevamos juntos ya te habías planteado irte a vivir a la puta California con ese mierda de chico!

—¡T. J. llevaba dos años viviendo en su apartamento! ¡Era un poquito más estable!

Trenton se quedó boquiabierto, como si le hubiese disparado un tiro.

—Mierda, nena. No te calles nada.

Me horroricé.

—No debería haber dicho eso. Perdona.

Dio un paso hacia mí y yo me asusté. Y por mucho que mi comparación con T. J. le hubiese dolido, ese pequeño acto reflejo le dolió todavía más.

Entonces dijo lentamente, en voz baja:

—Jamás te pondría la mano encima.

—Lo sé. Ha sido la costumbre... Yo...

Se apartó de mí, se fue al dormitorio y cerró la puerta de un portazo. Los hombros se me subieron hasta las orejas y cerré los ojos.

Tras unos segundos de silencio, se oyó un ruido muy fuerte detrás de su puerta, como si hubiese volcado la cómoda, aunque no podía saberlo con certeza. No me quedé para averiguarlo. Salí por la puerta, bajé corriendo las escaleras y me monté de un salto en el Jeep.

Con los estudiantes universitarios de vacaciones, el estudio estaba muerto. A medida que las horas iban transcurriendo lentamente sin que entrase ningún cliente, el sentimiento de culpa fue consumiéndome. Trenton sabía que nos aburriríamos como ostras en el estudio, por lo que tenía lógica pedir el día libre. Aun así, no podía pedir perdón por cómo me sentía. Había trabajado duro para preservar mi autonomía y no había nada malo en querer defender mi independencia todo el tiempo que pudiese.

Estaba sentada encima del mostrador, balanceando las piernas adelante y atrás. Hazel estaba sentada en el sofá, junto a las puertas de la entrada, limándose las uñas en forma de garras.

—Ahí tenía razón —comentó.

—¿A qué te refieres? —pregunté, hundida.

—Tú pensabas mudarte con T. J. ¿Por qué con Trent no? Es tan estable como cualquiera.

—No me hagas sentir peor de lo que me siento. Estaba enfadada, nada más.

—Lo sabe.

—Entonces, ¿por qué no ha llamado?

—A lo mejor él también se siente culpable. A lo mejor se está muriendo de vergüenza al ver que te asustaste.

—Fue un acto reflejo. No pude controlarlo.

—Lo sabe. Muy en el fondo él lo sabe. Creo que lo dejaste perplejo. Él ha dicho alguna vez que se siente como si su misión fuese protegerte, ¿no es así?

—Eso me dijo.

—Y luego va y te asusta.

—Pero no lo hizo a propósito.

—Igualmente. Puedo entender que se lo haya tomado tan a pecho. ¡Calvin! —gritó, haciéndome dar un brinco.

—¿Qué? —bramó él a su vez.

—¡Echemos el cierre a este antro! No ha entrado ni un alma en todo el día y además Cami tiene que irse al Red Door.

Calvin se acercó a la entrada, su semblante carente por completo de emoción.

—¿Acabas de llamar antro a mi negocio?

—Sí —respondió ella—. ¿Estoy despedida?

—¿Ha venido Bishop? —preguntó.

Hazel asintió.

—Sí, pero recibió un mensaje de texto hace quince minutos. Tiene pelea esta noche.

—¿Qué? —dije yo, plantándome en el suelo—. ¿Es allí adonde iba?

Hazel asintió.

—¿Sí? ¿Por?

—Porque Trent va a estar allí esta noche. Ha apostado mucho dinero y se supone que tiene que cuidar de Abby por Travis. Creo que la última vez un chico la agredió.

—¡No jodas! —dijo Hazel, abriendo como platos sus ojos con forma de almendra.

—Podemos cerrar si retiras lo que has dicho sobre el estudio y si podemos tomar una copa en el Red Door —añadió Calvin mirándome a mí— gratis.

Negué con la cabeza.

—Yo pago la primera ronda. Pero poner copas gratis es motivo de cancelación de contrato, así que ni hablar.

—Lo retiro —dijo Hazel—. Este es el estudio más bonito y más maravilloso del mundo y no quiero irme nunca de aquí. Excepto en este preciso instante.

Calvin asintió.

—Las veo allí.

Hazel aplaudió.

—¡Tengo el mejor! ¡Trabajo! ¡Del mundo! —Se puso en pie y corrió a su cabina a recoger sus bártulos.

Yo cerré el libro de registro y la computadora, y Calvin apagó las luces desde la trastienda.

Al ir hacia el Jeep, me detuve cuando divisé a Trenton llegando con el Intrepid. Estacionó rápidamente y salió del coche. Me arrebató las llaves de la mano, abrió la puerta del conductor, arrancó el motor del Jeep y salió.

—Noche de combate. En el Keaton Hall. Tengo que ir, ya llego tarde, pero solo quería verte. —Me besó en la mejilla.

Un pánico extraño se apoderó de mí, como si estuviese diciéndome adiós. Lo agarré por la camiseta para que no se alejara y dije:

—¿Estamos bien?

Él pareció sentir alivio.

—No, pero estaremos bien. —Me dedicó una medio sonrisa tristona, que hizo que se le formase ese profundo hoyuelo.

—¿Qué quiere eso decir?

—Quiere decir que soy un idiota, pero que voy a arreglarlo. Lo juro. Tú… solamente no tires la toalla conmigo, ¿va?

Negué con la cabeza.

—Espera.

—Tengo que irme, nena. —Me dio un beso en la frente y a continuación se fue a paso ligero a su coche.

—Llámame cuando hayas acabado. Tengo un extraño presentimiento.

Él me guiñó un ojo.

—Yo también. Eso quiere decir que voy a ganar mucho dinero esta noche.

Salió marcha atrás del estacionamiento y yo me monté en el Jeep. Estaba calientito. Me abracé al volante, abrumada de cariño por el hombre que siempre cuidaba tan bien de mí. Hazel tocó el claxon de su Eagle Talon negro y yo la seguí directamente al Red Door.

Capítulo 24

Todo el mundo ha desaparecido. Es una tragedia —comentó Raegan—. Dichosas peleas. ¡Dichosas peleas!

—Te pones muy dramática —dije yo, mientras la veía echar muy enfadada una moneda de cuarto de dólar en su bote vacío de las propinas—. ¿Te acuerdas de la última vez que te cagaste en el Círculo? Después vinieron todos, trabajamos como bestias y los echaron a todos a patadas a la calle antes de que les diese tiempo a pedir una copa.

—Me acuerdo —respondió Raegan, apoyándose con tanto desmayo en la palma de la mano que la mejilla se le arrugó hacia arriba. Hizo un berrinche y se le levantó el flequillo.

—¡No pongas tan mala cara, nena! —exclamó Kody desde la otra punta de la sala.

Una chica entró corriendo y Kody se sobresaltó por una milésima de segundo. La chica fue a decirle algo a toda prisa a uno de los cinco chicos que estaban en las mesas de billar, tiró de su brazo y los dos salieron corriendo a toda velocidad.

A continuación me di cuenta de que la gente se ponía a mirar sus celulares para ver mensajes entrantes o bien para responder llamadas, y luego salían todos pitando.

Raegan también se fijó. Se irguió y arrugó la frente.

—Qué… raro. —Hizo una señal a Kody con la mano—. ¿Hay movida fuera?

Él se inclinó hacia atrás para intentar que le mirase Gruber, quien se encontraba apostado en la entrada.

—¿Pasa algo ahí fuera? —le preguntó con un vozarrón que incluso acalló la música del local. Entonces, volviéndose a Raegan, movió la cabeza en signo de negación—. Nada.

Blia entró corriendo con el celular cogido en alto.

—¡Qué fuerte! ¡Toda la gente lo ha subido a Facebook! —exclamó—. ¡El Keaton Hall está en llamas!

—¿Qué? —dije, sentándome y notando que hasta el último músculo del cuerpo se me ponía en tensión.

—¡Apaga esa mierda! —gritó Hank al DJ. La música cesó. Hank sacó el mando a distancia y encendió la pantalla de plasma que normalmente emitía retransmisiones deportivas. Fue pasando de canal hasta que aparecieron las noticias.

La imagen era oscura y se movía mucho, pero finalmente quedó bien enfocada. Del Keaton salía una columna de humo y por el césped de alrededor se veía correr a estudiantes aterrorizados. El pie de pantalla rezaba: «Vídeo tomado con dispositivo móvil en los exteriores del pabellón Keaton Hall de la Eastern State University».

—No. ¡No! —grité, y, cogiendo rápidamente mis llaves, levanté la parte abatible de la barra para salir. Pero no bien había dado dos zancadas cuando Hank me sujetó.

—¿Adónde vas? —me preguntó.

—¡Trent está ahí dentro! ¡Está en la pelea de Travis! —Intenté soltarme, pero él no aflojaba las manos.

Jorie apareció a nuestro lado, parpadeando.

—Cami, no puedes ir. ¡Es un incendio!

Luché contra Hank.

—¡Suéltame! ¡Suéltame! —grité.

Kody se acercó. Pero en lugar de echarme una mano, ayudó a Hank a retenerme. Gruber apareció por la esquina. Entonces, mirándonos con los ojos muy abiertos, se detuvo a unos palmos.

—Shh —trató de calmarme Raegan, separándome delicadamente de los chicos—. Llámale —me dijo, y me tendió su celular.

Yo lo cogí. Pero me temblaban tanto las manos que no era capaz de pulsar los números. Raegan lo cogió y tecleó por mí.

—¿Cuál es su teléfono?

—Cuatro, cero, dos, uno, cuatro, cuatro, ocho —dije, mientras me esforzaba en no ponerme más histérica de lo que ya estaba. El corazón quería salírseme del pecho y, después del enfrentamiento con Hank y Kody, me había quedado sin resuello.

Esperamos. Nadie se movía. Nadie decía nada. Raegan miró a su alrededor hasta posar la mirada en mí. Negó con la cabeza.

No les di la oportunidad de volver a retenerme. Salí corriendo a toda prisa en dirección a la entrada y abrí de par en par las puertas dobles para correr hasta mi Jeep. Como todavía me temblaban las manos, me costó varios intentos lograr introducir la llave en el contacto. Pero en cuanto el motor arrancó, salí propulsada del estacionamiento.

El campus quedaba a menos de diez minutos. Para adelantar a otros coches me subí varias veces por los bordillos. Finalmente llegué al estacionamiento más próximo al Keaton. Vista en primera persona, la escena resultaba aún más espeluznante. El agua de los camiones de bomberos había empapado ya la tierra y había llegado hasta el asfalto. Crucé corriendo el césped, chapoteando con mis botas por la hierba encharcada.

Las luces rojas y azules de los vehículos de emergencias se reflejaban en los edificios de alrededor. Desde las bocas de riego salían lo que parecían miles de mangueras en dirección a varias ventanas y puertas del Keaton, adonde los bomberos habían acudido corriendo sin reparar en el peligro. Había gente gritando, llorando o llamando a voces a otras personas. Docenas de cuerpos yacían en línea, tapados con mantas amarillas de lana. Pasé por delante de la hilera fijándome en el calzado de aquellas personas, rezando por dentro para no encontrarme con las botas de trabajo amarillas de Trenton. Cuando llegué al final de la hilera, me retraje. Allí vi un par de pies. A uno de los zapatos le faltaba el tacón. El otro pie estaba descalzo y se le veían los dedos perfectamente cuidados, con las uñas pintadas. En el pulgar llevaba dibujado un diseño en forma de galón, en blanco y negro, con un corazón rojo. Quienquiera que fuera esa chica, cuando se pintó las uñas aún estaba con vida, y ahora se hallaba tendida inerte en el suelo frío y empapado.

Me tapé la boca. Entonces, me puse a mirar atentamente todos los rostros que tenía a mi alrededor.

—¡Trent! —grité—. ¡Trenton Maddox! —Cuanto más tiempo pasaba, más víctimas sacaban y menos gente salía con vida. Aquello parecía un campo de batalla. A esas peleas acudía un montón de gente que yo conocía, compañeros de clase tanto de la facultad como del instituto. Desde que había llegado al lugar de los hechos, no me había cruzado con ninguno de ellos. Tampoco vi a Travis ni a Abby, y me pregunté si estarían también entre los fallecidos. Aunque Trenton hubiese logrado sobrevivir, si su hermano había perecido estaría destrozado. Al cabo de un rato fue extendiéndose un silencio que ponía los pelos de punta. Los llantos quedaron reducidos a gimoteos, y los únicos sonidos que se oían eran el zumbido de las mangueras y, de tanto en tanto, alguna voz entre los bomberos. Sentí un escalofrío; fue entonces cuando me di cuenta de que no había cogido el abrigo.

Mi celular sonó y al tratar de llevármelo a la oreja casi se me cayó al suelo.

—¿Hola? —dije, llorando.

—¿Cami? —dijo Raegan—. ¡No te muevas de donde estás! ¡Trent va para allá!

—¿Qué? ¿Has hablado con él?

—¡Sí! ¡Está bien! ¡Quédate allí!

Colgué y, temblando sin poder controlarme, me llevé el celular al pecho y miré a mi alrededor, deseando que Raegan tuviese razón. Trenton apareció a poco menos de cien metros, corriendo a toda velocidad en dirección a mí.

Las rodillas no me sostuvieron y me derrumbé, sollozando. Trenton se dejó caer delante de mí y me rodeó con los brazos.

—¡Te tengo! ¡Estoy aquí!

Yo no podía articular palabra. No podía hacer nada más que llorar desconsoladamente y aferrarme a su camiseta. Trenton se quitó rápidamente el abrigo y me lo echó por los hombros, y de nuevo volvió a rodearme con los brazos y estuvo meciéndome hasta que recuperé la calma.

—Está bien, nena —dijo con voz serena y tranquilizadora. Tenía la cara llena de churretones de hollín y sudor y la camiseta completamente negra. Olía a humareda. Aun así, hundí mi cara en su pecho.

—¿Travis y Abby? —logré finalmente preguntar.

—Están bien. Vamos —dijo, preparándose para levantarse—. Te llevaré a casa; ahí estaremos más calientitos.

Trenton condujo el Jeep hasta mi apartamento. Hank había cerrado el local en señal de respeto. Por eso, Raegan y Kody estaban acurrucados en el pequeño sofá, donde se quedaron viendo las noticias mientras Trenton y yo nos turnábamos en la ducha.

En mi habitación, ya con mi pantalón deportivo gris limpio y unos calcetines gruesos, me abracé a Trenton. Le estreché con todas mis fuerzas, pegando la sien a su costado. Mi pelo mojado estaba empapándole la camiseta de *La loca historia*, pero no le importó. Todo aquello era demasiado difícil de asimilar. Así pues, nos quedamos sentados en silencio, abrazados, hasta que yo me derrumbé de nuevo sin poder evitarlo.

Kody llamó a mi puerta con los nudillos. Entonces, entró seguido de Raegan. Ella miraba a todas partes menos a mis ojos.

—Acaban de entrevistar a la madre de Baker. Él ha muerto.

Yo estaba destrozada pero ya no podía llorar más. Me limité a cerrar los ojos. El labio me tembló. Trenton me abrazó más fuerte. Entonces sonó su celular y los dos dimos un salto.

Miró la pantalla. El celular volvió a sonar.

—No conozco el número.

—¿Es de aquí? —pregunté. Sonó por tercera vez. Él asintió—. Cógelo.

Trenton se llevó el teléfono a la oreja, vacilando.

—¿Hola? —Al cabo de un breve silencio, bajó el celular hasta su regazo—. Han colgado.

Kody y Raegan se fueron a la cama. Pero yo me quedé hecha un ovillo en el regazo de Trenton. No quería apagar la luz. Quería verle, verle con mis propios ojos y saber que estaba vivo y que estaba bien.

Trenton me acarició el pelo.

—La dejé allí —dijo.

Me incorporé.

—¿A quién?

—A Abby. Travis no conseguía llegar hasta nosotros. Así que decidió salir por donde todos los demás entraban, mientras Abby y yo íbamos hacia la parte de atrás. Nos perdimos. Nos cruzamos con un grupito de chicas que también se habían perdido. Iban siguiendo a un chico pero él estaba tan desorientado como ellas. Me entró pánico. —Movió la cabeza en signo de negación, con la mirada fija en la pared de enfrente—. Y la dejé allí, mierda. —Una lágrima rodó por su mejilla y bajó la vista.

—Logró salir —dije, apoyando mi mano en su muslo.

—Le prometí a Travis que cuidaría de ella. Y cuando fue cuestión de vida o muerte, me rajé.

Le sostuve la barbilla y le moví la cara para que me mirase.

—No te rajaste. Tienes un instinto muy fuerte y su madre está al otro lado velando por ustedes. ¿Qué le pasó a ese grupo con el que ustedes se cruzaron?

—Rompí una ventana y cargué al chico y luego cargué a las chicas para que pudiesen salir por allí arriba.

—Les salvaste la vida. Ese chico no habría podido hacerlo sin tu ayuda. Su madre ayudó a Travis a encontrar a Abby y te ayudó a ti a salvar más vidas. Eso no es rajarse precisamente. Eso es echarle huevos.

La boca de Trenton se curvó ligeramente hacia arriba. Se inclinó hacia mí y me besó en los labios.

—Estaba asustado pensando que nunca más volvería a verte.

El labio empezó a temblarme otra vez y, apoyando la frente en la de él, moví la cabeza en gesto de negación.

—Yo no paraba de pensar en ese extraño presentimiento que teníamos los dos esta tarde. Y entonces, cuando te marchaste, me dio la sensación de que era una despedida. Nunca he pasado tanto miedo en mi vida. Que ya es decir, porque mi padre puede dar mucho miedo.

El celular de Trenton sonó. Lo levantó y leyó un mensaje de texto.

—Es de Brad, que está en la fraternidad. Hasta ahora ya hemos perdido a tres compañeros.

Los hombros se me hundieron.

Trenton miró su celular con la frente arrugada, pulsó una tecla y se acercó el teléfono a la oreja. Me miró.

—Tengo un mensaje de voz del número ese. No me había pitado.

—¿A lo mejor porque casi respondiste la llamada?

—Es de ese número raro.

Una voz de mujer dijo: «¿Eh?», y nada más. Trenton arrugó las cejas y a continuación pulsó una tecla. Oí que la señal de llamada sonaba varias veces y a continuación la misma voz de mujer respondió.

—¿Hola? —chilló ella—. ¿Trent?

Trenton se quedó confuso y sorprendido a la vez.

—¿Abby? ¿Está todo bien?

—Sí, estamos bien. ¿Cómo estás tú?

—Me he quedado con Cami. Está muy afectada por el incendio. Ha perdido a varios conocidos.

Me recliné de nuevo en su regazo. De Abby solo conseguía oír su tono agudo al hablar.

—Sí —dijo Trenton—. El lugar parece un campo de batalla. ¿Qué es ese ruido? ¿Están en un sitio con máquinas tragamonedas? —le preguntó de repente.

Yo me incorporé.

—¿Qué? —dijo él, aún más alterado. No era posible. No podían estar haciendo eso—. Va, ¿con qué? —preguntó—. Abby, deja de jugar y respóndeme. —Los dos estábamos extenuados y fuese cual fuese el juego al que estaba jugando Abby, Trenton no iba a seguírselo. Me arrimé al teléfono para escuchar mejor. Trenton se lo apartó un poco de la oreja para que pudiese oír.

—Anoche había muchísima gente en la pelea. Ha muerto mucha gente y alguien tendrá que ir a la cárcel.

Me eché hacia atrás y Trenton y yo nos cruzamos una mirada. Abby estaba en lo cierto. Travis podía haberse metido en un buen lío.

—¿Y piensas que va a ser Travis? —repuso Trenton, con voz grave y seria. En esos momentos Abby le escuchaba con total atención—. ¿Qué vamos a hacer?

Me acerqué para escuchar.

—Le he pedido a Travis que se case conmigo.

—Esto… —dijo Trenton, y volvió a mirarme. Las cejas se me subieron casi hasta el nacimiento del pelo—. Va, ¿y cómo mierda le va a ayudar eso?

—Estamos en Las Vegas…

Me retiré un poco para ver la reacción de Trenton. Ahora era él el que tenía las cejas muy arriba, y una serie de arrugas profundas le surcaba la frente.

—Abby. —Soltó un suspiro. Ella añadió algo, con una voz aún más aguda, casi desquiciada. Iban a casarse con la esperanza de que resultase disparatado que los investigadores creyesen que Travis se encontraba en Las Vegas en vez de en el Keaton Hall. Se me partió el corazón al imaginármelos. Yo lo había pasado fatal temiendo que el hombre al que amaba hubiese podido morir, pero ellos tenían los mismos miedos, sumados al temor de haber podido perecer ellos mismos. Y para colmo ahora se enfrentaban a la posibilidad de volver a perderse el uno al otro—. Lo siento —dijo Trenton—. Tampoco él querría obligarte a algo así. Él desearía que te casaras con él porque de verdad quieres. Si alguna vez se entera, se le romperá el corazón.

Me incliné hacia él.

—No te preocupes, Trent. Saldrá bien. Al menos así tendrá alguna opción. ¿Es una opción, verdad? Mejor suerte que hasta ahora.

—Supongo que sí —dijo Trenton, derrotado. Abby guardó silencio—. Felicidades.

—¡Felicidades! —dije yo, ansiosa por dejar de sentirme hundida.

Abby dijo algo y Trenton movió afirmativamente la cabeza.

—Saldrá bien... Y es de puta broma que nuestro hermanito pequeño vaya a ser el primero en casarse.

Abby se rio. Pero se notaba que estaba agotada.

—Supéralo.

—Vete al cuerno —dijo Trenton—. Y te quiero. —Cortó la llamada y echó el teléfono a los pies de la cama. Después de contemplar durante unos segundos las puertas rotas de mi armario, soltó una risa corta—. Tengo que arreglarte eso.

—Sí, por favor.

—Travis se casa antes que yo. No sé cómo tomármelo.

—Pues les deseas todo lo mejor. Puede que duren casados toda la vida y que tengan diez niños, puede que se divorcien el año que viene. Y nada más, si es que Travis no acaba...

Trenton me miró desde arriba.

—Yo apuesto por la hipótesis de los diez niños.

—Yo también —dijo él. Apoyó la cabeza en el cabecero de la cama y cerró los ojos—. Algún día me casaré contigo.

Sonreí.

—Cuando las ranas críen pelo.

Se encogió de hombros.

—Puedo ponerle peluca a una rana. No hay problema.

—Va, pues entonces cuando hagas un baile a lo Britney Spears delante de tu padre, en tanga.

Él se llenó de aire los pulmones y lo soltó.

—Reto aceptado.

Capítulo 25

Se hizo raro volver al campus el lunes por la mañana. Había listones negros atados a los árboles y habían cercado Keaton Hall con precinto amarillo de la policía. En todos los pasillos, ascensores y escaleras se oían murmullos. La gente hablaba del incendio, de quién había muerto, quién había sobrevivido y quién sería el culpable. También hablaban sobre las alianzas que lucían Travis y Abby, y empezaron a circular rumores sobre un supuesto embarazo.

Yo les dejaba que hablaran. Se agradecía escuchar algo que no fuese únicamente teorías y conspiraciones en torno al incendio. La policía ya se había pasado por el domicilio de Jim y habían hablado con Trenton, así que yo no iba a dar a entender que estaba al tanto de algo.

Después de clase, me dirigí hacia el Pitufo, andando trabajosamente por el césped embarrado. Y me quedé de piedra cuando vi a T. J. apoyado en un lateral de la trasera del Jeep, tocando la pantalla de su celular. Al reparar en mí, a unos seis metros de distancia, se puso recto. Yo continué andando, solo que más despacio.

—Me preguntaba si vendrías —dije.

—Cogí el primer vuelo que salió.

—¿Qué, comprobando que todos están bien?

Él asintió.

—Control de daños.

—¿Y qué puedes hacer tú?

Él negó con la cabeza.

—Son los dos.

—Deja a Trent al margen —le espeté.

Él soltó una risa corta, no porque le hubiera hecho gracia precisamente, sino con obvia sorpresa ante mi enojo.

—Yo no he dicho nada, Camille.

—Si no estás aquí por motivos de trabajo, entonces ¿por qué estás aquí?

—No puedo darte detalles, Camille, lo sabes. Pero estoy aquí, ahora, para verte.

Yo negué con la cabeza.

—T. J., ya hemos hablado de esto. Tus apariciones repentinas, sin previo aviso, están haciendo las cosas más difíciles de lo que tienen que ser. Así que, a no ser que estés dispuesto a aclararlo todo...

Él negó con la cabeza.

—No puedo en estos momentos.

—Pues entonces deberías marcharte.

—Solo quería decirte hola.

—Hola —dije yo, y sonreí apenas.

Él se inclinó para darme un beso en la mejilla y yo me aparté. Por mucho que él deseara fingir que todo era inocente y en plan amigos, los dos sabíamos que no era así.

—Solo iba a despedirme.

—Adiós.

T. J. asintió y, hecho esto, dio media vuelta y se alejó.

Me fui en coche a casa para coger algo rápido de comer antes de irme al estudio. Estaba triste. Preparé un par de bocadillos de jamón y queso y me fui comiendo uno por el camino, pensando en los peluches y en las flores que habían comenzado a amontonarse delante del Keaton.

Cuando entré con el Jeep en la zona de estacionameinto de Skin Deep, el Intrepid y el Talon de Hazel estaban ya allí. Entré en el local, pero no había nadie ni en el mostrador ni en la zona de recepción. Di unos pasos por el pasillo e inmediatamente vi las botas amarillas de Trenton. Uno de sus pies rebotaba arriba y abajo.

—¡Hazlo de una puta vez, Hazel! ¿Estás esperando el regreso de Jesucristo? ¡Mierda!

—No —dijo ella dulcemente, levantando la vista hacia mí—. Estaba esperándola a ella.

Hazel le atravesó la carne de la oreja y él contuvo un gruñido, a lo que siguió una retahíla de maldiciones, algunas de las cuales no había oído en mi vida.

—¡Precioso! —exclamó ella.

—¿En serio? ¿Me estoy poniendo los putos dilatadores por ti y tú me dices que estoy precioso? ¿Qué tal varonil? ¿Machote? ¿Chico bueno?

—¡Monísimo! —dijo Hazel, plantándole un beso en la frente.

Trenton gruñó.

—Te he traído un bocadillo de jamón y queso —dije yo, mientras cogía con la punta de los dedos algunos trocitos pequeños de jamón que había en lo que quedaba del mío—. Está en la guantera de delante.

Trenton me guiñó un ojo.

—Te amo, nena.

—¡Siguiente! —exclamó Hazel.

La sonrisa de Trenton desapareció.

Hazel volvió a ensartarle la piel, y aunque los dos pies de Trenton se despegaron del suelo, él no emitió sonido alguno.

—Por eso estaba esperando yo a tu chica. Para que no llorases. Mierda, a Cami la taladras con tu verga todas las noches y es mucho más grande que un dilatador de uno coma dos.

Yo arrugué la frente.

—Eso sobraba. A ver si tienes sexo, que últimamente estás de lo más procaz.

Hazel sacó el labio en una mueca.

—¡Ni que lo jures!

Trenton esbozó una sonrisa pícara.

—Pues tiene razón, muñeca. La tengo mucho más grande que un dilatador de uno coma dos.

Me atraganté.

—Me largo —dije, y volví a mi mesa, donde dejé el resto de mi bocadillo y me puse a clasificar formularios, contándolos para ver de cuáles íbamos a necesitar más copias. A continuación me dirigí a la fotocopiadora. Pero no tuve que dedicar mucho rato a buscarme tareas con las que matar el tiempo, porque enseguida la tarde se llenó de estudiantes que querían tatuarse el nombre de sus compañeros fallecidos, de sus colegas de la fraternidad, de compañeras de hermandad. Hasta vino un padre pidiendo que le hiciéramos un tatuaje en recuerdo de su hija.

Yo me pregunté si alguna de las personas que cruzaron las puertas del estudio conocería a la chica de las uñas de los pies pintadas. Apreté los párpados, tratando de llenar mi mente con algo más agradable. A la hora de cerrar estábamos todos agotados. Pero ni Trenton ni Bishop quisieron marcharse hasta que todo el que había ido para hacerse su tatuaje de recuerdo hubo salido con él.

Cuando el último cliente salió del local, apagué la computadora y estiré un poco las caderas, balanceándolas hacia un lado y hacia otro, para intentar aliviar un poco mi dolor de espalda. La alfombra del estudio estaba puesta directamente sobre el suelo de hormigón y estar de pie todo el día en ella era una tortura.

Hazel ya se había marchado y Calvin salió del estacionamiento con su coche cinco minutos después de que se hubiese marchado el último cliente. Bishop y Trenton recogieron todo y vinieron a la entrada para esperarme.

Bishop me miraba fijamente, y no tardé mucho en darme cuenta.

—¿Qué? —pregunté, un tanto nerviosa. Estaba cansada y no me encontraba con ánimo para sus rarezas.

—Te vi hoy.

—¿Sí?

—Te vi hoy —repitió, haciendo énfasis en el verbo.

Me lo quedé mirando como si estuviese chiflado, y Trenton hizo lo mismo.

—Te he oído —repliqué, molesta, haciendo a mi vez hincapié en el verbo.

—También vi a T. J. Porque ese hombre era T. J., ¿no? —respondió con énfasis en las iniciales. Bishop lo sabía.

Mierda, no.

Al instante, la cabeza de Trenton se movió bruscamente para mirarme.

—¿T. J.? ¿Ha venido?

Yo me encogí de hombros, tratando de mantener un semblante impávido como si de ello dependiera mi vida.

—Ha venido a ver cómo está su familia.

Trenton entornó los ojos y apretó la mandíbula.

—Ya apago yo las luces —dije, y me fui por el pasillo hasta el cuadro general. Bajé todos los interruptores y regresé al vestíbulo. Bishop y Trenton seguían allí plantados, solo que ahora Trenton miraba fijamente a Bishop.

—¿Qué fue lo que viste? —preguntó Trenton.

—Te lo diré. Pero prométeme que usarás el coco antes de reaccionar. Prométeme que me dejarás que te lo explique. —Yo sabía perfectamente que no iba a poder explicárselo todo, pero necesitaba ganar algo de tiempo.

—Cami…

—¡Prométemelo!

—¡Te lo prometo! —gruñó él—. ¿De qué está hablando Bishop?

—Cuando salí de clase le vi apoyado en mi Jeep. Hablamos un momento. No fue nada.

Bishop negó con la cabeza.

—Pues eso no fue lo que yo vi, desde luego.

—¿Pero qué mierda te pasa? —le espeté entre dientes.

Él se encogió de hombros.

—Solo creo que Trent debería saberlo.

—¿Saber qué? —chillé—. ¡No pasó nada! ¡Quiso darme un beso y yo me aparté! ¡Si dices que viste otra cosa, entonces eres un puto mentiroso!

—¿Quiso besarte? —preguntó Trenton en voz baja, con tono amenazador.

—Pero es verdad que ella se apartó —intervino Bishop—. Me voy. Hasta luego.

—¡Vete al diablo! —grité yo, y le arrojé la carpeta entera llena de papeles. Me puse el abrigo rápidamente, hecha una furia, y salí del estudio, pero Bishop estaba ya sacando su coche del estacionamiento. Trenton salió también, y yo eché el cerrojo del local, girando la llave varias veces antes de sacarla.

Trenton negó con la cabeza.

—Ya no puedo más, Cami. Se acabó.

Los músculos del pecho se me tensaron.

—Se acabó, dices.

—Sí, se acabó. ¿O esperas que siga tragando con esto?

Unas lágrimas abrasadoras me inundaron los ojos y rodaron por mis mejillas formando un torrente continuo.

—¡Ni siquiera le besé! ¡No pasó nada de nada!

—¿Por qué lloras? ¿Lloras por él? ¡Esto es la puta brama, Cami!

—¡No, no lloro por él! ¡No quiero que esto se acabe! ¡Te amo!

Trenton guardó silencio unos segundos y meneó la cabeza.

—No he acabado con lo nuestro, nena. Estoy harto de él. —Su voz volvió a sonar baja y aterradora—. Lo suyo contigo se acabó.

—Por favor —dije, tendiéndole los brazos—. Se lo he explicado. Ahora ya lo sabe. Quería despedirse, supongo.

Él asintió, furibundo.

—Supones.

Yo asentí a mi vez, moviendo la cabeza arriba y abajo rápidamente, con una mirada suplicante en los ojos.

Trenton sacó las llaves de su coche.

—¿Todavía no se ha ido?

Yo no respondí.

—¿Dónde se aloja?

Junté los dedos de una mano a la altura del pecho y a continuación me los llevé a los labios.

—Trenton, estás agotado. Estos días han sido una locura. Estás sacando las cosas de quicio.

—¿Dónde mierda se aloja? —gritó. Las venas del cuello y de la frente se le marcaron muchísimo y comenzó a temblar.

—No te lo puedo decir —dije, negando a la vez con la cabeza.

—No serás capaz —repuso, respirando con dificultad—. Vas a... ¿Vas a dejarle que siga jodiéndonos de esta manera?

Yo me quedé callada. No podía contarle la verdad, de modo que no tenía sentido hablar.

—¿Me amas? —preguntó.

—Sí —respondí, llorando, tendiéndole los brazos.

Él se apartó.

—¿Por qué no se lo dices, Cami? ¿Por qué no le dices que estás conmigo?

—Ya lo sabe.

Trenton se frotó la punta de la nariz con el dorso de la mano y asintió.

—Entonces no hay más que hablar. La única forma de hacer que se aleje de ti es que vaya a darle una paliza.

Sabía que esto iba a pasar. Lo sabía, y aun así lo hice.

—Me lo prometiste.

—¿Vas a jugar a esa carta? ¿Por qué le proteges? ¡No lo entiendo!

—¡Yo no le estoy protegiendo! ¡Te estoy protegiendo a ti! —repliqué, sacudiendo la cabeza.

—Pienso encontrarle, Cami. Voy a buscarle donde haga falta, y cuando dé con él...

Mi celular, en mi bolsillo, emitió un zumbido. A continuación otro más. Lo saqué rápidamente para ver de qué se trataba. Trenton debió de reparar en el gesto de mi cara porque me arrebató el teléfono de las manos.

—«Tenemos que hablar» —leyó en voz alta. Era un mensaje de T. J.

—¡Me lo has prometido! —grité.

—¡Y tú! —bramó él. Su voz resonó en mitad de la noche, haciendo eco en el estacionamiento vacío.

Tenía razón. Había prometido guardar el secreto de T. J. y amar a Trenton. Pero no podía cumplir las dos promesas. Me reuniría con T. J. Era hora de convencerle de que me librase de esta carga. Pero no podía arriesgarme a que Trenton viniese detrás de mí, y no podía reunirme con T. J. sin que Trenton me odiase. Que yo supiera, T. J. se marchaba al día siguiente. Tenía que verle inmediatamente.

—Cami, no te comprendo. ¿Es que no has terminado con él? ¿Es eso?

Yo fruncí los labios. No podía soportar el sentimiento de culpa que tenía.

—No es eso en absoluto.

El pecho de Trenton se agitaba. Estaba a punto de estallar. Lanzó mi celular por los aires hasta la otra punta de la calle y a continuación se puso a andar a un lado y al otro, dando fuertes pisadas, con las manos en las caderas. Mi teléfono cayó en un rectángulo de hierba, justo al pie de la farola del otro lado.

—Vete a buscarlo —dije controlando mi ira.

Él negó con la cabeza.

—¡Que vayas a buscarlo! —chillé yo, señalando la farola.

Cuando Trenton se alejó, furibundo, para ir a buscar el telefonito negro en medio de la oscuridad, aproveché para correr hasta el Jeep. Me monté, cerré la puerta con fuerza, el motor petardeó unos instantes y finalmente arrancó. Trenton estaba pegado a mi ventanilla.

Llamó varias veces con los nudillos, suavemente, con el semblante sereno de nuevo.

—Nena, baja la ventanilla.

Yo agarré el volante con fuerza y le miré bajando la barbilla, ceñuda y con las mejillas bañadas en lágrimas.

—Lo siento. Encontraré tu teléfono. Pero no puedes irte con el coche estando tan alterada.

Arranqué de nuevo el motor y solté el freno de mano.

Trenton apoyó la palma de la mano en el vidrio.

—Cami, si quieres dar una vuelta, va, pero pásate al otro asiento. Yo te llevo adonde tengas que ir.

Negué con la cabeza.

—Lo descubrirás. Y cuando lo hayas descubierto, todo se echará a perder.

Trenton arrugó la frente.

—¿Descubrir qué? ¿Echar a perder qué?

Me volví hacia él.

—Te lo contaré. Quiero contártelo. Pero no en estos momentos. —Pisé a fondo el embrague, metí la marcha atrás y moví el coche mientras, bajando la barbilla, lloraba unos segundos.

Trenton seguía dando toquecitos en mi ventanilla.

—Mírame, nena.

Respiré hondo y metí primera, y a continuación levanté la cabeza y miré al frente.

—Cami, no puedes conducir así... ¡Cami! —dijo alzando la voz mientras yo me alejaba.

Llegué hasta la entrada del estacionamiento, cuando la puerta del acompañante se abrió de golpe. Trenton entró de un salto, jadeando.

—Nena, para el coche.

—¿Qué estás haciendo?

—Para el coche y déjame conducir a mí.

Salí a la calle y me dirigí hacia el oeste. No había planeado ir a ver a T. J. y, ahora que Trenton estaba en mi coche, no sabía realmente qué hacer. Entonces se me encendió el foco. Le iba a llevar a ver a T. J. Que se aclarara todo abiertamente. T. J. se lo había ganado. Si me hubiese dejado en paz, no me hallaría en esta situación. Pero antes tenía que darle tiempo a Trenton para que se calmara. Necesitaba conducir un poco.

—Para el coche, Cami. —La voz de Trenton tenía un tono que nunca le había oído antes. Estaba angustiado y sereno al mismo tiempo. Resultaba inquietante.

Sorbí aire por la nariz y luego me enjugué las lágrimas con la manga del abrigo.

—Me vas a odiar —dije.

—No te voy a odiar. Para el coche y yo me pasaré la noche entera conduciendo si quieres. Podemos hablar de ello.

Negué con la cabeza.

—No, me vas a odiar y yo lo perderé todo.

—Camille, a mí no me vas a perder. ¡Me cago en todo, vas por el centro de la carretera! Estamos saliendo de la población y dentro de nada nos saldremos al campo. ¡Para el puto coche, carajo!

En ese momento dos luces brillantes convergieron en una. Casi no me dio tiempo a divisarlas por el rabillo del ojo, cuando mi cabeza golpeó contra la ventanilla haciendo estallar el vidrio en miles de añicos. Algunos trocitos salieron disparados hacia el exterior, pero la mayoría cayó en mi regazo o flotó por la cabina del Jeep mientras el coche derrapaba por el cruce de carreteras en dirección a la zanja del otro lado. El tiempo se detuvo durante lo que me parecieron varios minutos. Entonces, el Jeep comenzó a dar vueltas de campana y volamos por los aires. Una vuelta. Dos. Luego perdí la cuenta, porque todo se volvió negro.

Desperté en una habitación que tenía las paredes blancas y unas persianas también blancas gracias a las cuales no entraba el sol. Parpadeé varias veces mirando en derredor. La televisión estaba encendida, sin volumen, en un soporte alto; estaban poniendo una reposición de *Seinfeld*. Cables y tubos salían de mis brazos hasta un par de goteros puestos en sus respetivos palos, colocados cerca de mí. Los monitores conectados a ellos emitían unos suaves pitidos. En un bolsillo delantero de mi camisón habían metido una cajita de la que salían más cables, que se seguían unos a otros hasta unos adhesivos redondos pegados a mi pecho. De uno de los palos había colgadas unas bolsas con un líquido transparente de las que caía un goteo continuo que recorría mi vía intravenosa. El entubado acababa en unas pequeñas tiras de esparadrapo pegadas en el dorso de mi mano.

Justo donde ya no alcanzaban mis dedos había una cabeza cubierta de una capa de cortísimo pelo castaño. Era Trenton. Tenía la cara vuelta hacia el otro lado, con la mejilla apoyada en el colchón de mi cama. Su brazo izquierdo reposaba encima de mis piernas, y el otro estaba apoyado entre el borde de la cama y su silla, enyesado con una escayola gruesa de color verde lima. Ya tenía varias firmas. Travis había firmado debajo de una dedicatoria de una sola palabra: «Nenaza». Otra era de Hazel, acompañada de un beso perfectamente marcado con su carmín rojo brillante. Abby Abernathy había firmado como «Sra. Maddox».

—Es como si fuese un minilibro de visitas. Trent no se ha alejado de tu lado ni un momento, así que todo el que ha venido a verte le ha firmado la escayola.

Al entornar los ojos, distinguí vagamente a T. J. sentado en una silla, en un rincón oscuro de la habitación. Miré de nuevo la escayola. Habían firmado todos los hermanos de Trenton, su padre (Jim), mi madre, todos mis hermanos. Hasta se veían los nombres de Calvin y Bishop.

—¿Cuánto tiempo llevo aquí? —pregunté en un susurro. Mi voz sonó como si hubiese hecho gárgaras con gravilla.

—Desde ayer. Tienes una buena brecha en la cabeza.

Levanté la mano para tocar delicadamente el vendaje que me envolvía la cabeza. En la sien izquierda tenía un cúmulo de gasas y, al presionar ligeramente, un dolor agudísimo me llegó hasta la base del cráneo. Me estremecí.

—¿Qué ha pasado? —pregunté.

—Un borracho se saltó el STOP casi a cien por hora. El tipo huyó, pero lo han detenido. Trenton te llevó en brazos más de cuatro kilómetros y medio hasta la casa más cercana.

Miré a Trenton frunciendo el ceño.

—¿Con el brazo roto?

—Por dos partes. No sé cómo lo hizo. Debió de ser la adrenalina. Tuvieron que ponerle la escayola en tu habitación de la unidad de Urgencias. Porque no había manera de separarlo de ti. Ni un segundo. Ni siquiera cuando te hicieron el escáner. Todas las enfermeras están loquitas por él. —Esbozó una media sonrisa sin alegría.

Me erguí. Pero, al moverme, empecé a ver chispas. Volví a recostarme y noté náuseas.

—Tranquila —dijo T. J. poniéndose de pie.

Yo tragué saliva. Tenía la garganta seca, arenosa.

T. J. se acercó a la mesilla que había al lado del pie de mi cama y vertió agua en un vaso. Lo cogí de sus manos y di un sorbito. Al tragar, la garganta me abrasó, y eso que era agua helada.

Toqué la coronilla de Trenton.

—¿Lo sabe él?

—Todo el mundo lo sabe. Lo tuyo. Lo nuestro. Pero de mí no saben nada. Y prefiero que siga siendo así. De momento.

Bajé la vista y noté que se me hacía un nudo en la garganta a punto de transformarse en llanto.

—¿Entonces cómo es que él está aquí?

—Por la misma razón por la que estoy yo aquí. Porque te ama.

Una lágrima rodó por mi mejilla.

—Yo no quería que…

T. J. sacudió suavemente la cabeza.

—Lo sé, cariño. No llores. Todo saldrá bien.

—¿Sí? Ahora que todo el mundo lo sabe, ¿crees que algún día las cosas dejarán de ser incómodas, tensas y…?

—Está en nuestras manos. Sabremos hacerlo bien.

Los dedos de la mano derecha de Trenton se movieron con un leve espasmo. El brazo escayolado se deslizó de la cama y bajó al costado. Él se despertó con un sobresalto y rápidamente se agarró el hombro con la otra mano, con cara de dolor. Cuando se dio cuenta de que yo tenía los ojos abiertos, inmediatamente se levantó, se inclinó hacia mí y me tocó la mejilla con la mano izquierda. Tenía el puente nasal hinchado y debajo de los dos ojos lucía dos medias lunas moradas idénticas.

—¡Estás despierta! —Sonrió de oreja a oreja, mirándome emocionado.

—Estoy despierta —dije yo en voz baja.

Trenton soltó una breve risa y bajó la cabeza hasta que su frente tocó mi regazo. Me rodeó los muslos con el brazo y me estrechó delicadamente. El cuerpo entero se le agitó por el llanto.

—Lo siento mucho —dije, mientras unas lágrimas ardientes me rodaban por las mejillas y caían por el filo de mi cara.

Trenton alzó la vista y movió la cabeza a un lado y al otro.

—No. No fue culpa tuya. Un hijo de puta borracho se saltó un STOP y se empotró contra nosotros.

—Pero si yo hubiese estado más atenta... —dije, gimoteando.

Él volvió a negar con la cabeza, suplicándome con la mirada que no siguiese diciendo eso.

—Shh, no. No, nena. Aun así, nos habría pasado por encima. —Se llevó la mano a la coronilla y adoptó una mirada de forzada indiferencia para calmarse—. No sabes lo feliz que estoy de ver que estás bien. Sangrabas muchísimo por la cabeza y no despertabas. —Cerró los ojos al revivir la escena—. Estaba como loco. —Volvió a apoyar la cabeza en mi regazo y levantó mi mano hasta su boca para besarla delicadamente alrededor del esparadrapo.

T. J. seguía de pie detrás de él, observando con una sonrisa fija en el rostro las muestras de cariño de Trenton. Trenton se dio la vuelta al percibir la presencia de alguien a su espalda.

—Hey —dijo, y se irguió—. Yo, esto... Lo siento.

—No pasa nada. Ya no es mía. No estoy seguro de si alguna vez lo fue.

—La amo —dijo Trenton, mirándome un instante con una sonrisa. Entonces, se secó los ojos enrojecidos y añadió—: No estoy bromeando. La amo de verdad.

—Lo sé —contestó T. J.—. He visto cómo la miras.

—¿Entonces queda todo claro entre nosotros? —preguntó Trenton.

Las cejas de T. J. se juntaron al tiempo que me miraba, pero sus palabras iban dirigidas a Trenton.

—¿Qué quieres decir?

Los dos se volvieron hacia mí. Yo miré a T. J. Muy despacio, alargué el brazo por encima de la ropa arrugada de la cama y cogí la mano de Trenton. Él se sentó a mi lado, se llevó mi mano hasta los labios y besó mis dedos cerrando los ojos.

Me tembló el labio.

—Te mentí.

Él negó con la cabeza.

—Por razones que no tienen nada que ver conmigo. Ni con nosotros.

Respiré aliviada y las lágrimas volvieron a rodar por mi rostro.

—Te amo.

Suavemente, Trenton me cogió la cara entre la manos y, acercándose a mí, me besó con ternura.

—No importa nada más.

—A mí sí me importa —dije—. No quiero que…

T. J. carraspeó. Fue su manera de recordarnos que no estábamos solos en la habitación.

—Si eso es lo que deseas, Cami, haremos que todo salga bien. No seré un estorbo. No seré un problema.

Trenton dio varios pasos para acercarse a T. J. y le dio un abrazo inmenso. Estuvieron abrazados varios segundos. Entonces, T. J. le susurró algo a Trenton al oído y él asintió. Era tan surrealista verles relacionarse bajo el mismo techo después de haber mantenido la existencia de T. J. en secreto durante tanto tiempo.

T. J. se acercó lentamente a mi lado, se inclinó hacia delante y me dio un beso en la parte de la frente que no tenía cubierta con la venda.

—Te echaré de menos, Camille. —Volvió a besar el mismo punto, dejando sus labios apoyados unos segundos sobre mi piel, y a continuación se marchó de la habitación.

Trenton suspiró aliviado y me apretó la mano.

—Ahora todo tiene sentido. —Sacudió la cabeza y soltó una risa corta, sin alegría—. Ahora que lo sé, no puedo creer que no lo hubiese entendido antes. California. Tú sintiéndote mal por estar conmigo, incluso después de haber roto con él. Lo tenía delante de mis narices.

Apreté los labios.

—No todo.

Trenton apoyó en la cama el brazo escayolado y entrelazó los dedos que asomaban por el yeso con los míos.

—No siento ni rastro de remordimiento. ¿Y sabes por qué?

Yo me encogí de hombros.

—Porque llevo enamorado de ti desde el colegio, Camomila. Y todo el mundo lo sabía. Todo el mundo.

—Sigo sin estar segura de creerme eso.

—Durante años llevaste coletas todos los días. Eran perfectas. —La sonrisa se le fue borrando—. Y esa mirada triste. Lo único que he deseado siempre ha sido hacerte sonreír. Pero luego, cuando ya fuiste mía, la cagué una y otra vez.

—Toda mi vida ha sido una cagada tras otra. Tú eres lo único que ha salido bien.

Trenton sacó algo de su bolsillo y agitó una llavecita plateada que colgaba de un llavero. Este era un trozo de fieltro negro con las letras C, A, M, I en vivos colores, pespunteadas con hilo negro. Apreté los labios y arrugué la boca a un lado.

—¿Qué dices? —preguntó con cara de esperanza.

—¿Que me mude contigo? ¿Que renuncie a mi departamento?

—Con todo incluido. Tú y yo. Brindar por chifladuras después de trabajar, ir los lunes por la noche al Chicken Joe's con Olive. Cosas sencillas, justo como a ti te gusta.

Había tantas cosas en las que pensar, pero después de lo que acabábamos de pasar (por segunda vez), lo único en lo que podía concentrar mi atención era en lo que había dicho Trenton. Que solo había una cosa que importaba.

—Digo que sí.

Él pestañeó.

—¿Sí?

—Sí —dije, empezando a reírme al ver su cara. Entonces me estremecí de dolor. Me dolía todo el cuerpo.

—¡Caramba, sí! —exclamó él, y entonces, cuando le hice un gesto para que no gritase, puso cara de cordero degollado—. Cami, estoy tan enamorado de ti…

Me hice a un lado en la cama, torpe, lentamente, para que Trenton pudiese tumbarse y él, con mucho cuidado y mucho esfuerzo, fue metiéndose bajo las sábanas. Estaba tan magullado como yo. Luego, pulsó un botón de la barandilla lateral para que la cama se abatiese poco a poco, hasta que quedamos tumbados del todo, mirándonos cara a cara.

—Sé que no me crees, pero es verdad que te he amado desde que éramos unos críos —dijo en voz baja—. Y ahora voy a poder quererte hasta que seamos viejecitos.

Sentí un cosquilleo en el estómago. Nunca nadie me había querido como él.

—¿Me lo prometes?

Trenton sonrió. Su mirada denotaba cansancio.

—Sí. Y luego volveré a prometértelo cuando haya bailado a lo Britney Spears, en tanga.

Conseguí que me saliera una risilla, pero el dolor me hacía muy difícil cualquier movimiento. Él se recolocó varias veces hasta que por fin se sintió lo bastante cómodo para cerrar los ojos y quedarse dormido. Yo estuve observándole muchísimo rato. Le veía respirar suavemente, con una pequeña sonrisa en la cara. Ahora todo se había aclarado y también yo podía respirar tranquila.

Entró una enfermera. Pareció sorprenderse al vernos tumbados juntos.

—Hay que ver —susurró. De alguna manera sus ojos negros parecían ver perfectamente en aquella penumbra—. Este muchacho tiene a todas las mujeres de la planta suspirando por él. Ha sido tu ángel de la guarda. No se ha alejado de tu lado.

—Eso me han dicho. No sé cómo he tenido tanta suerte, pero me alegro. —Me incliné hacia él y acerqué mi sien a su frente.

—Desde luego, la suerte está de tu parte. Vi su coche abajo, en el patio. Parece un papel arrugado. Es un milagro que hayan salido con vida los dos.

Arrugué el ceño.

—Echaré de menos ese Jeep.

Ella asintió.

—¿Cómo te encuentras?

—Me duele. Todo.

Ella agitó un vasito de plástico para que sonaran las pastillas que contenía.

—¿Crees que podrás tragarte un par de comprimidos?

Asentí y me eché las pastillas a la garganta. La enfermera me tendió un vaso de agua y las tragué, no sin esfuerzo.

—¿Tienes hambre? —preguntó mientras comprobaba mis constantes vitales.

Yo negué con la cabeza.

—Está bien —dijo, al tiempo que se quitaba el fonendoscopio—. Si necesitas cualquier cosa, no tienes más que pulsar ese botón rojo de la cruz.

Salió de la habitación y yo me volví hacia el hombre que dormía a mi lado.

—No hay nada más que pueda necesitar —susurré.

La escayola de Trenton estaba entre él y yo. Acaricié con los dedos los diferentes nombres garabateados, pensando en todas las personas que nos querían y que habían venido a mi habitación. Me detuve al encontrar la firma de T. J. y, en silencio, dije adiós definitivamente a aquella letra sencilla y sofisticada a la vez.

«Thomas James Maddox».

Maravilloso error de Jamie McGuire
se terminó de imprimir en febrero de 2016
en los talleres de
Litográfica Ingramex, S.A. de C.V.
Centeno 162-1, Col. Granjas Esmeralda, C.P. 09810 México, D.F.